Nos chemins de travers

Du même auteur

LES LARMES ROUGES

1 – Réminiscences
2 – Déliquescence
3 – Quintessence

VICTORIAN FANTASY

Dentelles et nécromancie
De velours et d'acier (Pygmalion, 2017)

Hors de portée
N° 11638
Hors de contrôle (Pygmalion, 2016)
Hors de question (Pygmalion, 2016)

(En poche)

LES LARMES ROUGES

1.1 – Réminiscences
N° 11064
1.2 – Rémanence
N° 11238
2 – Déliquescence
N° 11671

GEORGIA CALDERA

Nos chemins de travers

J'AI LU

Playlist

Pour lecteurs mélomanes

« This Is What You Came for » par Calvin Harris
« Seven Devils » par Florence and The Machine
« Run » par Daughter
« My Demons » par Starset
« She's Like the Wind » par Patrick Swayze
« E.T. » par Katy Perry
« Flares » par The Script
« Faded – Restrung » par Alan Walker
« Nicest Thing » par Kate Nash
« Lost (acoustic version) » par Red
« Chasing Cars » par Sleeping at Last
« So Cold (The Goodwife trailer) » par Ben Cocks feat. Nikisha Reyes-Pile
« Mountains » par Gabrielle Aplin
« All Around Me » par Flyleaf
« Broken Record » par Krewella

Prologue

Louis

Journal d'humeur

Samedi 6 février 2016

Puisque me voilà contraint de m'épancher par écrit, eh bien, soit, allons-y. Qu'ai-je à perdre après tout, si ce n'est du temps ? Or, il se trouve que j'en ai à revendre, à présent.

La toute première chose qui me vient en cet instant prend la forme d'une question, très simple au demeurant, mais qui n'est pas sans fatalement s'accompagner d'un certain suspense :

Demain pourrait-il être pire encore que l'abominable journée qui vient de s'écouler ?

Alors là, franchement, rien n'est moins sûr. Bien entendu, je devrais garder à l'esprit que le pire a pour particularité d'être sans cesse plus surprenant…

*Bordel, pourquoi, mais **pourquoi** a-t-il fallu que ce soit elle ?! J'aurais dû renoncer, tout simplement. Les choses auraient été tellement plus simples. J'ignore pour quelle raison je ne l'ai pas fait. Et maintenant, voilà où j'en suis… aujourd'hui, j'ai vraiment touché le fond. Rien ne sera plus jamais pareil désormais.*

Cette fille...

Cette fille m'a toujours exaspéré, d'aussi loin que je me souvienne.

Peut-être ai-je commencé à la regarder un peu différemment depuis que j'ai découvert à quel point elle peut être fragile. Mais l'irritation démesurée qu'elle fait invariablement naître en moi ne s'est pas dissipée pour autant, loin de là.

Cette fille, elle rase les murs et baisse constamment les yeux.

Les autres ont beau être vaches avec elle, elle ne se met jamais en colère. Elle est aimable et gentille. Avec tout le monde ! Et en plus, elle semble sincère. **Vraiment** sincère.

Bien sûr, ça fait un paquet d'années que j'ai remarqué Emma.

Nous sommes allés au même collège, puis au même lycée – quoique systématiquement dans des classes différentes. Nous fréquentons le même centre équestre – puisque nous partageons également cette passion pour l'équitation. Et nous nous sommes de nouveau retrouvés l'année dernière, à la fac cette fois.

Je l'ai remarquée parce qu'elle a un truc particulier... un truc qui m'énerve plus que n'importe quoi d'autre. Sans doute parce que moi, j'en suis totalement dépourvu.

Je me suis toujours tenu à bonne distance de cette fille, beaucoup, beaucoup trop vulnérable. Elle ne représente absolument aucun défi, elle est **déjà** à terre. Je suis probablement le seul, l'unique témoin, mais je le sais.

Je l'ai vu.

Puis il y a eu ce jour-là – quelques mois plus tôt, quand je pouvais alors encore être celui que je voulais être –, j'aurais mieux fait de la fermer, c'est évident. Pourtant, je n'ai pas pu m'en empêcher…

Je m'étais juré que je ne l'abîmerais pas. Que, s'il ne devait y en avoir qu'une parmi toutes les autres, ce serait elle. J'avais mentalement collé un panneau « sens interdit » au-dessus de sa tête. Et cependant, ce jour-là, j'ai écorché le fin vernis à grands coups de griffes féroces.

J'ai fait ce que je sais faire de mieux, je l'ai blessée. J'ai frappé exactement là où je présageais que ça ferait le plus mal, et j'ai retourné aussi méchamment que possible le couteau dans la plaie.

Parce que… eh bien, parce que je suis ainsi.

Être cruel, c'est mon truc. Je ne sais pas être autrement.

C'est peut-être la seule chose qui m'appartienne vraiment, que rien ne peut m'enlever, alors soyons clairs : je ne **veux** pas être autrement. Même après tout ce qui s'est passé, je ne changerai pas. Jamais.

Chapitre 1

Emma

Quelques mois plus tôt…

Samedi 12 septembre 2015

— Tout ça pour te dire que lui et moi, c'est fini, soupira Anne du haut de Baron, son cheval, dépassant d'une bonne dizaine de centimètres Eos, la petite jument qu'Emma avait l'habitude de monter. Mais ça va, je compte bien aller de l'avant. Tu sais ce qu'on dit, un de perdu, dix de retrouvés !

Anne relâcha d'un geste souple ses rênes de cuir sur l'encolure de l'animal, lui laissant tout le loisir de se détendre. Emma l'imita tandis qu'elles cheminaient tranquillement sur le sentier principal du parc boisé encadrant le centre équestre.

Les chevaux étaient encore en sueur après l'entraînement intensif de leur dernier cours, Catherine, leur monitrice, leur ayant mené la vie dure dans le but de préparer certains élèves aux concours à venir.

Leurs camarades, quelques mètres plus loin devant, discutaient entre eux, pendant que les deux jeunes femmes restaient en retrait, préférant s'isoler du reste du groupe, comme de coutume.

— C'est ce qu'on dit, en effet, approuva Emma, amusée de voir son amie – et, depuis moins d'une semaine, colocataire – si optimiste après cette énième rupture – même si elle avait encore parfois un peu de mal à la suivre. Et qui sait, parmi ces dix types se trouvera peut-être le bon.

— Bah, on peut toujours rêver, rétorqua Anne en haussant les épaules.

La meilleure amie d'Emma enchaînait les conquêtes depuis quelque temps. Très exactement depuis qu'elle avait laissé derrière elle la jeune fille myope à grosses lunettes, atrocement complexée par la multitude de taches de rousseur qui constellaient son visage et son corps, qu'elle trouvait trop mince, presque dépourvu de formes féminines.

Anne avait réglé le problème quasiment d'un coup de baguette magique.

Du jour au lendemain, elle s'était fait prescrire des lentilles de contact, avait investi dans des soutiens-gorge push-up et avait appris à camoufler ce qu'elle estimait être autant d'imperfections derrière une bonne dose de fond de teint ultra-couvrant.

Et donc, du jour au lendemain, la très sage Anne, qui ne parlait pour ainsi dire jamais de mecs, n'avait plus eu que ce sujet en tête.

Emma s'efforçait de s'adapter à la version 2.0 de sa seule et unique amie. À plus forte raison qu'après une première année passée ensemble en fac de psycho, elle venait tout juste d'emménager avec elle dans un appartement du centre-ville de Tours, que les parents d'Anne avaient acheté pour leur fille.

Cette dernière n'ayant pas le permis de conduire, c'était elle qui avait proposé à Emma – laquelle possédait sa propre voiture – de venir s'installer avec elle pour cette rentrée. Ainsi, Emma était plus près de l'université, et en échange, elle se chargeait de conduire régulièrement Anne au club hippique. En plus des trajets, Emma versait bien entendu un petit loyer aux parents de son amie. Loyer qu'elle finançait grâce à son job à temps partiel au centre équestre, justement.

— Mais et toi ? lança soudain Anne en se tournant vers elle, les sourcils froncés de perplexité. Tu ne parles jamais des mecs avec qui tu sors. Je te raconte quasiment tout de mon côté, tu pourrais faire un effort quand même.

— Oh, euh... bredouilla Emma, prise de court. Il n'y a pas grand-chose à en dire, voilà tout.

— Arrête, je suis sûre que ce n'est pas vrai. Et Nicolas alors ? Tu ne devais pas le revoir durant l'été ?

Emma baissa la tête, de plus en plus mal à l'aise.

Elle avait inventé de toutes pièces cette pseudo-idylle quelques jours plus tôt, uniquement pour ne pas perdre complètement la face lorsque parfois – en de rares occasions fort heureusement – Anne se prenait à jouer les curieuses. Emma n'avait rien trouvé de mieux que de se servir de Nicolas, le fils d'une des amies de sa mère – lequel était gay, par ailleurs –, pour prétexter une romance ridicule.

Emma passa les doigts dans l'épaisse crinière beige d'Eos pour mieux la rabattre sur le côté, cherchant un moyen de sortir de cette impasse. Elle n'avait parlé qu'une seule fois de Nicolas à son amie, le jour où celle-ci lui avait demandé comment s'appelait le premier homme avec qui elle avait couché. Emma ne se voyait tout bonnement pas expliquer que ce genre de chose ne lui était en réalité jamais arrivé...

— En fait, si, mentit-elle, sentant ses joues s'empourprer sous l'effet de l'embarras. Il a passé plusieurs semaines à la maison avec sa mère et nous nous sommes encore beaucoup rapprochés.

— C'est génial ! s'exclama Anne, l'air aussi surpris qu'enthousiaste. Et donc, vous allez vraiment sortir ensemble maintenant ?

Emma se racla la gorge. Puis elle continua, tout à coup incapable de stopper cette atroce machine lancée à pleine vitesse qui l'incitait à broder encore et encore afin de rendre son histoire plus plausible, détaillée et, tant qu'à faire, intéressante :

— Je pense que oui. Il m'a avoué ses sentiments. Il n'a vu personne d'autre depuis la dernière fois. Il dit qu'il ne peut pas, qu'il ne pense plus qu'à moi. Ce ne sera pas facile, à cause de la distance, mais j'ai envie de donner une chance à notre relation.

Mon Dieu que c'était mièvre ! Comment osait-elle raconter de telles inepties ?!

— Quelle veinarde, un canon pareil, en plus ! s'extasia Anne, la mine réjouie.

Il était possible qu'Emma ait également quelque peu exagéré quant à la description physique de l'intéressé...

— Allez, dis-moi, il assure au lit ? s'enquit Anne en baissant légèrement la voix – quoique pas encore assez au goût d'Emma.

— Grave, répliqua-t-elle aussitôt, s'enfonçant encore davantage dans ses mensonges. Nicolas est un amant merveilleux, il est tellement... attentionné. Si tu savais...

Un éclat de rire méprisant éclata brusquement derrière elles, interrompant aussitôt Emma.

Chapitre 2

Emma

Les deux jeunes femmes se retournèrent d'un même mouvement pour voir Louis et deux de ses amis les dépasser sur leurs chevaux tout en s'esclaffant.

Oh, merde… Elles n'étaient pas seules ?! Depuis combien de temps les écoutaient-ils ?

Louis plaça sa monture devant elles, en travers du chemin, les obligeant à s'arrêter.

— Quel ramassis de conneries ! se moqua-t-il, fusillant Emma de son regard de glace, un sourire faussement charmeur plaqué sur ses lèvres. Comme s'il existait un seul mec au monde susceptible d'avoir envie de se taper un thon pareil. C'est pathétique d'en venir à inventer de telles absurdités, j'espère qu'au moins tu t'en rends compte ?

— C'est clair, approuva Édouard – l'un des inconditionnels acolytes de Louis –, une moue dédaigneuse tordant sa bouche.

Complètement mortifiée, Emma avisa ses mains, la panique la gagnant subitement. L'air commençait déjà à lui manquer, cependant, sa poitrine restait bloquée, lui refusant l'oxygène dont elle avait pourtant un urgent besoin.

Était-il possible de mourir de honte – mourir au sens propre, s'entend ? Parce que là, tout de suite, elle avait la très nette impression que c'était ce qui lui arrivait. Elle serait peut-être la première de toute l'histoire de l'humanité, mais l'humiliation était si colossale... Qui pouvait se remettre d'un truc pareil ?

Pas elle en tout cas.

— Foutez-nous la paix ! leur ordonna Anne d'un ton indigné.

Mais Louis l'ignora et fit avancer de quelques pas son cheval à la robe sombre, se rapprochant ainsi d'Emma. L'animal piaffait de nervosité, mais son cavalier n'en avait cure, il savait qu'il le maîtrisait parfaitement, en toutes circonstances.

— Maintenant que j'y pense, ajouta Louis avec une désinvolture regorgeant d'ironie, tu n'avais pas un petit surnom à l'époque du collège ? Mince, j'ai oublié... Dommage, personne ici n'est au courant de ça, je crois. Ah, si, ça me revient ! *La baleine* ! Oui, il me semble que c'est ça. Je me trompe ou pas ?

Emma resta muette, paralysée, incapable de réagir.

Elle imagina la terre s'ouvrir sous ses pieds pour l'engloutir. Elle aurait tellement aimé pouvoir disparaître en cet instant...

Ce mot, elle l'avait souvent entendu. Beaucoup, beaucoup *trop* souvent.

Quelques mois après son entrée en 5e, Emma s'était mise à prendre du poids de façon alarmante à la suite du décès de sa sœur aînée. C'était à ce moment-là que les autres élèves de sa classe avaient commencé à l'appeler ainsi. Au lycée, ce type de moqueries s'était heureusement fortement atténué. Mais visiblement, Emma n'en avait pas tout à fait terminé avec ça...

— C'est bon, arrête, le somma Erik, le palefrenier du centre équestre – lequel faisait à l'occasion partie du cercle de Louis –, tandis qu'Édouard ricanait toujours à ses côtés.

— Espèce de connard ! lança furieusement Anne, alors qu'Emma n'arrivait toujours pas à lever les yeux ni à s'extraire de la torpeur étrange qui s'était emparée d'elle.

Elle aurait dû sourire.

D'habitude, c'était ce qu'elle faisait dans ce genre de situation. Juste pour montrer que la méchanceté des autres ne l'atteignait pas, même si ce n'était pas vrai.

Mince, pourquoi cette fois n'y arrivait-elle pas ?!

Louis pouffa de rire, se fichant royalement du malaise qu'il venait de créer, manifestement très satisfait de sa dernière sortie. Puis il fit brusquement pivoter sa monture et la lança aussitôt au grand galop sur le sentier.

Il doubla le reste du groupe de cavaliers à toute allure, les rasant de près, sans se préoccuper d'effrayer les autres chevaux au passage.

Un sourire narquois aux lèvres, Édouard l'imita et partit en trombe pour rejoindre son ami. Erik, quant à lui, s'éloigna lentement.

Emma relevait à peine le nez lorsqu'elle croisa le regard de ce dernier, qui s'était retourné pour l'observer d'un air désolé.

— On m'avait dit que ce type était un salaud de première, mais j'étais loin de me douter à quel point c'était vrai, s'insurgea Anne tandis qu'Emma tentait par tous les moyens de se ressaisir. Sérieux, c'est quoi, son problème ? Il est malade, franchement ! Pourquoi il s'en prend à toi tout à coup ? C'est n'importe quoi !

Emma non plus ne comprenait pas. Bien qu'ils aient fréquenté les mêmes établissements scolaires durant des années, ainsi que le même club hippique, jusqu'à présent, Louis ne s'était jamais donné la peine de lui adresser la parole. Emma s'était toujours demandé s'il était seulement au courant de son existence.

Présentement, elle aurait clairement préféré que ce ne soit pas le cas.

Elle n'avait absolument aucune idée de ce qu'elle avait pu faire pour s'attirer ses foudres. Louis était certes connu pour la façon ignoble dont il traitait les femmes, mais d'ordinaire, il ne s'agissait que de celles avec qui il avait au préalable couché – et elles étaient nombreuses, ce n'était rien de le dire !

Toutefois, Emma était encore trop choquée pour se poser davantage de questions.

— Eh, ça va ? s'inquiéta Anne en se penchant vers elle.

— Oui, souffla-t-elle, sans parvenir à regarder son amie en face.

Les larmes obstruaient son champ de vision à présent. Elle avait beau lutter pour ne pas craquer, elle n'arrivait pas à les ravaler.

Tout ce que Louis avait dit était vrai. Du premier au dernier mot. Et c'était bien ce qui faisait le plus mal.

Elle était obligée de mentir pour avoir l'air normal et c'était pathétique, il avait raison. Elle avait eu conscience d'être ridicule dès le premier mensonge proféré. Mais à cet instant-là, cela n'avait guère eu d'importance, elle n'avait songé qu'à protéger l'un de ses plus lourds secrets.

Comment Louis avait-il pu tout deviner, alors même qu'il ne la connaissait pas ?

Peut-être était-ce trop évident, tout simplement. Parce qu'au bout du compte, c'était la vérité.

En dix-neuf ans, jamais aucun garçon ne s'était intéressé à elle. Pas un seul. Et il n'y avait que son amie pour croire l'inverse, Emma ne pouvait manifestement tromper personne d'autre sur ce point.

— Quand je pense que pendant tout ce temps, j'en pinçais pour lui, avoua Anne en secouant la tête. Une chose est sûre, ça m'est *totalement* et *définitivement* passé.

Emma déglutit péniblement.

Ça n'aurait pas dû la surprendre. Après tout, quelle fille ne craquait pas pour Louis, en dépit de sa détestable réputation ?

Un mètre quatre-vingts, mince mais solidement bâti, des épaules larges et bien dessinées, et des hanches étroites. Des cheveux châtains, légèrement trop longs et à peine peignés, et une gueule d'ange, mangée par deux immenses yeux d'un bleu céleste, absolument fascinants. Ajoutés à ça un sourcil blasé, arqué en quasi-permanence sur un grand front pâle, des lèvres fines et sombres à la moue légèrement moqueuse, et un nez plus affirmé, apportant une incontestable note de virilité brute, atténuant quelque peu le côté séraphique de son visage.

Louis Deschaney, le tombeur de ces dames.

Ou l'enfoiré de service, c'était selon...

S'il y avait eu une star au lycée, ç'avait été lui. S'il y avait une star à la fac, c'était également lui. Au centre équestre, encore et toujours lui, incontestablement – ses innombrables victoires en compétition en plus du reste lui octroyaient presque un statut de demi-dieu ici.

Louis avait ce je-ne-sais-quoi qui permettait qu'on le remarque systématiquement, partout où il allait. Parmi la foule, on ne voyait que lui. De prime abord, il n'était pas forcément beau à proprement parler... enfin, pas tout à fait.

Ses yeux étaient un peu trop grands pour ses traits émaciés, son nez légèrement trop prononcé pour que l'ensemble soit véritablement parfait. Et cependant, il avait ce charme dingue qui attirait immanquablement le regard. Une espèce d'aura, un magnétisme qui vous happait et, si vous n'y preniez pas garde, ne vous lâchait plus.

Emma prenait garde.

Elle avait *toujours* pris garde. Elle l'avait toujours observé de très loin, et jamais – au grand jamais – elle ne s'était laissée aller à fantasmer sur ce genre de type, d'apparence séduisante peut-être, mais arrogant, pétri d'orgueil et méprisant.

Et elle avait eu raison.

Elle se serait sentie encore plus stupide si, elle aussi, elle avait eu un faible pour une telle ordure.

Or, pourquoi – en plus de l'incommensurable humiliation qui lui brûlait l'estomac – éprouvait-elle malgré tout cette odieuse sensation, laissant un goût amer sur sa langue, impossible à chasser ?

— Dis, Emma, commença doucement Anne. Pourquoi ne t'es-tu pas défendue ? Tu aurais au moins dû essayer de répondre quelque chose, n'importe quoi. Tu l'as laissé t'insulter sans réagir...

— Et à quoi ça aurait servi ? rétorqua-t-elle d'une voix chevrotante. Ça ne sert jamais à rien. De toute façon, qu'aurais-tu voulu que je dise ?

Un long silence s'installa entre les deux jeunes femmes.

— Tu es sûre que ça va aller ? finit par demander Anne. Tu sais, tu ne devrais pas prêter attention à ce genre de saloperies.

Non, elle n'aurait pas dû, certes. Seulement, comment était-elle censée s'y prendre pour éviter de recevoir de plein fouet cette tempête de remarques blessantes, pour laisser tous ces mots douloureux passer à travers elle, sans qu'ils aient aucune prise et puissent la meurtrir ? Existait-il une recette miracle ? Parce que si tel était le cas, il y avait déjà un moment qu'elle aurait aimé la connaître...

— Ce mec n'est qu'un crétin, conclut Anne. Ne t'inquiète pas, moi, je sais que tu ne mens pas.

Emma arrêta Eos, incapable d'expliquer à sa seule et unique amie qu'elle avait tort de la croire. En outre, Louis était tout sauf un crétin, ne lui en déplaise.

Au collège, au lycée et même à la fac, il était également connu pour ses scores de fou, ces notes frôlant la perfection qu'il décrochait invariablement dans chaque matière – le sport y compris.

— En fait, je ne me sens pas très bien. Termine la balade avec les autres, je t'attendrai dans la voiture, d'accord ?

— Mais... attends, protesta Anne, s'interrompant tandis qu'Emma faisait faire demi-tour à Eos pour se diriger au petit trot vers les écuries.

Elle fut soulagée de voir que son amie n'essayait pas de la rattraper. Elle avait besoin d'être seule. Et Anne l'avait compris. N'importe qui l'aurait compris, après les injures particulièrement vicieuses et blessantes qu'elle venait d'essuyer.

Mais quelque part, sa fuite n'était-elle pas une forme d'aveu en soi ? Anne avait forcément déjà deviné qu'elle lui avait raconté des craques...

Chapitre 3

Emma

Emma essuya promptement les traînées humides sur ses joues lorsqu'elle aperçut la longue et fine silhouette de son amie s'esquisser au loin. Elle déverrouilla les portes de sa voiture, dans laquelle elle avait trouvé refuge.

Anne avait été plutôt rapide. Ça ne faisait même pas un quart d'heure qu'Emma l'attendait sur le parking du centre équestre.

Emma baissa le pare-soleil et avisa le petit miroir qui y était dissimulé, juste pour s'assurer qu'elle n'avait pas les yeux trop rouges. Elle se figea devant son reflet. Ses paupières avaient non seulement pris une teinte rose foncé, tirant furieusement sur le pourpre, mais elles étaient aussi gonflées…

Parce qu'elle avait vraiment imaginé que ça ne se verrait pas ?

Emma soupira d'agacement et défit rapidement l'élastique qui retenait ses cheveux en queue-de-cheval pour tenter de placer astucieusement quelques-unes de ses longues mèches brunes devant son visage, le masquant en partie. Tant qu'elle y était, elle attrapa son grand gilet, abandonné sur le siège arrière, et l'enfila à la hâte, malgré la température encore assez élevée de cette fin d'été.

Juste pour se sentir un tout petit peu mieux. Un tout petit peu plus à l'abri, protégée des regards par l'épaisseur du tissu.

Elle aussi avait quelque chose à camoufler... quelque chose de tellement plus flagrant et embarrassant qu'une poignée de taches de rousseur.

Emma aurait tant voulu pouvoir cacher son corps comme Anne cachait ce qui lui déplaisait sous une simple couche de fond de teint. Mais c'était impossible.

Un corps, ça ne s'effaçait pas, quoi qu'on fasse. Il était là, un point c'est tout. Dans son cas, il n'y avait rien qui puisse gommer ces défauts qu'elle détestait tant. Enfin si, bien sûr, selon sa mère, il y avait une solution. Pour elle aussi, il existait un *coup de baguette magique*. Lequel se traduisait par une diète drastique et beaucoup, beaucoup de sport.

Sur le papier, ça semblait si facile... le miroir aux alouettes.

Emma avait l'impression d'avoir passé sa vie à enchaîner les régimes qu'on lui imposait, à se priver, de tout, tout le temps. Pour mieux craquer, bien entendu, dès lors qu'elle en avait l'occasion. Son existence lui semblait se résumer à ça. Surveiller son alimentation, au point que c'en était devenu une véritable obsession. Perdre du poids, puis reprendre. Et reprendre encore.

Un mal de société, diraient certains, que la majeure partie des femmes connaissaient un jour ou l'autre.

Seulement, Emma avait grandi avec ça, s'était forgée sur cette base bancale, aux pieds friables, apprenant à se définir avant tout par ses problèmes de poids, cet humiliant défaut que sa mère – elle-même obnubilée par sa propre silhouette, qu'elle voulait absolument parfaite – n'oubliait jamais de lui rappeler.

Emma avait éprouvé la sensation d'être anormale pour la première fois quand, quelques mois après le décès de Pauline, sa sœur aînée, on l'avait conduite chez une diététicienne. Laquelle avait suggéré de ne parler à personne de ces rendez-vous, comme s'il s'agissait là de quelque chose d'extrêmement honteux. L'enfant qu'elle était avait alors commencé à se regarder d'un œil différent. Un œil critique, souvent mauvais, se fustigeant, s'accablant chaque fois qu'un peu de chair supplémentaire venait s'accumuler sur ses hanches et ses fesses pour mieux en cacher les os.

L'adolescence avait été un enfer. Une période de changements, tous plus déprimants les uns que les autres, à se demander sans cesse si telle ou telle nouvelle forme acquise était naturelle, ou bien due à ses problèmes de poids. Ajoutée à ça la torture que représentait le collège, où ses camarades avaient pris l'habitude de se moquer d'elle.

Emma s'était exclue elle-même à la mort de sa sœur, se plaçant volontairement en marge des autres élèves de sa classe, trop bouleversée par le chagrin pour réussir à feindre l'insouciance et rire avec eux. C'était ainsi que tout avait commencé.

Il avait suffi d'une seule fois, d'un seul garçon – le jour où elle s'était étalée en beauté sur le tatami dans une tentative de roulade complètement ratée durant un cours de sport – lui attribuant ce surnom idiot pour qu'ensuite tous prennent le pli et fassent d'elle leur bouc émissaire.

Un enfer qu'elle avait traversé à grand-peine, s'efforçant de ne pas montrer que ces moqueries l'affectaient, luttant jour après jour pour ne pas sombrer et s'effondrer sous cette pluie continue de mots douloureux. Elle aimait à croire qu'elle avait laissé tout ça derrière elle, mais elle n'avait besoin de personne en vérité pour lui rappeler les remarques blessantes qu'on lui avait alors assenées.

Non, elles tournaient depuis lors en boucle dans sa tête.

Taille 42/44 – la dernière avant d'être obligée d'aller s'habiller en boutique spécialisée.

Lorsque Emma pensait à elle-même, c'était la première chose qui lui venait à l'esprit. Comme une étiquette collée sur son front, qu'elle trimballait partout où elle allait. Une espèce de crime, commis jour après jour, celui de ne pas parvenir à rentrer dans ce maudit moule. Et avec cela le jugement, comme si c'était forcément là l'apparente résultante d'un détestable – presque écœurant – manque de volonté.

Un boulet à son pied, la privant de la liberté dont elle rêvait. Une tare, qui faisait d'elle une paria, dont aucun garçon n'avait jamais voulu – contrairement à toutes les autres jeunes femmes de son âge.

Tout ce que Louis n'avait pas manqué – de manière extrêmement crue, violente et humiliante – de lui renvoyer en pleine figure aujourd'hui…

Emma était encore en train d'essayer de préparer des excuses correctes à présenter à son amie pour lui avoir menti quand Anne monta en voiture, un sourire ravi aux lèvres. Un sourire complètement déstabilisant, compte tenu des circonstances.

— Tu ne devineras jamais qui, faute d'avoir pu te trouver, est venu s'excuser auprès de moi pour le comportement de Louis, lança-t-elle en regardant Emma droit dans les yeux, ses prunelles brillants d'excitation.

Comme si de rien n'était.

Comme si leur amitié était intacte et que les mensonges d'Emma n'avaient finalement aucune espèce d'importance.

— Eh bien, il n'y a absolument aucune chance pour que ce soit Louis lui-même, fit observer Emma. Alors…

— Erik ! s'exclama Anne en haussant les sourcils.

— OK, acquiesça Emma, sans trop savoir comment prendre cette nouvelle.

Erik était plus âgé qu'eux, approchant sans doute la trentaine, et, bien qu'Emma et lui soient collègues au centre équestre, cette dernière ne le connaissait pas plus que ça.

Enfin, si ce n'était que, deux ans plus tôt, il lui avait sauvé la vie…

— Je l'ai même entendu s'engueuler avec Louis dans les écuries, poursuivit Anne. Ils s'engueulaient *à cause de toi*.

Emma imaginait mal le très taciturne et placide palefrenier se quereller avec qui que ce soit, et encore moins à cause d'elle, mais peu importait.

— OK, répéta-t-elle faiblement avant de tourner la clé de contact pour démarrer le moteur de son vieux tas de ferraille.

— Attends, tu ne peux pas faire comme si tout ça ne voulait rien dire, protesta vivement Anne, l'air surprise.

Emma fronça les sourcils, perplexe, tandis qu'elle passait la seconde pour quitter le parking. Elle voyait bien où son amie voulait en venir, mais elle refusait de la suivre sur ce terrain.

— Il t'a repêchée le jour où tu es tombée dans le lac, sans lui tu te serais noyée ! rappela Anne. Et maintenant, il prend ta défense.

Une autre histoire embarrassante… une de plus.

Emma avait raconté à tout le monde que, lors de son habituelle promenade solitaire du dimanche, elle était tout bonnement tombée d'Eos et avait roulé, entraînée par l'élan, directement dans le vaste étang qui se trouvait à quelques centaines de mètres du club hippique. Sonnée par la chute, elle n'avait évidemment pu remonter à la surface.

C'était très gênant, bien sûr, mais cette version était toujours préférable à la vérité...

Emma ne savait pas nager. Aussi, lorsqu'elle s'était retrouvée dans l'eau, avait-elle été engloutie en quelques secondes et avait-elle rapidement perdu connaissance. Elle se souvenait que, tandis qu'elle était dans les vapes, un homme l'avait serrée dans ses bras, lui avait murmuré des mots réconfortants tandis qu'ils attendaient les secours. Par la suite, elle avait appris qu'il s'agissait d'Erik.

Elle l'avait remercié, ça allait de soi. Erik s'était alors contenté de hocher pensivement la tête, gardant le silence, comme de coutume, et jamais ils n'avaient reparlé de ce qui s'était passé. L'affaire était close depuis longtemps.

— Toi aussi, tu as pris ma défense, argua Emma. Et ça ne veut rien dire de spécial, si ce n'est qu'on est amies.

Anne soupira de lassitude, puis secoua ses belles boucles rousses en pinçant les lèvres.

— Bon, comme tu veux, je laisse tomber. Mais je tiens à préciser qu'Erik avait l'air très embêté.

— C'est noté, assura Emma, se forçant à sourire, même si le cœur n'y était pas.

Trop de choses, pas vraiment enfouies – ou du moins pas assez profondément –, venaient de remonter à la surface avec les attaques de Louis.

— Hmm, je crois que ce qu'il nous faut, c'est une soirée rhum et cupcakes, décréta Anne, l'index sur le menton, comme en pleine réflexion.

— *Rhum et cupcakes* ?! répéta Emma en pouffant de rire – spontanément, cette fois.

— Ben ouais. On est samedi et on n'a rien de prévu – à part se légumer dans le canapé du salon, je veux dire. Il faut bien qu'on trouve de quoi s'amuser un peu, toutes les deux. Toi, ta spécialité, c'est les cupcakes, non ?

— Carrément !

En dépit de ses rapports très compliqués avec la nourriture, Emma avait toujours adoré cuisiner, en particulier la pâtisserie. Un goût que lui avait transmis Pauline, dont le plus grand rêve avait été de devenir un jour chef.

— Et moi, ma spécialité, ce sont les cocktails à base de rhum, expliqua Anne en haussant les épaules, comme si sa conclusion tombait sous le sens. Sans compter que je raffole de tes cupcakes ! Donc on va picoler et s'empiffrer, voilà le programme, ma chère.

Un programme très alléchant, il fallait le reconnaître... à quelques détails près cependant.

Anne pouvait se gaver de sucreries et autres aliments gras, elle ne prenait jamais un gramme. Ce genre d'abus n'avait aucune conséquence pour elle.

Pour Emma en revanche, c'était une autre histoire...

Néanmoins, elle décida que son amie avait raison et que, pour ce soir – juste pour ce soir –, elle s'en fichait. Elle ferait comme si, pour elle aussi, ça n'avait aucune espèce d'importance et tâcherait de s'amuser un peu, pour une fois.

Chapitre 4

Emma

Emma tentait de se concentrer afin de placer joliment le glaçage au Nutella sur le premier cupcake malgré la musique un peu trop forte et un léger tournis. Son verre de mojito – préparé avec soin par son amie – était quasiment vide, et elle qui n'avait pas vraiment l'habitude de boire commençait déjà à ressentir les effets de l'alcool.

Anne vida d'un trait ce qu'il restait de cocktail dans le sien, puis le reposa bruyamment devant elle sur le comptoir de la cuisine. Après quoi, elle s'empara de la poche à douille que lui avait préparée Emma – Anne ayant insisté pour participer à l'élaboration de ce qui leur tiendrait lieu de dîner – tout en chantant et en se trémoussant sur un air de Calvin Harris.

La jeune femme à la profuse chevelure rousse se pencha au-dessus d'un des petits gâteaux, puis, le bout de la langue dépassant au coin des lèvres, essaya à son tour de le recouvrir de glaçage.

Emma pouffa de rire en la voyant en étaler partout sur le plan de travail et finalement très peu au sommet de la pâtisserie.

— Tu devrais peut-être me laisser m'en occuper, suggéra-t-elle, hilare.

Anne prit du recul pour observer son travail et cligna les yeux.

— Je ne vois pas pourquoi. Dis que je suis nulle, pendant que tu y es !

— Tu es nulle.

Anne prit un air choqué, puis se mit à rire, elle aussi. Elle essuya le comptoir de son index pour ensuite glisser l'extrémité de son doigt dans sa bouche.

— Hmm, soupira-t-elle, avant de se résigner : OK, tu as raison, ce serait vraiment dommage de massacrer ces pauvres cupcakes. Je te laisse gérer, je vais me charger de remplir nos verres pendant ce temps-là.

— Bonne idée !

Il était près d'1 heure du matin, et Anne et Emma étaient toutes deux affalées dans le canapé du salon, une multitude de petits papiers aux rayures pastel ayant servi de moules aux cupcakes répandus autour d'elles. Leurs verres encore à demi pleins en main, elles s'efforçaient de recouvrer leur sérieux après une sortie particulièrement drôle d'Anne.

— Je t'ai menti, balança Emma tout à trac, passant d'un seul coup du rire à la gravité.

Décidément, l'alcool la rendait de plus en plus étrange. Elle se demanda ce qui lui prenait de changer si subitement de sujet. Et encore plus de revenir sur cet épisode des plus embarrassants quand son amie lui offrait la possibilité de ne pas avoir à s'expliquer.

— J'avais compris, reconnut Anne, son sourire s'affaissant quelque peu. Ce n'est pas grave, tu sais, il n'y a pas mort d'homme.

— Je suis désolée, marmonna Emma, le ridicule de la situation dans laquelle elle s'était mise lui revenant en pleine face.

— Puisque je te dis que ce n'est pas grave, répéta Anne. Je ne t'en veux pas. C'est un peu ma faute aussi. On est amies depuis longtemps, c'est vrai, mais on s'entend si bien que, parfois, j'ai tendance à oublier qu'on ne se connaît pas tant que ça, toi et moi. Je suis sûre qu'on va y remédier rapidement, maintenant qu'on est colocs. Mais en attendant, je me suis montrée indiscrète en te posant ce genre de questions, et je n'aurais pas dû. Dis-le-moi la prochaine fois que ça arrivera, d'accord ?

En effet, si leur amitié remontait à plusieurs années, avant qu'Anne et Emma n'emménagent ensemble, elles n'avaient eu jusqu'ici l'occasion de se voir que lors de leurs cours d'équitation communs. Soit une à deux fois par semaine, pas plus. L'année précédente, elles s'étaient retrouvées dans la même fac, mais Anne y avait déjà ses propres amis. Emma et elle ne s'étaient véritablement rapprochées que très récemment. Aussi était-il compliqué, dans ces conditions, de nouer de véritables liens.

— D'accord, acquiesça Emma, reprenant ensuite une gorgée de mojito – lequel n'avait d'ailleurs plus aussi bon goût qu'en début de soirée.

Une légère nausée commençait à monter en elle, signe qu'il était plus que temps de lever le pied sur les cocktails. Emma se pencha pour poser son verre sur la table basse, juste devant elle.

Elle se surprit à éprouver l'envie que cet état de fait change, que cette amitié – la seule qu'elle soit parvenue à tisser et qui n'était restée jusque-là qu'assez superficielle – évolue et s'approfondisse. Emma devait sortir de ce carcan de solitude dans lequel elle s'était si longtemps murée et s'ouvrir aux autres – ou du moins, dans un premier temps, à cette amie qui lui tendait si gentiment la main.

Elle n'était pas exactement dans son état normal, cependant, elle ressentait tout à coup le besoin de se confier.

— Je t'ai menti parce que la vérité est trop difficile à avouer, lâcha-t-elle dans un soupir, sa langue se déliant soudain. Je suppose qu'au bout du compte ça ne surprendra personne, mais je... je suis vierge. Et je déteste cette idée... d'être la seule dans cette situation, quand les autres filles de notre âge ont toutes passé ce cap depuis un bon moment. Parce que ce n'est pas par choix ou par conviction, c'est seulement que... eh bien, jusqu'à présent...

Emma haussa les épaules, faute de trouver les mots. L'alcool facilitait peut-être la confidence, mais ça ne faisait pas tout non plus.

— Mais... protesta Anne, une expression incrédule se peignant sur ses traits. Et les mecs avec qui tu es sortie, ils n'ont jamais voulu, tu sais, passer à la vitesse supérieure ?

Emma eut un rire de gorge un peu rauque, mais surtout très cynique. Presque désespéré... et pathétique.

Oui, c'était ça, *pathétique*. Les mots de Louis.

— Attends, tu veux dire que... rien ?! Rien *du tout* ?! s'étonna Anne, les sourcils haussés de stupéfaction.

Emma se contenta de secouer la tête, serrant les lèvres. Bon sang, ce qu'elle était émotive aujourd'hui ! Pourquoi se sentait-elle si près de craquer, encore une fois ?

— Merde, alors là, j'en reviens pas ! Comment ça se fait ? Tu es si magnifique pourtant...

— Oh, arrête, la pria Emma en se laissant aller contre le dossier du canapé, se sentant tout à coup très lasse.

— Mais si ! insista Anne. Je ne connais personne qui possède un aussi joli visage que toi.

Emma s'efforça de sourire, parce que son amie tentait de la complimenter et que cela partait d'une bonne intention.

Cependant, ça aussi, elle l'avait trop entendu.

Ce genre de phrases ne l'aidait pas à se sentir mieux, au contraire. La plupart du temps, on lui disait cela en guise de consolation. Quand sa mère, elle, estimait qu'il était *dommage* de gâcher un tel potentiel, cette chance – toute relative – qu'elle avait de posséder – soi-disant – des traits aussi fins et harmonieux en se négligeant autant côté silhouette.

— Puis tu sais, ce n'est pas si dramatique, poursuivit Anne. Tu n'as que dix-neuf ans, pas cinquante, le statut de vieille fille ne te guette pas encore, tout va bien. Ça arrivera quand ça arrivera, voilà tout. En plus, je ne t'imagine pas vraiment coucher avec le premier venu, juste pour faire comme tout le monde.

Alors ça, aucun risque. Emma non plus ne s'imaginait pas agissant ainsi, elle qui était si pudique et réservée. De toute façon, la question n'avait pas véritablement lieu d'être, ce n'était pas comme si l'occasion s'était déjà présentée.

— D'ailleurs, si jamais ça te venait à l'idée, sache que je te le déconseille, avisa son amie, une moue amère tordant peu à peu ses lèvres. Ce n'est pas aussi marrant que ça en a l'air, enfin, pas de cette manière du moins. Se persuader qu'on se fiche d'éprouver ou non quelque chose pour l'autre, quand on sait pertinemment que c'est faux, c'est naze, crois-moi.

— C'est ce que tu as fait ? en déduisit Emma, se rendant brusquement compte que son amie n'était peut-être pas aussi épanouie sur ce plan que les apparences le laissaient penser.

Anne avala une gorgée de mojito, puis observa le fond de son verre, un sillon se creusant entre ses sourcils.

— Ouais… Mais je viens juste de décider que j'allais arrêter. Au final, je crois que ce petit jeu me fait plus de mal que de bien. Pour le prochain, ce sera différent.

J'attendrai d'avoir des sentiments pour lui. Je compte sur toi pour me le rappeler, si tu vois que je commence à dérailler.

— Marché conclu, accepta Emma.

Les deux amies se tapèrent dans la main. Après quoi, Anne se mit à observer son interlocutrice, les yeux plissés. Puis elle pointa l'index vers elle, ses autres doigts agrippant fermement son verre.

— Je sais ce qu'il te faut, annonça-t-elle. Tu ne sors pas assez, c'est ça ton problème.

C'était un tel euphémisme... Emma n'était même jamais allée à une soirée organisée par quelqu'un d'autre que sa mère ou les amis de sa mère. Une autre source d'embarras, une de plus.

Le fait était qu'on ne la conviait jamais à rien, mais sans doute était-ce normal, après tout. Voilà ce qui arrivait lorsqu'on passait toute sa scolarité cachée au CDI – voire parfois aux toilettes –, à essayer de fuir les autres, tout le temps, craignant que leur compagnie ne s'avère finalement plus désagréable que la solitude.

— Maintenant qu'on vit ensemble, je vais te traîner à toutes les fêtes auxquelles je participe, décréta Anne avant de hausser les sourcils, comme une idée semblait soudain lui venir. Et ça commence dans quinze jours, avec celle du club, juste après le premier concours de la rentrée ! Erik y sera, lui aussi, si tu vois ce que je veux dire...

Emma était élève là-bas depuis des années, elle y travaillait depuis bientôt dix mois, et pourtant, personne ne lui avait parlé de cette soirée. Toutefois, elle oublia vite sa déception, sa gorge se serrant subitement en songeant à ceux qui, contrairement à elle, étaient nécessairement conviés à ce genre d'événement.

Enfin, à une personne en particulier, qu'elle tenait à éviter... même si la tâche allait être plutôt ardue.

— Forcément, lâcha-t-elle sans grand espoir, Louis y sera également, n'est-ce pas ?

Anne haussa les épaules, puis admit :

— En général, ces soirées consistent à fêter les prix qu'il a remportés durant le week-end. Donc oui, j'ai bien peur qu'il y soit. Mais on s'en fout, non ? Tu ne vas pas laisser ce connard t'empêcher de vivre, si ?

— Non, mais…

— Fin de la discussion, trancha Anne. Tu viens, un point c'est tout.

Emma avait des tas d'objections, mais elle était épuisée et n'avait aucune envie de reparler de ce qui s'était passé durant l'après-midi. Aussi préféra-t-elle garder le silence. Elle aurait tout le temps de se défiler plus tard.

— N'empêche, reprit son amie d'une voix plus faible, ça fait vraiment chier… Comment un mec peut-il être à la fois aussi sexy et brillant, tout en étant aussi mauvais, tellement moche à l'intérieur ? C'est dingue ! C'est dingue, et ce n'est pas juste.

Manifestement, Anne s'était un peu avancée en affirmant que son béguin pour Louis était passé…

— C'est surtout dangereux, marmonna Emma en se redressant. Tu ne devrais pas penser ça. Il n'y a pas que ce qu'il m'a dit aujourd'hui. Tu connais sa réputation, à la fac comme au club. Au lycée déjà, il était comme ça. Toutes les filles avec qui il est sorti ont été malheureuses par la suite, brisées, pour certaines. Les rumeurs disent même que si Catherine a sombré dans la dépression, c'est par sa faute.

— Je sais tout ça. Et je t'assure, j'avais envie de le gifler cet après-midi, pour les vacheries qu'il t'a balancées. Pourtant, malgré tout… Enfin, tu vois…

Non, elle ne voyait pas.

Emma ignorait où Anne voulait en venir exactement, mais une chose était sûre, quel qu'il puisse être, elle refusait d'avoir ce débat avec son amie.

— Bon, je crois que j'ai assez bu pour ce soir, conclut-elle en se relevant, coupant court à la conversation. Je suis crevée. Je vais aller me coucher, si ça ne t'ennuie pas.

Chapitre 5

Emma

Lundi 21 septembre 2015

— Alors c'est de cette façon que tu t'habilles pour aller en cours, maintenant ? lança Ève à sa fille, tandis que cette dernière la rejoignait pour le petit déjeuner.

Il avait été décidé qu'au moins une fois par mois Emma viendrait passer un week-end avec sa mère afin d'entretenir leurs liens. Fort heureusement, Emma avait eu beaucoup de travail au club hippique, ce qui lui avait évité d'avoir à rester trop longtemps coincée avec Ève, dont la compagnie s'avérait parfois passablement pesante. Finalement, ces deux jours s'étaient écoulés assez rapidement.

Emma démarrait la semaine avec un TD de deux heures en psychologie cognitive, une matière qui la passionnait.

— Je me suis toujours habillée comme ça, Maman, répliqua-t-elle d'un ton blasé, habituée à ce type de commentaires de sa part.

Un style sans goût particulier, des vêtements aux coupes larges et aux tons sombres, du noir au brun, en passant par le gris. Sans jamais s'autoriser la moindre fantaisie, afin de ne surtout pas attirer l'attention et de se fondre au mieux dans la masse.

— Plus depuis le collège, contesta Ève – pimpante, quant à elle, avec son maquillage élaboré et son tailleur minijupe. Franchement, qu'est-ce que c'est que cette guenille ? Tu as acheté ça récemment ? Ou tu l'as volé à un clochard ?

En effet, cette veste était vieille, et Emma ne l'avait pas sortie de son placard depuis plusieurs années. Mais elle était confortable et, plus appréciable encore, elle lui donnait l'impression d'être perdue sous le tissu.

Emma opta alors pour l'humour. Elle était de bonne humeur, ravie de suivre à nouveau ces cours qu'elle adorait, et ce n'était pas les piques de sa mère qui allaient gâcher ça.

— Le clochard bien sûr. Mais je l'ai lavé avant de le mettre, ne t'inquiète pas.

Elle avala son café presque d'un trait, puis repoussa sa chaise, s'apprêtant à quitter la table.

— Tu te crois maligne ? demanda Ève en pinçant les lèvres. À ce compte-là, je préférais encore ta période sweat à capuche. Tu es à l'université à présent, il serait peut-être temps de faire un peu attention à ta tenue, tu ne crois pas ?

Emma balaya la remarque de sa mère d'un sourire, puis déposa un petit baiser sur sa joue.

— Mais je fais attention, les grands gilets de ce style sont à la mode en ce moment, je t'assure, improvisa-t-elle sans grande conviction.

— Je dis ça pour toi, soupira Ève. Je ne veux que ton bien, ma chérie, tu le sais. Prendre un peu plus soin de toi augmentera tes chances de décrocher un bon job... et aussi de trouver quelqu'un.

Pour le job, elle ferait son possible, c'était certain, quant au second point...

— J'y songerai en temps et en heure, c'est promis, attesta Emma, tentant par tous les moyens de conserver son enthousiasme. Allez, je file. À bientôt, Maman, passe une bonne journée !

Là-dessus, Emma chipa l'une des barres de céréales allégées de sa mère puis s'esquiva promptement, avant que cette dernière ait pu ajouter quoi que ce soit.

Leur relation était tellement compliquée…

Emma avait quitté le domicile familial depuis moins d'un mois et c'était déjà comme un nouveau souffle pour elle.

Ève était très directive, et ses exigences avaient toujours eu tendance à étouffer Emma, l'écrasant sous un poids beaucoup trop lourd pour elle. Elle avait sans cesse l'impression que sa mère attendait d'elle qu'elle soit aussi rayonnante, belle et intelligente que l'avait été Pauline.

La barre n'était pas seulement haute, elle était tout bonnement hors d'atteinte. Pour quelqu'un comme Emma, en tout cas. Celle-ci faisait son possible pour avoir de bonnes notes en cours, mais c'était là son unique marge de manœuvre – et encore, contrairement à sa sœur, elle n'avait jamais été première de sa classe au collège… Pour ce qui était du reste, elle avait renoncé à essayer de soutenir la comparaison depuis bien longtemps.

Les parents d'Emma avaient divorcé presque un an jour pour jour après la mort de Pauline, leur couple ne parvenant guère à se remettre d'une telle épreuve. Depuis, son père avait refait sa vie ailleurs, disparaissant quasiment du paysage, quand Ève avait consacré toute son énergie à son emploi de comptable, tentant en parallèle et plus ou moins consciemment de diriger l'existence de sa fille.

La proposition d'Anne quelques semaines avant leur rentrée avait été une véritable aubaine, et Emma avait fait en sorte que sa mère ne puisse s'y opposer.

Grâce à la bourse qu'elle avait obtenue, son petit emploi au centre équestre, l'argent de plusieurs jobs d'été, d'anniversaires et autres Noëls économisé durant plusieurs années, sans parler du loyer modique que demandaient les parents de son amie, Emma était quasiment indépendante financièrement.

Elle avait bien vu qu'il avait été très difficile pour sa mère de la laisser partir – même si c'était pour s'installer seulement à une vingtaine de kilomètres de la maison. Mais elle avait su qu'il fallait saisir cette chance. Celle de peut-être enfin réussir à prendre un nouveau départ…

Quand Emma arriva en salle de cours et rejoignit Anne pour s'asseoir à la place que celle-ci lui avait gardée, elle trouva son amie un peu étrange. Son sourire était plus large que d'ordinaire, mais aussi légèrement crispé, et ses gestes, lorsqu'elle faisait tourner son stylo entre ses doigts, étaient empreints d'une certaine nervosité.

— Il y a quelque chose dont il faut absolument que je te parle, finit-elle par murmurer à Emma tandis que leur professeur s'installait derrière son bureau. Mais je préfère attendre ce soir, que nous ne soyons que toutes les deux. Parce que… c'est un peu compliqué à expliquer.

Emma passa la journée à s'interroger sur ce qu'Anne pouvait bien avoir à lui annoncer de si important et, visiblement, problématique. À plus forte raison après leur déjeuner, que son amie passa à observer son assiette sans y toucher, l'air ailleurs et inhabituellement silencieuse.

Finalement, Anne n'eut rien à dire. Emma comprit toute seule de quoi il retournait lorsque, en quittant le grand bâtiment où se tenaient les cours de droit, de lettres et de psycho, elles croisèrent Louis – vêtu comme de coutume d'un jean sombre et d'une chemise claire, aux manches nonchalamment roulées sur ses avant-bras –, entouré de son groupe d'amis.

Ils étaient en train de discuter sur l'esplanade, squattant l'un des bancs à leur disposition – toujours le même, comme pour en revendiquer en quelque sorte la propriété. Bien entendu, on retrouvait parmi eux les étudiants les plus populaires de leur fac. Un monde à part, où elles n'avaient définitivement pas leur place.

Anne se figea brutalement et serra son sac contre elle, son visage se décomposant soudain, comme si le ciel venait de lui tomber sur la tête. Emma suivit son regard et aperçut Ingrid, une élève de leur section – blonde, aux cheveux longs et au corps de déesse, absolument magnifique –, descendre des genoux de Louis. Pour ensuite l'embrasser à pleine bouche, avant de lui susurrer quelques mots à l'oreille et de s'éloigner.

Rien de nouveau sous le soleil… si ce n'était la réaction de son amie.

— Att… Attends-moi une minute, s'il te plaît, articula péniblement Anne avant d'avancer vers le groupe d'une démarche hésitante, comme attirée malgré elle.

Emma aurait voulu la retenir. Elle pressentait que ce qui allait se passer serait tout sauf bon pour son amie. Mais elle était déjà si loin. C'était trop tard, presque tout le monde l'observait à présent…

Malgré les rires moqueurs de ses comparses, Louis ne daigna se tourner vers Anne que lorsqu'elle fut juste devant lui. Plantée là, muette et tremblante, ayant forcément conscience qu'elle s'apprêtait à se ridiculiser.

Il haussa un sourcil désabusé, prit un air vaguement perplexe et garda le silence, attendant qu'elle s'exprime la première. Puis, l'espace d'un très bref instant – si bref qu'Emma se demanda si elle ne l'avait pas rêvé –, l'impressionnant regard céleste et faussement angélique de Louis dévia dans sa direction et un léger sourire – infime, mais dénotant une évidente satisfaction – retroussa le coin de ses lèvres.

— Est-ce que… est-ce qu'on pourrait discuter en privé ? quémanda Anne, la voix chevrotante et les poings serrés.

Louis plissa les yeux et l'examina encore un moment. Une moue blasée incurva ses lèvres lorsqu'il répondit :

— Pour quelle raison ?

Anne jeta aussitôt des regards affolés tout autour d'elle, tandis que les autres pouffaient de rire devant son embarras.

Emma fit un pas vers eux, espérant peut-être trouver quelque part en elle le courage d'intervenir et de prendre la parole face à tout un groupe… un groupe qui lui était manifestement hostile.

Mais déjà, son amie reprenait :

— Eh bien, peut-être parce que je pensais que nous sortions ensemble… mais visiblement, je dois m'être trompée…

— Tu… quoi ?! s'étonna Louis, plissant le front d'incrédulité et d'hilarité mêlées. Selon toute évidence, il y a eu méprise.

— Je crois qu'elle était à la soirée, samedi dernier, rappela Luc, un des acolytes de Louis, en licence de droit, lui aussi. Tu sais, la fille que Samantha a ramenée à la fin, en désespoir de cause.

— Ah, lâcha Louis en battant des paupières. Alors c'était toi ?

Il se frotta le visage d'une main tandis qu'Anne refermait les bras sur son sac, le pressant plus fermement encore contre sa poitrine.

— Merde, j'étais tellement bourré, soupira Louis. Navré, j'ai dû raconter un sacré paquet d'âneries pour que tu en viennes à imaginer un truc pareil. En fin de soirée, j'ai un peu tendance à baiser ce qui passe, donc ne le prends pas personnellement, d'accord ?

— Même pas un 4 pour celle-ci, avisa Luc en détaillant Anne des pieds à la tête. Fais gaffe quand même, mon pote. Qu'est-ce qu'on va récupérer, nous, si tu commences à taper en dessous de la moyenne ?

— Je vais me ressaisir, ne t'inquiète pas, assura-t-il. Je ne ferai pas deux fois ce genre de connerie, tu peux me croire. Enfin, ce n'est pas comme si je me souvenais de quoi que ce soit...

Les rires enflèrent autour d'eux, et Louis pinça les lèvres, feignant la retenue à grand-peine.

— Mais... cafouilla Anne, continuant à contempler Louis – comme s'il y avait la moindre chance pour que celui-ci revienne sur ses propos. Mais... Tu m'as... tu...

Emma se précipita vers son amie et l'attrapa par l'épaule pour la tirer en arrière. Immédiatement, le regard de Louis se braqua sur elle et son faux sourire disparut. À la place, une espèce de lueur bizarre, ressemblant à s'y méprendre à du défi, s'alluma au fond de ses prunelles.

Emma ignorait ce qui poussait ce type à se comporter de manière aussi cruelle et tordue. Elle ignorait quel genre de message il essayait de lui faire passer – à elle, qui ne lui avait absolument jamais rien demandé – en la toisant de cette façon. En revanche, elle avait désormais une idée assez précise de ce qui avait pu se passer avec Anne... comme à peu près tout le monde sur l'esplanade, du reste.

— On s'en va, souffla Emma, tentant de convaincre son amie.

Laquelle résistait, espérant apparemment obtenir une explication.

— S'il te plaît, viens, insista Emma.

Alors seulement Anne obéit et se laissa entraîner loin de Louis et de ses comparses.

Sur leur passage, un très lâche « sale pute » fut jeté, sans qu'Emma puisse en identifier l'origine. Puis ce fut la dégringolade...

— Encore une qui s'est fait avoir, constata avec une flagrante pitié une inconnue.

— Faut vraiment être une traînée pour accepter de coucher avec un mec qui se trimballe une telle réputation, grinça une autre.

— Ou une vraie conne, ricana une troisième.

Emma accéléra le pas, éloignant le plus rapidement possible Anne de tout ça, souhaitant de toutes ses forces qu'elle n'ait pas entendu les réflexions de leurs camarades.

Chapitre 6

Emma

Durant le bref trajet en voiture de la fac à l'appartement, Anne sanglota sans prononcer un seul mot, la tête appuyée contre la vitre, recroquevillée contre la portière. Ce n'est que lorsqu'elle fut chez elle, prostrée sur le canapé du salon, un mug de thé préparé par Emma dans les mains, que ses larmes commencèrent à se calmer.

— Elles ont raison, bredouilla-t-elle en plaquant la paume sur son front. Je ne suis qu'une pauvre conne… tellement, tellement niaise et stupide…

— Ne dis pas ça, lui interdit Emma. Tout le monde fait des erreurs.

Anne soupira, puis se redressa légèrement, son regard brun et brillant d'humidité remontant jusqu'à Emma.

— Il y en a de plus grosses que d'autres, quand même. En plus, ce n'est pas comme si tu ne m'avais pas mise en garde à son sujet. Il a été dégueulasse avec toi, et pourtant, je n'arrivais pas à l'oublier. Si tu savais, je suis amoureuse de lui depuis si longtemps…

Emma leva les yeux au ciel et ne put s'empêcher de soupirer :

— Oh, par pitié, dis-moi que cette fois c'est bel et bien fini.

Après ce que Louis venait de faire subir à son amie – la manière ignoble dont il les avait humiliées toutes les deux, même si le cas d'Anne restait évidemment nettement plus préoccupant –, Emma ne parvenait pas à comprendre comment celle-ci pouvait encore tenir un tel discours.

Anne serra les dents puis baissa le nez tandis que de nouvelles larmes dévalaient la pente de ses joues, laissant des traînées sombres, chargées de mascara, sur sa peau.

— Oui, balbutia-t-elle, sois tranquille. Puis, de toute façon, qu'est-ce que ça change ? Merde, mais qu'est-ce qui m'a pris ?! Pourquoi ai-je insisté devant tous ses amis ? J'aurais dû me douter que ça finirait mal... Maintenant, toute la fac va être au courant de ce qui s'est passé. Puis ça arrivera jusqu'au club aussi... et je vais devoir en assumer les conséquences...

— OK, reconnut Emma, c'est clair que ça craint. Mais bon, dans quelques jours, ils auront tous oublié, j'en suis sûre. Louis aura trouvé une autre fille à faire souffrir, qu'il ne manquera pas de traîner dans la boue, ça va de soi, et les commérages se concentreront sur cette nouvelle histoire.

— Si tu le dis, souffla Anne avec une grimace dubitative. Je ne sais pas comment j'ai pu en arriver là... J'espérais juste que...

Un sanglot secoua soudain la jeune femme, qui serra son poing devant sa bouche. Emma lui étreignit l'épaule, faute de savoir comment la réconforter.

— Est-ce que... est-ce que tu veux me raconter ce qui s'est passé ? hasarda-t-elle, imaginant que, peut-être, cela la soulagerait.

Son amie se frotta le visage, puis hocha lentement la tête. Elle se rencogna contre le dossier du canapé, et, avisant le mug qu'elle tenait entre ses doigts crispés, commença :

— J'étais seule à l'appart samedi dernier, puisque tu étais rentrée chez ta mère, et vers minuit, alors que j'étais en pyjama et que je m'endormais devant la télé, mon portable a sonné. C'était Samantha.

Samantha faisait plus ou moins partie du cercle de Louis et n'adressait pour ainsi dire jamais la parole aux deux jeunes femmes. Sauf quand elle séchait les cours et qu'elle avait besoin de récupérer les notes de quelqu'un. Dans ces moments-là, Anne devenait subitement l'une de ses plus grandes copines.

— Elle était à cette soirée, chez Luc, et elle m'a demandé si je voulais passer, poursuivit-elle. Je n'ai pas réfléchi, ce genre de proposition, ça ne se refuse pas. Tu comprends, c'était *the place to be*. Ils étaient tous là, tous ceux qui comptent...

Anne avait perdu pas mal des amis avec qui elle avait l'habitude de traîner l'année précédente, la plupart s'étant finalement tournés vers d'autres cursus. Depuis, la jeune femme s'évertuait à nouer de nouvelles relations. Par conséquent, Emma n'était pas très étonnée qu'elle ait sauté sur l'occasion d'approcher l'un des groupes les plus populaires de leur fac.

Puis elle savait maintenant ce qu'Anne ressentait pour Louis...

— Et il était là, lui aussi, termina Emma à sa place.

— Oui, admit son amie. C'est vrai, c'est surtout pour cette raison que je me suis précipitée là-bas. Au départ, mon intention était simplement d'essayer de lui parler, de faire en sorte que, peut-être, il s'excuse auprès de toi... Mais je n'ai même pas eu le temps de réfléchir à la façon dont j'allais l'aborder qu'il était déjà devant moi. Tu te rends compte, c'est lui qui est venu vers moi ! J'étais tellement surprise que j'ai tout oublié...

Anne s'interrompit, jeta un regard penaud à Emma, puis reprit :

— Il était différent, je t'assure. Il semblait s'intéresser à moi. J'ai laissé tout le reste de côté et j'ai saisi ma chance. Parce que... eh bien, parce que ça faisait des années que je rêvais qu'il pose enfin les yeux sur moi. Et très naïvement, j'ai cru que c'était le début de quelque chose, tout ça parce qu'il m'a demandé mon numéro... Tu te souviens, je voulais éprouver des sentiments pour le prochain. Ben cette fois, c'était le cas.

Emma inspira un grand coup pour se calmer.

Elle était tellement en colère contre ce sale type. Louis avait forcément dû deviner qu'Anne avait un sérieux penchant pour lui. Et il avait exploité cette faille, sans aucun scrupule. Il s'était ensuite arrangé pour la tourner en ridicule devant tous les autres, dans l'unique but de se mettre davantage en valeur. Manifestement, il aimait par-dessus tout entretenir et amplifier sans cesse cette réputation de salaud qui lui collait à la peau depuis si longtemps.

— Je ne comprends pas pourquoi il a prétexté qu'il était bourré, ajouta Anne. Je te jure qu'il avait l'air dans son état normal, ce soir-là.

Ce qui ne faisait que confirmer les hypothèses d'Emma.

— Il m'a donné son numéro, je devrais peut-être essayer de le joindre, bredouilla Anne en fixant tout à coup ses pieds, visiblement consciente que son idée était complètement idiote. Peut-être que...

— Non, hors de question, trancha fermement Emma.

Elle attrapa le téléphone de son amie, posé sur la table basse, et consulta devant elle sa liste de contacts. Anne l'observa sans un mot.

Lorsqu'elle arriva à Louis Deschaney, Emma découvrit avec stupeur que la jeune femme avait cherché à le joindre pas moins de douze fois depuis la veille. Que des tentatives d'appels. À aucun moment Louis n'avait décroché.

— Je le supprime, annonça Emma.

Elle guetta une éventuelle protestation, qui ne vint pas, puis s'exécuta.

— Il ne mérite pas la moindre marque d'intérêt de ta part, argua-t-elle. Ça reviendrait à jouer son jeu, et je suis persuadée que c'est exactement ce qu'il attend. Oublie-le, ignore-le et passe à autre chose. C'est le seul truc que tu peux faire susceptible de le contrarier un tant soit peu.

Anne approuva d'un faible signe de tête. Elle se tordit les doigts, paraissant subitement mal à l'aise, puis marmonna :

— Tu sais, je craignais de t'en parler parce que j'avais peur que tu m'en veuilles. Je suis soulagée de voir que ce n'est pas le cas. Mais ce ne sera pas si facile d'oublier. Je n'arrive même pas à regretter de l'avoir suivi dans cette chambre, samedi dernier. J'ignore comment j'aurais pu ne pas succomber, il est si attirant, tellement…

— Laid, termina Emma à la place de son amie. D'une *incommensurable* laideur. Même le plus brillant et épais des vernis ne peut que se craqueler sous autant de mauvaiseté.

— Oh, Emma, soupira Anne avec tant de scepticisme que c'en était presque offensant. Ne me dis pas que tu aurais réagi différemment, si ça avait été à toi que Louis avait fait des avances.

Emma se garda bien de répondre et se contenta de hausser les épaules, comme si le doute était permis. Or, elle savait pertinemment que jamais elle n'aurait accordé une once de confiance à un tel homme – qu'elle ait été ou non suffisamment à son goût. Enfin, ce n'était pas comme si ce genre de cas de figure pouvait se présenter… Anne avait-elle déjà oublié les horreurs que Louis lui avait balancées moins d'une dizaine de jours auparavant ? Avait-elle oublié la conversation qu'elles avaient eue, toutes les confidences d'Emma ?

Mais Anne était bouleversée, elle n'avait probablement pas vraiment réfléchi. Aussi Emma préféra-t-elle ne pas relever.

En revanche, quelques heures plus tard, une fois seule dans sa chambre, à la lueur de sa lampe de bureau, Emma se surprit à se laisser aller sur le papier, se déchaînant comme jamais.

Depuis des années, elle tenait un journal, faute d'ami à qui se confier. C'était certainement plutôt puéril comme exercice, cependant cela l'avait beaucoup aidée au quotidien – notamment durant certaines périodes assez compliquées de sa vie. C'était une habitude qu'elle avait conservée, comme un besoin. Presque une thérapie finalement.

Après le décès de sa sœur, quand, au collège, les moqueries et le harcèlement avaient commencé, Emma s'était fait la promesse de ne jamais haïr personne. Parce que ça aurait été la solution de facilité. Parce que ça aurait été répondre à la haine par la haine. Cela n'avait pas été simple, mais elle était parvenue à se tenir éloignée de ce genre de ressentiment.

Pourtant, aujourd'hui, elle n'y arrivait plus.

L'encre s'écoulait de son stylo, encore et encore, pour déverser sur son carnet toute l'aversion qu'elle éprouvait, la répugnance qui l'assaillait lorsqu'elle songeait à ce sale type. Cette ordure qui, non content de s'en être pris à elle, s'était également joué de son amie, profitant d'elle et de ses faiblesses pour mieux l'humilier ensuite.

C'était la première fois qu'elle insultait quelqu'un avec autant de virulence – sur le papier, mais aussi de manière générale. Néanmoins, et bien que ses mots ne soient adressés qu'à son journal, Emma ne put s'empêcher d'en tirer un certain réconfort.

Chapitre 7

Emma

Dimanche 27 septembre 2015

— Je persiste à penser que c'est une mauvaise idée, argua Emma tandis qu'elle aidait l'un des enfants du petit groupe qu'on lui avait récemment confié à descendre de son poney shetland.

— S'il te plaît, insista Anne, joignant les mains devant elle comme pour la supplier.

Emma soupira puis, après s'être assurée que tous avaient mis pied à terre et tenaient correctement les rênes de leurs montures, s'adressa aux cavaliers en herbe :

— Tout le monde me suit, on fait une jolie file indienne, s'il vous plaît. Cap sur les écuries, moussaillons !

— Cap sur les écuries ! répéta le seul garçon de la bande, lui offrant un magnifique sourire.

Emma adorait s'occuper des enfants. À leur contact, elle se sentait différente, libre d'être fantasque et exubérante s'il lui en prenait l'envie.

Gloria Deschaney, la directrice du centre équestre – et accessoirement, la tante de cet enfoiré de Louis – lui avait d'abord attribué la gestion des groupes en stage durant les vacances scolaires. Emma avait alors été chargée des repas, ainsi que de toutes les animations hors leçon d'équitation. Mais depuis la rentrée, vu son bon contact avec eux, Gloria lui avait carrément confié l'initiation des plus jeunes aux sports équestres.

— Tu ne peux pas refuser, tu t'étais engagée à venir, plaida Anne tout en secondant l'un des élèves dont le poney préférait brouter quelques brins d'herbe en bordure de chemin.

— C'est faux, protesta-t-elle, un peu agacée. Je n'ai rien accepté du tout, je te signale.

— J'ai *besoin* de m'amuser, continua Anne, assenant son ultime argument. Et je ne pourrais pas y aller sans toi. Il me faut un garde-fou, quelqu'un qui m'empêche de faire de nouvelles bêtises... Une vraie amie, quoi. Tu sais quelle semaine horrible je viens de traverser...

Ça oui, Emma le savait. Elle avait vécu ces instants avec Anne, l'avait vue se recroqueviller chaque fois qu'elles avaient croisé Louis et ses amis, l'avait vue s'arrêter brusquement de respirer quand, régulièrement, des murmures insultants leur parvenaient, semblant lancés par personne en particulier et tout le monde en même temps.

Plusieurs fois, Emma s'était surprise à devoir serrer les dents, se retenant à grand-peine de répliquer. Subir les quolibets de ses camarades était une chose, c'en était une tout autre lorsque ceux-ci visaient une amie. L'amertume que nourrissait Emma à l'égard de Louis n'en avait fait que croître, si bien qu'il en était venu à occuper toutes ses pensées. Son journal – où un réquisitoire des plus corrosifs, non exhaustif, à son encontre avait été dressé au fil de la semaine – en témoignait.

La perspective de devoir prendre part à une fête à laquelle non seulement il assisterait, mais dont il serait même probablement le roi – les autres ne manquant guère de célébrer ses victoires accumulées au cours du week-end –, lui était presque insupportable.

Emma et son groupe d'élèves miniatures arrivèrent aux écuries – pour ainsi dire désertes, puisque quasiment tout le monde se trouvait au concours hippique qui avait lieu dans un autre club, à une trentaine de kilomètres de là. Tandis qu'elle et son amie aidaient les enfants à s'occuper de leurs poneys, Emma réfléchissait.

Anne avait-elle raison de vouloir se rendre à cette soirée ? Après tout, ne pas y aller – quand ça paraissait tant lui tenir à cœur – uniquement parce que Louis y serait présent, n'était-ce pas donner satisfaction à ce dernier ? N'était-ce pas lui accorder plus d'importance qu'il n'en méritait ?

— J'en ai *vraiment* besoin, répéta Anne d'un ton plus grave.

Il n'en fallut pas davantage pour convaincre Emma.

— D'accord, on fera comme tu voudras.

— Oh, génial ! s'exclama Anne, retrouvant subitement le sourire – celui-là même qu'elle avait perdu depuis plusieurs jours. Tu me laisseras te maquiller ? Et te coiffer ? Ah, et choisir tes vêtements aussi ?

— Mais enfin, quel est le rapport ? se récria Emma. J'ai dit oui pour la fête, pas pour jouer les poupées.

— Allez, ce sera marrant ! Puis ça me changera les idées... Sans compter que de nous deux, je suis la seule à avoir de l'expérience en matière de soirées.

— C'est gentil de me le rappeler.

— S'il te plaît, enchaîna Anne en battant des paupières, se lançant dans une excellente imitation du regard triste du Chat Potté.

Emma prit une grande inspiration, puis soupira.

— Bon, très bien, capitula-t-elle encore. Si ça peut t'amuser, après tout.

À quoi n'aurait-elle pas consenti pour faire plaisir à cette amie en détresse ? Anne ne devait certainement pas s'en rendre compte, mais accepter une telle chose était un véritable défi pour Emma.

Elle qui craignait de se retrouver avec une tête de clown fut agréablement surprise une fois face au miroir, les préparatifs achevés.

Son amie avait eu la bonté d'avoir la main relativement légère sur le maquillage. Elle s'était essentiellement concentrée sur ses yeux, qu'elle avait joliment soulignés d'un trait de crayon noir et d'un soupçon de fard brun. Ses cils paraissaient presque démesurés, ainsi recourbés et recouverts de mascara. L'effet était étrange, mais pas moche pour autant. En revanche, le rouge à lèvres rose tendre – pourtant discret – qui teintait sa bouche lui donnait l'impression d'être déguisée.

— Mon Dieu, ce que tu es belle, Emma, lâcha Anne, contemplant avec elle son reflet dans le miroir.

Emma se détourna et baissa la tête, tellement, tellement mal à l'aise…

— C'est faux, j'ai l'air ridicule, souffla-t-elle en tirant sur le pull de fin coton noir et plutôt moulant que lui avait prêté son amie, si long qu'il ressemblait à une robe. Je ne peux pas me permettre de porter ce genre de vêtement avec le postérieur que j'ai… Enfin quoi, on voit tout avec ça !

— On te voit, *toi*, corrigea Anne. Ça n'a rien d'indécent, au contraire, ça reste très sage comme tenue. Puis qu'est-ce que tu lui reproches, à ton cul ? Kim Kardashian a à peu près le même et elle en a fait son atout majeur.

Emma faillit s'étrangler d'indignation. Parler ainsi de son propre physique lui était un tel calvaire…

Elle ignorait comment prendre la remarque d'Anne. Son premier réflexe était de s'en offusquer. Mais elle savait que son amie essayait juste de se montrer honnête avec elle. Honnête et bienveillante.

— Ben, je ne suis pas vraiment fan, marmonna-t-elle sans parvenir à lever de nouveau les yeux vers le miroir.

— On s'en fout, c'est pour le principe, conclut Anne avant de lui saisir la main pour l'entraîner subitement vers la porte. Allez, assez tergiversé, on y va ! On va être les dernières là-bas, si ça continue. Je ne sais pas pour toi, mais je ne tiens pas spécialement à me faire remarquer d'entrée de jeu...

— Espèce de traîtresse ! s'exclama Emma, se sentant subitement piégée.

Parce qu'en vérité, elle n'avait pas réellement envisagé de sortir ainsi. Elle pensait qu'elle aurait au moins le temps de retirer cette saleté de rouge à lèvres et de se changer.

Anne se contenta de rire et Emma eut enfin la sensation de retrouver son amie, insouciante et enjouée, comme avant l'épisode « Louis ». Ce n'est que lorsqu'elle fut dans la voiture, prête à tourner la clé dans le contact, qu'elle réalisa ce qu'elle s'apprêtait à faire.

Se montrer, oser quitter le couvert de sa chambre sans sa carapace de tissu ample et informe... avec de surcroît le visage barbouillé de maquillage, comme un panneau appelant à grands cris le regard des autres.

Avait-elle complètement perdu l'esprit ?!

— Tout va bien se passer, promit Anne, qui avait remarqué son hésitation. On va l'éviter autant que possible et il n'y aura aucun problème. C'est *notre* soirée, et on ne le laissera pas nous la gâcher. Ni lui ni personne.

Emma se garda de répondre qu'elle ne songeait en fait qu'à elle-même et à l'embarras qu'elle ressentait à l'idée d'être ainsi apprêtée, s'en trouvant presque paralysée d'angoisse.

Quoique, à la réflexion, n'était-ce pas précisément les potentielles remarques et autres persiflages acides et désobligeants de Louis qui l'effrayaient plus que tout le reste ?

— Tu as raison, on emmerde ce connard, finit-elle par approuver, prise d'une soudaine bouffée de détermination.

Elle se demanda d'où un tel courage pouvait lui venir, ça lui ressemblait si peu. Mais elle ne prit pas le temps d'y réfléchir. Elle savoura ce petit goût de défi, aussi pétillant que vivifiant, sur sa langue – lequel ne durerait pas, elle le savait –, puis démarra.

Chapitre 8

Emma

Quand Emma et Anne arrivèrent au centre équestre, elles trouvèrent tous les cavaliers en compétition durant le week-end – ainsi qu'une poignée d'autres, qui avaient l'habitude de les suivre – réunis au club-house, une coupe de champagne à la main. On leur en tendit une à chacune dès l'instant où elles franchirent la porte, les accueillant comme si elles étaient attendues.

La musique était forte, l'ambiance étonnamment chaleureuse, et la liesse se lisait sur tous les visages.

— Salut, lança Erik en traversant la foule pour venir vers elles, paraissant un peu surpris. Emma, tu… enfin… ça te va bien. De porter autre chose que l'habituelle tenue d'équitation, je veux dire.

Emma fronça les sourcils et se sentit rougir violemment.

Elle ignorait si la remarque d'Erik lui faisait plaisir ou non. Sans doute essayait-il simplement de se montrer courtois, ou encore de la réconforter un peu, après avoir assisté aux attaques blessantes de Louis. Quoi qu'il en soit, cette situation la plongeait dans le plus grand désarroi.

Bon sang, pourquoi ne s'était-elle pas changée ?!

— Elle est jolie comme ça, n'est-ce pas ? insista Anne avec un naturel assez bluffant.

Emma aurait bien écrasé le pied de sa prétendue amie, mais elle se retint et se força à sourire, en dépit de la gêne immense qui enflait en elle. Elle savait que le pull, le maquillage, ainsi que l'abandon de son éternelle queue-de-cheval étaient une mauvaise idée, et pourtant, elle était venue ainsi affublée malgré tout. Mince, mais qu'est-ce qui lui avait pris ?!

À présent, elle rêvait d'être une souris pour pouvoir se faufiler dans un trou.

— Bien sûr, convint poliment Erik, une expression légèrement perplexe se peignant sur ses traits.

— Alors, ces scores ? rebondit immédiatement Emma pour changer de sujet.

Très grand, brun, des yeux gris à la lueur perpétuellement mélancolique, une mâchoire carrée, mais des traits fins, Erik – bien que peu communicatif, plutôt discret et placide – était un homme très séduisant. Accessoirement, c'était aussi quelqu'un sur qui on pouvait compter. Sans son intervention, deux ans plus tôt, Emma serait morte noyée.

Elle n'avait jamais pu oublier ce moment très étrange, tandis qu'elle errait entre conscience et inconscience, durant lequel il lui avait murmuré ces mots curieux, dont elle peinait à se souvenir, tout en la serrant dans ses bras si chauds et réconfortants. Se laisser aller à accorder du crédit aux sous-entendus d'Anne et imaginer qu'il existait une chance pour que quelque chose se passe entre eux était très dangereux. Mieux valait assurément s'en préserver…

Erik plissa le front, puis soupira :

— Les scores sont… Eh bien, disons qu'ils n'ont rien de très surprenant. Ces compétitions, c'est toujours un peu la même rengaine, non ?

— C'est bon, tout le monde a de quoi trinquer ? s'enquit Catherine, l'une des monitrices, avant d'adresser un signe de tête affirmatif à Gloria, la directrice du club hippique.

Gloria, qui devait avoir à peine plus de la trentaine, était comme de coutume divine dans une robe pourpre évasée, aussi élégante que si elle avait passé la journée à se pomponner – quand elle était en fait restée auprès de ses cavaliers à les coacher, les épauler sans relâche. Cette dernière leva son verre, puis déclara :

— À Louis ! Trois catégories, trois victoires et autant de coupes qui viennent compléter la vaste collection familiale. Je crois que je peux dire, encore une fois, que je suis extrêmement fière de mon neveu. Je suis sûre que, de là où ils se trouvent, tes chers et regrettés parents le sont également.

Tout le monde – sauf Emma, qui préféra avaler un peu de champagne à la place – cria son nom, et l'assemblée s'écarta de façon à ménager un petit espace au centre de la pièce. Louis apparut, les cheveux encore humides de la douche qu'il avait dû prendre quelques minutes plus tôt, en jean sombre et chemise gris pâle, un verre déjà vide à la main et l'air à peine satisfait.

Édouard poussa une nouvelle acclamation pour féliciter son ami, avant de s'exclamer :

— Bon, OK, c'est cool, mais en même temps ça commence à bien faire, vieux. J'en ai un peu ma claque d'arriver toujours deuxième à cause de toi !

Cette fois, Louis dégaina son sourire mi-charmeur mi-arrogant, tandis que les autres approuvaient en riant. Puis il jeta un rapide regard en direction de sa tante. Un regard glacial, plutôt effrayant, avant de revenir à Édouard, comme si de rien n'était.

— Naturellement, je félicite également tous ceux qui ont remporté des prix durant ces deux jours, ajouta Gloria, ses traits se crispant légèrement. Ici, nous formons des cavaliers d'exception et vous me le prouvez un peu plus chaque fois. Merci à tous ! Bien, laissons les jeunes entre eux maintenant.

Elle fit signe aux monitrices ainsi qu'aux quelques personnes de son âge présentes dans la salle de la suivre. Ils se retirèrent ensemble, préférant apparemment terminer la soirée de leur côté.

Édouard tendit une nouvelle coupe à Louis, que ce dernier vida d'un trait. Édouard l'imita en terminant d'une longue gorgée la sienne, avant de faire remplir derechef leurs verres à tous deux.

Les yeux clairs de Louis se promenèrent alors quelques secondes sur l'assemblée, puis s'arrêtèrent brusquement sur Emma. Laquelle, pour une fois, refusa de baisser la tête.

Peut-être était-ce déjà l'effet du champagne qui se faisait sentir, la rendant plus téméraire. Quoi qu'il en soit, elle décida qu'elle ne ploierait pas sous le pesant examen de ces prunelles à l'éclat si intimidant. Pas ce soir.

Louis cilla l'espace d'un bref instant, puis fronça les sourcils. Après quoi, il se mit à l'observer fixement, comme elle-même le faisait déjà, attendant probablement qu'elle flanche la première.

Et elle allait céder, le malaise l'étreignant, l'étouffant peu à peu, quand Édouard, sans doute intrigué, se tourna dans sa direction. Il eut une moue goguenarde en apercevant Anne et glissa quelques mots à l'oreille de Louis, l'obligeant à se détourner.

— On aurait dit que tu lui faisais un doigt d'honneur, déclara Anne d'un ton amusé.

Il était impossible que son amie n'ait pas remarqué qu'Édouard était en train de parler d'elle, mais peut-être préférait-elle ne pas s'attarder là-dessus. Après tout, elle avait eu plus que son lot de médisances et de messes basses durant la semaine.

— Q-Quoi ? cafouilla Emma, totalement déconcertée.

— La façon dont tu as fusillé Louis du regard, explicita Anne. Je n'en reviens pas, il avait l'air trop choqué. Un peu comme si tu lui avais fait un doigt d'honneur… Attends, tu n'as quand même pas fait ça ?!

— Mais non, démentit-elle. Tu es malade ou quoi ? Tu me vois vraiment, *moi*, faire ce genre de geste ?

Anne éclata de rire, puis secoua la tête.

— Non. Carrément pas ! Mais qu'est-ce que ce serait drôle !

— On verra, après tout, en fin de soirée, si on est assez éméchées, on pourrait bien lui signifier ensemble le fond de notre pensée, proposa Emma.

— Compte sur moi !

Elles se tapèrent dans la main en s'esclaffant comme deux idiotes.

Évidemment, c'était tentant. Dans un monde où Emma n'aurait eu peur de rien, où s'afficher dans un pull ajusté n'aurait pas été aussi angoissant – au point d'en être presque une torture –, peut-être aurait-elle été sérieuse. Mais dans la réalité, qu'elles aient toutes les deux eu envie ou non d'insulter ce sale type, elles allaient plutôt s'efforcer de l'ignorer, ainsi qu'elles l'avaient initialement prévu.

Au bout d'un moment, Anne rejoignit les filles – des cavalières de leur cours, pour la majeure partie – qui s'étaient mises à danser au centre de la pièce. Emma alla s'asseoir sur un pouf non loin afin de regarder son amie et rire avec elle lorsque celle-ci esquissait des figures ridicules juste pour l'amuser.

Vers 3 heures du matin, alors qu'Emma ne savait plus comment faire comprendre à Anne qu'elle ne viendrait pas se trémousser avec elle sur la piste improvisée, des cris hystériques s'élevèrent soudain dans le club-house.

Emma n'eut qu'à suivre le regard des autres pour découvrir la source de cette agitation.

Édouard, en sueur, ne portait plus qu'un pantalon – venant apparemment d'ôter son tee-shirt, qu'il avait encore à la main – et observait Louis d'un air de défi. Lequel leva un sourcil dédaigneux en réponse aux exclamations qui le sommaient d'imiter son ami.

En quelques gestes agiles, Louis retira à son tour sa chemise... révélant un torse aux muscles étonnamment affirmés, aussi secs que puissants, aux abdominaux saillants et aux épaules larges, parfaitement dessinées.

Emma dut batailler contre elle-même pour réussir à s'arracher à la contemplation de ce spectacle, bien plus impressionnant qu'elle ne l'aurait cru. Bien plus agréable qu'elle ne l'admettrait jamais, renforçant encore l'aversion qu'elle éprouvait pour ce type – si tant est que ce fût possible.

Cependant, fatalement, ses yeux revinrent se poser sur Louis à peine quelques secondes plus tard, lorsque Édouard – sa voix chevrotante trahissant son degré d'ivresse – lança à son comparse :

— Le premier qui arrive à cheval tout en haut de la butte !

Chapitre 9

Emma

Le centre équestre, en plus d'un manège couvert de fort beau gabarit, était agrémenté de deux carrières d'entraînement, dont une, aux dimensions considérables, se terminait à mi-hauteur d'une colline.

Colline au sommet de laquelle – au-delà de la grande clôture délimitant le territoire du club – s'élevait ensuite le château de la ville.

Les lèvres de Louis s'étirèrent subitement en un sourire aussi ravi que joueur, assez différent de ceux qu'il affichait d'ordinaire. Il ne perdit pas une seconde et bondit en avant, présentant un dos plein de reliefs, aux muscles déliés roulant sous sa peau, s'élançant à toute allure hors du club-house, Édouard, un peu pris de court, sur ses talons.

Aussitôt, toute l'assemblée se précipita à leur suite pour les observer. Emma et Anne, entraînées par le mouvement – à moins que ce ne soit par la curiosité –, suivirent la foule.

À l'occasion de la soirée, toutes les lumières extérieures étaient restées allumées, éclairant les écuries quasiment comme en plein jour.

Louis parvint en un éclair au box de Thanos – son cheval à la robe entièrement noire. Il ralentit à peine, saisit le haut du panneau de bois pour se hisser d'un saut agile, presque félin, à l'intérieur. Il déverrouilla le battant et en ressortit seulement quelques secondes plus tard, après avoir passé une bride à sa monture.

À cet instant, la jument d'Édouard – qui ne portait qu'un filet, elle aussi – sortit des stalles, son cavalier ramassé sur lui-même pour ne pas se cogner contre le montant de la porte.

Louis l'aperçut et se mit à courir plus vite encore aux côtés de Thanos. Sans s'arrêter, il agrippa une poignée de crins noirs et, profitant de l'élan ainsi que de cet appui, il bondit puissamment pour s'élever dans les airs et atterrir avec une souplesse incroyable sur le dos de son cheval lancé au galop.

Les garçons franchirent le portail des écuries ensemble, traversèrent à fond de train le parking qui séparait les box du lieu d'entraînement, et très vite, Louis prit la tête.

— Quelle bande d'abrutis, maugréa Erik comme pour lui-même. Jamais ils ne se calmeront…

Emma, interloquée, se tourna vers lui et le vit enclencher l'éclairage de la grande carrière, afin d'éviter aux deux jeunes hommes de se retrouver à faire la course à la seule lueur de la lune. Ne sachant trop quoi faire, elle se laissa entraîner par Anne, qui la tirait par la main afin d'emboîter le pas aux autres convives.

Tous se hâtèrent jusqu'à la carrière, refusant de manquer une miette de ce qui semblait être l'attraction de la soirée. Quand elles y parvinrent – quasiment les dernières, seul Erik se trouvant derrière elles –, Louis et Édouard commençaient à gravir le morceau de colline appartenant au centre équestre, sur lequel un parcours de cross était installé.

Louis, presque couché sur l'encolure de Thanos, atteignit le sommet le premier, mais n'en resta pas là pour autant. Histoire d'asseoir sa victoire, il dirigea son cheval vers la barrière en contrebas et la passa sans difficulté, se réceptionnant avec autant d'aisance que d'ordinaire.

Après quoi, il fit ralentir sa monture sous les applaudissements de l'assemblée et avisa son concurrent, demeuré quant à lui en haut de la colline, à l'extrémité de la clôture, au point d'arrivée qu'il avait lui-même fixé.

Le torse nu de Louis se soulevait et redescendait au rythme effréné de sa respiration. Il souffla un grand coup et sourit à nouveau, prenant manifestement beaucoup de plaisir à ce jeu.

— Tu es malade, à cru, c'est super galère ! s'écria Édouard, hésitant visiblement à prendre le même chemin que son ami.

Louis haussa nonchalamment les épaules et Édouard, piqué au vif, se rua finalement vers la barrière, qu'il franchit à son tour. Puis il poussa un cri de satisfaction, comme si vaincre ses craintes lui était jouissif.

Louis éclata de rire et, l'air satisfait, fit mine de rejoindre son ami. Mais ce dernier désigna du menton l'un des obstacles de C.S.O.[1] qui jonchaient la carrière, aux barres s'élevant à plus d'un mètre du sol, et le défia à nouveau en réclamant :

— Plus haut !

Le sourire de Louis s'atténua. Il jeta un rapide regard de côté, revint à son comparse et acquiesça aussitôt d'un signe de tête.

— À toi l'honneur, puisque tu as encore gagné, l'invita Édouard, la main tendue, comme s'il faisait une fleur à son ami.

Louis exécuta une volte au petit galop avec Thanos, en toute décontraction, puis se plaça face à l'obstacle. Qu'il traversa encore une fois sans problème.

1. Concours de saut d'obstacles. (*N.d.É.*)

S'il y avait une chose qu'on ne pouvait lui retirer, c'étaient bien ses talents de cavalier émérite. Si Louis était charismatique en temps ordinaire, à cheval, il avait une prestance sans pareille.

La foule applaudit, se réjouissant d'un tel divertissement.

Puis ce fut au tour d'Édouard, qui imita son ami. Il se réceptionna avec nettement plus de raideur, peinant à demeurer stable sur le dos de sa jument sans une selle, mais n'en exigea pas moins, sitôt après :

— Encore plus haut !

Louis perdit tout à fait son sourire et fronça les sourcils, le jeu semblant tout à coup ne plus l'amuser. Pourtant, il s'empressa d'accepter, comme s'il était incapable de décliner les bravades de son ami.

— Stop, arrêtez ça, c'est n'importe quoi ! ordonna Erik en se baissant pour passer sous la clôture et aller à leur rencontre.

Mais c'était peine perdue. Deux jeunes filles se précipitèrent dans la carrière pour monter les barres de plusieurs crans. Louis était déjà au galop, s'élançant vers l'obstacle, quand Erik parvint à sa hauteur.

Cela ne le ralentit même pas. Il l'ignora et fonça. Thanos décolla et passa au-dessus de l'oxer[1], son cavalier accompagnant le saut avec toujours autant de grâce et d'adresse.

— Tu ne me laisses pas le choix, Louis, prévint Erik. Je vais aller chercher Gloria.

Louis lâcha un rire rauque et rétorqua avec un mépris évident :

— Et qu'est-ce que j'en ai à foutre ? Je suis majeur et vacciné, et Thanos n'appartient qu'à moi. Tu veux qu'elle fasse quoi, Gloria ?

---

1. Obstacle composé de deux plans verticaux de barres parallèles, séparés par une distance variable. (*N.d.É.*)

Si la directrice du centre équestre possédait la plupart des chevaux se trouvant dans ses écuries, ce n'était pas le cas de tous. Louis faisait en effet partie des quelques cavaliers propriétaires de leurs montures – tout comme Édouard, ou encore Anne.

Erik secoua la tête de dépit et rebroussa chemin, s'apprêtant malgré tout à mettre sa menace à exécution. Édouard, tout aussi entêté que son comparse, en profita pour franchir l'obstacle. Il se retrouva sur l'encolure de sa jument, mais parvint rapidement à se ressaisir et éviter la chute. Puis il leva les bras au-dessus de lui, lâchant les rênes, pour réclamer les applaudissements de ses camarades.

Lesquels l'acclamèrent, incitant les deux cavaliers à poursuivre leur jeu stupide.

La maladresse d'Édouard aurait dû le décider à tout arrêter, mais il n'en fut rien. Au lieu de quoi, il exigea :

— Mettez au plus haut, les filles, après, ce sera trop tard, on ne pourra plus être tranquilles.

Ces dernières s'observèrent l'une l'autre, se demandant manifestement si elles devaient obéir, tandis qu'une rumeur inquiète enflait dans l'assemblée.

Les traits de Louis se chargèrent de colère, il était visiblement mécontent du tour que prenait la soirée.

— Alors, tu as les boules, Monsieur-le-premier-de-la-classe ? le nargua Édouard.

— Tu aimerais bien, repartit Louis avant de faire signe aux jeunes filles de suivre les instructions d'Édouard.

Elles obtempérèrent et montèrent les barres au cran le plus élevé, l'oxer avoisinant alors 1,75 mètre.

— De vrais coqs, ces deux-là, commenta avec amusement Sabine, une élève du même cours qu'Emma et Anne.

Cette dernière jeta un coup d'œil à Emma et marmonna, un pli soucieux barrant son front :

— Ça devient vraiment dangereux.

Emma partageait son avis. Cependant, ce n'était pas de l'inquiétude qu'elle ressentait, mais de l'irritation. Voir les deux jeunes hommes se défier ainsi, tout ça pour accaparer l'attention de leurs camarades, lui paraissait tellement grotesque. D'ailleurs, elle et Anne auraient mieux fait de partir. Assister à ça, c'était le cautionner, d'une certaine façon.

— Louis a l'habitude, il s'est déjà entraîné à cette hauteur, plaida Sabine.

— Peut-être, mais pas sans un minimum de préparation et le harnachement adéquat, contesta David – un cavalier qui participait généralement aux mêmes épreuves que Louis en compétition. Sans selle et avec tout ce qu'ils ont bu... En plus, ils oublient que leurs chevaux sont déjà épuisés des concours du week-end. Erik a raison, on ne devrait pas les laisser faire.

— Il va se vautrer, présagea un autre d'un ton fataliste.

— Si seulement, plaisanta Emma, s'attirant les regards outrés d'Anne et de Sabine, apparemment peu clientes de ce genre d'humour.

Même pour rire, jusqu'ici Emma n'avait encore jamais souhaité le malheur de personne – du moins, pas consciemment. Mais l'aversion sans cesse croissante qu'elle nourrissait à l'égard de Louis commençait sérieusement à entamer ses principes.

Elle allait tourner les talons, totalement exaspérée par cette démonstration de force aberrante, mais à cet instant, Louis s'engagea en direction de l'obstacle.

Chapitre 10

Emma

Elle ne put s'empêcher de suivre Louis des yeux, absorbée malgré elle par la façon dont il se tenait sur sa monture. Fier, sûr de lui, chevauchant avec cette aisance dingue, cette facilité et cette maîtrise presque totale de l'animal, tellement déconcertantes. Néanmoins, l'expression de son visage était d'une extrême gravité.

Louis avait peut-être trop bu, il savait cependant quel risque il prenait, c'était évident.

Une fois devant l'impressionnant oxer, Thanos prit son appel d'une puissante battue et Louis se jeta en avant pour l'accompagner, ses mains glissant comme par réflexe sur l'encolure de sa monture. Le cheval et son cavalier planèrent au-dessus des barres, s'élevant dans les airs à une hauteur vertigineuse, et Emma retint son souffle. Le spectacle avait beau être effrayant, il n'en était pas moins grisant…

Thanos bascula vers le bas et Louis se redressa avec souplesse afin de suivre son mouvement, amorçant la réception à la perfection. Mais c'est alors que les membres du destrier à la robe sombre ployèrent, l'énergie semblant tout à coup lui manquer pour encaisser l'impact d'un tel saut. Thanos trébucha malencontreusement, piqua du nez, puis perdit complètement l'équilibre, fauchant les barres de ses postérieurs.

Le cheval se trouva soudain entraîné vers l'avant, renversant l'obstacle dans un grand fracas de bois brisé, et rien de ce que fit Louis ne l'aida à se rétablir. L'imposant animal s'effondra et roula sur lui-même, écrasant son cavalier de tout son poids.

Des cris d'horreur retentirent parmi les spectateurs et Emma ne put que plaquer sa main sur sa bouche, prise de panique, regrettant de ne pouvoir ravaler ses mots.

Il y eut un instant étrange, durant lequel – à l'exception d'Erik, qui revenait en courant à toutes jambes – personne ne bougea, comme unanimement sonné par la violence de la scène.

Puis tout s'accéléra et ce fut la cohue.

La foule se précipita d'un seul élan vers Louis et son cheval, tous deux à terre.

Épouvantées, Emma et Anne suivirent leurs camarades. Elles découvrirent avec effroi l'animal, encore en vie – mais dont l'un des membres présentait une abominable fracture ouverte tandis qu'un autre était bizarrement tordu –, qui tentait vainement de se relever, broyant un peu plus le corps inerte de Louis à chacun de ses mouvements.

— Écartez-vous ! hurla Erik en se laissant tomber à genoux au sol près du jeune homme, évitant de peu un coup de sabot de Thanos.

Derrière Emma, quelqu'un contactait les pompiers, la voix tremblant d'affolement.

Un grognement guttural, déchirant, résonna dans toute la carrière lorsque Erik essaya de dégager Louis, repoussant le cheval comme il pouvait. En dépit des directives du palefrenier, David se joignit à lui et l'aida à délivrer Louis. Ensemble, ils le traînèrent sur presque trois mètres, juste pour l'éloigner de la bête à l'agonie et le mettre à l'abri.

Édouard, demeuré au loin, descendit lentement de sa jument, l'air aussi stupéfait qu'ahuri.

— Oh, mon Dieu, ne put se retenir de souffler Emma devant la quantité de sang qui imprégnait déjà le sable.

Jamais, de toute sa vie, elle n'en avait vu autant...

Le torse de Louis présentait de nombreuses écorchures, l'une de ses tempes était maculée de rouge, mais le plus préoccupant restait ses jambes. L'une d'elles formait un angle anormal, très dérangeant, et son jean était déchiré à plusieurs endroits, dévoilant d'impressionnantes blessures.

— Les secours ! s'exclama Erik. Quelqu'un a-t-il appelé les secours ?!

— Ils arrivent ! répondit la voix du jeune homme derrière Emma.

Le visage crispé de douleur, Louis tenta soudain de se redresser, pris d'un étrange élan. Mais Erik l'attrapa par les épaules et il retomba aussitôt contre lui, serrant plus férocement les dents.

— Thanos ! appela-t-il d'une voix atrocement enrouée. Mon... cheval...

Après la chute que Louis venait de faire, sa première inquiétude était son animal ? Vraiment ?

— Il va bien, mentit Erik. Ne t'en fais pas pour lui, il n'a rien. Toi, en revanche, il va falloir que tu tiennes le coup...

Étant donné l'état des membres de Thanos, il était évident pour tout le monde que la seule option consistait à l'abattre, lui évitant ainsi d'inutiles souffrances.

Louis s'agrippa au bras d'Erik, cherchant désespérément son souffle, un sifflement curieux s'échappant de ses lèvres. L'instant d'après, il le relâchait mollement et battait frénétiquement des paupières.

— Eh, Louis ! l'appela Erik. Il faut que tu t'accroches, mon garçon ! Louis !

Mais c'était trop tard, Louis venait de sombrer dans l'inconscience.

— Dieu du ciel, mais qu'est-ce qui s'est passé ?! intervint une femme, accourant vers la carrière.

C'était Gloria, les monitrices et quelques invités sur leurs talons. Quelqu'un avait dû la prévenir et elle se précipitait pour rejoindre son neveu. Par pudeur, Emma se détourna quand la tante de Louis s'agenouilla auprès de son corps inanimé en pleurant.

Puis les pompiers arrivèrent et se garèrent au plus près de la clôture.

Emma s'éclaircit la gorge, tentant de chasser la boule qui l'obstruait.

— On ferait mieux de partir, hasarda-t-elle.

Les secouristes découpaient le jean de Louis et s'affairaient à le transférer sur un brancard, tout en lui prodiguant les premiers soins. Les deux amies n'avaient pas leur place ici.

Les yeux brillants de larmes, Anne l'observa quelques secondes, comme si elle peinait à prendre une décision.

— On ne peut rien faire de toute façon, argua Emma. Et je ne tiens pas à assister à la mise à mort du cheval.

Soudain, les traits d'Anne se chargèrent d'horreur.

— Tu... tu as raison, on s'en va.

La foule près de la carrière était à présent si dense que personne ne leur prêta attention lorsqu'elles revinrent sur leurs pas et se dirigèrent vers le parking.

— Est-ce que tu crois que Louis... Tu crois qu'il est mort ? bredouilla Anne, manifestement sous le choc.

Emma arrêta la voiture au premier feu rouge et réalisa qu'elle aussi se posait la question.

Comme elle regrettait maintenant de s'être montrée si cynique...

C'était une chose que d'ironiser au sujet de la possible gamelle de Louis, mais c'en était une tout autre que de souhaiter ce qui était arrivé. Jamais Emma n'avait voulu ça…

Tout à coup, le son d'une sirène explosa derrière elles, les faisant sursauter toutes deux. Le véhicule des pompiers les dépassa à toute allure.

Véhicule dans lequel devait se trouver Louis…

— Ils ne se dépêcheraient pas comme ça s'il était déjà mort, en déduisit-elle, tentant de s'en convaincre également.

Elle aussi était choquée. Avoir assisté à ce tragique accident lui laissait comme un arrière-goût de traumatisme. La scène avait été particulièrement brutale, et toutes les personnes présentes allaient en être fortement perturbées.

Néanmoins, Emma détestait Louis. Il avait clairement cherché les ennuis et obtenu des résultats inespérés. En outre, elle ne le connaissait même pas. Mais dans ce cas, pour quelle raison l'idée qu'il soit entre la vie et la mort l'ébranlait-elle à ce point ? Pourquoi avait-elle été aussi bouleversée de l'entendre réclamer son cheval, tandis qu'il gisait au sol, le corps en lambeaux ?

Chapitre 11

Louis

Jeudi 15 octobre 2015

Le noir et le pourpre s'entremêlaient en longs filets, formant un seul tableau, celui représentant la douleur. La souffrance à l'état brut. De celle qui ne laisse aucun répit, arrache à toute réflexion.

Quelques bribes de la chute, dans toute sa violence, venaient perturber l'ensemble, perçant le brouillard qui encombrait son esprit.

Lutter, par tous les moyens, juste pour ne pas lâcher la paroi et basculer tout à fait dans ce terrifiant gouffre obscur qui l'appelait, le réclamait à grands cris.

Compter... Finalement, c'était là tout ce dont il était capable.

Et réussir à atteindre 60.

Il fallait qu'il arrive à 60, à tout prix !

Aller jusqu'à 60 au moins une fois.

Deux fois.

Trois.

Et ainsi de suite...

Cinq minutes d'éveil et il se trouvait déjà aux portes de l'enfer...

Devait-il vraiment ouvrir les yeux ? Parce qu'alors, il en serait sûr, tout deviendrait réel. Et la souffrance n'en serait que plus insupportable.

— Louis, tu m'entends ?

Une voix féminine. Qui le transperçait. Retournait un peu plus le couteau dans la plaie. En vérité, il aurait préféré être seul.

— Il est en train de se réveiller, commenta un homme tout près de lui.

— Oh, Louis, mon Dieu, lâcha Gloria, tandis que malgré lui ses paupières, comme animées d'une volonté propre, s'entrouvraient, la lumière lui vrillant la rétine.

Gloria tenait sa main dans la sienne et il s'en voulut d'apprécier ce contact, uniquement parce que c'était là tout ce qu'il pouvait avoir.

Des bruits étranges, sortes de gargouillis, lui parvinrent, et sa gorge se mit à le brûler, concentrant la douleur à cet endroit.

— N'essayez pas de parler, lui conseilla l'homme en blouse blanche en se penchant sur lui. Pas tout de suite. Nous allons faire le nécessaire.

Louis flottait encore, oscillant sans cesse entre une imitation très sommaire du calme, et la tempête noire et féroce que lui imposait la souffrance, ses aiguilles ne cessant de le harponner de toute part, lorsque les médecins s'écartèrent, lui laissant enfin un peu d'air.

La main de Gloria serrant la sienne, encore...

Et lui qui, dans un instant de vulnérabilité extrême, pressa ses doigts en réponse. Et des flashs, de plus en plus longs et récurrents.

L'image s'ajusta, devint plus nette, révélant une chambre aux tons clairs. Et des appareils médicaux. Un lit d'hôpital, large, avec ses barreaux métalliques.

Puis il n'y eut plus aucun moyen d'y couper. La conscience finit par lui revenir tout à fait.

— Comment te sens-tu ? demanda Gloria, plaçant son visage en face du sien.

Quelle étonnante question, comme s'il y avait la moindre chance qu'il se sente bien...

À la douleur qui martelait sans relâche l'ensemble de son corps et le clouait au lit, le broyant comme sous une chape de plomb, ne l'autorisant qu'à vaguement remuer son bras droit, Louis devinait l'ampleur de ses blessures.

Il déglutit péniblement, une pelote de lames de rasoir semblant s'être logée dans sa trachée, puis réussit à articuler d'une voix horriblement éraillée :

— Thanos...

— Louis, s'il te plaît, le rembarra Gloria en fermant les yeux.

— Mon... cheval, croassa-t-il, l'angoisse l'étreignant brusquement, le faisant presque suffoquer.

— Votre... ? s'enquit le médecin.

Gloria se tourna et marmonna quelque chose que Louis ne put entendre, puis l'homme en blouse blanche haussa les sourcils avant de s'approcher du lit.

— Il y a plus préoccupant que la mort d'un animal, jeune homme. Souciez-vous déjà de votre état. Vous sortez tout juste de trois semaines de coma, voyez-vous. Monsieur Deschaney, est-ce que vous comprenez tout ce que je vous dis ?

Louis hocha doucement la tête et le regretta aussitôt. Une nouvelle brûlure explosa dans sa nuque, déclenchée par ce simple petit mouvement.

Il comprenait.

La mort d'un animal...

— Tu l'as fait... abattre ? grimaça-t-il en cherchant le regard fuyant de Gloria.

— Nous n'avons pas eu le choix, justifia-t-elle froidement. Tu l'as massacré, Louis. Personne n'aurait pu sauver ce cheval après ce que tu en as fait.

Louis serra durement les dents, soudain submergé par le torrent sombre qui se déversait furieusement en lui, ses barrages cédant un à un.

Erik avait menti. Leur chute n'avait pas laissé Thanos indemne, loin de là.

Gloria avait raison, Louis l'avait tué… le seul être qui comptait un tant soit peu dans sa vie. Il l'avait détruit, comme il détruisait toujours tout.

Il ne devait pas craquer. Non, surtout pas.

Surtout, *surtout* pas…

Une profonde inspiration, si douloureuse fût-elle. Puis une seconde, encore plus abominable.

Juguler le déluge, maîtriser ces flots. Et ne rien montrer. Jamais. C'était tout ce qu'il pouvait faire.

Le médecin lui posa ensuite une série de questions absurdes, juste pour s'assurer qu'il avait récupéré toutes ses facultés mentales.

Louis avait conscience de s'exprimer bizarrement, mais il n'en comprit la raison que plus tard – après un examen rapide, mais on ne peut plus pénible –, quand on lui dressa la liste de toutes ses blessures.

— L'hémiplégie est probablement due au choc, il se peut très bien que ce ne soit que temporaire, rassurez-vous, expliqua l'homme en blouse blanche.

Il en avait de bonnes, franchement… L'*hémiplégie*, rassurant ?!

Puis on lui énuméra toutes les lésions qu'il avait subies. Soit rien de moins qu'un traumatisme crânien, deux côtes fracturées avec perforation du poumon droit, deux vertèbres lombaires fracturées, une double fracture tibia péroné à la jambe gauche, et de multiples autres fractures – dont le genou et la diaphyse fémorale –, avec déchirure musculaire et ligamenteuse à la jambe droite. Laquelle restait ce qu'il y avait de plus problématique dans son cas, car malgré les opérations et la tonne de vis et de plaques servant à maintenir ses os en place durant la cicatrisation, il y avait très peu de chances pour qu'il n'en garde aucune séquelle.

— Quand pourrai-je remonter à cheval ? demanda Louis, sitôt l'inventaire terminé.

Le médecin examina Gloria, l'air blasé, puis revint à Louis.

— Écoutez, jeune homme, je crois que vous ne mesurez pas bien l'ampleur des dégâts. Il est possible que vous ayez des difficultés toute votre vie pour *marcher* correctement. Nous reparlerons de l'équitation lorsque vous arriverez à vous déplacer avec une paire de béquilles et que vous aurez sérieusement avancé dans la phase de rééducation. Pour le moment, nous n'en sommes pas encore là.

— Louis aspirait à devenir cavalier professionnel, expliqua Gloria en pinçant les lèvres.

C'était leur rêve à tous les deux. La seule chose qu'ils avaient jamais vraiment partagée.

— Je regrette, monsieur Deschaney, annonça l'homme en blouse blanche. Au vu de l'état de votre dos et de votre jambe droite, vous devrez au bas mot attendre une année avant de pouvoir vous remettre en selle. Quant à en faire votre métier, ça me paraît désormais plus que compromis.

Il poursuivit, mais Louis n'entendit pas. Dans sa tête, tout s'était arrêté, aspiré par le trou noir qui venait de s'ouvrir en lui.

Le médecin les salua, puis quitta la chambre. Mais Louis n'y prêta aucune attention.

Pour la seconde fois depuis qu'il était revenu à lui, son monde s'écroulait, implosait, se ratatinant sur lui-même pour l'avaler lui aussi, et ne plus laisser que le néant.

Il cligna les yeux, tentant vainement de chasser de son champ de vision les brumes opaques qui l'obscurcissaient, tout comme elles ensevelissaient son esprit.

Ne pas craquer, non...

Mais en avait-il seulement la force ? Il se sentait tellement vide...

— C'en est fini de ton petit prodige, maintenant je ne te serai vraiment plus d'aucune utilité, déclara-t-il d'une voix blanche, que même lui eut du mal à reconnaître.

Gloria le dévisagea, visiblement abasourdie, incapable de masquer son abattement. Elle secoua la tête, agitant ses longues mèches lisses au *tie and dye* caramel parfait, puis lui tapota le dos de la main.

— Tu as sans doute besoin d'être un peu seul, je vais te laisser.

Seul...

C'était l'histoire de sa vie. Le moins qu'on puisse dire était qu'il en avait l'habitude.

De toute façon, il ne voulait pas d'elle à son chevet. Pas alors qu'il était si diminué, fragilisé. Sa présence était une douleur de plus quand il peinait déjà tant à encaisser les autres.

En outre, il n'avait jamais eu besoin de personne, et ce n'était certainement pas maintenant que ça allait changer. Non, ça, il se l'interdisait.

— Je repasserai dès que possible, lança Gloria, ayant au moins le bon goût de paraître un peu gênée.

— C'est ça, marmonna Louis, le regard rivé sur le mur face à lui.

C'était un mensonge, et tous deux le savaient pertinemment.

Chapitre 12

Louis

Mardi 22 décembre 2015

— Bordel ! jura Louis entre ses dents, luttant pour reprendre son souffle, ses poings crispés écrasant le revêtement de plastique du sol.

Essoufflé, à bout de forces, il repoussa la main que lui tendait Sarah, sa kinésithérapeute.

Malgré le tapis censé amortir les chocs, la douleur irradiait de son genou pour se propager ensuite à l'ensemble de son corps, faisant éclater un florilège d'éclairs blancs devant ses yeux, emplissant tout son champ de vision.

— Monsieur Deschaney, insista la jeune femme, réitérant son geste.

Louis l'ignora.

Les quelques pas demandés représentaient un tel effort... s'appuyer sur ses jambes brisées, aux os à peine ressoudés, une telle souffrance. Le corset qu'il était obligé de porter pour maintenir ses vertèbres en place l'étouffait.

Insupportable...

Louis roula sur le sol et souleva son tee-shirt pour défaire les sangles de ce maudit instrument de torture.

Enfin, il put avaler une bouffée d'air. Mais pas sans être aussitôt rappelé à l'ordre par la brûlure récurrente dans sa poitrine, ainsi que celles, plus vicieuses encore, dans son dos.

— Vous êtes censé vous tenir aux barres, rappela avec sévérité Sarah. Vous ne vous seriez pas fait mal si vous m'aviez écoutée.

Quelle bonne blague ! Louis avait *toujours* mal. En permanence.

Puis était-il vraiment à une chute près, après celle – remarquable, il fallait au moins lui reconnaître cela – qui avait inauguré tout ce pataquès ?

Louis prit une longue inspiration, tentant de se contrôler. Mais il ne pouvait pas tout gérer. Certaines choses, parfois, le dépassaient.

— Vous allez me foutre la paix ! s'écria-t-il.

La colère.

Elle ne le lâchait plus depuis qu'il avait repris conscience, quelques mois plus tôt, à l'hôpital... Il avait beau s'évertuer à la ravaler, à l'aplatir, à la bâillonner, elle filait hors de lui, comme une rivière suivant son cours malgré les barrages qu'il s'échinait à dresser sur sa route.

— On va s'arrêter là pour aujourd'hui, annonça Sarah en l'observant, attendant qu'il daigne enfin attraper sa main pour se relever.

Celle-là, en d'autres temps, il aurait pris plaisir à la baiser salement, puis à la jeter sans autre forme de procès aussitôt après, guettant les marques du dépit sur son visage. Juste pour lui rabattre son caquet.

Il avait tellement la haine contre elle...

Contre tout le monde, en fait. Tout le temps.

Ou alors contre personne, finalement. Si ce n'était peut-être lui-même. Il ne savait plus, tout s'embrouillait continuellement dans son esprit.

Gloria l'avait fait transférer dans cet établissement spécialisé en rééducation fonctionnelle dès que cela avait été possible. C'était elle qui avait veillé à lui dénicher cette kinésithérapeute, ayant la particularité d'être jeune et belle. Comme si ça allait suffire à le motiver. Comme si, avec elle, il allait se montrer aimable et coopérer, ne serait-ce que pour parvenir à la séduire.

Mais Gloria ne l'avait jamais vraiment compris, de toute façon...

— Non, grogna-t-il en se rattrapant à la rambarde afin de se redresser, avant de corriger : On va s'arrêter là, *point*. C'est fini, j'ai eu mon compte. J'en ai assez de vos conneries.

— Nous reparlerons de tout ça demain, monsieur Deschaney, quand vous serez un peu plus calme.

Louis eut un rire amer, puis rétorqua :

— À l'évidence, je serai plus calme demain, puisque je ne vous aurai plus sur le dos, ni *vous* ni toute la bande de charlatans qui pullule dans ce centre à la con ! Je me tire, c'est clair ?

Louis parvint à se remettre debout, attira cette saloperie de fauteuil roulant à lui, puis se laissa tomber dedans.

— On vient à peine de démarrer le programme, monsieur Deschaney, protesta Sarah. Vous n'êtes tout de même pas sérieux ? Enfin, vous savez que vous ne pouvez pas faire ça !

— Ah non ? Dans ce cas, regardez bien.

Dans la salle, tous les autres patients et leurs soignants s'étaient interrompus pour les observer. Ils devaient pourtant avoir l'habitude maintenant, Louis n'en était pas à son premier coup d'éclat.

Cependant, cette fois était différente. Il avait atteint le point de non-retour. Les cendres de ce qui lui restait de patience avaient été englouties avec celles du courage et de la bonne volonté. Il était vidé, dépouillé de tout.

Il avait essayé – un peu, parce qu'il avait bien fallu –, mais ça n'avait pas fonctionné.

Affaire classée.

Louis avait besoin d'être seul. *Vraiment* seul. Il allait rentrer chez lui, et personne ne pourrait l'en empêcher.

Il poussa les roues de cette satanée chaise de handicapé et s'engagea dans le couloir, en direction de l'accueil.

Serrer les dents... plus fort.

Et ne pas craquer. Je suis comme l'acier, je ne ressens rien.

Ne pas craquer, jamais...

Pourtant, c'était très exactement ce qui avait failli se produire quand, pour la énième fois depuis qu'il était dans cet établissement, il s'était écroulé et retrouvé à ramper au sol, tremblant de tous ses membres, telle une saleté de larve. La douleur, alors plus vive et cuisante, ajoutée à cette suffocante, insupportable bouffée d'humiliation, avait été à deux doigts de l'emporter. De le vaincre pour de bon.

Il était brisé, certes – de toute part –, cependant, il tenait par-dessus tout au peu de dignité qu'il était parvenu à conserver jusque-là. On ne le lui arracherait pas, c'était tout bonnement inenvisageable.

Par conséquent, il n'avait pas d'autre choix.

Mettre fin à cette mascarade et, à défaut d'accepter, au moins apprendre à tolérer sa nouvelle condition, voilà ce qu'il devait faire. Et pour cela, une totale solitude était absolument indispensable.

Quitter cet endroit et ne plus voir personne serait un tel soulagement...

— Vous n'êtes pas le plus à plaindre, monsieur Deschaney, argua encore Sarah, qui l'avait suivi jusque dans le hall. Beaucoup d'autres patients ici se trouvent dans des situations beaucoup plus dramatiques que la vôtre et eux, contrairement à vous, ne ménagent pas leurs efforts.

— Grand bien leur fasse, c'est vraiment formidable, ironisa Louis, avant de s'adresser à la secrétaire de l'accueil d'un ton sans appel : Le formulaire de sortie, je vous prie.

Sarah se posta devant lui et croisa les bras, visiblement à court d'arguments.

— Vous êtes le pire patient que j'ai jamais eu, conclut-elle.

— Je n'en doute pas, mais vous êtes jeune, je suis sûr que vous en verrez d'autres. Comme vous l'avez dit, je ne suis pas le plus à plaindre. Allez donc vous occuper de ceux-là, et laissez mon drame miniature et moi-même tranquilles, merci.

Dimanche 31 janvier 2016

Assis sur le canapé du vaste séjour aux baies vitrées ouvertes sur la nuit, seul dans l'immense maison que lui avaient léguée ses parents, Louis jeta sur sa langue quelques comprimés d'antalgiques – sans doute trop, comme toujours, à vrai dire, il n'avait pas compté –, avant de les arroser d'une bonne rasade de whisky. Il ferma les yeux, serrant les paupières et fronçant le nez sous l'effet de l'alcool.

Quelques personnes – assez peu nombreuses au demeurant, mais ce n'était pas une réelle surprise – avaient tenté de venir le voir à l'hôpital et ensuite chez lui. Mais il avait systématiquement refusé leurs visites.

Gloria, elle, n'était passée qu'en coup de vent, le jour de son transfert vers le centre de rééducation, puis après, pour l'engueuler lorsqu'il avait décidé d'abandonner tout ce bordel et de rentrer chez lui. Le ton était monté, et elle avait rapidement tourné les talons, comprenant qu'elle ne l'emporterait pas. Après quoi, elle avait laissé tomber.

Elle avait appelé le soir du réveillon de Noël, ainsi que celui du 31 décembre, et il n'avait pas décroché, se contentant de lui envoyer un SMS pour lui dire qu'il était avec des amis.

Des mensonges évidemment, puisqu'en vérité il n'en possédait aucun. Mais au moins, il avait eu la paix.

Louis fit tourner le liquide ambré au fond de son verre, puis le vida d'une gorgée, appréciant le feu qu'il allumait dans sa gorge. Il savoura le léger tourbillon qui commençait à dissiper doucement la souffrance, diluant également ses sombres pensées dans des eaux faussement plus claires.

À deux reprises, la vie lui avait tout pris. Mais cette fois-ci, cette catin s'était montrée plus vorace encore…

Il se pencha en avant, serrant les dents pour anticiper l'explosion de douleur dans son dos, puis se resservit en whisky. Il se demanda un instant s'il s'agissait de son quatrième ou de son cinquième verre, puis décréta que cela ne revêtait que très peu d'importance. Après quoi, il se rencogna contre le dossier moelleux du sofa.

La mort se jouait de lui. Elle l'appelait, le réclamait à grands cris, pour le recracher sur ses rives, refusant de l'accueillir chez elle. Mais peut-être devait-il s'imposer une bonne fois pour toutes en son royaume…

Jusqu'ici, il avait survécu. Il avait élaboré des stratégies, avait fini par trouver un moyen de compenser vaguement cet immense vide en lui. Mais à présent, ce gouffre béant l'avait rattrapé. Le néant s'était faufilé sous ses pieds et l'avait entièrement aspiré. Il ne pouvait plus se débattre, c'était trop tard.

Je suis comme l'acier, je ne ressens rien...

Louis s'était toujours débrouillé pour être le meilleur dans absolument tout ce qu'il entreprenait. Il fallait au moins ça pour exister un tant soit peu...

Cependant, il allait devoir faire une croix là-dessus, cette époque était définitivement révolue, qu'il le veuille ou non.

Mais dans ce cas, que lui restait-il ? Et que restait-il de lui-même ? S'il n'excellait pas en tout, alors il ne valait rien.

C'était un fait, il *n'était* plus rien.

Avec cet accident, il avait perdu tout ce qui faisait de lui la personne qu'il était. Son avenir, si bien tracé, toute cette maîtrise des arts équestres si chèrement acquise. Tant d'heures d'entraînement, de pratique et d'exercices quotidiens, tout cela balancé aux ordures et piétiné avec ses rêves, en un battement de paupières.

Je suis comme l'acier, je ne ressens rien, se répéta-t-il encore.

De tout petits fragments d'acier alors, éclatés, éparpillés...

Et cette autre phrase, qui tournait en boucle dans sa tête depuis le soir de l'accident, répondait ironiquement à chacune de ses tentatives d'auto-apaisement et ne lui laissait aucun répit :

On récolte ce que l'on sème, Louis. On récolte ce que l'on sème...

— Ta gueule ! hurla-t-il au silence, jetant furieusement son verre devant lui.

Lequel alla s'écraser contre l'écran de la télé, fissurant la dalle au passage. Il s'en contrefichait. De toute façon, il ne l'allumait plus depuis belle lurette.

C'était la vérité, pourtant. Il avait tout foutu en l'air tout seul, s'était détruit lui-même, ainsi qu'il détruisait invariablement tout ce qui se trouvait à sa portée.

Non…

Non, il n'accepterait pas. Non, il ne tolérerait pas ! Ce n'était pas lui, ça. Il n'était plus qu'un fantôme, les restes abîmés, brisés et déformés de l'homme qu'il aurait dû être.

Il était le meilleur ou il n'avait pas lieu d'être, c'était aussi simple que ça.

La mort se moquait de lui ? Parfait, il allait la provoquer, et adviendrait que pourrait.

Louis attrapa la paire de béquilles posée à côté de lui, contre l'accoudoir du canapé, et grogna en se relevant.

Il ne craquerait pas, ne verserait pas une larme sur son sort. L'apitoiement, c'était pour les faibles. Lui, il choisissait d'arrêter toute cette mascarade avant de ne plus être capable de l'endurer, tout bonnement.

Chapitre 13

Emma

Samedi 6 février 2016

Il était près de 19 heures et Emma terminait de ranger la sellerie du centre équestre, s'apprêtant à rentrer rejoindre Anne à l'appartement. Quelques anciennes connaissances de son amie étaient censées passer dans la soirée, aussi prenait-elle son temps, peu pressée de rencontrer ces personnes dont elle ne savait rien.

Elle sursauta quand Gloria déboula tout à coup dans la salle, hors d'haleine.

— Ouf, tu es encore là ! s'exclama-t-elle.

— J'ai presque terminé, avisa Emma, remettant en place une brosse qui traînait au sol. J'allais partir justement.

— J'ai un service à te demander, expliqua Gloria en baissant la voix. Quelque chose de particulier... Un travail, en fait. Une heure de cours par semaine, grand maximum. Enfin, si tout se passe bien, évidemment. Je te paierai le double... non, le triple ! Tu es d'accord ?

Emma eut un léger mouvement de recul, incrédule.

— Mais je ne suis pas habilitée à donner des cours, protesta-t-elle. Les initiations des petits, je ne dis pas, c'est dans mes cordes, mais...

— Il s'agit plutôt d'encadrement, pas de leçons à proprement parler, la coupa Gloria en fixant ses bottes de cuir noir à revers brun impeccables. C'est seulement que…

Elle s'interrompit, lâcha un grand soupir embarrassé, puis repoussa ses cheveux en arrière.

— Écoute, je suis désespérée. Aucune de mes monitrices ne veut s'en charger et il refuse que ce soit moi, alors je n'ai aucune autre solution. En dépit de l'avis des médecins, Louis doit à tout prix remonter à cheval, c'est capital. Mais il a besoin d'aide, tu comprends ? Et de surveillance… On ne peut pas le laisser seul, il pourrait… Enfin, tu étais présente, ce soir-là, tu sais ce qui s'est passé. Tu sais qu'il a souvent tendance à faire n'importe quoi… à faire des choses dangereuses…

Emma esquissa un pas en arrière, prise de court.

Le sang se mit à battre très fort à ses tempes à la simple mention de ce nom.

Elle avait souvent songé à cette soirée – sans doute comme tous ceux qui y avaient pris part. Elle savait que Louis s'en était sorti, mais qu'il était passablement mal en point, qu'il avait apparemment gardé des séquelles de sa chute. Mais ça s'arrêtait là, elle n'avait pas davantage d'informations.

Plus personne ne l'avait vu depuis l'accident. Il n'avait d'ailleurs pas non plus remis les pieds à la fac.

Ici, au centre équestre, on ne parlait plus de lui comme d'une star, ni même comme d'une victime, mais plutôt comme d'un criminel. Celui qui avait poussé son cheval à outrance et l'avait tué à cause d'un excès de fierté conjugué à une forte dose d'inconscience. La mort de Thanos avait bouleversé tout le monde. Louis en était l'unique responsable, et son absence prolongée ne participait guère à atténuer la rancœur à son égard.

Bien sûr, c'était négliger le rôle d'Édouard dans l'affaire, oublier les encouragements des autres cavaliers, avides de spectaculaire.

Emma n'avait pas vraiment d'avis sur la question. Elle n'avait pas voulu y réfléchir. Son aversion pour Louis restait inchangée, et ça aurait été très facile pour elle de se rallier à l'opinion générale. Mais justement, n'aurait-ce pas été un peu trop commode ?

Quoi qu'il en soit, ce que lui demandait Gloria était impossible. Les mots cruels de Louis flottaient encore dans son esprit, le mal fait à Anne était encore trop récent. Jamais Emma ne pourrait oublier. Peu importait l'état dans lequel il se trouvait, elle devait avant tout se tenir loin de lui, c'était une question de survie.

— Je ne suis pas sûre d'être la mieux placée pour ce travail, opposa-t-elle, tentant de décliner poliment sans pour autant se mettre à dos sa patronne.

— Tu es d'une grande patience, allégua Gloria en passant son bras sous le sien pour l'entraîner hors de la sellerie – comme si elles venaient de conclure un marché... quand Emma pensait avoir clairement refusé. Crois-moi, c'est une qualité essentielle face à mon neveu.

— Je regrette, je ne peux pas...

— Mais si, voyons, s'entêta Gloria, la tirant plus vigoureusement jusqu'aux stalles.

Où un jeune homme aux cheveux châtains mi-longs et ondulés attendait, les mains dans les poches et le nez vers le sol.

Debout, adossé contre un mur, il portait un blouson de cuir brun, une écharpe de laine noire nouée autour du cou et un jean sombre. À ses côtés était posée une paire de béquilles.

Louis...

Il leva la tête à leur arrivée, puis se détourna aussitôt, l'air foncièrement indigné.

— La fille qui s'occupe des enfants, vraiment ? grinça-t-il d'un ton regorgeant d'ironie et de mépris.

— Elle s'appelle Emma, rappela placidement Gloria.

Louis examina sa tante, arqua un sourcil blasé et maugréa :

— Je sais comment elle s'appelle, merci.

Emma aurait aimé se racler la gorge ou dire quelque chose, juste pour qu'ils arrêtent de parler d'elle comme si elle n'était pas là. Mais elle en était tout bonnement incapable. Elle était captivée – malgré elle –, fascinée par cet homme étrange qui se tenait devant elle.

Louis était si différent...

À l'évidence, il avait beaucoup maigri. Ses traits étaient plus creux, plus marqués également. Ses cheveux avaient tellement poussé qu'ils encadraient son visage, tombant de façon totalement anarchique devant ses grands yeux bleus au reflet inquiétant, aussi las qu'abattu. Une courte barbe assombrissait sa mâchoire, achevant de lui conférer cette allure sauvage et farouche, qu'elle ne lui avait jamais connue.

Mon Dieu, mais comment Louis faisait-il pour être toujours aussi séduisant ?! Non, il l'était plus encore ainsi, parce que quelque chose en lui avait changé. Quelque chose d'impalpable, qui ne relevait pas uniquement de la simple apparence physique...

Bon sang, Emma, reprends-toi ! Tu ne peux pas, non, tu ne dois pas *penser ça d'un type pareil. Tu n'en as pas le droit !*

Elle s'arracha à grand-peine à sa contemplation hagarde et s'éloigna de Gloria, récupérant enfin l'usage de son bras ainsi que sa liberté de mouvement. Puis elle hasarda faiblement, toujours aussi impressionnée en sa présence :

— Louis et moi, on ne s'entend pas très bien.

Cet argument devrait achever de convaincre sa patronne que son idée était mauvaise.

— C'est le moins qu'on puisse dire, renchérit immédiatement Louis dans un reniflement dédaigneux, le regard rivé au sol.

Emma se raidit, plus vexée qu'elle ne l'aurait cru.

Qu'elle affirme cela était normal, étant donné la façon dont Louis l'avait indûment attaquée quelques mois plus tôt. Mais que lui ose confirmer avec autant de véhémence était proprement injuste.

Mince, mais que lui avait-elle fait au juste ?!

— Oui, eh bien, peu importe, conclut Gloria en tendant à Emma le filet d'Opéra – un cheval très calme, qu'on ne faisait généralement monter que par des débutants –, avant de se tourner vers son neveu : Tes frasques avec mes monitrices ne simplifient pas vraiment les choses, si tu vois ce que je veux dire. Quoi qu'il en soit, tu *dois* remonter à cheval, Louis. *Maintenant*. C'est tout ce qui compte.

Louis prit une profonde inspiration et ferma les yeux. Puis il hocha doucement la tête en signe d'acquiescement.

— Emma, reprit Gloria en se rapprochant encore de la porte. Oublie ce que j'ai dit, tu auras une prime de cent euros chaque fois que tu prendras mon neveu en charge, c'est clair ? Surtout, veille à ce qu'il reste tranquille. Pas de trot, ni de galop aujourd'hui. Rien qu'un petit tour, histoire de se remettre en selle, d'accord ?

Là-dessus, elle s'esquiva, laissant Emma totalement consternée. À aucun moment, elle ne se souvenait d'avoir accepté…

Chapitre 14

Emma

— Tu aurais dû demander plus, estima Louis, sarcastique.

La bouche entrouverte, incapable d'articuler un mot tant elle était abasourdie, Emma pivota vers lui. Or, elle ne rencontra pas son regard. Louis était manifestement trop absorbé par la contemplation du mur en face de lui pour daigner baisser les yeux sur elle.

Emma se rendit alors compte qu'elle était seule avec lui et soudain, la panique l'envahit.

Il était un poison pour elle. L'unique fois où il s'était adressé à elle, il l'avait si profondément meurtrie…

— Je n'ai jamais dit que j'acceptais, contesta-t-elle d'une voix tremblante, trahissant malgré elle l'ampleur de son trouble.

— Et tu fais bien, rétorqua-t-il avec lassitude, se mettant soudain à examiner les brins de paille qui traînaient à ses pieds. Cette idée est proprement ridicule, je n'ai aucunement besoin d'aide. Tu n'auras qu'à prétendre m'avoir accompagné. Après tout, qui le saura ?

Pour le laisser seul avec le cheval et risquer de les mettre en danger, ainsi que le craignait Gloria ? Certainement pas !

Mais Louis semblait si déterminé. Il remonterait aujourd'hui, avec ou sans elle, elle le devinait.

Au bout du compte, avait-elle vraiment le choix ?

— Je ne vais pas mentir à mon employeuse, trancha-t-elle en se dirigeant finalement vers le box d'Opéra.

Louis haussa les épaules contre le mur – auquel il paraissait resté immuablement appuyé – et poussa un profond soupir. Comme si la décision d'Emma était prévisible, mais qu'elle ne l'en agaçait pas moins.

Elle se hâta de préparer le cheval, sans un mot, Louis ayant le bon goût de ne pas lui adresser la parole non plus.

Si seller des poneys pour des enfants qui ignoraient comment s'y prendre ne posait aucun problème à Emma, devoir le faire pour un adulte en pleine possession de ses moyens – ou presque –, lequel se trouvait juste à côté, à attendre tranquillement que le travail soit effectué, l'exaspérait foncièrement… quand bien même y avait-il cent euros à la clé !

C'était surtout le principe qui la hérissait. Cela lui donnait l'impression d'être au service de ce sale type. La boniche d'un connard qui prenait plaisir à la traiter avec mépris.

— Allons-y, grommela-t-elle en s'empressant de faire sortir Opéra de son box, une fois qu'il fut correctement harnaché.

Elle pressa l'allure du cheval à la robe brune marbrée de taches blanches, s'efforçant de ravaler sa mauvaise humeur ainsi que son amour-propre. Mais elle ralentit presque aussitôt, réalisant subitement son erreur…

Louis se décolla du mur avec une grimace qu'il ne put contenir, contractant durement les mâchoires, et plaça maladroitement ses béquilles de part et d'autre de son corps. Il esquissa un pas, péniblement, s'appuyant à peine sur sa jambe droite.

Puis un autre.

Et encore un autre.

Il se déplaçait avec tant de difficulté… Jamais Emma n'aurait imaginé le voir ainsi.

C'était… un tel choc.

Elle savait que ses blessures avaient été relativement graves, mais enfin, pas à ce point. Presque quatre mois après l'accident, n'aurait-il pas dû être à peu près rétabli ?

— Tu préfères te mettre en selle dans la cour ? proposa-t-elle, tenant à lui éviter le long trajet séparant les écuries des lieux d'entraînement à pied.

À cette vitesse, ils n'étaient pas rendus. Sans compter que l'exercice semblait le faire souffrir, même s'il essayait de n'en rien montrer.

— Non ! s'exclama Louis brusquement, avant de marmonner : Dans le manège.

Soit à l'abri des regards…

À l'évidence, Louis avait bluffé. Il n'aurait jamais pu monter à cheval seul. Pas plus qu'il n'aurait pu se charger lui-même de seller sa monture. Dans ce cas, que signifiait donc ce petit numéro, près du box d'Opéra ?

Emma s'appliqua à ne pas tourner la tête vers Louis, qui cheminait laborieusement à côté d'elle. Il haletait sous l'effort, son souffle feutré par ses dents serrées, luttant manifestement pour ne pas laisser échapper le moindre son de ses lèvres. Malgré ça, elle sentait la tension s'accroître entre eux. Dangereusement…

Louis lui en voulait d'être témoin de sa faiblesse, elle le devinait. Il n'avait pas besoin de le lui dire, c'était si flagrant que son amertume contre elle en devenait presque palpable.

Une fois dans le manège, Emma repoussa le grand battant de bois, prévenant toute éventuelle intrusion. Ainsi, personne ne viendrait les déranger. L'inconvénient, cependant, étant qu'ils n'étaient plus désormais que tous les deux...

Emma prit sur elle, s'arma de courage et, tout en s'approchant lentement de lui, sur ses gardes, avisa :

— Je vais t'aider à monter.

L'embarras d'Emma à l'idée de le toucher – ne serait-ce que pour lui tenir la jambe – était immense. Néanmoins, il n'y avait pas trente-six mille solutions...

— Non ! aboya à nouveau Louis sans pour autant se donner la peine de la regarder, l'air soudain furieux.

Emma s'écarta subitement et leva les mains en signe d'apaisement.

— D'accord... d'accord, ne t'énerve pas.

— Je vais y arriver, murmura Louis comme pour lui-même.

Quelque chose venait de changer...

Quelque chose, dans l'attitude de Louis, était devenu singulièrement différent. Il y avait toujours cette froideur hostile, cette distance incompressible, cette colère également, mais une nouvelle émotion, encore indéfinie, s'était infiltrée parmi les autres, rendant l'atmosphère franchement bizarre.

Emma lui tendit sa bombe – ce casque de protection censément indispensable, que ni lui ni Édouard n'avaient pris la peine de mettre le soir de l'accident. Il l'enfila en silence, s'appuyant maladroitement contre le cheval, les yeux dans le vague. Il se baissa – non sans une effroyable raideur – afin de poser ses béquilles au sol, les laissant traîner dans la sciure sans aucune considération. Puis il posa une main légèrement tremblante sur le garrot d'Opéra pour y prendre appui, retenant les rênes entre ses doigts.

— Est-ce que... est-ce que c'est vraiment raisonnable ? se surprit à oser Emma, assaillie par le doute, tout à coup. Gloria a laissé entendre que les médecins n'étaient pas d'accord pour que tu reprennes l'équitation. Peut-être vaudrait-il mieux... eh bien, je ne sais pas, mais peut-être serait-il préférable de les écouter.

— Les médecins ne peuvent pas comprendre, contesta Louis d'un ton faible et rauque, très étrange, donnant encore l'impression de ne s'adresser qu'à lui-même.

Il fronça les sourcils, une expression fermement résolue se peignant sur ses traits. Laquelle se mua peu à peu en un masque de douleur brute, indéniable, au moment où il plaça le pied gauche dans l'étrier, transférant tout son poids sur sa jambe droite. Cette fois, il ne put réprimer un grognement sourd, déchirant, presque un gémissement, tandis qu'il se hissait en selle.

Emma déglutit et croisa les bras, aussi désemparée que mal à l'aise. Être présente alors que Louis peinait tant à monter à cheval lui paraissait indécent.

Elle détourna le regard, trop gênée.

Mais très vite, son attention revint sur lui. Quelque chose d'anormal l'interpella soudain.

En dépit de la difficulté, Louis avait réussi à se mettre en selle et se tenait droit sur sa monture... ou presque.

Opéra, d'un naturel paisible, demeurait immobile. Accoutumé à toutes sortes de cavaliers, l'animal attendait de recevoir quelques directives. Mais Louis ne semblait pas prêt à les lui donner.

Non, il était complètement figé...

Ses deux poings étaient crispés, appuyés contre le garrot d'Opéra, et il fermait les yeux, les paupières serrées, la nuque inclinée vers le bas. Après l'effort qu'il venait de fournir, sa respiration était agitée, mais elle continuait de s'emballer, son souffle s'accélérant de façon de plus en plus alarmante.

Puis Emma le vit trembler et elle comprit.

Remonter à cheval lui rappelait l'accident. La mort de Thanos, le choc, autant de traumatismes que Louis garderait toute son existence. Ses séquelles, si profondes et graves fussent-elles, n'étaient pas uniquement physiques, elles s'étendaient bien au-delà.

Emma s'approcha doucement du cheval et de son cavalier, puis saisit les rênes de cuir tout près du mors.

— C'est beaucoup trop tôt, balbutia-t-elle, ne sachant comment se comporter face à ce qui ressemblait fort à une crise de panique.

— Non, lâcha-t-il dans un halètement douloureux, ses épaules s'affaissant soudain.

Il se courba en avant, comme s'il venait d'encaisser un violent coup dans l'estomac, et avala péniblement une goulée d'air, incapable de maîtriser les tremblements qui agitaient son corps.

— Ouvre la porte, s'étrangla-t-il, la voix déchirée par l'angoisse.

— Pas avant que tu sois redescendu, refusa-t-elle d'emblée.

— Ouvre la porte, Emma ! explosa-t-il furieusement.

Effrayée, elle s'exécuta aussitôt, peu habituée à ce qu'on s'adresse à elle de cette façon – même sa propre mère ne lui avait jamais crié dessus comme ça.

À peine avait-elle tiré le lourd battant de bois que, déjà, Louis faisait s'engager sa monture dans l'entrebâillement. Il fila précipitamment, maniant son cheval avec toujours autant de dextérité malgré son étrange posture, plié en deux, suffoquant, la peur au ventre.

Emma s'empressa de ramasser la paire de béquilles que Louis avait laissée au centre du manège, aussi épouvantée que déconcertée, puis se mit à courir à sa suite. Elle fut très étonnée – mais ô combien soulagée –, lorsqu'elle le vit se diriger vers les écuries – et non se rendre dans l'une des carrières ou encore rejoindre la forêt, ainsi qu'elle l'avait de prime abord imaginé.

Opéra galopa sur toute la partie qui traversait le parking, puis son cavalier le fit brusquement repasser au pas, au moment exact où, ensemble, ils franchissaient le portail. Emma parvint finalement à les rattraper, à bout de souffle, et aperçut Louis se pencher sur l'encolure du cheval pour entrer avec lui dans les stalles. Ce qui – pour des raisons de sécurité – était évidemment interdit, mais ce n'était pas comme si Louis se souciait de ce genre de considérations.

— Et merde, soupira Emma, espérant que Gloria n'ait rien vu.

Elle était censée veiller à ce que tout se passe bien, censée gérer Louis et faire en sorte qu'il ne fasse qu'un petit tour au pas, tranquillement…

Un véritable échec, c'est le moins qu'on puisse dire.

Chapitre 15

Emma

Lorsque Emma pénétra à son tour dans le bâtiment, ce fut pour voir la bombe de Louis voler dans les airs et s'écraser dans un grand fracas contre un mur. Atterrée, elle n'osa guère s'approcher du box dans lequel le jeune homme se trouvait, toujours sur le dos d'Opéra. Elle ne put que l'observer, bouche bée, tandis qu'il bondissait au sol, se hâtant comme si la selle était soudain devenue brûlante.

Mais c'était une mauvaise idée, et il devait le savoir aussi bien qu'elle.

Louis atterrit brutalement sur ses jambes et poussa un affreux grognement sous l'effet de la douleur. Il tituba en arrière, peinant à conserver son équilibre sans l'aide de ses béquilles, puis se cogna contre la paroi du box.

Il se laissa finalement glisser jusqu'à se retrouver assis dans la paille, l'un de ses genoux relevés et l'autre étendu devant lui, la nuque renversée, l'arrière du crâne appuyé contre le mur.

Il ferma les paupières et Emma discerna alors une traînée humide et brillante descendre le long de sa joue. Puis elle remarqua ses épaules qui tressautaient.

Louis cacha brusquement son visage entre ses mains, ses doigts se crispant dans ses cheveux, mais c'était trop tard. Elle l'avait vu.

Elle savait qu'il pleurait.

Louis, ce sale type froid et sans cœur qui s'amusait à blesser et à humilier les femmes qu'il séduisait à la pelle, *pleurait*...

Il ne faisait aucun bruit, pas un hoquet, aucun reniflement, encore moins de gémissement, mais tout son corps était secoué par la violence des sanglots qui le traversaient, le fracassaient, de l'intérieur comme de l'extérieur.

Et c'était tellement... *perturbant*.

Jamais Emma n'aurait imaginé assister à une scène pareille. Jamais elle n'aurait pensé surprendre Louis ainsi prostré, perdant si brutalement et si radicalement ses moyens, incapable d'endiguer cette souffrance latente, qui semblait soudain exploser en lui.

Elle avait beau le détester, elle comprit qu'elle ne pouvait rester totalement insensible face à autant de douleur. Elle inspira un grand coup, puis avança jusqu'à la porte du box, restée grande ouverte. À l'intérieur, Opéra grignotait tranquillement quelques brins de paille, ne se souciant guère de la présence de Louis, ramassé sur lui-même, tout au fond de la stalle.

— Je suis sûre que ça se passera mieux la prochaine fois, hasarda-t-elle prudemment.

Il fallait bien dire quelque chose, si idiot fût-il...

Pendant un instant, elle eut l'impression qu'il ne l'avait pas entendue. Mais après de longues secondes de silence, sans doute à essayer vainement de se ressaisir, il articula contre ses paumes :

— Va-t'en, Emma...

Elle hésita à obéir, tout simplement. Parce qu'en dépit du trouble qu'il avait fait naître en elle, il demeurait ce sale type qu'elle haïssait. Après tout, qu'avait-elle à faire des états d'âme de Louis Deschaney ?

— Barre-toi, je te dis ! s'écria-t-il, se recroquevillant davantage, appuyant son front contre son genou.

Mais déjà, sa colère paraissait moins effrayante.

Emma parvint à conserver son calme et s'éloigna lentement. Elle referma la porte du box afin d'éviter qu'Opéra ne s'enfuie, puis alla ramasser la bombe qui avait roulé au sol.

Elle était en train de l'épousseter quand Catherine, l'une des monitrices, apparut sur le seuil du bâtiment.

— Louis n'est pas avec toi ? demanda-t-elle en inspectant l'intérieur des stalles d'un rapide coup d'œil.

Comme par réflexe, Emma se plaça pile dans l'axe, s'assurant ainsi que la jeune femme n'ait aucune chance de l'apercevoir d'où elle se trouvait.

— Il paraît que tu as accepté de t'occuper de lui ? s'étonna Catherine, avant de plisser les yeux d'un air moqueur. Je l'ai vu passer à cheval, ça n'avait pas l'air d'aller fort. Ne me dis pas que ce petit con s'est vautré le jour de sa reprise ? Remarque, c'est tout ce qu'il mérite. Après ce qu'il a fait à Thanos, il ne devrait pas avoir le droit de remonter, si tu veux mon avis. Il ne devrait pas avoir le droit de remettre les pieds ici, en fait.

— Ce n'est pas…

— Attends, parce qu'en plus, il t'a laissée en plan ? l'interrompit-elle, l'indignation marquant ses traits. C'est toi qui prépares et desselles son cheval, sérieux ? Lui et Gloria nous prennent vraiment pour leurs larbins, c'est dingue !

— Pas du tout, mentit Emma, prise tout à coup d'un étrange élan que même elle ne put comprendre. On est rentrés un peu vite à cause d'une envie pressante. Il est juste parti pisser. Mais il va revenir. Oh, et rassure-toi, ça s'est très bien passé.

— Ah… ah bon ? cafouilla Catherine, apparemment aussi déstabilisée que déçue. Mouais, ben, tant mieux alors.

Là-dessus, elle haussa les épaules puis fit demi-tour, s'éloignant rapidement des stalles.

Emma ferma les yeux et se tança intérieurement. Venait-elle réellement de prendre la défense de l'homme qu'elle exécrait le plus au monde ? Bon sang, plus crétine qu'elle, ça n'existait pas !

Elle aurait dû laisser Louis se débrouiller – ainsi qu'il l'avait si aimablement conviée à le faire – et rentrer chez elle, où elle était attendue. Gloria n'aurait pu la blâmer, après la façon dont son neveu l'avait traitée. Pourtant, elle récupéra les béquilles laissées près de la porte et revint dans le box d'Opéra, qui était encore harnaché.

Louis n'avait pas bougé. Il se trouvait toujours prostré au fond de la stalle, les avant-bras masquant son visage, la tête contre son genou, les doigts enfouis dans ses cheveux. Il tremblait légèrement, cependant, ses sanglots paraissaient s'être calmés.

Emma posa la paire de béquilles juste à côté de lui. Puis, voyant le cheval se rapprocher d'eux – nécessairement, dans un espace aussi réduit –, elle ne put faire autrement que l'avertir :

— Tu ne devrais pas rester là. Tu t'en fiches peut-être, mais c'est dangereux d'être à portée de sabots, comme ça. Opéra a beau être un gentil cheval, on ne sait jamais ce qui peut se passer.

Louis ne réagit même pas. À croire qu'elle était aussi transparente qu'inaudible…

Emma hésita, puis sortit un mouchoir du paquet qu'elle gardait toujours au fond de la poche de son grand gilet de laine.

— Tu vas en avoir besoin, je pense, augura-t-elle en le lui tendant, avant de dégainer son ultime argument pour le tirer de sa curieuse torpeur : Gloria ne va pas tarder à rappliquer, et je suis à peu près certaine que tu ne souhaites pas que ta tante te découvre dans cet état.

Et elle fit mouche.

Lentement, Louis releva la tête. Il s'essuya le visage d'un geste brutal, puis il prit le mouchoir d'Emma. Soudain, après l'avoir si longtemps obstinément ignorée, ses grands yeux bleus encore brillants de larmes, aux paupières rougies et aux cernes violacés beaucoup trop marqués, se braquèrent sur elle.

Et elle crut étouffer.

Jamais elle ne s'était trouvée aussi près de lui. Jamais son regard n'avait été aussi dur, aussi impressionnant. Aussi terrifiant...

Il avait forcément entendu le bref échange qu'elle avait eu avec Catherine. Emma l'avait couvert, il en était parfaitement conscient. Pour ça, à défaut de la remercier, il aurait au moins pu se montrer un minimum cordial. Pourtant, Louis semblait lui en vouloir. Lui en vouloir à un point inimaginable.

Incapable de supporter ça plus longtemps, Emma fit volte-face et s'empressa de desseller Opéra, sans un mot, trop épouvantée à l'idée de subir une nouvelle fois le courroux de cet homme tellement étrange et imprévisible.

Mais il ne dit rien. Et ce silence était peut-être pire que tout... Emma se sentait tellement oppressée, se demandant sans cesse s'il était encore en train de l'observer avec cette colère effroyable, qui lui glaçait le sang.

Tandis qu'elle défaisait nerveusement les boucles du filet d'Opéra, Emma entendit Louis se relever, mais ne se retourna pas. Les béquilles cliquetèrent contre le mur à plusieurs reprises et, au froissement de la paille ajouté au crissement du blouson de cuir de Louis contre la cloison, elle devina combien la manœuvre était compliquée et pénible pour lui.

Elle sursauta quand, percevant tout à coup un mouvement en périphérie de son champ de vision, elle se rendit compte qu'il l'avait rejointe près d'Opéra.

Elle pivota, déconcertée, et vit Louis, en appui précaire sur ses béquilles, une main posée sur l'épaule du cheval, juste à côté d'elle. Les paupières closes, il inspira profondément, un muscle jouant sous la peau de sa mâchoire ombrée de barbe. Ses doigts glissèrent dans le pelage de l'animal, comme s'il avait besoin de s'imprégner de ce contact primitif, visiblement nécessaire à son équilibre.

Les chevaux, c'était toute sa vie… et cela lui avait atrocement manqué durant sa convalescence. C'était d'une telle évidence que c'en était troublant. Voilà pourquoi il avait fallu qu'il tente de remonter avant même que les médecins l'y autorisent. Bien que ce soit douloureux, contre-indiqué et terriblement angoissant pour lui, il ne pouvait pas s'en passer, c'était aussi simple que ça.

Opéra tourna la tête vers eux et cala son museau dans le cou d'Emma en réponse aux attentions de Louis.

— À la semaine prochaine, souffla-t-il faiblement, sans qu'Emma sache s'il s'adressait à elle ou au cheval.

Après quoi, il rouvrit les yeux, mais seulement pour regarder le sol et voir où il posait ses béquilles. Puis il la contourna et sortit du box.

Gloria arriva sur ces entrefaites, tandis qu'Emma sortait à son tour, refermant le loquet du battant, les bras chargés du harnachement.

— Ça a été rapide, observa la directrice du club. Tout s'est bien passé ?

— Oui, assura froidement Louis, mentant avec une aisance déconcertante.

— Tu ne t'es pas fait mal, au moins ? voulut savoir Gloria.

— Mais non, soupira-t-il, clairement agacé par la question.

— J'ai avancé la voiture, comme tu me l'as demandé.

De façon à éviter au maximum d'être vu, devina Emma.

Louis quitta le bâtiment, et Gloria se tourna vers elle.

— Merci beaucoup, Emma. Tu auras ta prime, comme promis. Tu es toujours d'accord pour recommencer samedi prochain ? Peut-être plutôt en matinée, de manière à ce que vous puissiez vous balader un peu si le temps le permet ? Dès 9 heures, ça te conviendrait ?

Ça faisait beaucoup de questions d'un coup.

Emma aurait dû prendre le temps d'y réfléchir. Ou refuser tout net. Parce que c'était ce qu'elle aurait fait si elle avait été lucide. Pourtant, poussée par quelque chose qui la dépassait, quelque chose qui la mettait carrément hors d'elle, elle s'entendit répondre :

— Très bien, samedi prochain, 9 heures.

Au moment où le centre était généralement désert, évidemment… Cela étant, Emma devait le reconnaître, ça l'arrangeait bien, elle aussi. De cette façon, personne ne saurait qu'elle avait accepté d'aider Louis. Pas même Anne.

Chapitre 16

Louis

Lundi 8 février 2016

— Installez-vous, je vous en prie, l'invita Viviane, la psychiatre que Louis était désormais obligé de consulter au moins deux fois par semaine.

Il entra dans le cabinet pétri de ce même malaise lui soulevant l'estomac, de cette crainte perpétuelle de casser quelque chose, de se cogner contre un meuble qui aurait échappé à son attention, ou encore de s'étaler comme un abruti, parce qu'il aurait mal géré la situation.

Sans cette satanée paire de béquilles, il ne pouvait aller nulle part. Pourtant – et très paradoxalement –, elles étaient pour lui un boulet qu'il traînait sans cesse aux pieds. Finalement, elles lui donnaient à peu près autant de libertés qu'elles ne l'en privaient…

Ainsi qu'il y avait été convié, Louis prit place dans le fauteuil réservé au patient, faisant face au bureau de Viviane – non sans parvenir à retenir une grimace de douleur. Il déposa les béquilles sur le rebord du deuxième siège, à côté de lui, puis ôta son manteau, dans la poche duquel il sentait encore lourdement peser cet objet qu'il avait rapporté, sans trop savoir s'il s'agissait d'une bonne ou d'une mauvaise idée.

— Il fait suffisamment chaud ici, Louis, avisa Viviane en esquissant un geste de la main pour désigner sa propre gorge. Vous pouvez retirer votre écharpe.

— Je ne préfère pas, refusa-t-il sèchement.

Il n'était là que parce qu'il y était contraint. Coopérer n'était définitivement pas dans ses projets.

À nouveau, Gloria avait fait en sorte de lui trouver une psy plutôt jeune et très belle, toute en longues jambes et profuse chevelure blonde, sourire *ultra-bright* compris, aussi charmante que possible. N'avait-elle toujours pas compris qu'il s'en contrefichait ?

Il n'avait plus la moindre envie de jouer, de toute façon… Il ne pouvait plus être celui qu'il désirait être, c'était fini, alors à quoi bon ?

Viviane posa les avant-bras sur son bureau, s'avançant sur son siège et reprit d'une voix paisible :

— Dans ce cabinet, vous n'avez pas à cacher vos faiblesses. La thérapie ne pourra fonctionner que si vous consentez à vous montrer pleinement honnête avec moi.

— J'en prends bonne note, mentit-il en s'appuyant sur l'accoudoir, posant son menton dans sa main, affichant clairement son ennui – au moins son attitude était-elle sincère.

Viviane hocha la tête, comme si cette réponse lui donnait de nouvelles informations à son sujet. Puis elle se rencogna contre le dossier de son fauteuil.

Ces séances étaient une telle mascarade. Et dire qu'il en avait encore pour trois mois comme ça…

— Vous savez, ces faiblesses que vous exécrez, elles vous rendent humain, voilà tout, lui expliqua-t-elle avec une insupportable douceur. Vous avez *le droit* d'être humain, Louis.

Non…

Je suis d'acier, je ne ressens rien… Je suis d'acier…

Depuis samedi dernier, cette litanie qu'il s'était toujours répétée ne sonnait plus aussi juste qu'autrefois. Il fallait dire qu'il avait brisé toutes ses règles… et en beauté, qui plus est.

— À la bonne heure, ironisa-t-il en la fusillant du regard, de sorte qu'elle comprenne qu'elle n'avait pas intérêt à s'engager sur ce terrain-là.

Viviane l'observa quelques secondes, puis hocha la tête derechef.

— Bien, reprit-elle avec un calme exaspérant. Vous êtes-vous décidé à commencer ce fameux journal dont nous avons tant débattu, ou êtes-vous toujours si fermement opposé à cette démarche ?

Louis hésita un instant. Il ne savait plus pourquoi il avait apporté cette chose… ni pourquoi, tout à coup, il s'était plié à ce stupide exercice. Ce carnet, au fond de la poche intérieure de son manteau, était une bombe à retardement.

Il fouilla dans son vêtement, en sortit le petit journal, en tapota nerveusement la couverture de cuir. Puis il le déposa avec une négligence affectée sur le bureau de la jeune femme.

— J'ai griffonné quelques niaiseries samedi soir, mais je doute que ce soit très constructif.

Viviane eut l'air d'abord surpris. Mais elle se ressaisit rapidement, retrouvant son éternelle expression paisible et compréhensive.

— Ça le sera, nécessairement, contesta-t-elle en tirant le carnet à elle. Peu importe ce que vous y écrivez, ce journal est le reflet de votre humeur à un instant T. Il est précieux, voyez-vous. C'est une excellente chose que vous l'ayez finalement démarré.

— J'ignore si je poursuivrai, maugréa Louis en considérant la fenêtre tandis que Viviane commençait à parcourir la première page.

— Vous le ferez, j'en suis certaine, rétorqua-t-elle tout en continuant à lire.

Louis se frotta le visage, le sang lui battant soudain furieusement aux tempes. Il déglutit péniblement, pris d'un profond malaise. Il n'aurait pas dû donner ce torchon à Viviane. Il le regrettait, à présent.

— « Cette fille », commenta-t-elle – citant les deux mots qui revenaient le plus souvent dans ces quelques paragraphes qu'il avait couchés sur le papier – tout en relevant lentement les yeux. Emma, c'est bien ça ? Voulez-vous me parler d'elle ?

Comment avait-il pu ne pas anticiper cette question ? C'était la première qui s'imposait, évidemment.

— Non, s'empressa-t-il de refuser. Non, je n'y tiens pas.

Viviane fronça les sourcils.

— Pourtant, vous ne faites que cela, dans votre journal. Cette jeune femme vous plaît, je me trompe ?

Louis eut un rire de gorge très désagréable, même pour lui, puis il remua dans son fauteuil, tentant de changer de position sans déclencher aussitôt les fines aiguilles de la douleur. Peine perdue…

— Je ne veux pas parler d'elle ! réitéra-t-il d'un ton plus âpre qu'il n'aurait souhaité.

— Soit, accepta docilement Viviane.

Elle croisa les doigts devant elle et attendit.

Louis poussa un soupir lourd de tension, le temps lui semblant déraisonnablement s'étirer.

Au bout d'un moment qui parut durer une éternité, Viviane battit en retraite :

— Comme vous voulez, Louis. Dans ce cas, expliquez-moi plutôt, que s'est-il passé samedi dernier ?

Qu'est-ce qui pourrait être pire que ce qui est arrivé il y a huit jours ?

Une crise de panique… des larmes… Rien qu'il ne puisse se rappeler sans immédiatement suffoquer de rage et de honte.

— J'ai craqué, vous êtes satisfaite ?! cracha Louis, laissant violemment retomber son bras sur l'accoudoir. Je me suis effondré comme le dernier des lâches, voilà ce qui est pire !

L'acier. Le froid. Je ne ressens rien… Non, je ne ressens rien !

Louis prit une profonde inspiration et lutta de toutes ses forces contre sa colère, s'acharnant à la rattraper pour la ramener à lui, la contenir et enfin l'étouffer. Il devait se reprendre, c'était une question de survie.

Viviane ne parut ni étonnée, ni même contrariée par son brusque emportement.

— Je ne sais pas ce que vous imaginez, mais je ne suis pas votre ennemie, assura-t-elle. Je suis là pour vous aider.

À nouveau, il eut ce rire de gorge, mais cette fois, c'était parfaitement volontaire.

— Si vous le dites, lâcha-t-il avec autant d'amertume que de lassitude.

Viviane repoussa doucement le carnet vers lui, et il se hâta de le récupérer pour le ranger dans son manteau.

— Retournerez-vous en cours cette semaine ?

— Non, j'ai arrêté. Je croyais pourtant avoir été clair sur ce point. Le droit ne m'intéresse pas. Je suivais ce cursus uniquement parce que, lorsque j'étais enfant, mes parents m'avaient fait promettre d'obtenir un diplôme universitaire avant de passer cavalier professionnel. Or, vous n'êtes pas sans le savoir, il y a eu un léger changement de programme. Cet engagement n'a donc plus lieu d'être.

— Je crois, au contraire, que votre promesse prend désormais tout son sens, répliqua-t-elle du tac au tac. Vous vous devez de poursuivre vos efforts, ne serait-ce que pour terminer votre année. Vous êtes un homme de parole, abandonner n'est pas dans votre nature, Louis. Ne laissez rien vous faire oublier ça.

Il haussa nonchalamment les épaules et reporta son attention sur la fenêtre, détaillant l'immeuble de l'autre côté de la rue.

Qu'en savait-elle, au juste ?

Rien... Strictement rien.

Ne lui en déplaise, cette maudite psychiatre ignorait tout de lui.

Pourtant, et bien malgré lui, ses mots l'obligeaient à réfléchir...

Chapitre 17

Louis

Mardi 9 février 2016

Juste un test, rien de plus.

Il ne s'agissait pas de retourner véritablement à la fac, seulement de voir si, oui ou non, il en était physiquement capable. Ensuite, il prendrait sa décision.

Louis traversa le couloir en regardant droit devant lui, totalement hermétique à la présence des autres – une technique qu'il avait appris à maîtriser durant ses jeunes années. Tout ce qui le préoccupait présentement était de savoir s'il arriverait à parcourir la distance qui séparait l'entrée du bâtiment – où le taxi venait de le déposer – jusqu'à l'amphi où avait lieu le cours de droit administratif.

Il savait déjà ce qui l'attendait, il s'y était préparé. Aussi, c'est sans aucune surprise qu'il lut le choc sur les visages de Marion et de Luc, deux de ses anciens amis, lorsqu'il pénétra avec ses béquilles dans la salle.

Emma aussi avait eu cette réaction…

— Oh, mon Dieu, Louis ! s'exclama Marion en se précipitant vers lui.

Louis eut un mouvement de recul, comme par réflexe, et échappa ainsi à l'accolade que la jeune femme s'apprêtait à lui donner. Laquelle s'interrompit en plein élan, visiblement déstabilisée.

Il n'avait pas la moindre envie qu'on le touche. Ces derniers temps, le plus petit contact était synonyme de douleur, et il était fatigué de devoir toujours tout encaisser.

Gênée, Marion croisa les bras et, devant la mauvaise humeur évidente de Louis, n'osa même pas lui faire la bise.

— C'est... c'est bon de te revoir, balbutia-t-elle. On pensait que tu ne reviendrais pas.

— Je ne reviens pas, rétorqua-t-il. Pas vraiment.

Enfin, pas parmi eux en tout cas, ça, c'était certain. À présent, cela n'avait plus aucun intérêt.

Luc lui tendit la main, attendant qu'il la lui serre, mais Louis se contenta de le dévisager. Son ancien ami avait parfaitement compris qu'il ne pouvait se passer de l'appui de ses béquilles, son geste avait pour seul but de l'emmerder. Louis voyait clair dans son jeu, sa moue satisfaite en disait assez long sur le plaisir qu'il prenait à le voir en position de faiblesse.

— Alors, on se la joue mi-beatnik mi-éclopé maintenant ? ricana Luc en replongeant ostensiblement la main dans la poche de son jean. Et tu arrives à lever beaucoup de nanas avec tes béquilles ? Raconte-nous tout. Les infirmières sont-elles aussi chaudes qu'on le prétend ?

— C'est hilarant, observa froidement Louis, incapable de feindre l'amusement.

— Arrête, Luc, tu vois bien que ce n'est pas le moment, le sermonna Marion tandis que d'autres se joignaient à leur attroupement, juste devant la porte de l'amphi. Louis a eu un très grave accident, ce n'est pas drôle.

— C'est vrai, reconnut Luc. Il paraît que tu as tué ton propre canasson, en plus. C'est moche, quand même.

Je. Ne. Ressens. Rien.

Des chuchotements effarés se propagèrent autour d'eux, tout le monde s'interrogeant quant à la véracité de cette dernière affirmation.

— Va te faire foutre, lâcha Louis, à bout de patience, contournant tout ce petit monde pour aller s'installer tout devant, se laissant tomber sur la première chaise qu'il put atteindre.

Une place où il avait la certitude que personne ne viendrait le rejoindre, son groupe ayant plutôt une prédilection pour les derniers rangs.

— Mais quel connard, celui-là ! répliqua Luc, non sans un sérieux temps de retard.

Louis entendit plusieurs personnes approuver, mais ne releva pas. Ça n'avait plus aucune importance, de toute façon.

Après quoi, Luc s'éloigna à son tour, entraînant ses camarades à sa suite.

Louis passa les deux heures suivantes à essayer de se concentrer sur cette maudite leçon de droit administratif sans réellement y parvenir. Puis la sonnerie retentit et il attendit que la salle se vide complètement pour saisir ses béquilles, qu'il avait posées sur le siège voisin.

— Ça te sera utile, présagea Marion en lui tendant une pochette en carton, au moment où il franchissait la porte. Ce sont les notes de tous les cours que tu as manqués. Si tu veux, tu peux venir chez moi le soir pour que je t'aide à rattraper ton retard.

Louis prit un instant pour étudier sa proposition.

Il savait que Marion avait toujours eu un faible pour lui. Ils avaient déjà flirté ensemble lors de soirées un peu trop alcoolisées, mais c'était tout. Elle était séduisante, très sûre d'elle et, selon la rumeur, dotée d'une grande expérience, soit parfaite pour lui. Bien que son nom n'ait jamais figuré en tête, elle faisait néanmoins autrefois partie de ces défis qu'il s'était lancés, sa liste de femmes à baiser et à bousiller.

Une liste qui aurait pu être dépoussiérée dès aujourd'hui. Après tout, quoi de mieux pour tenter de réintégrer un tant soit peu le monde des vivants ? Ce serait si facile, en plus, de profiter de cette pitié écœurante qu'elle semblait lui témoigner, de retourner ce sentiment contre elle pour la blesser ensuite.

Faire mal, c'était son truc. Son jeu favori. La seule chose, juste après l'équitation, qui lui donnait vraiment la sensation d'exister...

— Non, merci, déclina-t-il cependant, trop las pour véritablement l'envisager. Plus tard, peut-être ?

— Plus tard, d'accord, consentit-elle tandis qu'il se dirigeait vers l'ascenseur menant aux étages.

Louis préféra baisser les yeux plutôt qu'affronter son propre reflet, cette espèce de caricature grotesque, l'ombre de lui-même, que lui renvoyait le miroir de la cabine.

Venir ici avait été une erreur.

En seulement quelques minutes, il avait réussi à se mettre à dos tous ses anciens amis. Pour la première fois de sa vie, il s'était révélé incapable de suivre un cours, n'ayant pas retenu un traître mot du discours du prof. Et il était épuisé, ces quelques déplacements – tellement dérisoires, pourtant – lui pompant quantité d'énergie. Sans compter que sa jambe droite l'élançait atrocement, à tel point qu'il peinait à desserrer les dents.

Il n'avait plus qu'une envie, retourner se terrer chez lui et noyer tout ça dans une bonne dose de whisky.

Mais dans ce cas, pourquoi diable était-il en train de monter jusqu'au restaurant universitaire ?

Il emprunta la passerelle qui reliait les deux bâtiments, heureusement déserte, et parvint, essoufflé et en sueur, jusqu'aux grandes portes de verre du self.

À travers, il pouvait distinguer la grande table, tout au fond, où s'installait toujours son ancien groupe. Ils étaient tous là, à rire avec exubérance, comme si le monde n'était qu'une scène où l'unique manière de survivre consistait à se faire remarquer. Une scène où tous les coups étaient permis, et dont il maîtrisait les codes à la perfection.

Et devant, dans la file d'attente, Emma, qui, à l'inverse, essayait par tous les moyens de passer inaperçue.

Elle n'était pas croyable, *cette fille*...

Même aujourd'hui, alors qu'il se foutait à peu près de tout – son exclusion manifeste du sein de son ancien cercle ne lui ayant finalement fait ni chaud ni froid –, elle parvenait encore à provoquer ce truc en lui, cette irritation aussi déraisonnable qu'irrépressible.

Elle tenait les pans de son affreux gilet gris serrés contre elle et fixait le sol, comme si elle aurait préféré être partout ailleurs qu'ici.

Il y avait toujours cet énorme panneau d'interdiction qu'il avait mentalement punaisé au-dessus d'elle. Lequel était d'ailleurs plus imposant encore depuis ce qui s'était passé samedi dernier...

L'éviter autant que possible aurait dû être naturel, logique, voire instinctif. Une nécessité, en fait. Elle avait vu ce que jamais personne n'avait vu jusqu'à présent, l'avait découvert dans toute sa faiblesse, au pire moment qui soit. Louis aurait dû en être mortifié. Il aurait voulu ressentir cette honte terrible qui l'avait submergé chez la psy.

Pourtant, il n'y arrivait pas.

Emma aurait pu se venger. Elle aurait pu profiter de la situation et lui faire payer toutes les choses horribles qu'il lui avait dites. C'était sur un plateau d'argent qu'il lui avait servi sa tête.

Or elle ne l'avait pas fait.

Louis n'avait pas le moindre appétit, il l'avait perdu depuis trop longtemps. Il n'avait aucune envie d'entrer dans cette vaste salle bondée. Mais Emma était là, seule et... n'était-ce pas précisément elle qu'il cherchait en venant jusqu'ici, en dépit de son épuisement et de la douleur abominable dans sa jambe, réclamant à grands cris solitude, antalgiques et alcool ?

Louis poussa la porte d'un coup d'épaule et, ignorant les coups d'œil interloqués qui s'amassaient sur lui, il se dirigea droit vers Emma, priant pour ne pas s'écrouler en plein milieu du self tant il était à bout de forces. Il remonta la file d'attente sans scrupule – après tout, il fallait bien qu'il y ait quelque avantage à se trimballer cette saleté de paire de béquilles.

Emma sursauta quand il parvint à sa hauteur. Il croisa son regard un bref instant – un regard brun noisette, chaud, mais effrayé. Puis elle baissa les yeux, s'appliquant à éviter les siens comme il s'y était lui-même employé samedi dernier. À ceci près qu'il n'avait plus envie de ça. Pas aujourd'hui.

— Louis ? s'étonna-t-elle. Mais... qu'est-ce que tu fais là ?

— Je viens déjeuner, selon toute vraisemblance. Pourquoi, tu es ici pour autre chose ?

Emma se tourna, puis se retourna avec nervosité, comme si elle cherchait quelqu'un parmi la foule.

— Je vais avoir besoin d'aide pour le plateau, avisa-t-il, feignant l'indifférence quand devoir l'admettre lui donnait la nausée. Gloria t'accordera probablement une prime supplémentaire pour ça. J'y veillerai.

Emma cilla, ses traits reflétant autant la panique que l'incompréhension. Décidément, il avait de bien curieux effets sur cette fille...

Mais déjà, c'était son tour de se servir en couverts, et elle n'hésita qu'une courte seconde avant de s'emparer de deux plateaux, qu'elle posa sur les rails, l'un à côté de l'autre. Louis n'eut qu'à lui indiquer les plats qu'il souhaitait pour qu'elle les lui récupère.

— Merde, jura-t-il entre ses dents au moment de passer en caisse, se tançant intérieurement pour cette fâcheuse négligence.

Comment avait-il pu occulter ça ?!

— Mon portefeuille est dans la poche arrière de mon jean, murmura-t-il à Emma. Tu pourrais… enfin, tu vois…

Elle se raidit brusquement et ses joues s'empourprèrent.

N'importe quelle fille se serait fait un plaisir de lui rendre ce service. Pas Emma.

Elle ne prit même pas la peine d'envisager d'accéder à sa requête. Au lieu de quoi, elle se hâta de tendre sa propre carte à la caissière et décréta fermement :

— Je règle les deux repas.

Chapitre 18

Emma

Emma rangea maladroitement sa carte de cantine dans son sac, encore sous le choc.

Bon sang, Louis venait-il réellement de suggérer qu'elle glisse la main dans la poche arrière de son pantalon, comme ça, devant tout le monde ?! Était-ce une nouvelle manière de se moquer d'elle ?

Et d'abord, que faisait-il là ? Pourquoi diable s'était-il adressé à elle ?

— Je te rembourserai, assura-t-il sèchement.

— Laisse tomber, marmonna-t-elle en s'empressant de lui tourner le dos pour rejoindre la première table libre, les bras chargés de leurs deux plateaux.

Elle n'arrivait pas à le regarder en face. Pas ici, pas alors qu'il l'impressionnait tant.

Pas après la façon dont les choses s'étaient terminées samedi dernier, l'époustouflante colère que ses yeux bleus avaient reflétée ce soir-là, dans le box d'Opéra, et qu'elle avait reçue de plein fouet.

Louis la suivit et se laissa tomber sur la chaise qu'elle lui avait attribuée, les mâchoires crispées, les mains agitées d'un léger tremblement. Il souffrait, c'était évident, quand bien même s'efforçait-il de ne pas le montrer.

Il coinça ses béquilles entre la table et le siège adjacent, à bout de souffle, puis revint à elle.

Emma allait s'esquiver pour le laisser prendre son repas tranquille lorsqu'il plongea en avant et attrapa son plateau, menaçant d'en renverser le contenu.

— Assieds-toi, exigea-t-il, l'air fâché qu'elle en ait décidé autrement, avant d'ajouter tout bas : S'il te plaît...

Emma sentit l'attention générale se concentrer sur elle, tandis qu'elle se tenait debout, face à Louis, lequel attirait invariablement tous les regards.

Son plus grand cauchemar...

Elle se dépêcha de s'asseoir, ne prenant guère le temps de réfléchir. Elle voulait juste que les autres cessent de la scruter.

Elle contemplait la table quand elle vit les doigts encore tremblants de Louis saisir son verre, s'apprêtant à lui servir de l'eau.

— Non, merci, refusa-t-elle aussitôt. Je ne vais pas rester. Je ne déjeunerai pas avec toi, Louis.

Il s'interrompit dans son élan, reposa son verre pour finalement prendre le sien et le remplir à la place. Avant de le boire d'un trait. Après quoi, il fouilla dans la poche arrière de son jean, en sortit son portefeuille, puis déposa deux billets de cinquante euros devant elle.

— Pour le repas, maugréa-t-il. Et tout le reste. Je suis sûr que tu n'as même pas cherché à obtenir plus pour samedi dernier.

— Arrête avec ça ! se récria-t-elle, indignée, repoussant immédiatement l'argent vers lui. Je n'en veux pas.

Cette somme, c'était proprement indécent. Pourquoi Louis faisait-il ça ?

Il soupira d'agacement et rempocha les billets. Puis il se servit à nouveau et vida son verre aussi rapidement que la première fois.

Maintenant qu'Emma parvenait à se redresser, lui faisant presque face, elle distinguait les traces de fatigue sur son visage, la sueur qui perlait à ses tempes, ainsi que la contraction répétée de ce muscle sur sa joue. L'écharpe noire qu'il portait autour du cou faisait ressortir la pâleur alarmante de son teint.

— Pourquoi ne déjeunes-tu pas avec tes amis ? ne put-elle s'empêcher de lui demander.

— Ce ne sont pas mes amis, rétorqua-t-il du tac au tac.

— Et tu as décidé ça récemment ?

S'était-il passé quelque chose de particulier pour qu'il soit aussi catégorique, quand il avait toujours été si entouré ?

— Non, je n'ai jamais été dupe, lâcha-t-il laconiquement avant de repousser légèrement son plateau devant lui, une moue de dégoût tordant quasi imperceptiblement ses lèvres. Je croyais que tu préférais manger seule. Pourquoi es-tu encore là ?

— Je n'ai pas dit ça, rectifia Emma en jetant un coup d'œil à la porte d'entrée. J'attends une amie. Quelqu'un que tu as peut-être oublié, mais qui, elle, ne risque pas de le faire. Quelqu'un qui n'a aucune envie de se retrouver face à toi.

Elle s'étonna elle-même de l'animosité flagrante avec laquelle elle venait de débiter ces quelques phrases.

Louis releva la tête et plongea ses yeux aux tons célestes et si faussement doux dans les siens, un sourcil arqué de perplexité. Puis il eut ce demi-sourire de requin qu'elle détestait tant.

— Ah oui, celle-ci. Une amie un peu idiote et franchement pas très loyale. C'est vrai quoi, tu te serais jetée dans les bras d'un type qui s'en est pris verbalement à une personne à laquelle tu tiens, toi ?

Emma battit des paupières, déconcertée.

S'il y avait une chose à laquelle elle ne s'était pas attendue, c'était bien cette réponse. Si insignifiants qu'avaient été pour lui ces deux épisodes – lors desquels il avait insulté Emma, puis humilié Anne –, apparemment, Louis se souvenait de chaque détail. Et il reconnaissait les faits sans détour.

Sans le moindre remords...

— Elle avait des sentiments pour toi ! plaida-t-elle pour défendre son amie, se mordant ensuite la lèvre de regret.

Elle n'aurait jamais dû avouer un truc pareil. Elle ne faisait qu'enfoncer davantage Anne en réagissant ainsi...

— Quelle drôle d'idée, observa Louis avec un reniflement de dédain.

Emma poussa un brusque soupir d'indignation et perdit totalement ses moyens, soudain incapable de contenir son effarement.

— Alors ça ne te fait strictement rien ?!

— Pas exactement, comme je te l'ai dit, je trouve ça drôle, rétorqua-t-il en haussant les épaules avec un certain fatalisme.

Bon sang, mais comment l'homme qu'elle avait vu s'effondrer samedi dernier, celui pour qui le simple contact d'un cheval semblait si précieux, si vital, pouvait-il être le même que celui qui se tenait là, ce monstre de froideur et de cynisme ?

Cela dit, elle ne devait pas oublier de qui il s'agissait. Ça n'aurait pas dû la surprendre, Louis avait toujours été ainsi. Et ce n'était pas ce tragique accident qui le changerait, désormais, elle en avait la certitude.

— Tu t'es moqué d'elle et tu continues de le faire ! s'insurgea-t-elle, totalement hors d'elle.

Ce n'était qu'une constatation, rien de plus, mais Emma n'avait jamais vraiment eu de repartie. Sans compter qu'elle était tellement outrée qu'elle n'arrivait plus à faire la part des choses. Louis avait vraiment le don de la pousser à bout...

Il fronça les sourcils, comme si son emportement le surprenait quelque peu, posa les mains à plat sur la table devant lui et se pencha au-dessus de son plateau, s'avançant vers elle. Le regard verrouillé au sien, ses grands yeux se parant soudain de reflets métalliques, extrêmement durs, glacés, Louis assena :

— En effet, et il n'y a absolument aucun risque pour qu'il en soit autrement. Inutile d'attendre des excuses de ma part, il n'y en aura jamais. Puis, sincèrement, Emma, ne me dis pas qu'elle ne méritait pas qu'on la chambre un peu, ta copine, pour la stupidité crasse dont elle a fait preuve. Elle a eu tôt fait de balancer aux orties votre amitié, et ce, pour pas grand-chose, crois-moi. Ce n'est pas non plus comme si je m'étais donné du mal. Pas un seul mot, pas un seul geste équivoque, rien que de la baise. Ton amie a vu dans cette pseudo-marque d'attention uniquement ce qu'elle voulait y voir.

Emma se rencogna subitement contre le dossier de sa chaise, s'éloignant le plus possible de Louis et de son venin. Ses mots crus et brutaux la choquaient, la heurtaient profondément...

— Tu... tu n'étais pas ivre, réalisa-t-elle en battant des paupières.

Il avait prétendu ne rien se rappeler quand Anne était venue le trouver devant tous ses amis. À l'évidence, c'était faux.

— Non, reconnut-il.

Emma resta quelques secondes à l'observer, figée, muette d'effroi. Un reflet étrange finit par passer dans les prunelles de Louis, la perturbant encore davantage et l'amenant à baisser les yeux, trop déstabilisée.

Cela étant, elle ne le quitterait pas sans lui dire le fond de sa pensée, puisqu'elle en avait enfin l'occasion.

— C'est curieux, hasarda-t-elle, suivant ses réflexions à mesure qu'elles lui venaient. De tout faire pour être adulé en façade et, en même temps, de s'employer avec tant d'acharnement et de talent à inspirer la haine et le dégoût de celles qui ont eu le malheur de t'accorder un tant soit peu de confiance et d'intérêt. Je ne sais pas ce qui te motive à te comporter de cette façon, mais pour ce que ça vaut vu de ma lointaine fenêtre, sache que je te plains.

Elle repoussa sa chaise, se leva et reprit, emportée par un élan aussi singulier qu'inattendu :

— Cela dit, et même si je suis certaine que tu n'en as que faire, ne confonds pas tout, ça ne signifie pas que je n'éprouve ni mépris ni aversion pour toi. Au club, je fais mon boulot, mais ici, c'est différent, je ne te dois rien, Louis. Aujourd'hui, tu m'as prise par surprise, mais ne t'avise pas de revenir réclamer mon aide pour porter ton plateau ou quoi que ce soit de ce genre, parce que je ne le ferai pas. Je suis tout sauf ton alliée, que ce soit clair.

Pour une fois, elle s'était exprimée correctement. Sans bafouiller ni chercher ses mots. Pour une fois, elle avait réussi à dire ce qu'elle avait sur le cœur...

Louis cilla, comme si – si improbable que ce fût – ses propos avaient eu le pouvoir de l'atteindre. Il se mit à fixer le vide en face de lui.

— Je le sais, en convint-il, un sillon de farouche mécontentement marquant l'espace entre ses sourcils, avant d'ajouter un ton plus bas : Mais, que tu le veuilles ou non, tu es malgré tout ce qui y ressemble le plus.

Emma ramassa son propre plateau et lui tourna le dos, mettant un terme à cette conversation sans queue ni tête, cherchant une autre table où s'installer. Elle savait que ses joues étaient rouges de colère, sentait les regards des autres tournés vers elle. Mais, très bizarrement, elle était trop furieuse pour s'en soucier outre mesure.

Elle n'avait fait que quelques mètres lorsqu'elle entendit le bruit d'une chaise dont les pieds raclaient violemment le sol. Par réflexe, elle jeta un coup d'œil en arrière et vit Louis se relever péniblement, louvoyer dangereusement avec ses béquilles entre les sièges pour ensuite se diriger, de plus en plus chancelant, vers la sortie.

Sur la table, à la place qu'il avait occupée, son plateau était intact. En dehors de l'eau qu'il avait bue en quantité, Louis n'avait rien avalé.

L'espace d'une brève seconde, elle se demanda si c'était leur échange qui lui avait coupé l'appétit, s'il allait rentrer chez lui, étant donné combien il paraissait épuisé…

Puis elle se ressaisit. Ce n'était pas son problème. Hormis le samedi, au centre équestre, rien de ce qui se rapportait à ce sale type ne la concernait.

Elle s'assit à une table où il restait assez de place pour elle et son amie, et tenta de se concentrer sur autre chose, leur discussion lui laissant un goût amer sur la langue.

Bien sûr, c'était sans compter Anne, qui s'acheminait vers elle, l'air confus.

— Est-ce que… est-ce que c'est bien Louis que je viens de voir sortir ? s'étonna-t-elle. Le mec avec des béquilles et les cheveux longs, c'était lui ? Il est revenu ?

— Il faut croire, soupira Emma, qui n'avait aucune envie d'expliquer à son amie quel genre de conversation elle venait d'avoir avec ce dernier.

— Il m'a semblé te voir lui parler, lança Anne avec perplexité, tout en prenant place en face d'elle. J'ai rêvé ou quoi ?

— C'est… On s'est pris la tête, en fait.

Anne battit des paupières.
— Comment ça ?
— Il avait besoin de quelqu'un pour préparer son plateau. Je m'y suis collée, mais il m'a saoulée. Alors, en gros, je lui ai dit d'aller se faire voir. Voilà, c'est à peu près tout.
Anne commença à remuer les brins de carottes râpées dans son assiette, un pli soucieux lui barrant le front.
— Je sais qu'on a un sérieux passif avec lui toutes les deux, finit-elle par déclarer. Mais tu pourrais te montrer un peu plus sympa quand même, après ce qui lui est arrivé...
— Non ! explosa Emma. Je ne vois pas ce que ça change, désolée.
— Tu es vachement dure, lui reprocha Anne en plissant les yeux. Tu ne trouves pas ça bizarre qu'il t'ait demandé à toi, plutôt qu'à ses amis ? Au club, tout le monde dit du mal de lui et ici, on dirait qu'ils l'ont tous oublié. Il ne méritait pas ça...
— Peu importe ce qu'il mérite ou non, ça ne nous regarde pas, conclut Emma, autant pour elle-même que pour son amie.

Chapitre 19

Emma

Jeudi 11 février 2016

— J'ai fait ce que j'ai pu, mais ça ne tiendra pas longtemps, expliqua le mécanicien en s'essuyant les mains dans un torchon tandis qu'Emma entrait dans son bureau – pour la septième fois en moins d'un an. Le moteur est pratiquement cuit. Il va falloir penser à racheter une voiture rapidement, mademoiselle. Le prochain contrôle technique est prévu pour le mois prochain et je préfère être clair tout de suite, elle ne passera jamais.

Emma se frotta le front, dépitée.

Elle s'en doutait depuis un moment, mais tant que sa vieille Saxo roulait, elle préférait ne pas y songer.

— Mais je... je n'ai pas vraiment les moyens, voyez-vous, cafouilla-t-elle.

Le mécanicien haussa les épaules dans un geste d'impuissance.

Emma ne pouvait pas se passer de voiture. Son arrangement avec Anne reposait presque entièrement sur le fait qu'elle puisse la conduire au club – ainsi qu'au centre commercial et toute autre destination de son choix. Seulement, en acheter une nouvelle signifiait entamer sérieusement ses économies, au risque qu'elle se retrouve presque sans rien.

Emma régla les réparations – ou plutôt le rafistolage – de sa Saxo rapidement, puis passa prendre Anne à l'appartement pour l'emmener au centre équestre. Elle eut bien du mal à s'intéresser à ce que lui racontait son amie pendant le trajet, trop préoccupée par cette histoire de voiture à changer.

Elle allait devoir demander de l'argent à sa mère…

Ce qui prouverait qu'elle était en réalité loin d'être aussi indépendante qu'elle aurait aimé lui faire croire. Ève sauterait sur l'occasion pour le lui faire admettre. Peut-être même en profiterait-elle pour réclamer qu'elle revienne s'installer avec elle.

Emma était censée passer le week-end chez sa mère, l'ambiance risquait d'être plutôt tendue…

Sans compter le déjeuner du dimanche, qui, s'il ressemblait un tant soit peu à celui de la dernière fois, serait probablement un nouveau concentré de moments hautement gênants, voire humiliants.

Ces derniers temps, sa mère et sa meilleure amie s'étaient mis en tête d'essayer de les rapprocher, avec Nicolas – lequel était gay, une information dont ne disposait pas encore sa famille. Les deux mères s'inquiétaient ensemble de voir leurs enfants respectifs encore et toujours célibataires – ce qui, en vérité, n'était le cas que d'Emma. Aussi tentaient-elles par tous les moyens de les caser l'un avec l'autre, n'hésitant guère à leur poser toutes sortes de questions embarrassantes entre le fromage et le dessert.

— Tu n'as rien écouté de ce que j'ai dit, réalisa soudain Anne tandis qu'Emma garait la voiture sur le parking du centre équestre.

— Pardon… se hâta-t-elle de s'excuser, soudain très embarrassée. Je… en fait, je pensais au week-end prochain et à l'enfer que je vais encore devoir endurer.

Anne pinça les lèvres, puis, finalement, compatit :

— Oh, ma pauvre, c'est vrai. Tu sais, il va vraiment falloir qu'un jour tu dises à ta mère de se mêler de ses affaires. Tu ne devrais pas toujours tout accepter comme ça.

— C'est... compliqué.

Anne avait raison, bien sûr. Mais Emma n'avait jamais su s'imposer face à sa mère. Face à personne, à la réflexion. Elle détestait les conflits, était d'une nullité impressionnante en argumentation et, de manière générale, osait rarement faire part de ses opinions.

Ce qui s'était passé au restaurant universitaire avec Louis était une première. Elle aurait dû se féliciter d'être enfin un tant soit peu parvenue à tenir tête à quelqu'un – d'autant plus à ce type, qui la déstabilisait tant.

Pourtant, elle n'y arrivait pas.

Louis était parti sans déjeuner, l'air encore plus mal en point qu'avant leur discussion. Ce qui, malgré elle, la perturbait.

Elle l'avait cherché sans vraiment le vouloir le lendemain au self, puis ce midi également. Mais Louis n'était pas reparu.

Emma secoua la tête, se tançant intérieurement. Pourquoi s'incrustait-il de nouveau dans ses réflexions, surgissant de nulle part, sans aucune raison valable ? Elle avait décidé de ne plus penser à lui. Il fallait qu'elle s'y tienne, bon sang !

— Tu vas encore te faire engueuler par Catherine si tu arrives en retard au cours, prévint-elle. On discutera de ça une autre fois. Tu as un cheval à monter, et moi, une écurie à ranger et à nettoyer.

— Tout un programme, observa Anne avec une grimace navrée.

— Ce travail me plaît, ne t'inquiète pas. Je suis au contact des chevaux et des enfants. Qu'aurais-je pu trouver de mieux, franchement ?

C'était vrai, Emma se sentait bien au centre. Elle était utile, et les cavaliers en herbe dont elle s'occupait l'appréciaient. Cette nouvelle vie avec sa meilleure amie comme colocataire n'était peut-être pas aussi révolutionnaire qu'elle aurait pu l'espérer – elle restait elle-même, avec ses problèmes et ses angoisses –, néanmoins, cela lui convenait.

Samedi 13 février 2016

Emma s'était levée tôt afin de préparer une fournée de cookies pour les deux groupes d'enfants dont elle s'occupait le samedi. Elle arriva au club à 8 h 30, rangea les gâteaux dans l'un des placards du club-house, puis se rendit aux stalles pour y déposer le matériel nécessaire à sa séance avec Louis.

Elle s'éclipsa quelques minutes, le temps de passer aux toilettes et de vérifier son reflet dans le miroir, puis revint sur ses pas, beaucoup plus nerveuse qu'elle ne l'aurait souhaité.

Avec un peu de chance, Louis aurait renoncé et ne viendrait pas. Ou alors, il aurait enfin réussi à faire comprendre à sa tante que l'accompagnatrice qu'elle lui avait attribuée ne convenait pas, et Gloria viendrait lui dire que le projet était annulé. Mais pourquoi Emma ressentait-elle cet odieux pincement de déception rien qu'à cette idée ? N'aurait-elle pas plutôt dû en éprouver du soulagement ?

Parce que là, tout de suite, tandis qu'elle s'apprêtait à franchir le seuil des stalles, elle avait l'impression que son pouls battait à cent à l'heure et que sa langue s'était complètement desséchée dans sa bouche...

En parfaite idiote qu'elle était, elle hoqueta de stupeur, aspirant une grande goulée d'air, brusquement arrachée à ses réflexions, lorsqu'elle vit Louis, debout, adossé au mur séparant les box, juste à côté de celui d'Opéra. Elle n'aurait pourtant pas dû être surprise, il était venu, comme prévu. Mais c'était ainsi, Louis avait le don de la déconcerter, même quand il ne faisait strictement rien pour ça.

Il tenait ses béquilles de part et d'autre de son corps et portait encore son éternelle écharpe noire, un jean gris faussement usé et son blouson de cuir. Ses yeux erraient dans le vague, ses traits étaient tirés par la fatigue et son expression fermée, très sombre.

Son regard dur s'égara un instant sur elle, puis retourna presque aussitôt se perdre dans le vide.

— Louis, balbutia-t-elle, ravalant sa salive sans même parvenir à articuler un « bonjour » en bonne et due forme.

— Emma, lui retourna-t-il d'un ton si las qu'il en était presque inquiétant.

Elle se rendit subitement compte qu'elle s'était arrêtée sur le pas de la porte, figée dans son élan. Elle prit sur elle, respira un bon coup, puis entra dans les stalles, se dirigeant vers lui.

Elle s'attendait à ce qu'il reprenne la parole, craignait qu'il revienne sur leur conversation du self et réponde à ses invectives avec toute la morgue qu'elle lui connaissait. Mais il n'en fit rien.

À la place, Louis garda le silence. Un silence qui la déstabilisa davantage encore, la plongeant dans un profond malaise.

Elle s'affaira à préparer Opéra, mais ne put s'empêcher, au bout d'un moment, de murmurer, les mots lui échappant brusquement :

— Tu n'es pas revenu en cours...

— Tu es drôlement observatrice, rétorqua-t-il avec une ironie qui sonnait mal, tant il semblait fatigué.

Emma resserra la sangle de la selle, puis sortit du box pour faire face à Louis.

— Pourquoi ? l'interrogea-t-elle, préférant ignorer sa précédente remarque.

Louis cligna les yeux et reporta son attention sur le box de l'autre côté, présentant son profil à Emma. Puis il expliqua d'une voix atone :

— Mardi dernier était seulement un essai, rien de plus. Il s'avère que ce n'était pas une bonne idée.

— À cause de ce qui s'est passé avec tes amis ? présuma-t-elle, surprise par sa propre curiosité.

Il appuya la nuque contre le mur, ferma les yeux, entre irritation et épuisement, puis soupira :

— Je me contrefous de cette bande d'abrutis, c'est le cadet de mes soucis, franchement.

Il fit légèrement pivoter ses béquilles, ouvrant à demi les mains tout en veillant à ne pas lâcher les poignées sur lesquelles il s'appuyait, et ajouta :

— La raison n'est-elle pas suffisamment évidente ?

Louis faisait allusion à son état. Emma aurait bien posé quelques questions à ce sujet, mais elle sentait qu'elle n'en avait pas le droit, que ce dossier-là était beaucoup trop sensible pour être abordé avec elle. Il n'empêche que cela faisait presque quatre mois que Louis manquait les cours. À ce rythme, si intelligent fût-il, il allait rater son année.

— Écoute, s'entendit-elle tout à coup déclarer. Je sais ce que j'ai dit l'autre jour, mais je… j'ai changé d'avis sur un point. Je t'aiderai… tu sais, pour le plateau, au self.

Elle venait seulement de le décider, brisant en un éclair ses résolutions, sans véritablement savoir pourquoi d'ailleurs.

Louis fronça les sourcils et tourna enfin la tête vers elle, son regard clair s'accrochant brutalement au sien.

— Tu n'y arrives vraiment pas, hein ?

— Pardon ? marmonna-t-elle, confuse.

Elle s'était attendue à plusieurs réactions, mais certainement pas à celle-ci.

— À ne pas être *gentille*, cracha-t-il, une moue méprisante incurvant ses lèvres. Aimable et serviable, avec n'importe qui. Même avec les personnes envers lesquelles tu nourris – et je ne fais que te citer – de l'*aversion*.

En effet, c'étaient ses mots, ce qu'elle lui avait avoué avant de le laisser seul à sa table mardi dernier, sans songer une seconde qu'ils pourraient avoir un quelconque impact.

Emma se détourna, prise de court par les reproches acides de Louis.

Il était tellement imprévisible… Pourquoi l'attaquer alors qu'elle venait de lui offrir son aide ? Une aide qu'il avait réclamée, qui plus est. Ça n'avait aucun sens. C'était à en perdre son latin, vraiment.

Et cette façon de voir si clair en elle. Louis ne la connaissait pas, et pourtant, il avait déjà identifié ses faiblesses… *toutes* ses faiblesses. Pour mieux les lui renvoyer en pleine face, systématiquement.

Il n'y avait pas à dire, il était fort à ce jeu. Beaucoup trop pour elle.

— Apparemment, je ne sais pas être autrement, finit-elle par confirmer. En fait, je le découvre avec toi, tu es la première personne que je déteste à ce point.

Elle releva les yeux, s'obligeant à l'affronter, même si c'était difficile.

Elle le vit pincer les lèvres, prêt à la suivre sur ce terrain. Avant de finalement se raviser et de hocher la tête.

— Bien, conclut-il, comme s'il approuvait.

Emma battit des paupières, encore une fois désarçonnée. Elle s'efforça de se ressaisir, puis se concentra sur sa tâche et tira au centre des stalles l'escabeau qu'elle avait rapporté de la sellerie.

Chapitre 20

Louis

Alors comme ça, Emma le *détestait,* rien de moins ?

Aucune importance…

Non, en fait, c'était même parfait. C'était très exactement ce qu'il voulait.

Enfin, de là à le haïr plus qu'aucun autre, tout de même, c'était un peu violent, non ? Entendre cela lui laissait comme une espèce d'arrière-goût amer sur la langue. Peut-être parce que…

Non.

Le panneau. Pense au panneau.

— On devrait cesser d'essayer de discuter, préconisa Emma tout en plaçant le petit marchepied de la sellerie à quelques mètres du box d'Opéra. Ça ne nous réussit pas. Puis nous ne sommes pas ici pour ça, de toute façon.

— En effet, grommela-t-il.

Mais il était trop intrigué pour parvenir à charger le ton de sa voix de toute la mauvaise humeur qu'il aurait souhaité.

Emma s'avança vers lui et il se demanda ce qu'elle allait faire, se rendant soudain compte qu'il guettait chacun de ses gestes. Elle ramassa la bombe qu'il avait posée sur le rebord de ciment de la stalle et, oubliant subitement sa réserve habituelle, le sermonna :

— Plus jamais sans ça.

Elle était présente le soir de l'accident, sans doute avait-elle vu la barre d'obstacle lui fracasser le crâne dans sa chute...

Louis s'abstint de répondre. À présent, il se fichait encore plus des recommandations de sécurité. Mais elle n'avait pas à le savoir. Et c'était elle qui avait raison, évidemment.

Il s'appuya autant que possible contre le mur afin de pouvoir lâcher l'une de ses béquilles et se saisir de l'objet. Mais Emma le prit de court en montant sur la pointe des pieds pour déposer directement le casque sur sa tête. Puis elle boucla l'attache, s'ingéniant on ne sait comment à ne pas le toucher pendant la manœuvre.

Ce qui était... un peu décevant, en fait. Voire carrément exaspérant.

D'abord le portefeuille, puis ça. C'était quoi, son problème, à cette fille ?!

Elle rouvrit la porte du box, en sortit Opéra et l'arrêta juste devant l'escabeau.

— Je sais que se mettre en selle ici n'est pas du tout réglementaire, mais ce sera nettement plus simple. Si c'est possible, sers-toi des béquilles pour monter sur l'escabeau. Je les récupérerai ensuite, ne t'en préoccupe pas. On ne sortira de l'écurie que quand tu te sentiras vraiment à l'aise. Après, on ira faire un petit tour dans les bois et on rentrera. Ce programme te convient-il ?

— Je suppose, maugréa-t-il, cette angoisse latente, qu'il avait préféré ignorer toute la nuit, se faisant tout à coup plus brutalement sentir, s'imposant à lui.

Je ne ressens rien. Rien du tout...

Louis se détacha péniblement du mur et fit les quelques pas qui le séparaient du cheval et d'Emma. Laquelle retenait les rênes tout près du mors, prenant soin de garder l'animal complètement immobile.

Elle avait songé à tout.

Elle avait réfléchi à la meilleure façon de procéder, avait pris en compte chacune de ses difficultés. Elle voulait lui éviter d'avoir à parcourir à pied la distance séparant les écuries du manège, voulait le protéger des éventuels regards en cet instant si délicat pour lui – quitte à bafouer certaines règles de base – et tentait même d'anticiper son stress...

Elle fait son travail, voilà tout.

Il observa le cheval et sentit la sueur s'accumuler sur son front. Puis un grand froid envahir l'ensemble de son corps.

Il savait la douleur que lui coûteraient ces quelques gestes. Elle était déjà là, de toute façon. Elle ne ferait que s'accentuer, s'aiguiser... et après ?

Il devait remonter. C'était nécessaire.

Gloria le voulait.

Et lui...

Lui, il était perdu. Il errait depuis des mois dans une mare de brumes noires. Mais il pressentait que si une chose était capable de l'en extirper pour le raccrocher un tant soit peu au monde des vivants, c'était bien celle-ci. Plus que n'importe quoi d'autre.

Il devait juste ravaler la souffrance, étouffer cette peur totalement idiote, qui semblait sortir de nulle part. Il avait fait ça des milliers de fois, il pouvait parfaitement recommencer. Où était le problème ?

Louis gravit tant bien que mal les petites marches de l'escabeau, ainsi qu'Emma le lui avait recommandé. Elle récupéra ses béquilles au moment précis où il les abandonna pour agripper l'encolure du cheval d'une main et l'extrémité de la selle de l'autre. Il serra les dents et ne put retenir une espèce de grognement rauque lorsqu'il se hissa sur le dos d'Opéra.

L'exercice avait été légèrement facilité par l'emploi du marchepied, mais ça n'en restait pas moins extrêmement pénible, lui rappelant qu'il n'était pas censé faire ce genre de choses, que les médecins le lui avaient même unanimement interdit.

La douleur était si intense dans sa jambe...

Elle résonnait jusque dans son dos, irradiait dans la moindre parcelle de son corps. Et il était tellement fatigué de la subir à longueur de temps. Fatigué qu'elle le maintienne éveillé jusqu'à des heures indues, l'empêchant systématiquement de trouver le repos.

La nuit dernière avait été pire que jamais. Il n'avait pu fermer l'œil, plus angoissé qu'il ne voulait l'admettre à l'idée de cette nouvelle séance et du défi qu'elle représentait.

Ce matin, il était trop vulnérable. Trop faible pour avoir la moindre chance face au mur de béton qu'elle lui opposait.

La vague de panique le faucha de plein fouet, quand bien même s'y attendait-il, le submergeant, lui arrachant absolument tout. Le souvenir du choc lui revint. Le bruit de ses os qui se rompaient emplit ses oreilles, les cris autour de lui, le poids de Thanos sur son torse et ses jambes.

Thanos, qui luttait pour se relever, les membres en miettes... par sa faute.

Tout se mélangea soudain, et des images du premier accident, de la collision avec le camion, en profitèrent pour s'immiscer dans ce flot glacial de terreur. Cette dernière avait entièrement pris possession de lui, le laissant tremblant et hors d'haleine, incapable de se sortir de ce piège.

— Louis, l'appela une voix féminine trouble, lointaine, comme à travers une cloison d'eau.

Emma...

Il n'était pas seul dans son monde de souffrance et de désolation. Elle était là. Elle se tenait sur le seuil. Et elle l'attendait.

— Essaie d'avoir des pensées paisibles, lui murmura-t-elle avec une douceur presque irréelle. Des pensées agréables.

Louis lutta pour rouvrir les yeux et, quand il le fit, ce fut pour voir son paysage se remplir de ce visage aux traits purs, ces yeux à l'éclat mordoré. Alors il se concentra sur elle, parce qu'il n'avait aucune alternative. Et un peu de chaleur vint se faufiler dans la couche de glace qui avait emprisonné son esprit.

— Tu sens le chocolat... remarqua-t-il dans un souffle, les mots lui échappant subitement.

C'était une pensée agréable. Une pensée qui repoussait quelque peu les ombres qui avaient tenté de le dévorer.

Emma battit des paupières, ses longs cils noirs, sur lesquels il avait une vue plongeante du haut du cheval, s'agitant comme autant de papillons. Puis ses lèvres pleines s'étirèrent d'un coup, sans doute involontairement.

Merde, elle était si belle lorsqu'elle souriait...

— C'est parce qu'avant de venir, j'ai préparé des cookies pour les enfants, expliqua-t-elle.

Elle fronça les sourcils, puis se racla la gorge, hésitant à poursuivre. Puis elle prit visiblement sur elle et continua sur le même ton, semblant s'efforcer de conserver son sourire :

— Je n'en donne qu'à ceux qui sont sages pendant mes leçons. Mais bien entendu, comme ils adorent mes pâtisseries, ils sont tous toujours très sages.

Elle essayait de lui changer les idées en lui parlant.

Qu'elle continue, il en avait besoin. Il n'avait pas le choix, il devait se raccrocher à elle. Au petit réconfort qu'elle lui offrait, alors qu'il était si mal.

Ce parfum qui émanait de ses cheveux, délicieuse odeur de chocolat fondu qui lui chatouillait le nez...

— Tu me donnes faim, Emma, marmonna-t-il encore, décidément incapable de tenir sa langue et d'avoir des propos sensés.

Elle eut un soupir stupéfait, et un pli de perplexité naquit entre ses sourcils. Il devina qu'elle se demandait s'il se moquait d'elle, s'il y avait une allusion méchante là-dedans – il fallait dire que c'était plutôt son genre. Puis elle parut décider que non.

— Eh bien, si tu te tiens tranquille aujourd'hui, que tu ne balances pas ta bombe en travers des murs, alors peut-être que tu y auras droit, toi aussi, marchanda-t-elle avec une espièglerie qui l'estomaqua.

Ils étaient tombés d'accord sur le fait qu'ils ne devaient plus essayer de discuter, qu'ils ne s'entendaient définitivement pas. Pourquoi rompait-elle si vite cet arrangement, pourtant des plus raisonnables ?

Ça n'allait pas... Elle devait continuer à être mal à l'aise en sa présence. C'était bien, comme ça.

Chapitre 21

Louis

Louis parvint enfin à avaler une grande bouffée d'air, prenant brusquement conscience qu'il était en train de haleter, les doigts crispés sur les épaules du cheval, le dos voûté.

Il se redressa avec raideur et, les mains tremblantes, s'empressa de saisir les rênes, les arrachant à Emma.

— On sort un peu ? s'enquit-elle en le détaillant attentivement, d'une façon qui le troubla. Tu te sens mieux ?

— Oui.

Ce n'était pas tout à fait vrai. Mais il n'avait pas besoin de le lui expliquer, Emma savait.

Quoi qu'il en soit, il fallait qu'il y arrive. Cette terreur qui l'assaillait, ça n'avait pas de sens. Il ne devait pas se laisser vaincre par ça. Non, en aucun cas.

Lui, il n'avait peur de rien. Il était d'acier. Et il adorait le goût du risque.

Enfin, ça, c'était avant…

Aujourd'hui, il redoutait un banal et ennuyeux tour au pas sur un vieux cheval pour débutants. Il redoutait la douleur qu'un infime mouvement pouvait déclencher. Les flashs, les cauchemars… Aujourd'hui, il était privé de l'essentiel, n'avait tout bonnement plus le droit d'être lui-même.

D'une légère pression des talons, Louis fit avancer Opéra dans l'écurie et se pencha en avant pour éviter la porte, ignorant l'éclair blanc dans son champ de vision, la brûlure aiguë éclosant férocement dans son dos. Emma parut un peu surprise, mais elle lui emboîta le pas, marchant à ses côtés, prête à récupérer les rênes au moindre signe de défaillance de sa part.

Elle fait son travail…

Le trajet jusqu'aux carrières fut un calvaire. Même à cette allure, le simple balancement du cheval, la seule tension dans ses reins et ses jambes – tout ce qui paraissait si naturel et basique autrefois – lui étaient insupportables. Sans compter cette saleté d'angoisse ridicule qui lui retournait le ventre, refusant désespérément de le lâcher.

Ils étaient à peine parvenus à la lisière de la forêt qu'Emma décréta, sans doute alertée par la pâleur de son visage, déserté peu à peu par le sang :

— On fait demi-tour, ça ira pour cette fois.

Il était en selle depuis moins de dix minutes… Mais elle avait vu juste, il n'en pouvait déjà plus.

Il hocha silencieusement la tête, capitulant aussitôt, sans chercher à discuter. Il n'en avait pas la force, à vrai dire.

Louis fit pivoter Opéra et remua les doigts sur ses rênes, cherchant à détendre ses muscles crispés. En pure perte, bien entendu, son corps refusant obstinément de lui obéir.

Des bruits de sabots, étouffés par la terre meuble, lui parvinrent, et il vit Emma se retourner, avant de revenir à lui, l'air préoccupé.

Le martèlement se rapprocha et bientôt, Erik apparut près de lui, fièrement perché sur l'un des chevaux de Gloria.

— Ça alors, Louis ! s'exclama-t-il, allant jusqu'à se fendre d'un sourire, comme s'il était sincèrement heureux de le revoir. Ça y est, tu es de nouveau sur pied ?

Plus ou moins... mais ça ne le regardait pas.

Ce type avait peut-être été son seul véritable ami pendant un temps, il y avait des années de ça, mais Louis n'avait jamais pu oublier le goût de la trahison, ainsi que la rancœur qu'il éprouvait à son égard.

— Si tu savais la peur que tu m'as fait, ce soir-là, avoua abruptement Erik, son expression redevenant soudain grave. Comment te sens-tu ?

Louis ne put retenir une grimace à l'évocation de l'accident. Puis il rassembla toute son énergie, prit une grande inspiration et lâcha d'une voix sourde, qui sonnait faux, même à ses propres oreilles :

— Je me porte comme un charme. Tu sais, c'était beaucoup moins grave que ça en avait l'air. Enfin, en ce qui me concerne, évidemment, parce que...

Il s'interrompit, incapable de poursuivre.

— Thanos était rompu à l'exercice, ça n'aurait pas dû arriver, déclara Erik. Tu as joué au con, c'est vrai, mais personne n'aurait pu prévoir ce qui s'est passé.

— Si tu le dis, marmonna Louis, ses poings se contractant sur le garrot d'Opéra.

Il serra les dents, de plus en plus mal. L'air lui manquait, le décor semblait tourner autour de lui, et sa vue se chargeait de petites mouches noires particulièrement inquiétantes.

— Nous nous apprêtions à rentrer, intervint Emma, comme pour voler à son secours.

Erik parut alors seulement prendre conscience de sa présence.

— Emma ? s'étonna-t-il, ses yeux clairs passant tout à coup de l'un à l'autre. Alors c'est toi qui es chargée de gérer la reprise de Louis ? Mais... ça va, tu t'en sors ?

— Je ne vais pas la mordre, c'est bon ! s'enflamma Louis, la colère venant brusquement s'ajouter au reste. Elle est debout, non ? *A priori*, elle parvient à survivre à ma proximité.

C'était la goutte d'eau.

Louis fit repartir son cheval sans attendre Emma.

— Voilà, c'est ça, je *survis*, confirma-t-elle ironiquement, s'adressant à Erik avec une familiarité qui n'était pourtant guère dans ses habitudes.

Puis elle revint se poster comme si de rien n'était au niveau de l'épaule d'Opéra.

En réalité, c'était là, à cet instant précis, que la goutte d'eau venait de tomber.

Cette réponse… cela ne faisait qu'attiser le feu de sa colère, sans qu'il sache pourquoi. Ses pensées étaient beaucoup trop confuses et obscures pour qu'il réussisse à en démêler ne serait-ce qu'une parcelle.

À peine furent-ils entrés dans les stalles que Louis lançait son pied au-dessus de la croupe d'Opéra, s'empressant de redescendre, incapable de demeurer une seconde de plus sur ce cheval de malheur.

— Doucement ! s'écria Emma d'un ton catastrophé.

Il savait que sa jambe le rappellerait à l'ordre. En outre, il pensait avoir encore suffisamment de force dans les bras pour pouvoir se retenir à la selle et amortir correctement la descente.

Mais il se trompait…

La peur l'avait vidé de toute son énergie. Elle rendait ses membres tremblants et tous ses mouvements totalement hasardeux. Si bien qu'une fois sur ses pieds il trébucha, la douleur dans son genou le poignardant plus cruellement que tout ce qu'il avait pu imaginer.

Un cri étouffé lui échappa, effrayant le cheval, qui s'écarta aussitôt. En un éclair, Emma fut entre lui et Opéra. Louis s'écroula à moitié sur elle et s'agrippa à ses épaules, se retenant comme il pouvait pour éviter la chute.

Alors le temps parut s'étirer. Il savait qu'il devait sans doute lui faire mal, à serrer ses bras de cette façon. Il devait être lourd aussi, pour elle qui était si petite. Mais il n'arrivait plus à bouger. La souffrance et l'angoisse avaient finalement eu raison de lui, le pétrifiant sur place.

Haletant, en sueur, il plongea les yeux dans ceux d'Emma. Dans ses prunelles sombres, le choc et l'inquiétude se reflétaient alternativement. Et il détestait ça…

Il détestait qu'elle puisse être autant scandalisée par un rapprochement aussi anodin, si brutal fût-il. Mais il détestait plus encore qu'elle pût s'inquiéter pour lui.

— Tout va bien, lui souffla-t-elle, s'appliquant à demeurer immobile malgré le poids qu'il faisait peser sur elle. Tu peux t'appuyer sur moi.

C'était précisément ce qu'elle était censée ne jamais dire. Exactement ce qui allait à coup sûr l'achever… Il aurait voulu qu'elle le laisse tomber, qu'elle se venge et profite de sa faiblesse pour le remettre à sa place. Mais Emma avait le don de ne jamais réagir comme il l'aurait souhaité.

Louis serra les mâchoires, tentant de contenir le flot de désespoir noir qui menaçait de le terrasser.

Il n'existait qu'une seule et unique chose ayant le pouvoir de le faire vraiment vibrer, une seule et unique chose qui ait jamais donné du sens à sa vie. Un domaine dans lequel il brillait, tout près de frôler les étoiles, où être lui-même ne posait aucun problème. À présent, non seulement les étoiles l'avaient fui – soudain totalement et définitivement inaccessibles –, mais le simple fait de monter à cheval était devenu un enfer, une véritable torture pour son corps comme pour son esprit.

Tout est brisé en moi...

— Non, je ne peux pas, cracha-t-il, tandis qu'à force de se perdre dans la douceur des yeux bruns d'Emma il sentait les siens s'emplir de larmes.

Je suis d'acier, je ne ressens rien ! s'entendit-il hurler intérieurement.

Mais c'était une saleté de mensonge et il en avait pleinement conscience, désormais. Depuis l'accident, il avait perdu ce qui lui permettait de maintenir le barrage.

Maintenant, il ressentait *trop*.

Tout.

La douleur, l'abattement, le dégoût, l'amertume et le désespoir. Il les prenait de plein fouet, à l'instar d'un puissant coup dans l'estomac.

Louis relâcha Emma aussi brutalement qu'il s'était rattrapé à elle et chercha un autre appui derrière lui, ne rencontrant que le vide. Il tituba sur quelques mètres, puis se laissa choir lorsque son dos rencontra enfin la pierre, glissant contre le mur qui faisait face aux box jusqu'à se retrouver assis.

Il lutta de toutes ses forces pour ne pas craquer une nouvelle fois, s'obligea à inspirer de longues bouffées d'air, retira sa bombe pour repousser ses cheveux en arrière, cherchant maladroitement à reprendre contenance.

En vain.

Emma se hâta de refermer les portes des stalles, puis elle tira les verrous, de sorte que personne ne puisse les surprendre.

Et il se retrouva la tête entre les genoux, à se cacher comme il pouvait pour laisser aller ces maudites larmes qu'il ne parvenait plus à endiguer.

Aspiré dans une nouvelle descente aux enfers...

Chapitre 22

Emma

Le cœur d'Emma se serra dans sa poitrine.

La première fois qu'elle avait vu Louis s'effondrer ainsi, elle avait été troublée. Mais à présent, après l'avoir suivi durant l'épreuve qu'avaient été ces quelques minutes à cheval, elle s'en trouvait complètement bouleversée.

C'était étrange, mais elle n'arrivait plus à faire coïncider l'image du type odieux qu'elle connaissait avec celle de l'homme qu'elle avait devant elle. Ça ne cadrait tout bonnement plus.

Elle aurait dû s'y employer plus sérieusement, mais elle n'en fit rien. Elle écouta son instinct et vint s'accroupir devant lui, tandis qu'Opéra – toujours en liberté dans l'écurie – chipait des brins de paille dans la botte qui devait servir à regarnir les box.

— Tu as tenu plus longtemps aujourd'hui, c'est encourageant, hasarda-t-elle, hésitante. La prochaine fois…

Louis se redressa soudain et, le front plissé de dépit, lui adressa un regard épuisé, dénué de toute dureté, de toute hostilité. Juste ses yeux bleus et cette profonde mélancolie, ces tourments insondables…

— Il n'y aura pas de prochaine fois, c'est fini, lâcha-t-il. J'arrête tout. Je refuse d'être ainsi.

Emma fronça les sourcils, pas certaine de comprendre où il voulait en venir.

— Il est probablement juste un peu trop tôt, persista-t-elle, gagnant progressivement en assurance. En fait, il est évident qu'il est trop tôt. Tu devrais écouter les médecins et attendre qu'ils te donnent leur feu vert pour reprendre l'équitation.

— Ils ne le feront peut-être jamais, présagea-t-il en renversant la nuque pour l'appuyer contre le mur, avant de répéter : Les médecins ne peuvent pas comprendre...

— Mais si, essaie seulement d'être patient.

Louis ferma les yeux, serra les paupières, puis chuchota :

— Emma, laisse-moi. Il est préférable que tu ne t'approches pas de moi. Vraiment.

Elle prit alors conscience de leur proximité. Elle ne se trouvait plus qu'à quelques centimètres de lui.

Elle se releva d'un bond, mortifiée, se demandant ce qui lui avait pris de se tenir ainsi, si près de lui. Puis elle rejoignit Opéra – qui était maintenant en train de renifler le museau d'un de ses congénères. Elle saisit les rênes, puis le fit rentrer dans son box pour le desseller.

Tandis qu'elle brossait le pelage brun et blanc du cheval, elle se rendit compte qu'elle pouvait encore sentir les grandes mains puissantes de Louis sur ses épaules. La pression si ferme, frénétique, voire carrément brutale de ses doigts sur ses bras, meurtrissant sa peau. Elle marquait facilement, aussi devinait-elle les bleus que ce rude contact allait lui laisser. Elle détestait Louis et il lui avait fait assez mal, pourtant, elle ne parvenait pas à lui en vouloir pour ça.

Il serait tombé s'il ne s'était pas raccroché à elle.

Il s'était passé quelque chose d'étrange, quelque chose qui la perturbait...

Une fois le pansage du cheval terminé, Emma referma la porte du box et, voyant que Louis n'avait pas bougé – assis par terre, recroquevillé, le coude sur son genou remonté et le front pressé entre ses doigts crispés –, elle hésita. Elle fouilla au fond de sa poche, où elle gardait toujours quelques friandises pour les chevaux, et en exhuma un morceau de sucre.

Elle s'accroupit de nouveau et le posa à côté de Louis. Lequel se redressa légèrement, puis avisa sa main, l'air songeur.

— Ce n'étaient probablement pas les dix minutes les plus fabuleuses de sa vie non plus, déclara-t-elle en désignant le box d'Opéra d'un signe de tête. Donne-lui avant de partir. Tu lui as fait peur tout à l'heure, ce serait quand même bien que vous puissiez rester amis.

Après quoi, elle se releva et prit les béquilles pour les rapprocher de Louis. Elle récupéra la selle et le filet d'Opéra, puis se dirigea vers la porte des stalles, qu'elle rouvrit. Avant de franchir le seuil, elle jeta un coup d'œil en arrière et vit Louis se saisir du morceau de sucre d'un geste lent et désabusé.

Mais il ferait ce qu'elle lui recommandait, elle le devinait, et c'était le principal. Parce que le contact avec l'animal était essentiel pour lui…

Une quinzaine de minutes plus tard, Emma était en train de donner un cookie à Charles – un élève d'une dizaine d'années, handicapé, qu'elle prenait en charge avec Catherine tous les samedis matin – lorsque Louis la rejoignit au club-house.

— Il existe donc des passe-droits, constata-t-il en entrant dans la pièce, encore chancelant sur ses béquilles. On peut savoir pourquoi lui, il peut avoir un gâteau *avant* le cours ?

— Parce que Charles est bien plus sage que tous les autres enfants réunis, rétorqua Emma en refermant la boîte de métal coloré.

En langue des signes, elle exhorta ensuite le petit garçon malentendant à aller chercher le matériel nécessaire pour panser Caramel, le poney qu'elle avait choisi pour sa leçon du jour. Charles acquiesça d'un hochement de tête, un sourire ravi étirant ses lèvres. Il avala les derniers morceaux de son cookie, puis partit en courant.

Emma rencontra alors le regard interloqué de Louis.

— Tu lui as dit quoi ?

— Qu'il ne fallait pas avoir peur du drôle de monsieur coiffé comme un épouvantail.

Emma se mordit la lèvre, surprise de sa propre audace. Mais Louis avait paru si démoralisé dans l'écurie qu'elle était prête à dire à peu près n'importe quoi pour lui changer un tant soit peu les idées.

Sa plaisanterie ne fit pas rire – ni même sourire – Louis. À la place, il fronça les sourcils d'incrédulité et battit des paupières, semblant totalement désarçonné, l'observant de plus en plus bizarrement.

À tel point qu'elle sentit poindre l'embarras et dut se détourner.

— Aller chez le coiffeur ne fait plus vraiment partie de mes priorités, finit-il par reconnaître.

— D'accord, balbutia Emma, de plus en plus gênée.

Bon sang, pourquoi avait-elle dit un truc pareil ?!

Allait-il à son tour lui envoyer une pique sur son physique, comme il savait si douloureusement le faire ? Parce qu'elle venait de lui en donner le droit, lui avait même tendu la perche, avec cette remarque complètement déplacée.

Elle essaya de se concentrer sur le tableau des cours, qu'elle devait remplir, afin d'attribuer à chaque cavalier un cheval, mais en vain. Louis la fixait obstinément, en silence, et cela la déstabilisait à un point inimaginable.

Elle se racla la gorge, puis poussa la boîte de cookies vers lui, cherchant par tous les moyens à donner le change.

— Tu en veux un ? proposa-t-elle.

— Il me semble que j'y ai droit, dans la mesure où, à ma connaissance, aucune bombe n'a fait de vol plané aujourd'hui.

Emma réprima un petit rire, ne parvenant à déterminer s'il s'agissait d'humour ou non.

Louis traversa la salle pour la rejoindre, tira une chaise près d'elle et s'assit à la table où était posée l'ardoise Velleda sur laquelle elle planchait. Puis il prit la boîte et s'empara d'un de ses cookies.

— Ils sont excellents, souffla-t-il après avoir dévoré le gâteau.

Emma ne put s'empêcher de sourire. Elle savait qu'elle était douée en pâtisserie. Mais au point d'arracher un compliment à Louis Deschaney, ça relevait quasiment du prodige !

— Prends-en un autre, si tu veux, l'autorisa-t-elle, s'obligeant à garder les yeux rivés au tableau, qu'elle ne parvenait décidément pas à remplir.

— Même si je n'ai pas été particulièrement sage ?

Elle ne put se retenir de pivoter vers lui. C'était son tour d'être abasourdie.

Louis la regardait calmement. Dans ses yeux, l'éclat de dureté habituel qui l'impressionnait tant semblait avoir disparu pour de bon.

— Même, murmura-t-elle avant de se remettre à étudier l'ardoise.

Elle le vit tendre la main vers la boîte pour se resservir, puis l'entendit croquer à pleines dents dans le gâteau, aussi voracement que s'il n'avait pas mangé depuis plusieurs jours.

— Ça alors ! s'exclama tout à coup Gloria, postée devant la porte du fond, qui donnait sur son bureau privé. Je rêve, Louis, ou je viens de te surprendre en train d'avaler autre chose que du whisky ?

Emma se retourna vivement, surprise de trouver sa patronne dans la pièce.

Apparemment, Louis non plus ne l'avait pas entendue entrer. Il fit claquer sa langue avec humeur, remua sur sa chaise et se frotta les mains pour essuyer les miettes de gâteaux, le tout sans adresser un regard à sa tante.

— Les cookies d'Emma étaient tentants, mais je compte bien jouer de nouveau les alcooliques une fois chez moi, grinça-t-il ironiquement, détaillant le bois de la table d'un air mécontent. D'ailleurs, je t'attendais. Merci d'avoir pris tout ton temps. Merci également de balancer ce genre de détails en public, c'est toujours très appréciable.

— Ne te fâche pas, il n'y a qu'Emma, répondit Gloria en traversant le club-house pour aller jeter un coup d'œil dehors et s'assurer qu'elle disait vrai. Je suis sûre qu'elle peut comprendre.

Louis releva la tête pour observer sa tante. Dans ses yeux, les reflets durs, métalliques, étaient revenus, crépitant de colère, plus effrayants que jamais.

— Et moi, je suis à peu près sûr que ce n'est pas son problème ! siffla-t-il entre ses dents serrées.

— Peut-être que si, contesta Gloria en croisant les bras, se tournant ensuite vers elle. J'ai un autre travail pour toi, Emma. Pour lequel je te paierai en conséquence. Je voudrais que tu te rendes au manoir autant de fois que possible et que tu t'occupes de préparer des repas décents à Louis, puisque tu sembles maîtriser l'art de la cuisine qui tient au corps. Lors des stages, les enfants sont toujours ravis que ce soit toi qui t'occupes du déjeuner. Alors, si tu ne peux pas davantage, deux, trois fois par semaine suffiront. Mais Louis a besoin de se remplumer, c'est très urgent.

Louis fit grincer sa chaise, se relevant aussi brutalement qu'il pouvait se le permettre.

— Non, mais tu as perdu la tête, ma parole ?! cracha-t-il avec indignation tout en se dirigeant vers la sortie. Emma n'est pas une foutue domestique, à ce que je sache ! Elle refuse, c'est clair ?

— Je n'ai rien entendu de tel, contesta froidement Gloria, s'obstinant à demeurer sur le seuil de la porte, bloquant le passage à son neveu.

Emma resta un instant sans voix, peinant à intégrer la proposition de Gloria.

Bien entendu, elle aussi trouvait ça saugrenu et carrément déplacé. Les problèmes personnels de Louis ne la regardaient pas, il avait raison. De plus, il était évident qu'il n'avait aucune envie qu'elle se mêle de tout ça.

D'un autre côté, Emma n'avait encore rien dit à sa mère à propos de ses soucis de voiture, et une nouvelle rentrée d'argent ne serait franchement pas de trop...

Louis se tourna vers elle et la fusilla de son regard d'acier.

— Refuse, Emma ! la somma-t-il âprement.

Ce ton péremptoire, ainsi que les menaces qu'il contenait, effraya Emma à peu près autant qu'il l'irrita.

— Dois-je te rappeler qu'après ce qui s'est passé il y a seulement quelques jours, tu n'es pas exactement en position de négocier ? argua Gloria à l'intention de son neveu.

Il eut un rire débordant de rage, puis s'étrangla, totalement hors de lui :

— C'est quand j'avais huit ans qu'il fallait t'occuper de moi comme d'un môme, bordel ! À présent, il est trop tard.

— Que ce soit bien clair, assena Gloria en plissant les yeux. Tu ne veux plus que je mette les pieds chez toi, parfait, je m'y suis résignée depuis longtemps, mais ne compte pas sur moi pour te laisser dépérir et sombrer sans réagir. Emma viendra, et je compte sur toi pour te montrer au moins correct avec elle, à défaut d'être aimable.

Louis ferma les paupières et inspira profondément, comme pour s'exhorter au calme. Puis il prévint d'une voix rauque :

— Je ne la laisserai pas entrer.

— On verra, le provoqua Gloria.

— Je vais prendre un taxi, inutile de me ramener.

Là-dessus, il fonça vers la porte et sa tante s'écarta d'un pas, n'ayant d'autre choix que de le laisser passer.

— Il n'est pas facile à vivre, mais tout ira bien, j'en suis persuadée, assura-t-elle en pivotant vers Emma, souriant comme si de rien n'était. Je vais te donner les clés.

Gloria traversa la pièce pour se rendre à son bureau, l'air contente d'elle, tandis qu'Emma ne savait plus où se mettre, ni quoi dire.

Encore une fois, elle n'avait même pas vraiment accepté...

Chapitre 23

Emma

À la lueur des réverbères, Emma vérifia encore une fois le petit morceau de papier qu'elle tenait au creux de sa main, où Gloria avait noté l'adresse de Louis. Elle relut le panneau, à quelques mètres de là, portant le nom de la rue. Puis elle jeta un nouveau coup d'œil au numéro accroché au pilier de l'énorme portail.

Il n'y avait pas d'erreur possible. C'était bien ici.

Derrière ce haut porche métallique était censée se trouver la demeure de Louis. À présent, Emma se souvenait d'avoir entendu Gloria prononcer le mot « manoir » durant la conversation. À l'évidence, elle ne l'avait pas employé par hasard…

Emma pressa pour la troisième fois le bouton d'appel de l'interphone. Puis, ne recevant aucune réponse, elle se décida à composer sur le clavier le code indiqué par sa patronne.

Les grandes portes s'ouvrirent devant elle dans un mouvement fluide, s'accompagnant d'un faible ronronnement électrique. Une bâtisse ancienne, d'allure néogothique, aux dimensions plus que conséquentes, ainsi qu'un jardin paysager parfaitement entretenu, le tout éclairé avec soin, apparurent alors, se détachant étrangement dans l'obscurité du soir.

— Oh la vache, souffla Emma, abasourdie.

Louis habitait ici ? Vraiment ?

Comment un simple étudiant faisait-il pour vivre dans un tel luxe ?

Tout le monde savait que Gloria, sa tante, avait de gros moyens – et il en fallait pour tenir un centre équestre aussi important. Mais en dehors du cheval qu'il avait possédé et, plus récemment, des billets qu'il avait dégainés au self mardi dernier, jamais Louis n'avait affiché de quelconques signes extérieurs de richesse – du moins, pas à sa connaissance.

Une fois la stupéfaction passée, Emma se hâta de remonter dans sa voiture et d'enclencher la première vitesse. Puis elle se faufila rapidement entre les portes, craignant qu'elles ne se referment avant qu'elle n'ait pu entrer. Elle se gara juste devant le perron, songeant aux quelques commissions qu'elle avait à décharger – enfin, à condition que Louis l'autorise à pénétrer dans sa maison, ce qui était loin d'être gagné, au vu de la dispute qu'il avait eue avec sa tante à ce sujet quelques heures plus tôt...

Emma sortit de sa voiture, prit les sacs plastique contenant les courses qu'elle venait de faire – ainsi qu'une grande inspiration, pour se donner du courage – et monta la volée de marches de pierre menant à la porte d'entrée. Elle frappa contre l'épais battant de bois une première fois. Puis une deuxième, sans plus de succès.

Aucun des volets n'était fermé, et plusieurs fenêtres étaient éclairées de l'intérieur, attestant de la présence du propriétaire.

Louis, chez lui, un samedi soir. Il n'y a pas si longtemps, la chose aurait paru tout à fait invraisemblable.

Emma exhuma de la poche de son gilet le jeu de clés que lui avait confié Gloria. Elle lui avait promis d'essayer. Elle percevrait une prime, ne serait-ce que pour avoir *essayé*. Elle devait se concentrer là-dessus… et non sur la façon sans aucun doute horrible dont allait la recevoir Louis.

Elle allait glisser l'une des clés dans la serrure principale quand elle s'interrompit et tenta d'abord de tourner la poignée, tout simplement. La porte – qui n'était finalement pas verrouillée – s'ouvrit.

Emma repoussa le battant de bois et entra prudemment, hésitante. Effrayée, même, à l'idée de venir déranger Louis jusque chez lui.

Il faisait sombre à l'intérieur, aussi se dirigea-t-elle d'emblée vers les pièces éclairées, suivant la lumière. Elle s'arrêta sur le seuil d'une vaste salle de séjour, ouverte sur une cuisine aménagée plutôt rustique, mais très fournie.

Au centre, un canapé de cuir faisait face à un téléviseur dont l'écran était fissuré. Et sur ce canapé, Louis, complètement avachi, la nuque appuyée sur le haut du dossier et les jambes étendues devant lui. Un verre à la main, au fond duquel brillait un liquide ambré, il observait Emma placidement, sans afficher la moindre trace de surprise, tandis qu'elle se tenait figée dans l'encadrement de la porte.

— Tu m'excuseras si je ne me lève pas pour t'accueillir, grinça-t-il avec un reniflement de mépris.

Au sol, près d'une petite table de bois, sa paire de béquilles gisait, se croisant l'une l'autre, comme si on les avait jetées là sans la moindre précaution.

— Tout le monde sait que ta mauvaise humeur te dispense de la politesse la plus élémentaire, répliqua-t-elle du tac au tac. Aucun problème, Louis, je ne m'attendais pas à être correctement reçue, de toute façon.

Il arqua un sourcil à la fois hautain, mais également vaguement déstabilisé, puis avala une gorgée de whisky.

— Dans ce cas, si je te dis que tu peux repartir dès à présent, parce que, d'une part, je n'ai absolument pas faim et que, d'autre part, je n'ai aucun besoin de tes services, car, bien que dans un état discutable, je suis loin d'être impotent, tu n'en seras guère surprise, n'est-ce pas ?

— En effet, convint-elle en posant ses sachets sur la table de la cuisine, à l'autre bout de la pièce. Mais ça ne change rien. Je vais tout de même faire ce pour quoi ta tante me paie.

— Tout ça parce que dire non est un concept qui t'est totalement étranger, lui reprocha-t-il d'un ton particulièrement acerbe.

— Tout ça parce que j'ai besoin d'argent ! corrigea sèchement Emma, ses nerfs – décidément mis à rude épreuve aujourd'hui – commençant à la lâcher. Je n'ai pas accepté pour le plaisir de ta compagnie, crois-moi.

Louis fronça les sourcils et reporta son attention sur l'écran de télévision brisé, l'air de plus en plus sombre.

Emma s'appliqua à l'ignorer et ouvrit le réfrigérateur devant elle afin d'y ranger les provisions pour les repas qu'elle aurait à confectionner.

Un frigidaire qu'elle trouva vide…

— Combien tu veux ?

Emma se redressa subitement et jeta un coup d'œil en direction de Louis. Lequel avait posé son verre sur la table basse et était en train de sortir son portefeuille de la poche arrière de son jean.

— Tu ne vas pas recommencer ?! s'indigna-t-elle.

— Combien pour me foutre la paix et dire à Gloria que tu t'acquittes comme convenu du travail qu'elle t'a confié ? insista-t-il, commençant à sortir une poignée de billets de l'étui de cuir pour les poser sur la table. Tout le monde en sortira gagnant. De cette façon, tu toucheras les sommes qu'elle t'a promises, tu t'économiseras les efforts ainsi que ma désagréable compagnie, et moi, je pourrai continuer à me saouler tranquille chez moi, comme je l'entends.

En quelques pas, Emma l'avait rejoint. Elle n'avait jamais eu le moindre geste de violence envers personne. Pourtant, elle était à deux doigts de ramasser les billets pour les lui balancer à la figure tant elle était hors d'elle.

— Encore une fois, Louis, je suis peut-être prête à faire beaucoup de choses pour de l'argent, comme tout un tas de trucs vraiment très, *très* pénibles – la preuve, je suis ici ! –, mais certainement pas à mentir à mon employeuse ! s'écria-t-elle.

— Sainte Emma, avec sa tonne de principes à la con et sa morale à toute épreuve, chiante comme la mort, la railla-t-il en se carrant dans le canapé pour mieux la toiser.

— Pauvre Louis, qui découvre tout juste, hébété, que la vie n'est pas uniquement une longue succession de fêtes auxquelles on ne fait que se pavaner et s'amuser !

Louis cilla tandis qu'un reflet douloureux traversait soudain ses grands yeux azuréens. Puis il se détourna brutalement, comme si elle venait de le gifler.

Regardant fixement le vide à côté de lui, il articula, détachant chaque mot avec une colère à peine contenue :

— Tu ne sais rien de moi.

— Tu te trompes, répliqua-t-elle, trop à bout pour ne pas cracher tout ce qui lui venait, comme cela lui venait. Je sais que tu es le plus gros enfoiré que la Terre ait porté, c'est largement suffisant. Un enfoiré qui vit dans une baraque tellement gigantesque qu'il se croit obligé de porter une écharpe en permanence pour ne pas s'enrhumer. C'est juste... ridicule !

Elle digressait, déraillait complètement. C'était elle qui devenait ridicule à l'invectiver pour tout et rien, comme ça...

Cependant, à bien y réfléchir, depuis son accident, Emma n'avait jamais vu Louis sans ce morceau de laine noire noué autour du cou. Pourquoi se sentait-il obligé de l'avoir toujours sur lui, même dans sa propre maison ? La fraîcheur du soir n'était manifestement pas le problème, puisqu'il n'avait sur le dos qu'une fine chemise de coton gris, aux manches roulées jusqu'aux coudes. C'était bizarre, non ?

Louis arqua un sourcil et lui adressa un regard étrange, empli de rage, de défi et de... d'autre chose d'indéfinissable.

Il poussa un lourd soupir et se pencha en avant pour défaire lentement l'écharpe. Après quoi, il la posa sur le canapé, à côté de lui, et se redressa pour observer Emma.

Droit dans les yeux, guettant la moindre de ses réactions, tandis qu'elle découvrait avec stupeur les taches violacées et jaunes qui marbraient sa gorge.

Des traces d'ecchymoses. Relativement anciennes... mais encore beaucoup trop visibles pour dater de l'accident. Ces marques avaient une semaine, peut-être deux, pas plus.

Chapitre 24

Emma

La colère déserta subitement Emma.

Il lui fallut plusieurs secondes pour se remettre de sa consternation et enfin parvenir à balbutier :

— Qu'est-ce que… qu'est-ce que c'est ?

— Tu es intelligente, tu sais de quoi il s'agit, se contenta-t-il de répondre, ses lèvres s'incurvant en une moue amère.

Emma porta la main à sa bouche, l'effarement enflant de nouveau en elle.

Louis avait essayé de… d'attenter à ses jours ? De se *pendre* ? Était-ce bien ce qu'il tentait de lui faire comprendre ?

Parce qu'elle avait beau essayer, elle n'arrivait pas à y croire…

Pourtant, c'était la seule conclusion possible.

C'était pour cette raison que Gloria avait si vivement incité Louis à remonter à cheval, bravant ainsi l'interdiction des médecins. La raison pour laquelle elle semblait tellement désespérée, au point de forcer son neveu à accepter la présence d'une intruse chez lui, juste pour s'assurer qu'il se nourrisse au moins un peu…

Et peut-être aussi qu'il ne recommence pas.

Gloria agissait étrangement uniquement parce qu'elle s'efforçait de lui sauver la vie, ni plus ni moins.

Les mots que Louis avait eus ce matin, en descendant d'Opéra, lorsqu'il avait avoué vouloir tout arrêter, revinrent brusquement à Emma, prenant alors une tout autre signification.

— Je n'ai pas attendu cette mauvaise chute pour me rendre compte que la vie est pourrie, se défendit-il finalement d'un ton las. Cela fait déjà un bon moment que je suis au courant.

Emma croisa les bras et frissonna, le froid de l'hiver se rappelant tout à coup à elle.

C'était de la détresse, ce truc en plus qui brillait au fond des prunelles de Louis, cette faible lueur qu'elle n'avait su définir.

Une immense et profonde détresse...

À présent, elle la discernait. Bien cachée, sous une énorme couche de dureté, d'animosité et d'aigreur.

Louis était ce qu'il était, il n'y avait pas à revenir sur ce point. Emma le haïssait pour d'excellentes raisons. Pour autant, l'idée qu'il veuille mettre fin à ses jours ne la laissait pas indifférente, loin de là.

Elle n'aurait souhaité un tel tourment, une si grande souffrance morale à personne, cela allait de soi. Pas même à son pire ennemi - statut que possédait d'ailleurs peut-être Louis, elle n'avait pas encore tranché la question.

Mais en vérité, cet aveu ne la choquait pas seulement, il l'ébranlait complètement...

— Tu veux vraiment que je parte ? lui demanda-t-elle en battant des paupières, ne se voyant pas poursuivre leur dispute, au vu de ce qu'elle savait.

— Non, murmura-t-il spontanément, avant de lâcher un curieux grognement et de se frotter le visage en grimaçant. Aucune idée...

Emma ravala péniblement sa salive et décida de rester. Louis venait de lui en donner la permission, même s'il n'en avait peut-être pas conscience.

Il paraissait soudain tellement fatigué...

— Ta tante n'a pas su me dire ce que tu aimais manger, avisa-t-elle, changeant volontairement de sujet.

Il ricana, à la fois amer et blasé.

— Le contraire m'aurait franchement étonné.

— Est-ce qu'il y a quelque chose... enfin, je veux dire, tu as forcément un plat préféré, non ?

— Pas en ce moment, nia-t-il en se rencognant contre le dossier du canapé, lorgnant son verre de whisky posé sur la table basse.

— D'accord, dans ce cas, je finirai bien par deviner.

Emma prit son courage à deux mains et ramassa l'objet, ainsi que la bouteille à demi pleine qu'elle aperçut au sol, prête à affronter de nouvelles attaques. Mais, si inattendu que ce fût, Louis la regarda les lui confisquer sans protester, l'air perdu dans d'obscures réflexions.

C'était sa manière de lui donner son assentiment, elle le savait. Elle commençait enfin à comprendre certaines de ses réactions.

Elle vida le verre dans l'évier et rangea la bouteille dans un placard au hasard, préférant la placer le plus rapidement possible hors de vue. Puis elle sortit les aliments dont elle avait besoin pour préparer un parmentier. Soit quelque chose de simple et de consistant, puisque Gloria avait clairement exprimé son souhait de voir son neveu reprendre une partie du poids qu'il avait perdu.

Elle était en train de faire cuire la viande quand elle entendit Louis demander :

— Parle-moi du petit garçon, s'il te plaît.

Elle jeta un coup d'œil derrière son épaule et constata que, même s'il n'avait pas bougé du canapé, Louis, d'où il se trouvait, l'observait avec une attention particulière. Très déstabilisante.

— Charles ? s'étonna-t-elle, craignant d'avoir mal compris. L'enfant malentendant ?

— Oui, ce petit garçon-là. Tu t'occupes de lui depuis longtemps ?

Emma se retourna vers les plaques de cuisson, se focalisant sur sa tâche, mais coopéra de bonne grâce.

— Catherine et moi le prenons en charge depuis un peu plus de six mois. Il est adorable, vraiment très courageux.

— Et il aime l'équitation ? se renseigna Louis. Tes cours lui plaisent ?

Emma ne put s'empêcher de sourire en songeant à ces quelques heures passées avec cet enfant.

— Oui, beaucoup. Mais ce n'est pas moi qui dirige le cours, c'est Catherine. Je ne fais que traduire ses instructions en langue des signes pour elle. Et je lui répète ce que Charles dit, lorsqu'il veut communiquer. Ce qui n'arrive pas assez souvent à mon goût. J'essaie de le pousser à s'exprimer davantage, mais ce n'est pas évident. Le cookie de ce matin, c'était plus ou moins un stratagème...

— Je vois, acquiesça Louis d'une voix très calme, qu'elle ne lui connaissait pas.

Il y eut un long moment de silence, durant lequel Emma continua de s'affairer, mais celui-ci n'avait rien de désagréable. Au contraire...

Une fois terminé, elle plaça le plat au four, régla le thermostat, puis fouilla dans les placards en quête d'une assiette. Elle trouva un plateau, sur lequel elle disposa les couverts, ainsi qu'un yaourt au chocolat – puisque, apparemment, Louis aimait le chocolat.

Ce n'est que lorsqu'elle approcha du canapé qu'elle s'aperçut qu'il s'était endormi.

Il n'avait pas changé de position, les mains croisées sur le ventre, adossé au sofa, les jambes allongées jusque sous la table basse. Seules ses paupières étaient closes.

Mais ses traits avaient quelque chose de différent. Ainsi détendus, ils lui conféraient de manière plus flagrante que jamais cet air angélique et juvénile, cette fausse impression d'innocence. Le charme époustouflant, saisissant, que son visage dégageait s'imposa à Emma comme une espèce de coup de massue, provoquant en elle une sensation très singulière, qu'elle ne parvenait à définir.

C'était la première fois qu'elle pouvait ainsi observer Louis, tout à loisir, sans craindre qu'il ne la surprenne. Elle se détesta d'en profiter aussi impunément et dut lutter pour s'arracher à sa contemplation.

Après s'être ressaisie, elle disposa le plus discrètement possible les couverts sur la table basse, devant lui. Puis elle hésita.

Un plaid était négligemment roulé en boule sur l'un des fauteuils juste à côté...

C'était idiot et elle le regretterait.

Louis et elle ne s'entendaient pas, c'était ainsi, et elle serait bien stupide d'avoir ce genre d'attention pour lui, ce sale type qui ne perdait jamais une occasion de la dénigrer. Pourtant, elle ne put résister.

Elle ramassa la couverture et l'étala doucement sur lui, décidant finalement que cela faisait probablement plus ou moins partie de son travail.

Elle baissa le four à la température minimum et entrouvrit la porte. Puis elle arracha une feuille du bloc-notes qu'elle gardait toujours au fond de son sac et rédigea rapidement un petit mot pour dire à Louis qu'elle allait verrouiller la porte en partant et qu'elle reviendrait le lendemain matin.

Au départ, elle n'avait prévu de repasser que dans un ou deux jours, mais après ses aveux de la soirée, elle n'y pouvait rien, elle s'inquiétait pour lui...

Chapitre 25

Louis

Journal d'humeur

Dimanche 14 février 2016

Moi qui n'imaginais guère réitérer l'expérience – que je trouve cependant toujours aussi vaine et absurde, je préfère préciser – me voilà de nouveau la plume à la main. Allez savoir pourquoi...

Quoi qu'il en soit, on ne pourra me reprocher de ne pas avoir mis au moins un peu de bonne volonté dans cette thérapie que l'on m'oblige à suivre. Merci à vous de bien vouloir le mentionner dans mon dossier.

Mon humeur, ce matin – puisque c'est censément l'objet de ce journal –, est très étrange, je dois le reconnaître, en cette date de festivités ô combien stupides. Après une nouvelle abominable séance et un naufrage en règle, tout aussi retentissant et pathétique – si ce n'est davantage – que le premier, hier aurait dû être l'une des pires journées de toute mon existence. Et pourtant...

Pourtant, ce n'est pas le cas, si surprenant que ça puisse paraître. Enfin, pas tout à fait.

Ces cookies avaient une saveur particulière, trop délicate, trop agréable pour ne pas finalement venir un tant soit peu adoucir la douleur. Mais surtout, ce sourire... ce sourire-là était trop parfait, trop enchanteur, pour ne pas laisser son empreinte dans ma mémoire, pour ne pas diffuser une timide note de suave sérénité dans le chaos noir d'encre de mon esprit.

Une fois de plus, j'ignore ce qui m'a pris, mais à elle, j'ai dévoilé les marques de ces désastreuses faiblesse qui m'habitent – je n'ai fait que cela, de toute façon. J'ignore pourquoi, mais je n'arrive guère à en concevoir d'humiliation ni de honte. Pas la plus petite trace.

Je devrais, et cependant, je ne le regrette pas.

Non, ce que je n'admets pas en revanche, c'est qu'Emma pense qu'avant l'accident ma vie s'apparentait à une vaste fête. C'était pourtant très exactement l'impression que je m'efforçais de donner. Néanmoins, je n'ai pas supporté qu'elle s'en serve contre moi.

Cela faisait bien longtemps qu'aucune parole ne m'avait touché et encore moins blessé, j'ai développé nombre de techniques pour y demeurer hermétique et, jusqu'à présent, aucune n'avait failli.

Les mots d'Emma sont différents. Ils possèdent une espèce de pouvoir bizarre. Peut-être parce qu'ils ne sont jamais vraiment méchants, n'ont pas vocation à m'écorcher, même lorsque, enfin, elle sort de sa foutue retenue – un pouvoir qui m'est réservé, semble-t-il. Il n'empêche que chacune de ses apostrophes me reste très curieusement en travers de la gorge et m'irrite, à un degré absurdement élevé.

Je le vois, ce maudit panneau commence peu à peu à s'effriter aux extrémités. C'est évident, puisque, tout à fait malgré moi, j'en suis à guetter le moindre bruit, le moindre signe de sa venue. Je crois bien que je l'attends...

Mais n'était-ce pas déjà le cas hier ? Sinon, pour quelle autre raison m'aurait-il pris la fantaisie de ne pas verrouiller ma porte d'entrée ?

Chapitre 26

Louis

Louis reposa son carnet sur la table basse lorsqu'il vit l'écran de son téléphone – qu'il laissait toujours en mode silencieux – s'illuminer.

> Puisque avec les belles filles je n'ai obtenu aucun résultat, j'ai voulu tenter autre chose… C'est sans doute un peu trop simple et facile avec celle-ci, je te l'accorde, mais au moins, ça te remettra sur les rails. S'il te plaît, ne m'en veux pas, mon chéri.

Louis soupira, plus agacé qu'il n'aurait dû par le message de Gloria. Il avait deviné ses intentions, mais qu'elle les lui confirme, qu'elle ose se permettre de telles insinuations à propos d'Emma, tout cela le mettait tout à coup hors de lui.

Répondre revenait à l'encourager à poursuivre, et il ne le voulait pas. Néanmoins, un rappel semblait s'imposer.

Aussitôt, il tapa :

> Tu n'es plus censée m'écrire alors je te remercierai de bien vouloir continuer de t'abstenir. Rien n'a changé de mon côté.

P.-S. : À l'avenir, merci également de te mêler de ce qui te regarde.

Puis il appuya sur le bouton d'envoi.

Soudain, la sonnerie de l'interphone retentit. Louis faillit se relever, prêt à encaisser la brûlure dans sa jambe, que ce simple mouvement générait systématiquement. Mais, comme la veille, il se ravisa et s'obligea à rester immobile.

Il savait parfaitement de qui il s'agissait. Il était 11 h 30, soit bientôt l'heure du déjeuner.

Seulement si elle entre d'elle-même... seulement dans ce cas-là.

Il y eut une deuxième sonnerie, qui lui hérissa le poil.

Bon sang, pourquoi prenait-elle autant de précautions alors qu'elle avait le code et qu'il était à peu près certain que Gloria lui avait également remis son propre jeu de clés ?!

Puis il entendit le portail s'ouvrir et vit à travers la baie vitrée une voiture – un modèle hors d'âge, qui n'aurait sans doute pas dû être encore en circulation – avancer dans l'allée de graviers blancs.

Emma frappa à la porte, insistant encore pour qu'il lui ouvre, mais Louis ne bougea pas.

Après quoi, elle entra et il put enfin respirer de nouveau.

Ce ne sera donc pas ma faute...

Les pas d'Emma résonnèrent, nettement moins hésitants que la veille. Elle entra dans le séjour et se tourna immédiatement vers lui. Là, elle s'arrêta brusquement sur le pas de la porte et souffla un grand coup, comme soulagée. Et il comprit qu'à cause de ce qu'il lui avait révélé la veille, elle avait peut-être imaginé le trouver mort, ou en mauvaise posture...

L'espace d'une brève seconde, il s'en voulut de lui avoir infligé cette frayeur et regretta de ne pas lui avoir ouvert, tout simplement. Puis il ravala ce sentiment inopportun.

Elle n'avait pas à s'inquiéter pour lui. N'était-elle pas censée le détester ?

— Ta porte était encore ouverte, déclara-t-elle en fronçant les sourcils, visiblement perplexe.

— Et alors ? rétorqua-t-il, sans doute plus agressif que nécessaire.

Il n'aimait pas qu'elle aussi trouve ça bizarre, ses agissements l'étaient déjà bien assez pour lui-même.

Emma faillit répliquer, mais s'abstint. Elle prit une profonde inspiration et, les yeux baissés, annonça d'une voix douce – *terriblement* douce :

— Je m'en irai si c'est ce que tu préfères.

Non... Non, s'il te plaît, pas ça...

Elle lui demandait de décider, mais il ne pouvait pas. Il refusait d'être responsable. Tant que cette situation – aussi bancale qu'insolite – n'était pas de son fait, il s'en accommoderait, par la force des choses. Mais à cette seule et unique condition.

Cependant, Emma demeurait au loin et, comme la veille, cela avait le don de l'énerver. La bouffée de frustration fut cette fois si vive qu'il n'eut d'autre choix que de quitter ce foutu canapé sur lequel il moisissait depuis ce qui lui paraissait être une éternité.

Louis prit sur lui et, s'efforçant de placer correctement ses béquilles de part et d'autre de son corps, se releva en serrant les dents. Puis il la rejoignit.

— Le plaid, hier soir, jeta-t-il subitement, comme les mots lui échappaient.

— Oh, je suis désolée, grimaça-t-elle, tandis que ses joues viraient violemment au rouge. C'était complètement stupide et inapproprié. Je ne sais pas ce qui m'a pris. Je n'aurais pas dû déranger tes affaires. Ça ne se reproduira pas, je te le promets.

Louis s'arrêta à sa hauteur et regarda dans le vide. Il s'éclaircit la gorge pour chasser la boule de dépit qui s'y était formée à l'idée qu'elle regrette son geste. Puis il revint à elle, ne pouvant se retenir de battre des paupières.

— J'ai trouvé ça... *gentil*, maugréa-t-il, la voix atrocement rauque. Merci...

Emma cilla à son tour et ouvrit la bouche, mais aucun son n'en sortit. Elle semblait à peu près aussi choquée qu'incrédule – tout comme lui, du reste. Et méfiante...

Elle avait raison de l'être. Parce que s'il avait pu, il aurait contrebalancé avec une pique bien sentie, sûrement à propos de cette fameuse gentillesse à toute épreuve qui d'ordinaire l'exaspérait tant.

Mais rien ne lui vint.

Absolument rien. Ce vide étrange qui s'emparait tout à coup de son esprit le réduisait malgré lui au silence.

Soudain extrêmement mal à l'aise, Louis se détourna.

Après s'être honteusement – et très curieusement – assoupi en présence d'Emma, il ne s'était réveillé qu'au beau milieu de la nuit, la faim tiraillant son estomac. L'odeur du parmentier qui l'attendait dans le four avait su aiguiser son appétit. Il s'était finalement jeté dessus, affamé. Après quoi, il s'était installé dans l'une des chambres d'ami du rez-de-chaussée et s'était aussitôt rendormi, étonnamment détendu.

Emma le dépassa pour déposer son sac à main sur une chaise dans la cuisine, choisissant manifestement de rester. Elle retira son éternel gilet gris à mailles épaisses, révélant un pull noir, d'une ampleur et d'une laideur tout à fait remarquables. Puis elle se retourna vers lui et se mit à le détailler, comme si elle ne pouvait s'en empêcher, l'air passablement surprise.

— Tu t'es rasé, constata-t-elle prudemment. Et... peigné ?

— Toujours aussi observatrice, ironisa-t-il, l'impression de malaise grandissant encore en lui. Quelqu'un m'a subtilement fait remarquer que je ne ressemblais plus à rien.

Il ignorait pourquoi, mais il était fort possible que cette réflexion – qui relevait cependant de l'humour, il en était conscient – l'ait un tantinet désappointé. Voire vexé... peut-être, il n'en était pas sûr. Quand, ces derniers temps, il était pourtant persuadé de se contrebalancer de son apparence.

— Si je peux rendre service, plaisanta Emma, un léger sourire étirant le coin de ses lèvres pleines.

Des lèvres d'une sensualité troublante, qu'il...

Non ! En aucun cas, jamais !

Elle se moquait de lui. Gentiment. Et c'était... charmant ?

Merde...

— Alors finalement, tu en as mangé ? se réjouit-elle en ouvrant le réfrigérateur – trouvant probablement le plat dans lequel il restait une part, qu'il avait soigneusement emballée, puis rangée.

— Je possède peut-être une baraque ridiculement gigantesque, mais je n'ai pas pour habitude de jeter la nourriture, riposta-t-il un peu sèchement, lui retournant ses critiques de la veille.

Emma hocha la tête, comme si elle approuvait sa mauvaise humeur, beaucoup plus familière pour elle que ses étranges remerciements.

— D'accord, concéda-t-elle placidement. Mais ce n'était pas ton plat préféré, n'est-ce pas ?

Elle devait le déduire au fait qu'il n'avait pu tout avaler. Cela étant, la portion était plus que conséquente. Emma se rendait-elle compte du défi que ça représentait, pour lui, qui, depuis plusieurs mois, se nourrissait à peine ?

— Non, répondit-il. Pour autant, ça ne signifie pas que ce n'était pas bon. Au contraire.

Emma eut un vrai sourire, cette fois.

Et une singulière sensation de chaleur se diffusa subitement en lui, sortant d'on ne sait où…

Une sensation beaucoup trop inhabituelle et déstabilisante, qu'il devait bloquer, à tout prix.

— Tant mieux, lança-t-elle. Je continuerai de chercher, dans ce cas. Enfin, j'espère qu'il ne s'agit pas de quelque chose à base de homard, de truffes ou de caviar.

— Absolument pas, la rassura-t-il tout en se demandant comment elle en était arrivée à de telles suppositions.

Mais il ne lui poserait pas la question. Découvrir ce qu'elle pensait de lui risquait de le dérouter plus encore, et il n'en avait guère besoin en ce moment…

Chapitre 27

Louis

Louis alla jusqu'à la table de la cuisine, sur laquelle Emma était déjà en train de déposer les aliments qu'elle allait préparer. Il coinça sa béquille dans le pied d'une des chaises pour la tirer vers lui. Puis il s'affala dessus, incapable de réprimer un grognement à l'instant fatidique où son genou se plia.

Emma se figea et lui adressa un regard alarmé.

— Les médecins ne te prescrivent pas d'antalgiques ? s'étonna-t-elle.

Louis se passa la main dans les cheveux, essayant de reprendre contenance. En vain. Le feu de la morsure dans sa jambe se déversait encore dans ses veines, pulsant dans chacun de ses nerfs. Il n'arrivait plus à desserrer les mâchoires, elles étaient comme bloquées.

Il n'avait aucune envie de parler de ça. Avec personne.

Pourtant, il s'entendit siffler :

— Si, ils le font, je t'assure. De toute sorte. Et à des dosages très élevés. En vérité, j'en consomme bien plus que je ne devrais.

— Mais pas devant moi, devina-t-elle en prenant place face à lui. Sans ça, tu aurais pris ton traitement, l'autre jour, au self.

Emma était donc *réellement* très observatrice…

En fait, Louis n'avalait ces cachets que lorsqu'il était seul – ce qui n'était pas un problème en soi, puisque c'était désormais son quotidien. Tous ceux de la journée et parfois davantage, en une seule prise, avec de l'alcool – *beaucoup* d'alcool –, pour être sûr d'avoir au moins une petite chance de ne plus rien sentir.

Emma s'éclaircit la gorge, puis, d'une voix mal assurée, s'enquit :

— Où sont tes médicaments ?

— Dans le tiroir de la table basse, soupira-t-il sans réfléchir, la douleur résonnant encore trop violemment en lui pour qu'il ait les idées claires.

Parce que si tel avait été le cas, il lui aurait dit de se mêler de ses affaires.

Emma se leva et alla jusqu'au canapé. Elle tira le compartiment de bois, rafla toutes les boîtes qui traînaient là ainsi que l'ordonnance qui les accompagnait et déposa le tout devant lui.

— Tu en as pris aujourd'hui ? se renseigna-t-elle.

Elle étudia la prescription du médecin, feignant de paraître détachée quand il savait qu'elle avait parfaitement conscience de se montrer indiscrète. Quand il savait qu'elle s'évertuait à surmonter son embarras, uniquement parce que cela lui semblait plus important.

Cette foutue gentillesse...

— La douleur était moins vive ce matin, précisa-t-il. Ça me coupe l'appétit plus sûrement que n'importe quoi d'autre. Je préfère attendre ce soir.

Et pouvoir ainsi espérer peut-être dormir à nouveau.

Emma ouvrit un placard, en sortit un verre, qu'elle remplit d'eau et posa sur la table, juste devant lui.

— Prends-les, s'il te plaît, réclama-t-elle dans un faible murmure.

Pourquoi le lui demandait-elle de cette façon, presque comme un service ? Ça n'avait pas de sens...

Et cependant, ce fut efficace. Parce qu'avant même qu'il ait eu le temps de songer à un quelconque argument, une réplique cinglante qui aurait fait mouche, Louis était en train de lui obéir.

Il le regretta presque immédiatement, mais c'était trop tard. Il avait déjà avalé la dose qu'il était censé prendre au matin et qu'il ne pourrait prendre ce soir.

Après quoi, Emma récupéra les boîtes de médicaments et les rangea sur le comptoir, l'ordonnance dépliée, laissée en évidence à côté. Puis elle se mit au travail, lui tournant le dos.

— Je peux faire quelque chose ? se renseigna-t-il au bout d'un moment, un peu irrité qu'elle l'ignore.

— Eh bien, non, déclina-t-elle en jetant un rapide coup d'œil derrière son épaule. Je te rappelle que je suis payée pour ça. Si tu m'aides, je vais devoir partager l'argent avec toi. Soyons réalistes, tu n'en as pas vraiment besoin, tandis qu'en ce qui me concerne aucun euro ne sera de trop.

Elle pivota brusquement vers lui, le saladier dans lequel elle battait des œufs dans une main et le fouet dans l'autre.

— Mais je t'interdis de ressortir ton portefeuille et les billets qu'il contient pour me proposer un nouvel arrangement à la sauce Deschaney.

— Je n'allais pas le faire. Tu as été très claire sur ce point.

Bon, peut-être l'aurait-il fait si elle ne l'avait pas interrompu, mais elle n'avait pas à le savoir.

Emma reporta son attention sur son travail et il éprouva la subite envie qu'elle revienne à lui. La douleur s'atténuait progressivement, lui offrant un peu de répit. Autant en profiter.

— Quand même, lança-t-il tout à coup, répétant alors mot pour mot les paroles d'Emma : « le plus gros enfoiré que la Terre ait porté » ? Est-ce que ce ne serait pas un tout petit peu exagéré ? Je veux dire, genre pire que Hitler ?

Emma laissa tomber le fouet dans le saladier et étouffa un léger rire, qu'il perçut malgré tout. Puis elle fit volte-face, une expression amusée éclairant ses traits d'une finesse extrême.

— D'accord, peut-être pas pire que Hitler, admit-elle. Ça te va mieux comme ça ?

— Les insultes, ça se manie avec minutie, il faut être précis. En effet, ça me convient mieux. Mais qu'en est-il de Mao Zedong, Staline et Saddam Hussein ?

— On va vraiment passer en revue la liste des plus horribles dictateurs de l'histoire ? plaisanta-t-elle, visiblement partagée entre hilarité et prudence.

— Je tiens à pouvoir me situer avec le plus d'exactitude possible sur ton échelle des *plus gros enfoirés*, figure-toi.

Emma secoua la tête, semblant hésiter à répliquer sur un ton équivalent. Louis la vit se raviser – à son grand désarroi –, puis elle retourna à sa tâche.

— Je ne vais pas m'excuser, ni retirer ce que j'ai dit, si c'est ce que tu attends, finit-elle par répondre.

Lui, en revanche, aurait aimé pouvoir retirer les répugnantes injures dont il l'avait criblée des mois plus tôt, voire carrément les effacer. Mais c'était impossible. Le mal était fait. Emma lui en voudrait certainement jusqu'à la fin de ses jours, et c'était ce qu'il fallait. Vraiment, c'était parfait ainsi… quand bien même devait-il se le répéter en boucle pour s'en convaincre.

— Ce n'est pas ce que j'attends, nia-t-il.

Et c'était vrai…

Mais dans ce cas, que cherchait-il à lui faire admettre au juste ?

Soudain, la chanson culte du film *Dirty Dancing* – « She's Like the Wind », de Patrick Swayze – retentit dans la cuisine, s'échappant du sac à main d'Emma.

Elle délaissa brusquement ses ustensiles et se précipita sur sa besace, fouillant frénétiquement à l'intérieur pour finalement en sortir son téléphone portable, ses pommettes se mouchetant de petites taches roses.

Chapitre 28

Louis

Louis arqua un sourcil un brin moqueur et Emma lui jeta un regard noir en retour.

— C'est bon, ça va, je croyais l'avoir coupé, se défendit-elle.

— Par pitié, ne me dis pas que tu es sensible au charme des hommes qui dansent, la railla-t-il.

C'était beaucoup trop tentant pour qu'il s'en abstienne…

La sonnerie s'interrompit, juste le temps qu'Emma plisse les yeux, une expression franchement fumasse – et au demeurant, assez drôle – sur le visage. Puis feu Patrick Swayze se remit à chanter à travers le petit appareil. Emma s'empressa cette fois de faire glisser son pouce sur l'écran pour prendre l'appel, lui montrant derechef son dos.

— Je suis au travail, l'entendit-il chuchoter. Qu'y a-t-il de si urgent, Maman ?

Il y eut un silence, puis elle reprit :

— Oui, je sais quel jour on est, et franchement, je ne vois pas le rapport. Je ne me sens pas vraiment concernée par la Saint-Valentin, tu sais. Écoute, je pars du club dans moins d'une demi-heure, ça devrait aller quand même… Attends, quoi ?! Non, non, non, vous n'allez pas me laisser seule avec Nicolas pour aller déjeuner entre copines, c'est hors de question ! Maman, je... Allô ?

Emma éloigna son téléphone pour l'examiner, l'air aussi stupéfaite qu'horrifiée.

Louis retint deux éléments de cette conversation qu'il avait épiée malgré lui. Tout d'abord, Emma mentait à sa mère en prétendant se trouver au centre équestre. Et en second lieu, ce fichu prénom revenait à nouveau sur le tapis, lui évoquant tout un tas de choses vraiment très déplaisantes... à l'instar du jour où Emma l'avait prononcé pour la première fois.

— Alors comme ça, ton petit copain s'impatiente ? grinça-t-il, incapable de faire abstraction de cette information – l'idée même l'emplissant d'une colère inexplicable, qu'il ne pouvait contrôler, débordant purement et simplement. Le fameux *Nicolas*, ce crétin qui te débite tout un tas d'inepties romantiques, mièvres au possible, et que tu gobes allègrement.

Emma eut un mouvement de recul, choquée. Elle fronça les sourcils, semblant à la fois totalement déconcertée et furieuse.

— Ne t'avise pas de recommencer avec ça, Louis ! s'exclama-t-elle. Nicolas n'est pas, et n'a jamais été, mon *petit copain*. Tu es pourtant bien placé pour le savoir !

Elle s'en défendait avec tant de véhémence qu'il était obligé de la croire...

Ce qui signifiait par conséquent qu'il avait visé on ne peut plus juste, ce jour-là, pendant la balade à cheval, lorsqu'il l'avait sciemment calomniée devant Erik. Emma avait donc effectivement menti à son amie...

Et cependant, le réaliser n'apaisait en rien cette rage qui lui soulevait l'estomac, hurlant à ses oreilles.

— Mais tu aimerais que cet abruti le devienne, je me trompe ? présuma-t-il alors, son raisonnement le conduisant fatalement à cette conclusion.

Sinon, pourquoi aurait-elle raconté ce qui n'était finalement que des absurdités à Anne, plusieurs mois auparavant ?

— N'importe quoi ! se récria-t-elle farouchement. Et puis, qu'est-ce que ça peut te faire à la fin ?!

— Strictement rien, cracha-t-il.

Et ça aurait dû être la vérité...

Il fallait qu'il se reprenne, de toute urgence. Cet emportement n'avait aucune raison d'être, il le savait.

— Dois-je comprendre que tu ne vas pas déjeuner avec moi ? grommela-t-il sans parvenir à masquer son mécontentement, malgré les efforts monstrueux qu'il déployait pourtant.

Parce que tu vas le rejoindre, lui, *c'est ça ?*

Emma inspira une longue bouffée d'air, tentant visiblement de se calmer. Puis elle expliqua :

— Je ne mangerai jamais avec toi, Louis. Ni ici, ni au self. Je peux préparer tes repas contre rémunération, m'occuper de ton plateau au restaurant universitaire si tu le souhaites, mais ça s'arrête là.

Le moins qu'on puisse dire était qu'il ne s'était pas attendu à cette réponse. En outre, cela paraissait tellement irrévocable...

Une espèce de soupir amer, entre le rire de gorge et le souffle étranglé, lui échappa brusquement tant il était troublé. Il regarda fixement dans le vide, scotché, puis revint à elle, ne pouvant se retenir de demander :

— Pourquoi ?

Il s'obligea à s'adosser à sa chaise, espérant prendre un peu de recul.

Cette sentence, c'était complètement dingue, mais cela avait réussi à lui faire mal... *Vraiment* mal. Il n'était pas protégé contre ça.

Bon sang, mais où étaient passés ces foutus barrages ?!

— À la fac, je peux comprendre, développa-t-il tandis qu'Emma gardait le silence. Que tu veuilles préserver ta copine et lui éviter d'avoir à me croiser, je le conçois. De toute façon, je ne comptais pas y retourner, sois tranquille. Mais ici ? Je suis à peu près certain que Gloria pensait que tu resterais, ne serait-ce que pour me surveiller, puisque c'est plus ou moins le but de la manœuvre, non ?

Emma sembla soudain fuir son regard. Puis elle se détourna franchement et reprit ses activités, abandonnées suite au coup de téléphone de sa mère. Elle recommença à battre les œufs dans le saladier et lâcha finalement d'une voix faible – et pourtant on ne peut plus catégorique :

— C'est comme ça, c'est tout.

Parce qu'elle me déteste. Ne l'a-t-elle pas suffisamment répété ? Qu'ai-je donc imaginé ?

Gloria se méprenait au sujet d'Emma. Quand bien même n'aurait-il pas posé ce stupide panneau au-dessus de sa tête, quand bien même se serait-il montré un peu moins dégueulasse, avec elle, ça n'aurait été ni simple ni facile.

Il l'observa tandis qu'elle versait sa préparation dans un plat – dans lequel elle avait entre-temps étalé une pâte toute prête. Elle jeta plusieurs mesures de riz dans de l'eau bouillante. Après quoi, elle déposa des morceaux de dinde dans la poêle qu'elle avait préalablement fait chauffer.

— La quiche, ce sera pour ce soir, annonça-t-elle avec un détachement exaspérant. Tu n'auras qu'à la repasser un peu au four. Je pense que tu en auras pour demain également.

Louis avala d'un trait ce qui restait d'eau dans le verre qu'elle lui avait servi, puis le posa bruyamment, attirant volontairement son attention.

— As-tu déjà été amoureuse, Emma ? lança-t-il tout à trac.

Un instant, dans ses yeux bruns, c'est le reflet de la peur qu'il décela. Puis la lueur au fond de ses prunelles sombres se transforma, passant de l'effroi à l'effarement, et enfin à l'indignation. Pure et simple. Comme si, à l'instar de *ce jour-là*, il lui manquait de respect…

Elle croisa les bras, puis, une moue acerbe incurvant ses lèvres à l'ourlet tendre et sensuel, elle avoua :

— Bien sûr que non.

Elle soutenait son regard, le foudroyant du sien, le défiant, tandis qu'il voyait la rancœur enfler en elle.

— Dans ce cas, ne te laisse pas berner par de si médiocres illusions, lui conseilla-t-il sans parvenir à déterminer d'où ces mots pouvaient bien provenir. Ni avec l'autre imbécile, ni avec personne. L'amour, ça n'existe pas. C'est comme cette fête à la con, rien de plus qu'un vulgaire concept. Un concept outrageusement simpliste et cependant tout à fait bancal, inventé par la société afin de te vendre une saleté de rêve, dans l'unique but de te motiver suffisamment pour faire de toi un bon soldat, qui se conforme aux règles et suit bien sagement l'exemple que nous ont donné nos parents, et leurs parents avant eux. Ce Nicolas, je suis à peu près sûr qu'il n'est pas dupe, lui. Mais il a tout intérêt à jouer le jeu, cela va de soi. Penses-y quand tu iras le retrouver.

Là-dessus, il serra les dents et se releva. Puis il s'éloigna, jusqu'à quitter le salon. Il rejoignit la chambre d'ami dans laquelle il avait passé la nuit et referma la porte derrière lui, une énorme chape de plomb lui écrasant les épaules, tellement oppressante qu'il peinait à respirer.

Chapitre 29

Louis

Mercredi 17 février

Louis regardait les immeubles par la fenêtre, tapotant du bout des doigts l'accoudoir du fauteuil dans lequel il était assis. La nervosité avait pris possession de lui dès l'instant où il avait dû pour la seconde fois confier cette idiotie de journal à Viviane, la psychiatre.

Après un moment qui parut durer une éternité, cette dernière releva le nez du carnet, ayant manifestement terminé sa lecture.

Depuis dimanche, Louis en avait noirci de nouvelles pages, s'épanchant malgré lui. De nouvelles pages, quasiment intégralement consacrées à Emma – son obsession du moment semblait-il, à son grand désarroi...

— Vous n'avez pas besoin de me le faire remarquer, ni de me le demander par écrit, commença Viviane en souriant. J'ai déjà noté dans votre dossier que vous aviez fait de gros efforts en acceptant de vous prêter à l'exercice du journal d'humeur.

— Fort bien, marmonna Louis, grattant à présent un petit trou dans l'une des mailles du revêtement de son siège.

— Votre tante m'a dit qu'elle avait embauché quelqu'un pour s'occuper de vos repas. Elle souhaitait mon approbation. J'ignorais qu'il s'agissait de la jeune fille qui occupe vos pensées.

— Emma n'occupe pas mes pensées, mentit-il, essayant en même temps de s'en persuader. C'est le seul sujet qui me vienne lorsque j'essaie de me plier à vos exigences et de griffonner dans cette chose. La différence est sans doute subtile, mais elle n'en existe pas moins. En outre, je n'ai absolument rien demandé à Gloria. C'était *son* idée, *son* initiative. Moi, j'ai refusé. Je trouvais cela complètement absurde – je persiste d'ailleurs à le penser. Mais comme de coutume, il n'y a aucun moyen de la raisonner.

Viviane hocha la tête, feignant de comprendre. Puis elle avisa le carnet, encore ouvert sur son bureau.

— Vous n'étiez pas d'accord, mais à présent, vous l'*attendez*, releva-t-elle, s'appliquant à le citer, avant de l'observer attentivement.

Une attention qui le mit mal à l'aise, parce qu'il ne voulait pas parler de ça.

Seulement, dans ce cas, pourquoi l'avait-il écrit ? Pourquoi se trahissait-il ainsi dans ce maudit carnet ? Il savait pertinemment que Viviane le lirait par la suite. Mais peut-être oubliait-il ce détail dès lors qu'il prenait la plume...

En vérité, je ne l'attends plus, je l'espère...

Sur l'accoudoir, une nouvelle maille céda à force d'être triturée. Louis fit semblant de ne pas le remarquer. Il appuya son coude à cet endroit et posa le menton au creux de sa main.

— Peu importe, elle ne reviendra pas, de toute façon, augura-t-il sombrement. Je pense qu'elle s'est lassée, et elle a eu raison.

Dimanche dernier, Emma était partie après avoir terminé de préparer ses repas, et depuis, elle n'était pas reparue. Silence radio.

Apparemment, il avait dépassé les bornes en se moquant de cet enfoiré qui lui plaisait. À moins que ce ne soit sa dernière question qui l'eût choquée. Comment savoir ? Emma avait un seuil de tolérance tellement élevé…

— Vous êtes-vous de nouveau montré cruel avec elle ? l'interrogea prudemment Viviane.

— Je ne crois pas… Pas vraiment.

Il se frotta les tempes. Il n'en avait pas eu l'impression, mais il était déjà allé si loin qu'il n'était peut-être tout bonnement plus capable de faire la part des choses.

— Alors elle reviendra, promit Viviane avec une étonnante assurance. Laissez-lui juste un peu de temps. À vous aussi, laissez-vous du temps. Autorisez-vous un moment de répit et oubliez ne serait-ce que quelques instants toutes ces obligations que vous vous croyez en devoir d'assumer, toute cette pression inutile que vous vous mettez pour tout et n'importe quoi. Depuis l'accident, c'est en train de vous engloutir.

— Je ne vois pas de quoi vous parlez, nia-t-il âprement…

… avant de ravaler péniblement sa salive et de chercher un objet quelconque sur lequel fixer son regard.

Viviane s'avança sur son siège et passa la main sur son carnet.

— Vous avez posé trop de verrous, poursuivit-elle. Personne ne peut survivre très longtemps dans un si petit espace, dans cette maison où vous vous interdisez de librement circuler. Vous allez vous asphyxier, Louis, si vous n'ouvrez pas quelques portes.

Elle commençait vraiment à l'agacer, cette fois. De plus, il n'avait aucune envie de paraître aimable aujourd'hui…

— Pourriez-vous vous exprimer de manière plus cryptique encore, s'il vous plaît ? ironisa-t-il en soupirant. Je n'entends pas un traître mot de votre charabia « psychométaphorique ».

Viviane l'étudia patiemment et prit tout son temps pour répondre :

— Au contraire, je crois que vous comprenez parfaitement. Peut-être même trop bien. Vous avez laissé entrer cette jeune femme, au propre comme au figuré, Louis. Peut-être est-il temps de prendre le risque de lui remettre quelques-unes de vos clés, je suis convaincue qu'elle en fera bon usage. Vous avez grand besoin d'une amie, et elle me semble tout indiquée pour le poste.

— Mais je ne veux pas qu'Emma devienne *mon amie* ! protesta-t-il vivement, indigné, sans savoir pourquoi.

Viviane referma son journal, puis le fit glisser vers lui tout en commentant :

— Non, vous voulez autre chose.

Il était vain de le nier, c'était évident. Cependant, ce qu'il voulait n'avait aucune importance...

— Ce n'est pas la question, souffla-t-il. De toute façon, elle me déteste. Et à vrai dire, ça me convient. Je n'aimerais pas qu'il en soit autrement.

— En êtes-vous sûr ?

Louis réprima la colère qui sourdait en lui et menaçait soudain d'éclater. Il n'allait tout de même pas s'emporter à chaque séance. Il lui fallait se dominer.

Je ne ressens rien. Je suis froid. Comme l'acier... comme un cadavre. Je suis déjà mort...

— Cette conversation m'ennuie sérieusement, allégua-t-il, s'efforçant de prendre un ton blasé. Je propose qu'on s'en tienne là pour aujourd'hui.

Parfois, ses réflexions prenaient un tour étrange. Il ne les maîtrisait plus comme autrefois, d'autant moins depuis qu'il avait tenté de mettre fin à ses jours.

— Nous n'avons pas terminé, contesta Viviane avec ce calme olympien qu'il commençait à lui envier. Êtes-vous retourné en cours depuis notre dernière séance ?

Louis leva les yeux au ciel. Puis il se souvint qu'il était contraint d'être ici, dans ce bureau, avec une thérapeute, et qu'on attendait de lui qu'il y mette un peu du sien. Ou du moins, qu'il feigne correctement de le faire.

— J'ai essayé, expliqua-t-il avec indifférence. Cela s'est soldé par un échec.

— Alors il faudra tenter à nouveau.

— Plus tard, peut-être.

Il n'avait rien décidé pour l'instant.

— Dans ce cas, à quoi occupez-vous vos journées ? insista Viviane.

Louis grimaça. Il n'y avait pas un seul sujet dont il pouvait discuter sans se sentir mal.

— Je... eh bien, pas à grand-chose, je le crains.

Impossible de mentir là-dessus. Plus aucune de ses anciennes activités ne lui était accessible, désormais.

— En fait, quasiment à rien, admit-il, le comprenant du même coup. Mes pensées... m'accaparent. Elles prennent beaucoup de place ces derniers temps. Elles... me retiennent.

— De noires pensées ? demanda doucement Viviane, l'obligeant à relever la tête.

Louis hésita. Mais ce n'était guère plus un secret. C'était même précisément pour cette raison qu'il se trouvait dans ce cabinet, alors autant être honnête sur ce point.

— On ne peut rien vous cacher, murmura-t-il, conscient de la gravité de son aveu.

— Et quand vous écrivez, ces pensées s'éclaircissent-elles ?

Il fronça les sourcils en se rendant subitement compte que c'était effectivement le cas.

— C'est possible, oui. Peut-être s'éloignent-elles quelque peu.

— En dehors de l'équitation, qu'aimiez-vous faire avant l'accident ?

Comme il ne répondait pas, faute d'inspiration, Viviane reprit :

— Les jeux vidéo, par exemple ? C'est de votre âge, vous savez.

Louis eut un bref rire dépité.

— Je n'en doute pas, mais non, ce n'est pas mon truc. Gloria n'a jamais voulu que j'en aie. Je suis totalement ignare dans ce domaine et, pour être franc, ça ne m'intéresse pas plus que ça.

— Réfléchissez, Louis, je suis sûre qu'il y a autre chose.

Qu'il pourrait encore faire aujourd'hui, avec ces putains de béquilles ? Avait-il seulement envie d'y songer ?

Peut-être... peut-être la piscine ? C'était possible, non ? Il y avait des années de ça, il y passait pas mal de temps – lorsqu'il n'était pas à cheval, évidemment, des occasions qui restaient néanmoins relativement rares.

Mais cela impliquait de contacter le type de l'entretien, et ça le fatiguait d'avance. Pourquoi devrait-il suivre les conseils d'une personne qui ne connaissait rien de lui, qui ignorait totalement ce dont il avait besoin ?

Louis pensa à la bouteille de whisky qui l'attendait et aux antalgiques qu'il n'avait pas encore pris... ainsi qu'à ce fichu canapé dans lequel il avait l'impression de passer sa vie. C'était sans doute plus facile, mais c'était aussi, d'une certaine manière, rassurant, cette espèce de routine malsaine qu'il avait développée.

Jusque-là, chaque fois qu'il avait essayé d'en sortir, il avait été aussitôt rattrapé, s'était immédiatement retrouvé enseveli sous des tonnes de ciment se déversant sur lui, le réduisant derechef à l'immobilisme, cloué au sol, tel le pantin vide et sans force qu'il était devenu.

Si seulement Emma pouvait revenir… Rien qu'une fois…

Chapitre 30

Emma

Emma descendit d'Eos, un goût amer, dérangeant, persistant sur la langue. Catherine, la monitrice, leur avait préparé un cours de saut d'obstacles pour la reprise de cette fin d'après-midi, et Emma ne pouvait s'empêcher de penser à Louis et à l'accident…

La scène lui était revenue plusieurs fois durant la leçon, dans toute sa violence. Et plus elle y songeait, plus elle éprouvait l'étrange besoin de le revoir, de s'assurer qu'il allait bien.

Qu'il était toujours en vie…

Elle avait encore beaucoup de mal à intégrer que le jeune homme qu'elle connaissait – l'ex-star du lycée, de la fac *et* du centre équestre – en soit venu à de telles extrémités.

Une boule d'angoisse se formait dans sa gorge à l'idée qu'il ait pu essayer à nouveau d'attenter à ses jours.

— Tu bosses jusqu'à quelle heure ce soir ? demanda Anne en se laissant glisser de Baron, arrachant subitement Emma à ses réflexions.

— Assez tard, présagea-t-elle.

Non seulement elle avait encore pas mal de travail à abattre au club, mais il était temps qu'elle retourne au manoir de Louis – même si cette perspective l'inquiétait quelque peu.

Chaque fois qu'elle le voyait, Emma se sentait un peu plus bizarre. Leur dernier échange avait été tellement étrange, tellement déroutant pour elle.

Or, ce qui l'était davantage, c'était cette sorte d'affinité qu'elle percevait, un lien pour le moins singulier, qui était en train de s'établir entre eux.

Elle ne voulait pas moins l'en détester, luttait pour se remémorer sans cesse toutes les choses horribles qu'il avait dites et faites – ce qu'il semblait par ailleurs toujours pleinement assumer. Elle avait été jusqu'à relire ses écrits de l'époque, cherchant dans son journal les passages où elle l'invectivait.

Mais c'était ainsi. Elle avait beau lui en vouloir atrocement pour ses méfaits, son sort, mais également son état de santé – physique ou moral – lui importaient. Elle était désormais incapable de ne pas se sentir concernée par les problèmes de Louis.

— Je te ramènerai quand tu auras terminé avec ton cheval, proposa Emma à son amie. Je reviendrai au centre après. Tu n'auras qu'à dîner sans moi si tu es pressée. Ça te va ?

— Comme tu veux, acquiesça Anne.

— Je la raccompagnerai moi-même, lança Gloria, avançant à grands pas vers les deux jeunes filles. Tu as beaucoup de choses à faire ce soir, Emma, et comme je suis une patronne sympa… Bref, Anne, viens me voir dès que tu seras prête à partir.

L'intéressée battit des paupières, un peu prise de court, regarda la directrice du club hippique, puis revint à Emma, qui haussa les épaules pour toute réponse.

— Je dois m'entretenir avec Emma en privé, déclara Gloria à l'adresse d'Anne. Tu veux bien nous laisser, s'il te plaît ?

— Euh, oui... pas de souci, bafouilla celle-ci, visiblement interloquée.

Anne fit passer les rênes de Baron par-dessus son encolure et se dépêcha de reconduire son cheval à son box.

— Je ne t'ai pas vue depuis plus de deux jours, se plaignit Gloria à voix basse.

— Je ne travaille jamais les lundis et mardis, se défendit Emma, troublée par l'urgence qui sourdait dans le ton de son interlocutrice.

Ne tenant pas à laisser la jument – encore en sueur après l'intensive reprise – immobile dans le froid du soir, Emma l'entraîna vers les écuries à son tour. La tante de Louis lui emboîta aussitôt le pas.

— Donc tu n'es pas retournée au manoir ? en déduisit cette dernière.

— Pas depuis dimanche. Mais nous étions convenues de deux, voire trois fois par semaine. Ne vous inquiétez pas, je suis encore dans les clous. Je comptais justement m'y rendre tout à l'heure, après mon travail ici.

— Tu en es exceptionnellement exemptée. Va le retrouver, s'il te plaît. Je n'aime pas le savoir seul trop longtemps...

Étant donné ce qui s'était passé, Emma comprenait. Gloria s'inquiétait pour son neveu. Ce qui était curieux cependant, c'était qu'elle n'aille pas en personne s'assurer de son état.

— D'accord, accepta Emma tout en continuant à s'occuper d'Eos.

Elle était en train de lui bouchonner le dos avec de la paille fraîche afin de sécher son pelage quand Gloria, après un long silence pensif, demanda :

— Comment ça s'est passé avec Louis, le week-end dernier ? S'est-il enfin remis à se nourrir correctement ?

— Je suppose que oui. Il m'a dit qu'il ne gâchait jamais la nourriture, donc j'imagine qu'il aura aussi mangé les quelques repas que je lui ai préparés d'avance.

— Bien, approuva Gloria en croisant les bras, se concentrant soudain sur les brins de foin qui traînaient devant la porte du box d'Eos. J'en demande peut-être beaucoup, mais, puisqu'il semble un tant soit peu t'écouter, si tu pouvais tenter de le convaincre de reprendre la rééducation – ne serait-ce que quelques séances de temps en temps, quitte à trouver un kiné qui se déplace à domicile... Bref, essaie d'évoquer le sujet, s'il te plaît. Rien que le fait d'en discuter avec lui, ce serait déjà un premier pas.

Emma se figea, puis se tourna vers sa patronne.

— Louis a arrêté la rééducation ? répéta-t-elle, atterrée.

Gloria secoua la tête, agitant ses mèches caramel lissées à l'extrême, un sourire désabusé étirant ses lèvres rouge carmin.

— Si tu savais ce qu'il est buté. Il avait à peine commencé le programme qu'il a décidé de tout interrompre, comme ça, du jour au lendemain. J'ignore s'il mesure les conséquences de sa décision. Pourtant, les médecins ont été très clairs avec lui. Ils l'ont menacé de ne plus lui prescrire d'antalgiques s'il ne reprenait pas, mais il n'a rien voulu savoir. Même s'il refuse de le dire, je pense qu'il souffre. Cela étant, il faut croire qu'il s'en fiche pas mal... Il ne va vraiment pas bien. Il me fait peur en ce moment...

À juste titre, cela allait sans dire. Gloria faisait référence à la tentative de suicide de Louis sans réellement pouvoir en parler ouvertement, c'était évident.

— J'essaierai d'aborder le problème avec lui, promit Emma.

Tout en se demandant comment elle allait s'y prendre pour lancer un sujet aussi sensible et personnel dans la conversation, quand Louis partait déjà en flammes pour tout et rien. Sans compter que Gloria se trompait, Emma n'avait aucune espèce d'influence sur son neveu…

Chapitre 31

Emma

Il était à peine 19 heures quand Emma s'arrêta devant le haut portail métallique. Elle descendit de voiture pour aller presser le bouton d'appel de l'interphone – sans trop d'espoir –, quand elle trouva un post-it collé là. Sur lequel était écrit à la main, en lettres sèches, nerveuses, mais élégamment exécutées :

Ne sonne pas. Entre directement.

Le papier jaune était un peu gondolé, la bande adhésive ne tenait plus très bien à la surface métallique de l'interphone et l'encre était légèrement délavée. Autant d'éléments qui prouvaient que le post-it n'avait pas été déposé le jour même, mais la veille, ou peut-être l'avant-veille.

Cette simple constatation, ajoutée à cette invitation à présent claire, sans équivoque, fit naître comme une espèce de pincement dans l'estomac d'Emma. Elle regrettait presque de ne pas être revenue plus tôt…

Emma suivit les consignes de Louis et s'abstint de sonner. Elle composa le code et entra.

Une fois dans la maison, elle se rendit sans attendre dans le séjour, où elle pensait trouver Louis, mais tomba sur une pièce entièrement vide. Tout était allumé pourtant. Cependant, il n'y avait aucun signe du maître des lieux.

Emma revint sur ses pas, frappa aux portes, ouvrant toutes celles qui n'étaient pas verrouillées, appelant Louis d'abord timidement, puis de plus en plus fort. Sans succès.

La panique s'insinuant progressivement en elle, Emma hésita à prendre l'escalier pour chercher à l'étage. Puis elle se rappela tout à coup avoir aperçu une sorte de serre géante qui jouxtait l'extrémité la plus éloignée du manoir illuminée.

Elle ignorait ce que Louis pouvait fabriquer là-bas – dans un conte de fées, il y aurait sûrement cultivé des roses et une malédiction aurait expliqué cet abominable caractère, cependant, dans la réalité, c'était hautement improbable... Quoi qu'il en soit, dans le doute, Emma traversa le couloir et fonça dans cette direction.

Ce qu'elle découvrit tout au bout du corridor la stupéfia.

La serre en question n'en était finalement pas vraiment une. En fait, ce n'étaient pas des plantes qu'elle abritait, mais une piscine, aux dimensions plutôt impressionnantes.

Emma fit quelques pas, médusée, puis s'interrompit, tandis que Louis nageait le crawl, remontant le bassin à toute allure, sans la voir. Il se débrouillait étonnamment bien pour quelqu'un qui avait tant de mal à se déplacer d'ordinaire.

Il s'arrêta lorsqu'il atteignit le bord. Il s'y agrippa des deux mains et appuya le front contre les carreaux, haletant entre ses mâchoires contractées, entre sifflements et grognements, comme si ce simple effort le faisait terriblement souffrir.

Gênée de le surprendre dans cette posture, Emma se sentit obligée de se manifester sans délai :

— Louis...

Il releva la tête dans un brusque sursaut, et son regard aux tons célestes se verrouilla immédiatement au sien. Puis il cilla, les sourcils incurvés vers le haut, l'air totalement pris au dépourvu.

— Emma, souffla-t-il doucement. Tu es revenue...

Une expression étrange, presque soulagée, se peignit sur son visage aux traits séraphiques. Ses joues ainsi rasées révélaient le creux de ses pommettes, nettement plus profond qu'avant l'accident.

Après quoi, il ferma les paupières et les serra fort. Il passa les deux mains dans ses cheveux trempés et les plaqua en arrière, dégageant son grand front pâle, à la forme bombée, assez prononcée. Puis il rouvrit les yeux, brusquement changés en deux puits cobalt, glacés, aux reflets d'acier, et les posa derechef sur elle... mais de façon différente.

— Je ne pensais pas te revoir, reprit-il sèchement, retrouvant sa froideur habituelle.

— Pourquoi as-tu laissé le post-it sur l'interphone alors ? s'étonna-t-elle.

— Aucune idée, répliqua-t-il en haussant nonchalamment les épaules. Sans doute pour me prémunir contre cette sonnerie que tu aimes tant faire retentir et qui me casse les oreilles.

Louis se redressa sur ses jambes et le niveau de l'eau lui descendit à hauteur de pectoraux. Il avait terriblement maigri par rapport à la dernière fois où Emma l'avait vu torse nu – soit le soir de l'accident. Cependant, le dessin de ses muscles n'en était que plus ciselé, accentué et sec.

Sans qu'elle sache pourquoi, Emma s'imagina soudain retracer de la main l'angle de ses épaules, apprécier du bout des doigts la texture de sa peau pâle et...

Oh, merde...

Emma se força à se détourner, se sentant violemment rougir.

Tu le détestes. Tu le détestes ! Souviens-toi, bon sang !

C'était la première fois que de telles images s'invitaient ainsi dans ses pensées, sans qu'elle puisse les refréner. Des images non plus conçues à partir d'un acteur ou d'un chanteur – comme les rares fantasmes qu'elle s'autorisait –, mais celles d'une personne réelle.

Une personne qui se trouvait en face d'elle…

— Quelque chose ne va pas ? s'enquit Louis, toute trace d'indifférence ou de moquerie ayant subitement déserté sa voix.

Emma soupira.

S'il savait…

S'il savait, il rirait bien. Voilà ce qu'un type comme lui ferait. Et il aurait raison, sans l'ombre d'un doute. Elle déraillait complètement.

Emma détacha nerveusement l'élastique qui retenait ses cheveux en queue-de-cheval, tentant de masquer la rougeur de ses joues derrière ses longues mèches brunes.

— Non, rien, balbutia-t-elle, n'osant plus le regarder alors qu'il avançait vers elle.

Curieusement, dans l'eau, Louis semblait marcher presque sans difficulté.

— Tu peux me rejoindre si tu veux, proposa-t-il – comme si rien n'était plus normal. L'eau est chauffée et les placards à côté sont pleins à craquer de serviettes, tu ne devrais pas attraper froid. Et je ne suis pas pressé de dîner, de toute façon.

Emma ne put retenir un éclat de rire dépité.

— Alors là, jamais de la vie, déclina-t-elle catégoriquement. Il n'y a pas moyen que je mette les pieds là-dedans.

Louis arqua un sourcil et pinça les lèvres, l'un des coins de sa bouche s'étirant en un demi-sourire, tandis qu'il s'accoudait au rebord du bassin – à seulement quelques centimètres de l'endroit où elle se trouvait –, le menton posé sur ses mains.

L'attention d'Emma fut immédiatement absorbée par ses bras nus, sur lesquels elle avait une vue plongeante. Sur sa peau perlaient de minuscules gouttes scintillantes, fascinantes, soulignant les reliefs de ses biceps, ainsi que de chaque muscle de ses épaules...

— Tu as peur de l'eau ou quoi ? hasarda-t-il en levant la tête pour l'observer.

Là, il battit des paupières, comme s'il se remémorait quelque chose. Après quoi, il prit un air franchement moqueur et continua sur sa lancée :

— Ah, mais oui, c'est vrai ! Cette histoire, au club... J'avais oublié que tu es plutôt du genre à couler comme une pierre.

— Ma sœur est morte noyée quand j'avais douze ans, lâcha-t-elle abruptement, sans réfléchir au secret qu'elle était en train de révéler à ce type qui l'exaspérait. Alors oui, tu as vu juste, j'ai peur de l'eau. Et non, clairement, je ne sais pas nager.

Emma obtint l'effet escompté. Et même davantage...

Louis cessa immédiatement de la railler. Il eut un léger mouvement de recul de la nuque et ses traits se chargèrent en un éclair d'une extrême gravité, qu'elle ne lui avait jamais connue.

— Pardon, murmura-t-il, un pli préoccupé marquant l'espace entre ses sourcils. Je l'ignorais.

Son regard se fit tout à coup plus perçant et songeur à la fois. En silence, il l'examinait avec une intensité carrément dérangeante, une certaine dose de perplexité se reflétant également dans ses prunelles.

Les joues d'Emma s'empourprèrent plus encore, parce que jamais, jusqu'ici, Louis ne l'avait soumise à un tel examen.

Elle s'éclaircit la gorge, au comble de l'embarras, et se détourna, s'écartant de lui autant que possible. Une allée de moins de trois mètres – carrelée à l'ancienne, toute en faïence blanche et bleu, conférant un côté légèrement antique à l'ensemble – séparait le bord de la piscine du mur, aussi fut-elle rapidement stoppée.

Dieu du ciel, mais qu'est-ce qui lui avait pris de parler de Pauline ?! Même Anne, pourtant son unique amie, n'était pas au courant. Jamais Emma n'avait évoqué le décès de sa sœur avec quelqu'un d'autre que ses parents. Pourquoi le faisait-elle soudain avec Louis ?

Confuse, le silence entre eux s'étirant déraisonnablement, elle lança la première chose qui lui vint :

— J'ai réfléchi à propos de ce que tu as dit l'autre jour au sujet de l'amour. Et même si je n'ai encore rien connu de tel, je pense malgré tout que tu te trompes.

Louis resta muet encore quelques instants. Un léger clapotis se fit entendre, tandis qu'il devait probablement se remettre à nager.

— Ah oui, vraiment ? rétorqua-t-il finalement d'un ton passablement dubitatif. Dans ce cas, j'aimerais beaucoup entendre tes arguments.

— Pour les démonter un à un, devina Emma, fatiguée par avance à la perspective d'un débat avec lui.

— Cela va sans dire.

Le bruit de l'eau se fit plus vif, assourdissant, et Emma pivota vers lui, n'y tenant plus.

Chapitre 32

Emma

C'est alors qu'elle vit Louis sortir du bassin, s'élevant au-dessus du rebord, en équilibre sur ses bras, chacun de ses muscles contracté par l'effort. D'un mouvement agile, il se tourna sur le côté pour venir s'asseoir sur le sol.

Et le regard d'Emma dégringola, lui échappa complètement, pour suivre le dessin de ses abdominaux et ensuite s'accrocher à la fine bande de poils sombres qui descendait de sous son nombril jusqu'à…

— Merde ! jura-t-elle. Louis, tu es en boxer…

Emma se plaqua la main sur les yeux, comme par réflexe, après avoir aperçu un certain renflement sous le tissu noir humide – et par conséquent, extrêmement moulant, révélant avec beaucoup trop de détails ce qu'il était censé cacher.

Louis pouffa de rire. Un son agréable, aussi brusque que spontané et sincère, qu'elle n'avait peut-être encore jamais entendu, trahissant son amusement face à sa réaction, et, pour une fois, totalement dénué de moquerie.

— Merci, j'étais déjà au courant, plaisanta-t-il, sa voix, dépourvue de toute dureté, devenant subitement chaude, très suave, d'une douceur inédite à ses oreilles. Tu t'attendais à quoi, Emma ? On est dans une piscine, me semble-t-il. C'est plus ou moins le genre de truc qu'on y porte. Tu es déjà allée dans une piscine, non ? Tu as déjà vu des mecs en maillot de bain, quand même ?

— Je me suis toujours débrouillée pour ne pas avoir à y aller, justement ! s'exclama-t-elle en baissant prudemment la main.

Elle voulait tant savoir à quoi ressemblait un vrai sourire de Louis...

Mais c'était trop tard, il fronçait de nouveau les sourcils en l'étudiant bizarrement, avec cet air scrutateur et pensif qui la mettait tellement mal à l'aise.

Il secoua la tête comme pour lui-même, puis se pencha en arrière pour attraper la rambarde métallique de l'échelle, juste derrière lui. Il grimaça, puis se releva, veillant à ne pas s'appuyer sur la jambe qui le faisait souffrir.

Celle sur laquelle Emma apercevait plusieurs longues cicatrices blanchâtres...

— Mes shorts de bain sont restés à l'étage, je ne pensais pas en avoir besoin, justifia-t-il comme si c'était nécessaire. Or, il m'est assez pénible d'emprunter les escaliers en ce moment. Bref, je veillerai à en porter un la prochaine fois.

— Je peux te les rapporter, si tu veux, proposa-t-elle spontanément.

Puis elle s'imagina en train de fouiller dans les placards de Louis, à la recherche de *ce* type de vêtements...

— Euh, non, se ravisa-t-elle hâtivement. Oublie ce que j'ai dit. Je ne vais certainement pas faire ça.

Louis renifla sèchement et étrécit les yeux. Puis il lui fit remarquer :

— Tu sais, ça aurait pu être pire. J'aurais pu être à poil.

Emma déglutit péniblement, se figurant fatalement la scène.

— Est-ce que c'est... c'est une menace ? bafouilla-t-elle.

Il haussa les sourcils et eut une moue étrange, réprimant visiblement un nouvel éclat de rire – faisant naître un pincement de déception dans la poitrine d'Emma, qui guettait avidement le plus petit signe de gaieté sur ses traits au charme incomparable.

— Non, juste une mauvaise plaisanterie. Il n'en reste pas moins que cela m'est déjà arrivé, il vaut mieux que tu le saches. Je suis chez moi, après tout. Puis, je suis seul, alors... Enfin, quoi qu'il en soit, il serait préférable que tu m'appelles avant de venir.

Il se baissa pour ramasser les béquilles qu'il avait posées à côté de l'échelle et les plaça sous ses aisselles.

Emma, qui avait décidément bien du mal à le regarder en face, se dépêcha d'ouvrir le placard le plus proche pour en sortir l'une des serviettes dont il lui avait parlé un peu plus tôt.

Lorsqu'elle la lui tendit, Louis se contenta de la fixer gravement et demeura immobile, en appui sur ses béquilles. Elle comprit qu'il ne pouvait probablement pas se permettre d'en lâcher une pour saisir la sortie de bain.

Elle avala une grande bouffée d'oxygène pour se donner du courage et s'approcha de lui.

Elle était beaucoup trop consciente du peu d'espace qui la séparait de Louis et de sa peau nue et humide... Trop consciente de la légère odeur de chlore, mêlée aux effluves de bois de cèdre de son parfum, persistant malgré sa séance de natation, qui émanait de lui. Du gonflement de son torse à chacune de ses inspirations. Du petit muscle qui jouait sur sa mâchoire. De ses yeux braqués sur elle, à l'affût de ses gestes...

Un peu de sang-froid, voyons. Rappelle-toi que...

Mais que devait-elle se rappeler au juste ?

Elle déposa la serviette sur ses épaules et, au même instant, Louis se pencha sur elle – peut-être uniquement de façon à lui indiquer la jambe sur laquelle il ne s'appuyait pas, elle l'ignorait. Puis il souffla nerveusement, d'une voix singulièrement rauque, qui la troubla terriblement :

— Tu sais combien il y a de métal là-dedans ? Un sacré paquet… Ce qui fait de moi un homme bionique, je suppose. Une nouvelle version de moi-même, mais vraiment très mal réparée.

Emma vit les jointures de ses mains blanchir tandis qu'il serrait de plus en plus vigoureusement les poignées de ses béquilles. Et elle se rappela à quel point Louis la trouvait laide et rebutante. À quel point cette proximité devait lui déplaire… Sans doute était-ce d'ailleurs précisément la raison de sa flagrante nervosité.

Le souvenir de ses mots cruels, gravés en elle, lui fut soudain douloureux et la heurta une seconde fois, la laissant encore plus profondément meurtrie.

Emma s'écarta vivement et balbutia :

— Je n'ai pas ton numéro.

— Hum… pardon ? bredouilla-t-il en fermant les paupières avant de les serrer très fort. Mon numéro ?

Il tourna la tête sur le côté, puis contempla le vide. Après quoi, il revint à elle, l'incrédulité et la confusion se peignant sur ses traits.

— Comment ça ? Gloria ne te l'a pas donné ?

— Non.

— Mais… Anne doit l'avoir, je lui avais passé. Pourquoi ne lui as-tu pas demandé, tout simplement ?

Emma fut atterrée de constater avec quelle indifférence Louis faisait allusion à son amie qu'il avait tant blessée.

— Elle ne l'a plus depuis longtemps. Je l'avais effacé de son répertoire quelques jours après votre… votre *soirée*. Avec son consentement, évidemment. De toute façon, elle n'est pas au courant des... disons des tâches supplémentaires que m'a confiées ta tante. Et je ne veux pas qu'elle le soit.

— Des *tâches supplémentaires* ? répéta Louis, une expression dure s'inscrivant progressivement sur son visage. Bien sûr, pour quelle raison t'embarrasserais-tu avec ce genre de détails ? Tu as raison, mieux vaut que personne ne le sache. Imagine un peu ce que les autres pourraient se figurer, étant donné ma réputation.

Imagine l'insulte que ce serait pour lui. Louis, tombé plus bas que terre, obligé de se rabattre sur la seule chose qu'il a sous la main... Toi, celle dont personne ne veut. Quel comble...

— Dans la mesure où il faudrait nécessairement tenir compte de la mienne, et du reste, ça va de soi, personne ne se figurerait quoi que ce soit, rassure-toi, répliqua-t-elle, tentant de contenir l'amertume et la morosité qui l'envahissaient peu à peu.

— Ta fameuse réputation de sainte...

— Chiante comme la mort, le coupa-t-elle afin de compléter elle-même, évitant ainsi qu'il l'invective à nouveau. Oui, c'est bien de celle-ci que je parle. Presque pas usurpée... enfin, pour ce qui est du côté chiant.

Louis faillit répondre, mais il referma la bouche et serra les dents à la place, contractant une fois de plus ce petit muscle sur sa joue.

Puis, la serviette encore sur les épaules, il passa devant elle et se dirigea vers la porte de la serre.

— Je vais prendre une douche et m'habiller. Je te rejoins dans le salon dès que possible. Enfin, à condition que tu sois encore là, cela va sans dire. Il ne faut pas te sentir obligée. Vraiment.

Chapitre 33

Emma

Emma remuait à l'aide d'une cuillère en bois la préparation pour le dîner de Louis, ayant baissé le feu au minimum sous la casserole, attendant qu'il revienne. Elle ne voulait pas partir comme la dernière fois, sans lui avoir dit au revoir. Mais il tardait déraisonnablement, et il faudrait bien qu'elle rentre chez elle...

Un cliquetis métallique la fit soudain sursauter. Elle pivota aussitôt et vit Louis dans l'encadrement de la porte du couloir, vêtu d'une chemise gris-bleu à fines rayures, aux manches remontées sur ses avant-bras et à la coupe étroite, soulignant la minceur de sa taille et de ses hanches. Ses cheveux encore humides étaient peignés en arrière, accentuant davantage le creux de ses joues.

Sans un mot, il traversa le séjour pour aller jusqu'au canapé, dans lequel il se laissa tomber, la mine sombre.

— Tout est prêt, tu n'as plus qu'à te servir, déclara-t-elle en déposant la casserole brûlante sur la table de la cuisine, devant les couverts qu'elle avait installés pour lui. J'ai rangé d'autres choses pour tes prochains repas dans le frigidaire. Je... j'y vais, il commence à se faire tard.

— C'est ça, grogna-t-il placidement.

Emma ignora sa mauvaise humeur, enfila sa veste et récupéra son sac à main. Là, elle hésita.

Elle aurait tellement voulu ne pas ressentir ça. Pourtant, le laisser seul ainsi lui broyait le cœur.

Dans la piscine, durant un bref moment, Louis avait paru différent. C'était comme si quelque chose s'était alors enclenché et que, tout à coup, il s'était animé de nouveau. Il s'était moqué d'elle, mais – bien qu'elle ait réagi au quart de tour – ça n'avait pas été méchant pour autant.

Puis il avait carrément ri...

Même si elle n'avait pu le voir, elle l'avait entendu, elle n'avait pas rêvé. Et elle avait aimé ça. Cette cascade rauque et brutale, presque involontaire, si naturelle et vraie. Louis avait un rire vraiment charmant lorsqu'il était sincère.

Cependant, assis dans le canapé à fixer d'un œil éteint l'écran de télé fissuré, il semblait avoir déjà recouvré son habituelle expression maussade et lasse.

Emma n'avait trouvé aucun reste des précédents repas qu'elle lui avait préparés, aussi supposait-elle qu'il finirait par se mettre à table lorsqu'elle serait partie, comme chaque fois. Mieux valait donc qu'elle s'en aille rapidement, tant que la casserole était encore chaude.

— Au revoir, Louis, lança-t-elle avant de quitter la pièce d'un pas ferme et décidé.

Mais elle ne reçut aucune réponse.

Tant pis...

Emma monta dans sa voiture en soupirant, ne comprenant pas pourquoi elle se sentait si mal. Elle tourna la clé de contact, la maintint quelques secondes dans cette position, le temps que le moteur se réveille.

Lequel toussota, cracha... puis cala.

Elle répéta la manœuvre, coutumière des fantaisies de sa vieille Saxo. Mais elle obtint le même résultat. Elle essaya une troisième, une quatrième, puis une cinquième fois, insistant, tentant en parallèle de faire vrombir le moteur en enfonçant à fond la pédale d'accélérateur. Mais la voiture refusa de démarrer.

— Non, pas déjà, couina-t-elle. S'il te plaît, non...

Elle attendit quelques minutes, puis réitéra l'exercice.

Elle s'acharna encore. Et encore. En pure perte.

— C'est pas vrai, putain ! s'écria-t-elle en martelant rageusement le volant de ses deux poings, sentant les larmes lui monter aux yeux de colère et de dépit. Saloperie de tas de ferraille à la con, fait chier, merde !

Une ombre enfla brusquement en périphérie de son champ de vision. Emma hoqueta de frayeur et fit un bond sur son siège lorsqu'elle découvrit Louis, à moins d'un mètre de la vitre. Un sourcil arqué, il l'observait pensivement tandis qu'elle s'énervait toute seule et frappait comme une cinglée sa propre voiture.

Ce fut alors le deuxième moment le plus humiliant de toute son existence. Moment partagé avec ce sale type, pour changer...

— Achevez-moi, par pitié, supplia-t-elle dans le vide en posant le front contre son volant, souhaitant soudain être engloutie sous terre.

Quand elle se redressa à nouveau, Louis – qui n'était donc malheureusement pas une hallucination, tout comme il y avait peu de chances pour que la terrible honte qu'elle éprouvait s'évapore – n'avait pas bougé. Il attendait dans le froid, en chemise, qu'elle daigne ouvrir sa portière.

Ce qu'elle fit, très lentement – faute d'avoir à proximité un trou de souris où se cacher.

— J'ignorais que tu pouvais être aussi grossière, avisa-t-il placidement avant de pincer les lèvres, comme pour retenir un sourire.

— Moi aussi... murmura-t-elle, penaude.

Elle se pelotonna contre le dossier de son siège, resserra les pans de sa veste sur elle et croisa les bras, frigorifiée.

— Voilà mon image de sainte sérieusement écornée. Il faudra trouver autre chose la prochaine fois qu'il te prendra l'envie de m'insulter.

— N'y compte pas trop, j'affectionne particulièrement celle-ci. Au point que je ne crois pas pouvoir m'en passer, même après la scène à laquelle je viens d'assister.

Emma cacha son visage entre ses mains et gémit d'embarras. Elle entendit alors un soupir étrange – peut-être un rire, mais étouffé – et releva aussitôt la tête. Mais à nouveau, Louis avait déjà recouvré une expression sérieuse.

— Il y a une voiture en parfait état de marche dans le garage, reprit-il en indiquant d'un coup de menton l'espèce de grange ancienne, au fond du jardin. Je n'en ai pas l'usage en ce moment, alors autant qu'elle soit utile à quelqu'un, cela évitera qu'elle prenne la poussière. Tu n'auras qu'à me la rendre lorsque tu n'en auras plus besoin, rien ne presse. Tu récupéreras la tienne quand tu pourras. En attendant, elle peut rester ici, ça ne me pose pas de problème.

— Tu plaisantes, j'espère ?

Louis cilla, puis baissa les yeux sur elle, intrigué.

— Pas le moins du monde. Pourquoi ?

Dans les doigts de sa main droite – laquelle se cramponnait fermement à la poignée de sa béquille – était coincé un trousseau de clés, attestant du sérieux de son offre.

— Je n'emprunterai pas ta voiture, c'est hors de question, décréta-t-elle, subitement très contrariée.

Louis se moquait-il encore d'elle ? Cet élan de générosité, cela lui ressemblait si peu… Le sale type qu'Emma connaissait n'aurait jamais proposé quelque chose d'aussi gentil, de manière aussi désintéressée. Ce n'était tout bonnement pas lui, ça.

Et c'était tellement déstabilisant…

— S'il n'était pas déjà mort avant, ton moteur est probablement complètement noyé après ce que tu viens de lui infliger, présagea-t-il en la dévisageant gravement. Je ne vois pas beaucoup d'autres solutions.

— Non, je vais… je vais me débrouiller. Rentre chez toi, je n'ai pas besoin de toi.

Louis se pencha vers elle, plantant ses yeux dans les siens.

— C'est stupide. Enfin quoi, Emma…

Il soupira longuement, manifestement agacé. Puis finalement, il reprit :

— Si tu t'entêtes à refuser, tu vas devoir passer la nuit ici. Mieux vaut ne pas commettre cette erreur. Tu as beau t'obstiner à ne pas en tenir compte, mine de rien, je possède tout de même une sacrée réputation de pervers. Qui sait ce qui pourrait t'arriver…

Il leva un sourcil pour appuyer son propos.

Emma aurait largement préféré le trouver cruel – n'était-il pas en train de remuer le couteau dans la plaie en évoquant avec humour et désinvolture un sujet aussi épineux… en faisant comme s'il était véritablement possible qu'il se passe quelque chose entre eux ? Mais elle ne put réprimer un petit sourire, amusée malgré elle par sa tentative de menace totalement idiote.

— Je suis transie de peur, ironisa-t-elle. Une chance que je sois immunisée. Et entre nous, j'ai entendu beaucoup de rumeurs à ton sujet, vraiment *beaucoup*. Des tas de qualificatifs, tous plus désobligeants les uns que les autres. Mais je dois avouer que jusqu'ici, jamais encore le mot *pervers* n'avait été prononcé.

— Ah oui ? feignit-il de s'étonner, une moue désabusée incurvant ses lèvres. Après tout le mal que je me suis donné, c'est plutôt décevant.

Louis semblait se contreficher qu'on médise de lui, comme si… comme si c'était une fatalité. Une constatation qui laissa Emma songeuse.

— Tu ne devrais pas rester dehors en chemise avec les cheveux humides par ce temps, finit-elle par lui faire remarquer.

Elle sortit de la voiture et referma la portière derrière elle.

— Je t'accompagne jusqu'au garage et ensuite je rentrerai, répondit-il, choisissant de faire comme si elle avait accepté sa proposition – ce qui n'était pourtant pas le cas. Il fait sombre là-bas, tu risquerais de te cogner quelque part.

Emma l'examina dans la pénombre du jardin, décontenancée. C'était de la prévenance ou était-elle carrément en train de délirer ?

— Tu es quelqu'un de très bizarre, Louis, marmonna-t-elle, de plus en plus désemparée.

La confusion marqua ses traits un bref instant. Avant de laisser place à une espèce de demi-sourire triste, tandis qu'un éclat de douleur parut traverser ses prunelles.

— Tu n'as même pas idée, confirma-t-il dans un souffle.

Emma inspira un grand coup quand elle se rendit compte que le silence s'étirait et qu'elle était encore en train de contempler son visage. Puis elle céda subitement, n'ayant de toute façon pas d'autre option :

— Bon, d'accord pour la voiture. Mais seulement si tu vas chercher un manteau.

Louis haussa les épaules, puis se dirigea vers le perron. Emma le suivit, sans vraiment réfléchir. Elle comprit alors combien il était compliqué pour lui de gravir ces quelques marches. Louis ne prenait jamais appui sur sa jambe droite, mais il avait aussi beaucoup de mal à la plier.

Chapitre 34

Emma

Emma pénétra dans le vestibule à la suite de Louis. Elle n'avait pas oublié ce que Gloria lui avait demandé. Simplement, aborder le sujet de sa santé avec Louis semblait si compliqué...

— Au fait, est-ce qu'il y a autre chose que tu aimerais que je te rapporte de l'étage ? En plus de tes shorts de bain, je veux dire, lança-t-elle abruptement, une fois qu'ils furent tous deux à l'intérieur.

Elle avait changé d'avis. Elle pouvait bien faire ça pour lui, après tout. Elle alla jusqu'à la cage d'escalier, avançant d'un pas décidé, puis s'interrompit au milieu des marches, comme Louis ne répondait pas.

Elle se tourna et le vit baisser la tête pour regarder ses béquilles avec une grimace de dégoût.

— Non, merci, maugréa-t-il. Ce n'est pas la peine, oublie ça.

— Louis, l'appela-t-elle, l'obligeant ainsi à se redresser. Je... Il y a quelque chose dont il faut que je te parle. Quelque chose de très important.

Il parut d'abord circonspect, mais vint néanmoins jusqu'à elle. Puis il s'assit sur la quatrième marche, la jambe droite étendue devant lui. Après quoi, il indiqua d'un signe de la main l'espace libre à côté de lui et concéda :

— Soit, je t'écoute.

Emma aurait préféré ne pas avoir à se rapprocher autant de lui, sa proximité la mettait de plus en plus mal à l'aise. Mais elle s'assit malgré tout sur la marche de pierre, ainsi qu'il l'avait muettement réclamé. Parce que ne pas le faire aurait rendu sa tâche plus difficile encore.

— De quoi veux-tu me parler ? insista-t-il, une lueur de curiosité teintée d'une certaine dose de méfiance s'allumant au fond de ses prunelles.

À présent, ils étaient vraiment près l'un de l'autre. Si près que l'épaule de Louis frôlait la sienne. Si près qu'elle put distinguer les trois timides taches de rousseur qui piquetaient l'arête de son nez – un détail dont elle ne s'était encore jamais aperçue… Si près que les paillettes bleues et grises dans ses iris en devenaient absolument fascinantes.

— Eh bien… ta… ta tante, bredouilla-t-elle, s'éclaircissant la gorge pour reprendre : Ta tante m'a dit que tu avais arrêté la rééducation.

Louis battit des paupières, visiblement pris au dépourvu. Puis il se frotta le visage, soupirant de contrariété.

— Gloria est décidément incapable de la boucler. J'ignore pourquoi elle fait ça. Pourquoi elle te raconte ce genre de trucs…

— Je sais que ça ne me regarde pas, s'empressa-t-elle de préciser. Mais c'est trop grave pour que je fasse comme si je n'étais pas au courant.

Il se passa les mains dans les cheveux d'un geste nerveux et noua les doigts sur sa nuque, gardant la tête baissée.

— Emma, s'il te plaît, arrête, la pria-t-il, une urgence surprenante couvant dans sa voix. Je ne peux pas discuter de ça avec toi. En effet, cela ne te regarde pas.

Mais ça sonnait curieusement faux. La froideur et la sécheresse dont il faisait habituellement preuve avec elle dès lors qu'il souhaitait lui faire comprendre qu'elle l'irritait semblaient évanouies. Et c'était vraiment, vraiment bizarre...

— D'accord, je ne suis pas la mieux placée. C'est vrai, je le reconnais. Malgré tout, je trouve ça très inquiétant, il fallait que je te le dise. Tu n'iras pas mieux si tu continues ainsi. Il faut absolument que tu reprennes le programme, que tu voies au moins le kiné que ta tante souhaite faire venir chez toi. Les conséquences pourraient être dramatiques si tu persistes dans cette voie.

Louis expira bruyamment par le nez puis releva la tête, verrouillant alors son regard au sien. Un regard d'orage, dans lequel se reflétaient de profonds tourments.

— À quoi bon ? demanda-t-il. Je n'ai aucune envie d'aller mieux. Si je ne peux pas remonter à cheval, alors ça ne sert à rien.

— C'est faux, protesta aussitôt Emma, dont le cœur s'emballait sous l'effet de l'inquiétude. Non seulement tu le peux, mais en plus, tu l'as déjà fait.

— Oh, je t'en prie, ces deux essais étaient aussi vains et pathétiques que minables, tu le sais mieux que quiconque, contesta-t-il vivement, une moue de répugnance tordant ses lèvres. Je n'appelle pas cela remonter à cheval. Ce n'est pas ce que j'entends par là.

Non, évidemment. Emma avait compris que Louis désirait reprendre où il en était resté, réintégrer les compétitions de haut niveau, revenir aux entraînements quotidiens et acharnés que cela nécessitait. En revanche, elle ignorait à quel point c'était essentiel, vital même, pour lui.

— Peut-être… marmonna-t-il, ses yeux se parant alors d'un vif éclat, un éclat de souffrance brute, déchirante, tandis qu'il la dévisageait, le front plissé de désarroi. Peut-être que j'en ai vraiment, *vraiment* marre de tout ça… et pas seulement depuis l'accident. Peut-être que je ne mérite pas d'aller mieux et que c'est très bien ainsi. Beaucoup de gens le pensent, je ne suis pas aveugle. Toi aussi, tu le penses, j'en suis pleinement conscient, tu sais. Et très franchement, je ne vois pas comment je pourrais te donner tort.

Il ferma les paupières et secoua doucement la tête, comme s'il regrettait de s'être laissé aller à de telles confidences.

— Ne prétends pas deviner mes pensées, parce que tu te trompes, démentit Emma, plus touchée qu'elle ne l'aurait souhaité. Ce n'est pas ce que je pense. Ça ne l'a jamais été.

Et quand bien même, depuis quand son avis avait-il la moindre importance pour Louis ? Ses mots, ils étaient tellement étranges… tellement bouleversants…

— Ce que je veux, c'est que tu te remettes au mieux de cette horrible chute, que tu te soignes correctement, murmura-t-elle avant de prendre sur elle et de réclamer : S'il te plaît, Louis, reprends la rééducation.

Il allait probablement se moquer d'elle et l'envoyer paître, mais tant pis. Au moins, elle aurait essayé. Au moins, elle aurait fait ce qui lui paraissait juste.

Il l'observa un moment, détaillant son visage avec une curieuse intensité, peut-être en quête d'une preuve de sa sincérité. Puis il protesta, l'air presque choqué :

— Tu es sérieuse ? Tu voudrais que je…

Il soupira, se pinça la base du nez, un sourire amer aux lèvres, et reprit :

— Je ne te demande pas d'apprendre à nager, moi !

Emma eut un léger mouvement de recul, puis s'offusqua :

— Mais ça n'a absolument rien à voir !

— Ce serait sûrement tout aussi douloureux, effrayant et pénible pour toi que la rééducation peut l'être pour moi, plaida-t-il. En outre, savoir nager est presque aussi important que de savoir marcher ou conduire correctement. Ne pas être capable de se débrouiller dans l'eau, c'est dangereux. Ce n'est certainement pas toi qui me diras le contraire.

Emma encercla ses genoux de ses bras, puis vint y poser son menton, songeuse.

— Tu as peur ? s'étonna-t-elle.

Louis serra les dents, activant alors le petit muscle sur sa mâchoire, qui se mit à rouler sous sa peau pâle. Puis il reconnut d'une voix regorgeant d'une tension mal contenue :

— De me battre, de tout faire, absolument tout, pour que ça fonctionne et de devoir finalement affronter l'échec et accepter d'être handicapé pour le restant de mes jours en dépit de tous mes efforts ? Évidemment. Ne rien faire est beaucoup plus facile. Nettement moins... angoissant.

— Tu sais quoi, je vais le faire, lança Emma sans comprendre d'où cet élan curieux lui venait. Si tu reprends la rééducation, alors j'apprendrai de mon côté à nager.

Elle tendit la main, spontanément, pour qu'il lui frappe la paume, mais comprit trop tard sa bêtise. Louis n'était pas son ami, et vouloir passer ce genre de marché avec lui était complètement idiot – voire carrément absurde. Jamais il n'accepterait, il n'avait aucun intérêt à le faire.

Il arqua un sourcil intrigué, puis, au moment où elle allait retirer sa main, la lui saisit. Ses doigts chauds pressèrent les siens, lui coupant soudain le souffle. Et le cœur d'Emma se mit à marteler furieusement sa poitrine tant elle était déroutée.

— D'accord, mais uniquement à la condition que je sois ton professeur, transigea-t-il avec une expression grave. À prendre ou à laisser.

Emma faillit s'étouffer. Elle s'écarta vivement de Louis, se soustrayant brusquement au contact de sa main, mortifiée de sentir sa peau glisser contre la sienne.

— Tu es dingue ou quoi ?! s'exclama-t-elle. Il n'en est pas question !

Louis haussa les épaules avec fatalité.

— Je m'en doutais. Allons chercher la voiture, il est tard et tu as cours demain.

Il mettait fin à la conversation, comme ça, brutalement, après tout ce qu'il lui avait dit ? Cet échange, le plus sincère et personnel qu'elle avait eu l'occasion d'avoir avec lui, allait s'interrompre là-dessus ?

Désemparée, Emma bondit en avant lorsqu'elle le vit récupérer la paire de béquilles qu'il avait posée entre la rambarde et lui. Elle prit son manteau de laine gris, qui se trouvait sur la patère, un peu plus loin, et le lui apporta, tandis qu'il était encore assis.

— Merci, chuchota-t-il en l'enfilant.

Après quoi, il se releva péniblement, les mâchoires contractées sous l'effet de la douleur et de l'effort conjugués.

Ils se rendirent en silence jusqu'à la grange, à l'extrémité du jardin. Elle abandonna sa clé de voiture à Louis – au cas où il aurait besoin de la déplacer – et en échange, il lui confia celle de sa Toyota – une hybride, assez récente et plutôt classe, sans être rutilante ni ostentatoire non plus. Anne accepterait probablement de la croire quand elle prétendrait que c'était son garagiste qui la lui avait prêtée.

Emma monta à l'intérieur du véhicule et écouta Louis lui donner quelques consignes concernant les spécificités de son fonctionnement. Puis, n'y tenant plus, elle finit par l'interrompre :

— Moi aussi, je pourrai porter ce que je veux dans ta piscine ?

Il cilla, manifestement surpris, puis se racla la gorge.

— Bien entendu.

— OK, alors fais en sorte de voir un kiné d'ici à vendredi soir. Je viendrai pour 19 h 30… enfin, si tu es disponible, ça va de soi.

— Je le suis. Et je m'arrangerai pour remplir ma part du contrat, ne t'inquiète pas.

Louis se redressa pour la regarder d'un peu plus loin, semblant de plus en plus préoccupé. Et, sans un mot, il s'éloigna de la voiture pour la laisser partir.

Chapitre 35

Louis

Journal d'humeur

Jeudi 18 février 2016

Que dire de mon humeur aujourd'hui sinon qu'elle est instable, de plus en plus capricieuse et déroutante. Il éclot en moi comme une espèce d'impatience, de vivacité étrange, que je n'avais pas connue depuis longtemps – si tant est que je l'aie réellement connue un jour, ce dont je doute après réflexion. Laquelle s'oppose constamment à une frustration très pénible, accablante et écrasante, voire suffocante, qui me rappelle sans cesse que je ferais mieux de ne pas me laisser ainsi aller.

Navré, mais je ne pense pas être en mesure de faire preuve d'originalité ce matin, tant j'ai encore l'esprit empli d'elle…

Sa visite, hier, était inattendue. J'ai vraiment cru qu'elle ne reviendrait pas, même si je ne pouvais m'empêcher de continuer à l'espérer. Je ne devrais pas accepter ça, cette situation totalement aberrante dans laquelle m'a plongé Gloria sans véritablement le vouloir. Cette position qui est la mienne, ces limites trop floues, qu'une simple brise s'acharne à balayer en dépit de mes efforts pour les retracer encore et encore, et cette confusion qui ne fait que s'accroître…

Je perds pied, je le sens bien.

Je perds pied parce qu'il y a trop de choses auxquelles je n'étais pas préparé. Je perds pied parfois brusquement, ridiculement, pour tout et rien, bascule d'un coup parce que, soudain, Emma a la très mauvaise idée de détacher ses beaux cheveux bruns aux tendres reflets dorés…

Ou encore, parce qu'elle affirme qu'elle ne me souhaite aucun mal. Ce qui ne devrait guère me surprendre, elle est beaucoup trop gentille – dans le bon sens du terme, j'entends… adorable en fait – pour cela.

Emma veut que j'aille mieux.

Et moi, tout ce que je veux, c'est embrasser Emma…

Je le voulais si fort hier que j'ai vraiment failli craquer lorsqu'elle s'est approchée de moi pour poser cette satanée serviette sur mes épaules.

Cela fait longtemps que j'y songe, je ne peux plus me voiler la face. Mais hier… Hier, j'en mourais d'envie. Je suis d'ailleurs presque certain que je l'aurais fait, j'aurais tenté de lui extorquer un baiser, de manière aussi sournoise que déloyale, si elle ne s'était pas si vite écartée. Tout comme j'aurais sûrement fait quelque chose de complètement stupide si elle n'avait pas retiré sa main de la mienne, dans les escaliers…

Mais tout gâcher, ruiner invariablement le peu de bonnes choses qui éclaircit un tant soit peu mon existence, n'est-ce pas là ma spécialité, de toute façon ?

Je me félicite de ne pas avoir été plus entreprenant, d'avoir su contenir et ravaler ces malencontreux élans… et à la fois, il m'est impossible de refouler la vague de regrets qui m'étreint lorsque je songe que je n'en aurai peut-être plus jamais l'occasion.

Enfin, bien entendu, j'ai su faire en sorte de provoquer, renouveler ces occasions. Égal à moi-même, cela va de soi… je me fatiguerais presque, à la longue.

Pourtant, je désire véritablement qu'elle apprenne à nager. Je n'ai pas menti sur ce point, quand je lui ai dit combien cela me paraissait important, combien je trouvais préoccupant qu'elle ne possède pas cette aptitude élémentaire. Toutefois, exiger de pouvoir m'en assurer en personne, lui enseigner cela chez moi, en toute intimité, et tirer ainsi avantage de sa générosité et de sa compassion, ça, c'était, je l'admets, d'une traîtrise crasse.

Que voulez-vous, je suis ainsi, et rien ne saurait me pousser à changer. Je ne le veux pas. N'ai-je pas d'ailleurs débuté ce journal en expliquant cela ?

J'ai seulement besoin de me rapprocher encore un peu d'elle, de pouvoir enfin la toucher, mais sans nécessairement qu'elle pense à mal. C'est tout. Rien de plus, vraiment… Je laisserai ce maudit panneau où je l'ai posé. Je n'irai pas le décrocher, certainement pas.

En vérité, je ne sais plus tout à fait où j'en suis…

Je voulais tant qu'Emma me haïsse. Or, depuis quelque temps, je peine à m'y employer. Plus je m'approche d'elle et plus cela dépasse mes compétences – pourtant indiscutables en la matière.

Elle est si belle…

Elle est si belle et elle ne le sait même pas. J'ai l'impression que les autres non plus ne le savent pas, qu'ils ne voient pas au-delà de ses vêtements informes et laids, et de son éternelle queue-de-cheval, tellement austère. Ils ne la regardent pas comme je la regarde. Et cette simple idée me séduit déraisonnablement. Cela me donne la sensation de posséder quelque chose d'unique et précieux, presque magique. Mais d'extrêmement fragile également. Parce que je suis conscient qu'Erik n'est pas loin d'apercevoir lui aussi ce qui se cache derrière le mirage.

Lui, ou encore ce fameux Nicolas, dont le prénom revient beaucoup trop souvent à mon goût…

Et cette perspective me rend très irascible, me plonge dans une colère que je ne peux absolument pas m'expliquer, pas plus que je ne peux l'endiguer. Mais sans doute n'est-ce là que pur égoïsme de ma part, ni plus ni moins.

Après tout, j'ai finalement pu le vérifier, s'il est vrai que lorsque j'écris dans ce carnet, les pensées noires qui encrassent mes réflexions s'estompent, il reste cependant – et bien que je regrette déjà d'avoir à l'avouer – que ce n'est rien en comparaison de l'effet que peut avoir la seule présence d'Emma. Une parole douce, une ébauche de sourire suffit à les réduire à néant en un éclair. Au point que cela m'effraie…

Depuis que je l'ai laissée entrer dans ma maison a germé en moi l'envie très curieuse de découvrir ce que me réserve demain.

J'en viens, moi, éternel pessimiste, à me demander si, peut-être, il n'y aurait pas encore quelques jolies choses à venir, quelques jolies choses qui mériteraient d'être malgré tout vécues.

Bref, je le sais pertinemment, je ne devrais pas fonder ce simulacre d'espoir – pour le peu qu'il me reste peut-être encore – là-dessus. C'est beaucoup trop dangereux pour elle.

Et en fin de compte, ça l'est également pour moi, désormais, j'en ai la certitude.

Chapitre 36

Louis

— Vous êtes libre de parler de ce que bon vous semble dans ce journal, Louis, commença Viviane. Il n'est pas nécessaire que vous y glissiez par écrit des excuses à mon intention quant à son contenu. Ici, nous n'abordons que les sujets que vous souhaitez aborder.

Louis haussa les épaules et laissa mollement retomber son bras sur l'accoudoir, se redressant légèrement.

— Cela n'enlève rien au fait que c'est un peu... *redondant*, grimaça-t-il, plus mal à l'aise chaque fois qu'il mettait les pieds dans ce cabinet.

— Détrompez-vous, j'y vois une réelle évolution.

Évidemment, lui aussi la percevait. Pourtant, c'était là depuis le début, il le savait. Il manquait seulement de courage pour l'exprimer clairement. Pour être honnête, en fin de compte, tout simplement.

Néanmoins, il n'avait pas davantage envie de se montrer sincère durant ces séances que lorsque Viviane et lui les avaient démarrées. Mais c'était ainsi, il ne pouvait nier ce qu'il écrivait dans ce fichu carnet. Et puisque apparemment il ne parvenait guère à s'empêcher d'y noter toutes ces choses très personnelles, sachant pourtant entre quelles mains finiraient ces pages, il était bien obligé de composer avec.

— Donc vous le reconnaissez, cette jeune femme vous plaît ?

Louis jeta un coup d'œil agacé à la fenêtre et maugréa :

— N'est-ce pas évident ?

— Pour vous et moi, si, mais certainement pas pour elle, fit remarquer Viviane.

— Précisément, approuva Louis en croisant les bras, se rencognant au fond du fauteuil comme une bulle de panique explosait soudain en lui. Je ne veux surtout pas qu'elle le sache. Je veux qu'elle croie l'exact inverse. Je dois continuer à faire en sorte qu'elle ne le découvre pas, même si cela devient de plus en plus difficile. Ce que j'écris dans ce journal, ce sont… je ne sais pas, des espèces de fantasmes, mais *soft* en quelque sorte. Je ne souhaite rien de tel, en vérité. Je ne compte pas tenter quoi que ce soit, rassurez-vous. Je suis d'ailleurs incapable – si tant est qu'Emma s'avère réceptive, j'entends – d'envisager concrètement ce qui se passerait s'il se produisait quelque chose entre elle et moi. Ce n'est pas… ce n'est pas possible, c'est tout.

Viviane l'observa un instant, tapota son sous-main de cuir avec le capuchon de son stylo, puis rétorqua :

— Vous vous contredisez. Mais vous vous en rendez compte, n'est-ce pas ?

Louis retint son souffle un instant. Puis il soupira bruyamment, renversant la nuque en arrière pour l'appuyer contre le haut du dossier.

— Oui, je sais, admit-il en se frottant les yeux d'une main.

— Vous avez été fragilisé par les récents événements, aussi il convient de vous montrer prudent. Sur ce point, vous avez raison, vous devez vous protéger un minimum de tout ce qui pourrait conduire à une éventuelle déception. Je me répète, mais vous avez besoin de temps également. Cependant, ça ne signifie pas que vous devez vous interdire de vivre pour autant. Avancez doucement, mais avancez tout de même.

— Je ne veux pas devenir son ami, si c'est ce que vous êtes encore en train de suggérer.

— Très bien, dans ce cas, soyez ce que vous avez envie d'être.

— Justement, il se trouve que mes envies s'opposent farouchement à ma volonté, admit-il en s'apercevant que, sans en avoir l'air, Viviane venait de mettre le doigt sur le nœud du problème. Pour une fois dans mon existence, j'aimerais ne pas faire preuve d'égoïsme. La protéger *elle*... de moi.

Voilà, il l'avait dit à haute et intelligible voix. Dorénavant, peut-être Viviane comprendrait-elle une partie de ses tourments – même s'il lui manquait encore trop d'éléments pour pouvoir réellement être en mesure de démêler le tout ?

— Pourquoi cela ? l'interrogea-t-elle naturellement. Qu'aurait-elle donc à craindre de vous ?

Louis ferma les yeux, se concentra sur le rouge sombre de l'intérieur de ses paupières et marmonna :

— Nous avons déjà évoqué mon comportement avec les femmes. Emma... Elle ne mérite pas ça. Elle mérite quelqu'un qui la traite bien, quelqu'un qui serait mon antithèse, en fin de compte. Certainement pas une personne toxique et malsaine telle que moi. Je suis mauvais, un poison, très dangereux pour elle, qui est si vulnérable. Tous ces jeux, ça me convenait parfaitement jusqu'à présent. J'avais trouvé un moyen d'exister tout en demeurant au loin. Mais maintenant... maintenant, je ne sais plus. Finalement, je crois bien que je suis terrifié à l'idée de ne plus jamais pouvoir être autrement.

Louis déglutit péniblement et garda les yeux fixés sur la petite fissure qui lézardait la peinture dans un coin du plafond. Puis il entendit Viviane prendre des notes, griffonnant rapidement dans son dossier.

Il se doutait de la tournure qu'allaient prendre les prochaines séances après avoir révélé quelque chose d'aussi intime et grave le concernant. Il devrait redoubler d'efforts à l'avenir pour l'empêcher de creuser trop profondément de ce côté-là...

— Nous rediscuterons du passé, conclut Viviane. Mais, Louis, vous avez frôlé la mort. À *plusieurs* reprises. Il est plus que temps de laisser ce passé derrière vous, faire table rase de ce qui vous encombre et vous autoriser à être enfin la personne que vous êtes véritablement. Temps d'abandonner pour de bon tous ces rôles dans lesquels vous vous êtes enfermé. Ne croyez-vous pas ?

Il prit une grande bouffée d'air, luttant comme un acharné pour ne pas avaler toutes ces inepties qu'elle lui débitait...

— Ce n'est pas si simple, souffla-t-il, se sentant tout à coup totalement désorienté.

Chapitre 37

Louis

Vendredi 19 février 2016

Louis s'approcha du bord du bassin et avisa la montre qu'il avait laissée là, posée sur le carrelage, à quelques centimètres de l'eau. Cela faisait vingt minutes qu'il nageait et il commençait à sérieusement le sentir passer, sa jambe l'élançant de plus en plus furieusement. La séance avec le kiné, la veille, n'avait rien arrangé. Mais puisqu'il fallait ça pour qu'Emma accepte de le rejoindre dans la piscine, il s'y résignait.

Il serra les dents, peinant à gérer à la fois la douleur et la frustration qui s'accumulaient en lui.

Il était 19 h 40. Ou Emma avait du retard, ou elle ne viendrait pas, tout simplement. Comment aurait-elle pu le prévenir, dans la mesure où elle n'avait même pas son numéro ?

La frustration se transforma brusquement en amertume et lui tordit douloureusement l'estomac.

Et si Emma avait subitement changé d'avis pour la piscine ? Si elle avait changé d'avis pour tout et n'avait plus envie de le supporter, lui et sa mauvaise humeur constante, son aigreur sans aucun doute épuisante – si ce n'était exaspérante –, ainsi que les tâches peu réjouissantes dont elle était censée s'occuper pour lui ?

Songer au moment qu'il devait passer avec elle avait été sa seule motivation pour affronter cette nouvelle séance de rééducation. Pour accepter sans broncher les remontrances scandalisées du kiné en raison de son aberrante négligence, pour endurer la souffrance... et ses peurs, si nombreuses désormais. En fait, ça l'avait même motivé à se raser, à tenter de coiffer ses cheveux déraisonnablement longs. À dédaigner le whisky également... ainsi qu'à retourner nager, malgré la force de la brûlure dans sa jambe, qu'il savait inéluctable.

Emma prenait déjà beaucoup trop de place dans sa vie – d'autant que lui devait en occuper si peu dans la sienne. Mais il n'avait pas le choix. Elle était devenue le seul élément positif de son quotidien, la seule chose qui lui procurait un tant soit peu de soulagement... la seule chose à laquelle il parvenait à se raccrocher, en fin de compte. Ce qui était aussi préoccupant qu'inconscient.

Viviane avait raison, il convenait de faire preuve de prudence. Or clairement, ce constat montrait qu'il en était très, très loin.

Louis soupira lorsqu'il se souvint qu'Emma avait sa voiture, et lui, la sienne – restée garée dans la cour du manoir. Elle était donc obligée de revenir.

Parfait. Il faudrait qu'il s'arrange pour qu'elle la garde le plus longtemps possible, de manière à être certain qu'elle réapparaisse régulièrement.

Il y eut un bruit de moteur au loin et, quelques instants plus tard, de pas, se hâtant vers la serre. Emma apparut alors dans l'encadrement de la porte, emmitouflée dans son habituel manteau gris, aussi large que laid, un sac à dos sur l'épaule, l'air un peu essoufflée... et rassurée, aussi.

— Tu ne devrais pas flipper comme ça chaque fois, lança-t-il en guise de salut. Si je dois retenter quelque chose un jour, je m'arrangerai pour que tu n'aies pas à retrouver mon cadavre, sois tranquille.

Emma battit des paupières sous l'effet de la consternation, puis ses lèvres s'incurvèrent en une moue amère.

— Comme quoi, finalement, tu es quelqu'un de très aimable, repartit-elle avant de froncer les sourcils, visiblement mécontente. Non, vraiment, c'est extrêmement drôle, Louis.

Il haussa les épaules, n'ayant rien à répondre. Puis il s'approcha d'Emma.

— Désolée, je suis un peu en retard, j'ai dû m'occuper d'une petite fille qui a été mordue au bras par l'un des chevaux de ta tante, expliqua-t-elle en replaçant derrière son oreille une petite mèche de ses cheveux, échappée de sa queue-de-cheval. Son manteau était déchiré et elle avait des marques sur la peau. Les parents étaient furax... Bref, une vraie galère.

— J'avais pourtant dit à Gloria de faire installer une grille devant le box de Winston, déplora-t-il, soudain très agacé. Il était évident qu'un simple écriteau sur la porte était insuffisant pour mettre en garde les enfants.

Emma parut surprise. Elle plissa les yeux, dubitative, puis demanda :

— Comment sais-tu qu'il s'agissait de Winston ?

— Tu en connais beaucoup, au centre, des chevaux capables de mordre de cette façon ?

— Non, c'est vrai, admit-elle.

Elle l'étudia encore un moment, comme si elle découvrait quelque chose de nouveau à propos de lui. Puis elle finit par baisser le nez, embarrassée.

— Tu... euh, tu as vu un kiné depuis la dernière fois ? demanda-t-elle avec hésitation. Ta tante m'a dit que tu ne l'avais pas contactée... donc j'en déduis que notre arrangement n'est peut-être plus d'actualité.

Louis s'accouda au rebord de la piscine pour être au plus près d'elle.

— J'ai un accès Internet, un téléphone et du temps à revendre, je me suis débrouillé tout seul. En général, j'évite autant que possible d'avoir affaire à Gloria. Si je l'ai laissée gérer certaines choses pour moi ces dernières semaines, c'est uniquement parce que j'étais un peu à la ramasse, mais c'est terminé. Le type est venu hier et c'était tout sauf agréable, si tu tiens à le savoir. Il a noté nos prochains rendez-vous sur une carte à son nom, avec l'adresse de son cabinet. Carte qui doit par ailleurs encore se trouver sur la table du salon. Tu peux aller y jeter un coup d'œil, si tu veux. J'estime qu'en termes de preuve de ma bonne foi, c'est plutôt pas mal. De fait, notre arrangement est plus que jamais d'actualité. Je t'attends, Emma.

Elle prit une grande inspiration et hocha la tête, fixant obstinément le sol.

— D'accord, bredouilla-t-elle. Oui, d'accord.

— Il y a une salle de bains juste à ta droite, un peu plus loin dans le couloir, indiqua-t-il.

— D'accord, répéta encore Emma, avant de faire demi-tour pour disparaître à nouveau.

C'était un peu étrange comme attitude, mais il ne fallait pas qu'il oublie qu'elle avait peur de l'eau. Elle devait être angoissée à l'idée de ce qui allait suivre, à n'en pas douter. Et peut-être Louis aurait-il regretté de l'obliger ainsi à le rejoindre dans la piscine s'il n'avait pas trouvé si dangereux le simple fait que personne, jusqu'ici, ne se soit donné la peine de lui apprendre à nager.

Cette histoire de sœur morte noyée l'avait choqué – tout comme la façon très rude et incongrue dont

Emma la lui avait apprise. Il n'avait jamais imaginé qu'elle ait pu avoir à traverser une telle épreuve durant son enfance.

Finalement, elle et lui avaient peut-être plus en commun qu'il n'y paraissait…

Louis remonta le bassin à la nage et revint, essayant de rester autant que possible en mouvement. Puis ses pensées dérivèrent, presque malgré lui.

Il n'arrivait pas à se figurer à quoi Emma pouvait ressembler en tenue de bain, et cette réflexion était aussi obsédante qu'inopportune et agaçante.

Les vêtements qu'elle portait étaient toujours si amples que c'était à peine si on la discernait derrière tous ces épais tissus, empilés les uns sur les autres.

Enfin, à l'exception de cette soirée, juste avant l'accident…

Emma était venue à la fête vêtue différemment, apprêtée comme jamais encore il ne l'avait vue. Il se souvenait clairement des détails de sa silhouette que ce long pull noir consentait à révéler, même s'il n'avait pu que l'entrapercevoir parmi la foule. Le soir où sa vie avait basculé avait aussi été celui où il avait commencé à éprouver quelque chose qui s'apparentait sérieusement à des remords.

Finalement, Louis décida qu'il valait mieux se concentrer sur leur séance de natation à venir, plutôt que laisser les flashs de la chute atroce qui avait tué Thanos et provoqué son infirmité obscurcir son esprit.

Il se focalisa sur le goût d'impatience qui s'attardait sur sa langue, sur le corps d'Emma – tant pis, autant se l'avouer –, qu'il bouillait de découvrir.

Elle porterait un maillot une pièce, ça, c'était certain. Noir, probablement, ou gris peut-être. Très peu – ou pas – décolleté. Ce qui serait dommage, parce que s'il y avait une chose dont il était sûr, en revanche, c'était qu'Emma avait une belle poitrine, ronde et plantureuse. Ce détail-ci ne lui avait jamais échappé, trop difficile à dissimuler…

Louis retint sa respiration, puis se laissa choir sous l'eau, tentant de se rafraîchir un peu les idées.

Tout compte fait, peut-être aurait-il dû laisser Emma lui ramener ses shorts de bain mercredi dernier. C'était sans doute très drôle de la voir s'empourprer chaque fois que ses yeux dérivaient vers son boxer – elle qui était si coincée et pudique –, mais cela pouvait tout aussi bien se retourner contre lui…

Chapitre 38

Louis

Quand il émergea pour reprendre sa respiration, Emma se trouvait de nouveau tout près. Pieds nus, à quelques centimètres de la bordure du bassin.

Entièrement vêtue…

— Tu n'as pas trouvé la salle de bains ? s'étonna-t-il, replaçant ses cheveux trempés en arrière.

— Si, se contenta-t-elle de répondre.

Elle ne le regardait toujours pas. Et elle se tordait les doigts, à l'évidence de plus en plus stressée.

Louis eut un petit mouvement de recul lorsqu'il commença à comprendre.

— Attends, un col roulé ? se récria-t-il, consterné. Pour se baigner ?! Tu n'es pas sérieuse…

Emma portait non seulement un haut à col roulé et à manches longues noir – par-dessus lequel elle avait ajouté un grand tee-shirt brun qui lui arrivait presque aux genoux –, mais également un legging, la couvrant jusqu'aux chevilles.

— Tu as dit que je pouvais porter ce que je voulais, se défendit-elle en redressant légèrement le menton, le défiant – mais plutôt timidement.

Louis se repassa leur dernière conversation en tête. Il avait été tellement surpris qu'elle accepte son marché qu'il n'avait pas fait attention à la fin de leur échange. Pas sur le moment, du moins.

Emma lui jeta un coup d'œil en biais, méfiant, et il ne put que pouffer de rire, parce qu'il s'était carrément fait avoir…

— OK, je l'ai dit, c'est vrai, reconnut-il, s'efforçant d'être bon perdant. C'est loin d'être idéal, mais tu dois certainement déjà t'en douter. Peu importe. Si c'est ainsi que tu préfères te baigner, ça me convient. Allez, ne reste pas plantée là, viens, maintenant.

Il s'approcha de l'échelle en même temps qu'elle. Mais Emma s'arrêta juste devant pour détacher sa queue-de-cheval, libérant sa magnifique et abondante chevelure brune aux doux reflets mordorés. Puis elle en fit un chignon, qu'elle plaça très haut sur son crâne. Une coiffure différente, qui lui allait particulièrement bien.

Emma avait un visage magnifique, aux traits extrêmement fins, d'une grande délicatesse. Elle possédait un teint de neige – lequel contrastait vivement avec ses cheveux sombres –, une peau parfaite, sans défaut, un petit nez au dessin gracieux, des lèvres rondes et pulpeuses, d'un rose tirant naturellement sur le corail, et des yeux en amande, aux cils d'une longueur impressionnante.

La jeune femme fronça les sourcils et lui adressa un regard interrogateur. C'est alors que Louis se rendit compte qu'il était en train de la lorgner sans aucune retenue.

Il se racla la gorge, puis fit mine de s'impatienter pour donner le change :

— C'est quand tu veux. Néanmoins, il serait préférable que nous n'y passions pas la nuit.

Emma s'empara de la rambarde de métal et la serra fort, hochant la tête derechef.

— Il va falloir te montrer un peu plus indulgent, tu n'es pas au bout de tes peines, je t'assure, plaisanta-t-elle, la voix cependant légèrement chevrotante.

— Je vais faire mon possible, mais je ne te promets rien. Ce n'est pas ma plus grande qualité, tu sais.

— Je sais...

Elle posa le pied sur la première marche, puis plongea lentement l'autre – des orteils à la cheville – dans l'eau pour atteindre la seconde. Elle souffla bruyamment et descendit jusqu'à avoir les genoux immergés. Puis elle s'interrompit et vint brusquement s'asseoir au centre de l'échelle, se cramponnant des deux mains aux barreaux métalliques.

Elle commençait à paniquer, et Louis ignorait ce qu'il était supposé faire pour la rassurer. C'était certainement le moment de lui dire quelque chose de gentil, afin de l'encourager à poursuivre, mais rien – en dehors de certains mots, qu'il jugeait trop susceptibles de le trahir – ne lui venait. Il n'avait pas son talent pour gérer ce genre de situation...

— Est-ce que... est-ce que tu as eu mal ? demanda-t-elle abruptement. Pendant la séance avec le kiné, je veux dire ?

— Mais non, nia-t-il aussitôt, à la fois irrité et déstabilisé par la question. Je plaisantais, ce n'était pas si horrible que...

Les mensonges moururent dans sa gorge comme Emma l'observait, un pli dubitatif creusant l'espace entre ses fins sourcils. Il pouvait lire dans ses prunelles sombres qu'elle n'en croyait rien.

— Si, reconnut-il finalement. C'était assez douloureux... *très* douloureux en réalité.

Malgré les antalgiques, il n'avait pu fermer l'œil avant l'aube tant son genou l'avait fait souffrir ensuite.

Mais cela s'atténue toujours quand tu es là...

— Je suis désolée, balbutia Emma, comme pour s'excuser.

— Tu n'as pas à l'être, tout est ma faute, alors je suis forcé d'en assumer les conséquences, poursuivit-il en attrapant à son tour la rambarde de l'échelle où était assise Emma. Le kiné ne s'est pas privé de me faire savoir à quel point mon obstination avait empiré les choses. Il me l'a expliqué en long en large et en travers. J'ai eu droit à une semonce en règle pour ma négligence et mon inconscience et je l'ai bouclée, parce que je ne pouvais guère lui donner tort. J'ai eu l'impression d'avoir de nouveau huit ans...

— Je suis sûre que tu ne la bouclais pas beaucoup à huit ans, hasarda Emma avec un sourire timide, tentant habilement d'aborder un sujet plus léger.

— Détrompe-toi, j'étais un enfant extrêmement sage, tint-il à démentir. Tu m'aurais filé des tonnes de cookies.

Emma secoua la tête d'un air amusé, et cependant franchement sceptique.

Pourtant, c'était la vérité. Il n'avait acquis son sale caractère que beaucoup plus tardivement...

Louis lui tendit la main, pour l'inciter à venir, mais elle hésita. Puis, après quelques secondes d'un silence pensif, Emma se décida à descendre complètement dans le bassin – refusant néanmoins d'accepter son aide, frôlant ses doigts sans pour autant s'y accrocher.

Ses vêtements se gorgèrent progressivement d'eau, jusqu'à ce que le niveau lui arrive à la base du cou. Son tee-shirt se souleva – révélant le sous-pull noir qu'elle portait en dessous –, puis le tissu se mit à onduler au gré des vaguelettes que provoquait chacun de leurs mouvements.

Louis éprouva une sensation curieuse, se sentant tout à coup très grand face à elle, qui lui parut alors si petite et fragile. Dans l'eau, il était à l'aise. Il pouvait se tenir droit et n'avait besoin d'aucune béquille pour demeurer debout ou marcher. C'était vraiment agréable d'avoir enfin l'impression – illusoire, certes – d'être de nouveau lui-même, sans ses problèmes qui le handicapaient tant, devant Emma.

— Et ce kiné, a-t-il au moins été gentil avec toi ? l'interrogea-t-elle encore, tremblant comme une feuille.

Emma faisait la conversation pour se concentrer sur autre chose que cette énorme masse d'eau dans laquelle elle se tenait et qui l'effrayait tant.

— Il a fait son travail, répondit Louis en haussant les épaules. Je n'ai pas besoin qu'on soit *gentil* avec moi.

Sauf quand il s'agit de toi...

— Tu le reverras, n'est-ce pas ? insista-t-elle d'un ton faible. Tu t'y tiendras, cette fois ?

— Jusqu'à ce que tu saches nager, je m'y suis engagé. Après, on verra.

À nouveau, Louis lui tendit la main.

— Suis-moi, on va s'éloigner du bord.

— Hors de question, je parie que c'est plus profond là-bas.

— Le bassin ne commence à descendre qu'à partir du centre. Au fond, tu n'auras pas pied, en effet, mais nous n'irons pas, ne t'inquiète pas. Allez, fais-moi confiance, Emma.

Elle eut alors une petite grimace ironique, laquelle signifiait clairement que ce n'était pas près d'arriver. Et Louis referma les doigts sur le vide, sa gorge se serrant de frustration.

— Il le faudra bien, pourtant, si tu veux que je t'apprenne à nager, fit-il remarquer, incapable de masquer sa contrariété. Il faudra aussi que tu me laisses te toucher, à un moment ou à un autre.

Emma cligna les yeux, puis fronça les sourcils.

— Je ne crois pas, non. Il faudra faire sans, je regrette. Pas de maillot de bain et pas de contact, c'est comme ça.

Louis pencha la tête sur le côté, contractant la mâchoire de dépit. À vrai dire, il ne s'était attendu à aucune de ces conditions. Soit Emma avait envie de se montrer pénible, auquel cas, c'était très réussi, soit...

— Ça va être drôlement pratique, rétorqua-t-il, sarcastique. Vraiment, tu n'as rien de plus simple encore ?

Soit elle avait de sérieux problèmes – avec lui, évidemment, mais également de manière plus générale –, outre sa phobie de l'eau.

Elle pinça les lèvres. Lesquelles, par ailleurs, semblaient avoir furieusement pâli... comme le reste de son visage, dont le teint était devenu blême.

— Entendu, on va se débrouiller, se résigna-t-il, se rappelant soudain combien elle était terrifiée. Alors, juste un pas vers moi. Tu peux faire ça ?

Elle avala une grande goulée d'air, puis avança dans sa direction.

— C'est bien, approuva-t-il tout en reculant d'un bon mètre. Encore un, s'il te plaît. Aide-toi de tes bras pour garder l'équilibre. Oui, voilà...

Quelques minutes et une bonne dose d'hésitation plus tard, ils étaient au centre de la piscine et Emma ne tremblait plus.

— Si tu fais de petits moulinets avec les poignets, tu verras que tu peux lever les jambes, lui expliqua-t-il.

Il le lui montra, ignorant la morsure que le mouvement faisait éclore dans son genou. Et Emma s'exécuta docilement, s'appliquant à suivre ses consignes.

— J'ai l'air stupide, déplora-t-elle en agitant les bras dans l'eau, ses jolies lèvres s'étirant dans une moue entre dérision et vexation.

— Mais non, tu es adorable, lâcha-t-il subitement, avant de prendre brusquement conscience de ses mots et de s'empresser de corriger : *Adorablement* ridicule, j'entends... Euh, *surtout* ridicule, cela va de soi. Enfin, non, pas tant que ça... Je veux dire, pas plus que moi...

Chapitre 39

Louis

Il fit claquer sa langue, ne sachant comment se sortir de ce bourbier sans paraître plus désagréable que nécessaire et risquer de la faire fuir.

Emma, les yeux plissés de consternation, ouvrit la bouche pour répondre, une expression perplexe se peignant sur ses traits. Mais Louis la devança :

— Bon, maintenant on passe aux choses sérieuses. Faire la planche est à la portée de n'importe qui, même lorsqu'on ne sait pas nager. C'est d'une simplicité enfantine. Il suffit de se détendre, d'ouvrir les bras et de se laisser porter par l'eau.

Là-dessus, il bascula souplement en arrière jusqu'à flotter sur le dos, joignant le geste à la parole.

— Tu penses y arriver ?

Il se redressa pour la voir à nouveau et revint sur ses pieds.

Les yeux baissés et les joues rougies, Emma bégaya :

— Je... euh, je peux essayer.

Tout ça paraissait si difficile pour elle que Louis se demanda une nouvelle fois s'il avait vraiment eu une bonne idée en la poussant ainsi à affronter ses phobies.

Elle se remit à trembler d'angoisse, mais tenta malgré tout de suivre son exemple. Elle se pencha en arrière, sans réussir cependant à basculer assez pour mouiller ses cheveux, ni à relever suffisamment les jambes.

— Prends ton temps, tout va bien, l'encouragea-t-il en voyant la contrariété envahir ses traits. En vérité, cela m'est complètement égal qu'on y passe la nuit. Ce n'est pas comme si j'avais quelque chose de prévu, tu sais.

Emma retenta de se laisser aller en arrière et faillit réussir. Mais au moment où elle commençait enfin à flotter, elle paniqua, se tendit et se retrouva tout à coup sous l'eau.

La peur saisit brusquement Louis. Déraisonnablement. Il savait qu'elle remonterait nécessairement à la surface, qu'elle avait pied, de toute façon. Malgré cela, instinctivement, il s'élança vers elle. Il l'attrapa sans ménagement, puis la tira immédiatement hors de l'eau, tenant à tout prix à lui éviter de boire la tasse.

Puis il maintint Emma contre lui, son dos – auquel collait le tee-shirt trempé – plaqué à son torse, un bras passé sous sa poitrine et l'autre ceignant ses hanches, tandis qu'elle haletait bruyamment, vibrait de tous ses membres, épouvantée.

— Ce n'est rien, lui murmura-t-il à l'oreille. Je suis là, je te tiens... Il ne t'arrivera rien du tout, Emma...

La sensation bizarre qu'il avait éprouvée un peu plus tôt revint brutalement, mais avec une puissance effrayante, totalement décuplée. Il eut alors une conscience aiguë du corps d'Emma, qu'il écrasait – sans doute beaucoup trop vigoureusement – contre le sien.

D'ordinaire, il préférait les femmes assez grandes. Emma lui paraissait de plus en plus petite, pourtant, il se surprenait à aimer ça. D'ordinaire, il les appréciait élancées, le plus proches possible des canons de beauté standard. Emma avait des formes épanouies, des hanches et un postérieur affirmés, aux courbes d'autant plus saisissantes qu'elle possédait une taille très fine.

Jusqu'ici – et très curieusement –, ce décalage avec ses goûts habituels ne l'avait guère empêché de la trouver belle… Mais à présent qu'il la tenait tout contre lui, qu'il pouvait appréhender sa silhouette de la manière la plus concrète qui soit, il réalisait que cela allait bien au-delà.

Au-delà d'une simple et banale attirance. Au-delà du baiser qu'il rêvait de lui donner. Il la désirait – ce qui, en soi, ne l'étonnait pas plus que ça. Non, en revanche, ce qui était nettement plus surprenant, c'était l'ardeur impressionnante, bouleversante, avec laquelle cela se manifestait à lui.

Comme une révélation. Une bourrasque. Très violente. Absolument inédite.

Louis soupira longuement lorsqu'il se rendit compte qu'il avait cessé de respirer. Puis il prit une grande bouffée d'air, s'imprégnant involontairement de la légère fragrance de jasmin qui émanait de la chevelure d'Emma.

— Ça va, merci, tu… hum, tu peux me lâcher maintenant, articula-t-elle d'un ton gêné, reprenant peu à peu ses esprits.

Contrairement à lui, qui se perdait un peu plus à chaque seconde passée si près d'elle.

Il n'aurait pas dû faire ça, il le savait. Obéir, s'écarter d'elle, vite, et faire une plaisanterie idiote, voire blessante, pour remettre les choses à leur place, voilà la manière dont il convenait de procéder.

Mais il s'en découvrait tout bonnement incapable…

À la place, il leva la main – celle qui avait si bien épousé la hanche d'Emma – pour la glisser dans ses cheveux. D'un geste, il retira l'élastique qui les retenait au sommet de sa tête et libéra ses longues mèches brunes. Lesquelles se répandirent tout autour d'elle, ondulant élégamment, dansant au gré de l'onde.

Dans son esprit, le panneau d'interdiction se fissura de part en part, puis s'émietta à certains endroits, des coulées de poussière retombant en autant de longs filets blancs vaporeux.

Emma se raidit soudain contre lui. Elle poussa une exclamation outrée, qui le ramena douloureusement à la réalité, et se débattit furieusement. Alors seulement il desserra son étreinte, la laissant à contrecœur s'éloigner de lui.

Elle se retourna pour le fusiller du regard, la bouche ouverte, l'air scandalisée.

— Je n'en reviens pas ! s'écria-t-elle en reculant. Trop, c'est trop !

— Emma… protesta-t-il faiblement, complètement désemparé.

Elle se précipita sur l'échelle et la gravit à toute vitesse. Pour ensuite se planter sur le bord de la piscine et s'étrangler, hors d'elle :

— Non, mais vraiment, Louis, tu me tires les cheveux, maintenant ?! Quel âge as-tu enfin ? Après les sobriquets du collège, tu passes à des brimades plus offensives ? Bon sang, mais c'est quoi, ton problème ?!

Jamais par le passé il ne l'avait vue aussi en colère. C'était tellement déstabilisant…

— Je n'ai pas…

Sa voix mourut dans sa gorge, l'empêchant de poursuivre, lorsqu'il s'aperçut que les vêtements détrempés d'Emma se collaient à son corps telle une seconde peau, épousant chacune de ses courbes fascinantes, mieux que n'importe quoi d'autre. Si fidèlement qu'il distinguait ses tétons durcis, pointant sous le coton, l'arrondi de chacun de ses seins, le creux affolant de sa taille, la forme exacte, tellement tentante, de ses hanches et…

— Arrête de me regarder comme ça ! lui interdit-elle en croisant les bras sur sa poitrine, de plus en plus indignée. Si c'est une nouvelle manière de te payer ma tête, c'est vraiment nul !

— Mais non, marmonna-t-il, conscient de paraître peu convaincant.

Deux choix s'offraient à lui. Ou il laissait croire à Emma qu'elle avait raison, qu'il se moquait d'elle et qu'il s'en était véritablement pris physiquement à elle – ce qui, même pour lui, allait déjà beaucoup trop loin –, ou...

... ou il démentait. Clairement. Et devrait nécessairement s'en justifier.

Ce qui revenait à transgresser toutes les règles qu'il s'était imposées jusqu'ici, à ruiner tous ses efforts et à abandonner la ligne de conduite qu'il s'était juré de tenir envers et contre tout avec elle.

Ce qui était juste inconcevable...

Mais Emma semblait tellement en colère. Elle possédait certes un seuil de tolérance très élevé, néanmoins, il était évident qu'elle avait atteint le point de rupture. S'il ne faisait rien, alors plus jamais il n'aurait l'occasion de se rapprocher d'elle, de...

Plus jamais il n'aurait l'occasion de l'embrasser.

Et cette idée, plus que toutes les autres, lui était tout bonnement insupportable.

— Je ne voulais pas te tirer les cheveux, se défendit-il, vexé malgré lui qu'elle l'en croie capable.

Sans qu'il s'en soit rendu compte, il avait déjà rejoint le bord de la piscine, involontairement attiré, poussé vers elle.

— Et puis merde, souffla-t-il pour lui-même.

D'un coup, ce qui restait du panneau qu'il avait mentalement installé au-dessus d'Emma vola en éclats, pulvérisé, laissant soudain place au vide.

Sans réfléchir, Louis s'appuya des deux mains sur le rebord de la piscine et se propulsa hors de l'eau grâce à sa jambe valide. Qu'il posa ensuite sur le carrelage, se redressant brusquement, avant de faire un pas vers elle, tandis qu'elle reculait encore, une expression inquiète flottant sur son beau visage encadré de ses longs cheveux humides.

— Qu'est-ce qui te prend ? se récria-t-elle, sa colère s'évaporant aussi brutalement qu'elle était apparue. Louis, arrête, tu vas te faire mal...

Elle avait raison, marcher ainsi, sans l'aide de ses béquilles, et prendre appui sur son genou droit lui était extrêmement douloureux. Mais il s'en fichait. Tout ce qui lui importait était de la rattraper, de lui faire comprendre qu'elle se trompait, même s'il ignorait encore comment...

Chapitre 40

Emma

La panique menaça de submerger Emma comme Louis fonçait droit sur elle, une lueur farouche, incroyablement déterminée, un peu effrayante, faisant luire ses prunelles.

Elle ne comprenait plus rien à ce qui se passait.

En l'espace de seulement quelques secondes, tout semblait avoir basculé entre eux... pour rebasculer encore, de façon complètement chaotique.

Emma recula jusqu'à ce que son dos rencontre le mur derrière elle, mais Louis ne ralentit pas pour autant. Il grimaça de souffrance – se déplacer ainsi et se servir de sa jambe droite lui étant manifestement très pénible. Cependant, en un éclair, il fondit sur elle.

Il se retint brutalement à la faïence de la cloison d'une main et posa l'autre, plus doucement, sur son cou.

— Pardonne-moi, je ne voulais pas te tirer les cheveux, je t'assure, démentit-il gravement, son haleine fraîche et mentholée s'écrasant contre elle, leurs visages se trouvant alors beaucoup trop près.

— D-D'accord, bredouilla-t-elle, totalement vidée de la colère qui l'avait si promptement étreinte, désormais en proie à une intense panique.

La main de Louis était si chaude...

Pourquoi la touchait-il de cette manière ? C'était si perturbant. Quelque chose clochait et elle n'arrivait pas à déterminer quoi. En fait, elle n'arrivait plus à réfléchir. Dans son esprit, tout s'était subitement arrêté.

Le pouce de Louis remua lentement, passant sur sa gorge pour ensuite retracer l'arête de sa mâchoire. Puis ses doigts gagnèrent en assurance et s'engouffrèrent sous le tissu humide de son col roulé pour caresser sa peau, dessinant de petits sillons de feu entre la naissance de son cou et son épaule, la marquant au fer rouge.

Emma n'eut guère le loisir d'y songer que, déjà, il était penché sur elle, son souffle agité lui brûlant le visage. Il lui releva le menton d'un geste nerveux afin de lui maintenir la nuque renversée et, avec une urgence inquiétante, vint poser les lèvres sur les siennes. Un long soupir haché lui échappa tandis qu'il se pressait contre elle, l'écrasant contre le mur. Après quoi, il reprit sa bouche avec encore plus de résolution et d'impatience.

Emma était tellement confuse et hébétée qu'elle ne put que concentrer son attention sur cette myriade de sensations étranges qui fleurissaient en elle, comme autant de petites notes de musique perçant à travers le bourdonnement sourd qui lui vrillait les oreilles, ses pensées toujours obstinément bloquées.

Elle sentit la langue si chaude et suave de Louis effleurer ses lèvres et se mit à trembler – de froid, de peur, de fièvre, elle n'aurait su le dire.

Il s'écarta brusquement pour l'observer, mais elle baissa la tête, complètement déboussolée, incapable d'assimiler ce qui venait de se produire.

— Regarde-moi, haleta-t-il, comme aux abois. Emma…

Sans qu'elle l'ait vraiment décidé, elle obéit et plongea aussitôt dans ses grands yeux d'azur, se perdit dans l'immensité céruléenne de ses iris aux reflets enchanteurs, d'une douceur étonnante, désarmante, mais dans lesquels perçait également une petite lueur d'inquiétude.

Le cœur d'Emma battait à cent à l'heure, résonnant dans ses tempes, dans l'attente de ce qu'il allait faire, guettant son prochain geste, paralysée à l'idée qu'il continue... à moins que ce ne fût à l'idée que tout s'arrête.

Les doigts de Louis dérivèrent le long de son bras, glissant sur sa manche encore trempée, puis il lui saisit le poignet. Sans cesser de la fixer avec cette intensité absolument déconcertante, tellement envoûtante, il ramena sa main à lui et la plaça sur sa joue creuse. Puis il tourna légèrement la tête, les paupières closes, pour déposer un nouveau baiser sur sa paume.

Louis voulait qu'elle le touche...

Était-ce vraiment le message ou hallucinait-elle ? Mais n'était-ce pas plutôt cette situation qui était totalement délirante ?

Une petite alarme s'alluma en elle. Toutefois, elle était trop lointaine, trop brouillée par la brume opaque qui régnait dans son esprit pour qu'elle en tienne compte. Et la peau de Louis était si soyeuse, les minuscules gouttes d'eau qui la parsemaient scintillaient, l'appelant, lui réclamant à grands cris de venir y promener les doigts pour toutes les recueillir.

Ce qu'elle fit, maladroitement, d'un geste tremblant et hésitant, et cependant incapable de résister à cette singulière invitation.

Elle laissa sa main descendre le long du cou de Louis, pour ensuite aller se perdre sur sa nuque. Et finalement s'enfouir dans ses mèches trop longues, ses ongles crissant dans ses cheveux trempés, fascinée par le plaisir que ce simple contact lui procurait.

Louis appuya son front contre le sien, curieusement essoufflé, serrant presque douloureusement les paupières, et s'appliqua à demeurer immobile, comme s'il savourait autant qu'elle cet instant. L'odeur de bois de cèdre qui émanait de lui passa de légère à intense, enivrante. Si bien qu'Emma se sentit encore plus bizarre, éprouvant tout à coup l'envie de goûter l'eau sur sa peau, afin de savoir si elle était semblable à cette délicieuse odeur…

Louis déglutit bruyamment tandis qu'elle se risquait à caresser ses larges épaules, puis son dos. Elle sentit ses muscles se tendre sous ses doigts et eut la très nette impression que la température montait encore d'un cran.

Il ouvrit la bouche pour avaler de l'air, puis la referma sur ses lèvres dans un soupir rauque. Son baiser se fit tout de suite plus avide, exigeant et appuyé. En quelques mouvements habiles, sa langue se fraya un chemin pour rejoindre la sienne.

Louis poussa alors un grognement sourd – de satisfaction ou de soulagement, impossible à dire –, qui parut faire vibrer l'air entre eux. Ainsi qu'autre chose, niché au creux du ventre d'Emma, qui sembla brusquement s'éveiller en réponse à ce son ainsi que ce contact étranges.

C'était si chaud, tellement doux… et surprenant… vraiment *très* surprenant.

Emma frissonna contre lui, grisée malgré elle par ses attentions, tentant plus ou moins adroitement d'y répondre. Mais chaque fois qu'elle le faisait, Louis devenait plus vorace et fougueux, changeait d'angle pour dévorer sa bouche avec toujours plus d'ardeur, approfondissant continuellement son exploration, la repoussant inlassablement contre le mur. Dans ses gestes, la brutalité et la tendresse alternaient, se mêlaient, oscillant entre exaltation et passion, pour former quelque chose d'incroyablement étourdissant et provocant.

Sans cesser de l'embrasser encore et encore, il lui saisit le poignet – celui resté le long de son corps – pour le remonter au-dessus de sa tête. Puis il enlaça ses doigts pour les nouer aux siens, tout en les pressant rudement contre la faïence murale, faute de meilleur appui. Il arrima son autre main à sa taille, fermement, la plongeant alors dans un état curieux, insolite, où la fièvre et le plaisir se mêlaient à autre chose d'indéfinissable, mais de nettement moins agréable.

C'était la première fois qu'un homme la touchait ainsi... La première fois pour tout... Et la tempête de sensations incontrôlables que Louis s'appliquait à déchaîner en elle la perturbait comme jamais.

L'alarme gagna subitement en vigueur quand ses doigts s'agitèrent frénétiquement pour tirer ses vêtements et se faufiler avec empressement dessous. La grande paume brûlante de Louis se plaqua sur sa peau, recouvrant toute une partie de son abdomen.

Un sentiment de malaise terrible enfla en elle, la heurtant férocement. Et elle se souvint de ce qu'elle était.

L'espace d'un bref instant, elle avait eu l'impression de s'être miraculeusement transformée en une femme extrêmement désirable, mais au fond, elle savait pertinemment ce qu'il en était.

Tout ça n'était ni plus ni moins qu'une illusion. Un mirage grotesque, odieux.

Emma s'arracha farouchement aux lèvres de Louis et tenta de le repousser, tout à coup saisie d'effroi.

Mon Dieu, mais qu'avait-elle fait ?!

C'était comme si elle s'effondrait violemment au sol après une longue, très longue, et vertigineuse chute.

Ce n'est pas possible, c'est forcément un rêve... ou un cauchemar...

Or, ça n'avait pourtant rien eu d'un cauchemar, au contraire. Et c'était bien là le plus inquiétant.

Aussitôt, Louis retira sa main et s'interrompit. Un mélange très singulier d'hébétude, de stupéfaction et de confusion se peignit sur ses traits tandis qu'il la dévisageait muettement, à l'affût de ses réactions.

Voilà comment il procède. Voilà pourquoi Anne a craqué aussi bêtement… Il sait parfaitement s'y prendre pour obtenir ce qu'il veut.

Louis avait dit vrai, c'était un fait, il n'avait besoin d'aucun mot, d'aucune promesse pour se montrer convaincant. Il excellait à ce jeu, elle était pourtant au courant. Pourquoi ne s'était-elle pas davantage méfiée ? Pourquoi avait-elle mis tant de temps à s'extirper de cette torpeur dans laquelle il l'avait plongée ?

Une bourrasque de colère assaillit Emma, si puissamment qu'elle se surprit elle-même lorsqu'elle se vit lever le bras et assener à Louis une gifle cinglante, au claquement sec et âpre, retentissant dans le vide de la serre.

Chapitre 41

Emma

Louis resta quelques secondes figé, la bouche entrouverte d'incrédulité, le visage tourné sur le côté, pendant qu'Emma essayait de s'incruster dans le mur, horrifiée par son propre geste – et par le souvenir de cette étreinte incongrue, gravée à jamais dans sa mémoire.

— D'accord, finit-il par murmurer en battant des paupières. Je l'ai mérité, tu as raison.

Puis il revint à elle. Il s'appuya des deux mains au mur, de part et d'autre d'Emma, comme pour l'emprisonner. Ses yeux couleur de ciel tourmenté cherchèrent les siens et elle releva le menton, laissant l'indignation exploser en elle.

— Comment oses-tu t'en prendre à moi ?! s'écria-t-elle, ses nerfs, soumis à trop rude épreuve – trop de vertiges et de dégringolades –, la lâchant totalement. Tu es d'une telle cruauté ! Alors tu n'as rien trouvé de mieux cette fois pour te foutre de la fille la plus laide du bahut ?! Tu ne recules devant rien... Tu veux que je te dise, tu es monstrueux. Je te hais comme je n'avais encore haï personne jusqu'à maintenant...

Sa voix mourut dans sa gorge et d'exaspérantes larmes vinrent embuer son champ de vision.

— Non, marmonna Louis d'un ton qui paraissait absurdement désespéré, fronçant les sourcils. Non, non, non…

Elle voulut s'enfuir, mais il prit son visage en coupe d'une main, se cramponnant à son épaule de l'autre, l'obligeant ainsi à le regarder. L'air aux abois, une douleur qui semblait pourtant réelle étincelant au fond de ses prunelles, il opposa simplement :

— J'ai menti.

Puis il baissa la tête et soupira d'abattement, avant de répéter :

— J'ai menti… J'ai agi comme un gosse de maternelle, c'est vrai.

Emma ne comprenait pas ce qu'il essayait de lui dire. Elle voulait juste partir, mettre le plus de distance possible entre elle et cet homme qui lui faisait tant de mal. Un horrible sanglot la secoua, et Louis se redressa vivement, une grimace catastrophée marquant ses traits.

— Emma, je te demande pardon, lâcha-t-il d'une voix éraillée. Je ne t'ai jamais trouvée laide, bien au contraire… Tu es belle…

Ce mot, que personne encore n'avait jamais prononcé devant elle, la percuta de plein fouet. Et une vague de révolte et de dégoût s'éleva en elle.

Louis persistait. Il prenait plaisir à se jouer d'elle de la pire des manières. Il était tellement ignoble… tellement perfide… Pourquoi tentait-il de l'embrouiller de cette façon ? Que pouvait-il tirer de tout ça ?

Elle essaya de le repousser encore, malgré la gêne qu'elle ressentait à devoir poser les mains sur son torse nu – après avoir autant apprécié toucher sa peau pâle et si douce…

Louis ignora ses efforts, refusant catégoriquement de la laisser partir. Et de nouveau, l'angoisse la transperça de ses mille aiguilles.

De nouveau, ses réactions la dépassèrent et elle se mit à le frapper, martelant ses épaules de ses poings.

En vain, puisqu'il ne bougea pas d'un millimètre.

— Tu n'as pas le droit ! s'égosilla-t-elle, perdant pied, criant contre Louis comme elle n'avait jamais crié de toute sa vie. Je t'interdis de dire ça ! Tu es vraiment dégueulasse ! Tu m'as volé quelque chose qui aurait dû compter. Qui aurait dû être beau… Un moment spécial, qu'après tant d'années j'étais censée partager avec une personne pour qui ça aurait été tout aussi important. Un moment auquel j'aurais dû pouvoir repenser sans être aussitôt accablée de honte…

Il s'éloigna de quelques centimètres et cafouilla, une expression aussi consternée que désorientée sur le visage :

— De quoi… de quoi tu parles, Emma ?

Il cilla. Puis, face à son silence, il reprit :

— Je n'ai rien volé du tout. Tu m'as rendu mon baiser, bien qu'à présent cela semble complètement t'échapper. J'aimerais tout de même savoir de quoi je suis accusé. Dis-moi, que suis-je supposé t'avoir pris ?

— Pour que tu te moques encore de moi ? s'étrangla-t-elle, en larmes. Laisse tomber, quelqu'un comme toi ne peut certainement pas comprendre. C'est trop tard, de toute façon.

— Emma, insista-t-il en plaquant plus fermement son épaule contre le mur. Que suis-je supposé avoir volé ? Parle, bon sang !

— Comme si tu pouvais l'ignorer, espèce d'abruti ! assena-t-elle, furieuse, avant de faiblir d'un coup, un nouveau sanglot roulant dans sa gorge. Tu avais raison, tu es content ? Personne n'a jamais voulu de moi… C'était… la première fois… qu'on m'embrassait…

Emma se cacha entre ses mains, incapable de cesser de pleurer – d'humiliation, de rage ou de tristesse, impossible à dire – tandis que Louis restait muet.

— C'est stupide d'y attacher autant d'importance, je sais ce que tu penses, chuchota-t-elle contre ses paumes. Sois tranquille, je n'irai raconter ça à personne. Je ne considérerai même pas ça comme mon premier baiser, ça ne compte pas.

Voilà, de cette manière, l'incident serait plus acceptable. Pour eux deux.

Elle essuya ses joues, tentant péniblement de reprendre contenance.

— Ça compte, je regrette, protesta-t-il âprement. Que tu le veuilles ou non, *je* suis le premier et c'est comme ça. Il fallait y songer avant, Emma. Tu y as consenti, je te rappelle. Cesse de faire comme si ce n'était pas le cas.

Outrée par ses propos, elle renversa la nuque pour affronter son regard. Mais il n'était pas aussi dur qu'elle l'avait imaginé. Non, pas du tout… En fait, il était étonnamment doux… et très curieusement préoccupé.

Louis ne faisait que dire la vérité, elle en avait parfaitement conscience. Elle aurait été de très mauvaise foi si elle s'en était défendue. Pourtant, même elle ne pouvait expliquer ce qui lui avait pris, ce qui l'avait poussée à agir ainsi et à se prêter de si bonne grâce au jeu aberrant qu'avait initié Louis.

Si ce n'était peut-être son inexpérience, la curiosité qui allait de pair… et une perte totale de lucidité. Momentanée, fort heureusement.

Louis renifla sèchement, contempla le vide à côté de lui avant de revenir à elle, un pli amer au coin des lèvres.

— Je ne le savais pas, je te le jure, souffla-t-il gravement. Ce que j'ai dit ce jour-là, ce n'étaient que des paroles en l'air. Je n'en pensais pas un mot, il faut que tu me croies. Même ce surnom, je l'ai toujours trouvé débile, tout à fait absurde et injustifié. Je regrette de m'en être servi contre toi. Je te demande pardon. C'était tellement nul de ma part… Pardon, Emma…

Jamais elle n'aurait imaginé entendre ça un jour.

Non seulement Louis lui présentait ses excuses, mais en plus, il paraissait si sincère et désolé que c'en était complètement surréaliste.

— Pourquoi ? bredouilla-t-elle. Dans ce cas, si c'est vrai, pourquoi m'as-tu jeté ces horreurs en pleine face, devant tout le monde… Je ne comprends pas.

Louis cligna les yeux, puis baissa la tête, incapable apparemment de la regarder en face plus longtemps.

— J'ai agi sur un coup de tête, je n'aurais pas dû, avoua-t-il péniblement. Je voulais juste… juste te faire mal.

Il serra durement les dents, comme s'il était contraint de réprimer certaines choses, faisant jouer le petit muscle sur sa mâchoire.

— *Me faire mal* ? répéta-t-elle, choquée, une longue lame glaciale lui transperçant soudain le cœur. Mais… enfin, pour quelle raison ? C'était la première fois que tu prenais la peine de m'adresser la parole. On ne se connaissait même pas. Que je sache, je ne t'avais jamais rien fait, moi !

— C'est compliqué, marmonna-t-il, l'air de plus en plus accablé.

Louis aurait peut-être mieux fait de se taire. Ses explications étaient finalement aussi tordues qu'effrayantes.

— Eh bien, tu peux être satisfait, rétorqua-t-elle. C'était extrêmement efficace. Aucun mot ne m'a jamais fait plus mal. Alors félicitations, tu as atteint ton but. Dans ces conditions, tu comprendras probablement que je refuse tes excuses. Tu vois, je ne suis pas si gentille que ça. Grâce à toi, je m'aperçois que je possède malgré tout certaines limites…

Il lâcha un grand soupir désabusé et, les yeux rivés au sol, la relâcha. Emma en profita aussitôt pour s'écarter, rétablissant enfin entre eux une distance décente. Elle s'assura d'un coup d'œil qu'il tenait encore debout et n'allait pas s'écrouler, sans elle à qui se retenir. Mais Louis pivota pour venir s'adosser au mur, ployant la nuque afin d'admirer le plafond de verre au-dessus d'eux.

— Il faut vraiment que tu sortes, conclut-elle. Retourne en cours, Louis. Tu verras, là-bas, il y a toujours autant de filles qui n'attendent que ça, qui rêvent que tu les sollicites. Tu n'as aucune raison de te rabattre sur moi, je t'assure.

Il lui jeta un regard empli de colère, très perturbant après la douceur – tellement singulière et inattendue – dont il avait fait preuve un peu plus tôt.

Emma lui tourna le dos et s'empressa de rejoindre la salle de bains, où elle pourrait enfin se débarrasser de ses vêtements trempés et collants, au contact glacé, si déroutant sur sa peau trop chaude et si bizarrement sensible.

Chapitre 42

Emma

Elle se changea aussi rapidement que possible, rangea le tee-shirt, le legging et le sous-pull humides dans un sachet plastique, qu'elle plaça tout au fond de son sac à dos.

Elle avait beau tout faire pour lutter, ses larmes ne cessaient de couler. Ce nouvel incident avec Louis – pourtant si différent du premier – avait fait remonter tant de choses…

Elle prit ses affaires et referma la porte de la salle de bains derrière elle. Puis elle hésita. Elle n'avait pas fait ce pour quoi elle était payée. Elle avait beau crever d'envie de rentrer chez elle pour se rouler en boule sur le lit de sa chambre, il fallait qu'elle s'acquitte des tâches que Gloria lui avait confiées.

N'ayant entendu aucun bruit depuis la fin de leur conversation, elle retourna jusqu'à la serre. Elle aperçut alors Louis – avec pour seul vêtement son boxer anthracite –, assis sur le sol, une jambe étendue devant lui et l'autre remontée, tandis que, la mine morose, il fixait l'obscurité de son jardin à travers les grandes vitres en face de lui.

— La salle de bains est libre, l'avertit-elle d'un ton qu'elle tenta de rendre détaché.

Elle le vit tourner brusquement la tête vers elle, manifestement surpris, puis elle fit demi-tour.

— Emma ! l'appela-t-il.

Mais elle était déjà loin. Cependant, elle ralentit sciemment le pas, parce qu'il lui réclamerait peut-être de l'aide pour lui rapporter ses béquilles. Comme il n'en fit rien, elle lança dans son dos :

— Je serai dans la cuisine. Rejoins-moi quand tu seras rhabillé. Tu vas finir par tomber malade à traîner en sous-vêtements par terre…

Elle se mordit la lèvre, regrettant déjà ses mots. Pourquoi s'inquiétait-elle autant pour lui ?

Elle n'aurait pas dû. Surtout après ce qu'il venait de se passer. Quand bien même n'avait-elle en vérité aucune idée de ce qu'il venait de se passer… Elle aurait d'ailleurs été incapable de le raconter à quelqu'un, tant tout cela lui paraissait délirant.

Un quart d'heure plus tard, elle égouttait les pâtes qu'elle avait fait bouillir quand elle entendit le cliquetis métallique des béquilles de Louis.

— Je vais récupérer ma voiture, annonça-t-elle, concentrée sur la cuisine, satisfaite d'avoir eu le temps de terminer de préparer le repas avant qu'il ne revienne. J'ai posé les clés de la tienne sur la table. Merci de me l'avoir prêtée.

— Tu n'iras pas bien loin, rétorqua Louis dans son dos, tandis qu'elle s'affairait à transférer son steak de la poêle à l'assiette. Elle ne démarre plus. J'y ai jeté un coup d'œil aujourd'hui. Je ne voudrais pas trop m'avancer, je ne suis pas expert, mais je pense que le moteur est H.S. Mon mécanicien doit venir la chercher demain, il verra s'il peut faire quelque chose. Cela étant, je ne te cache pas que j'ai de sérieux doutes.

Prise de court, Emma abandonna brutalement la poêle sur le plan de travail, puis pivota.

Louis se tenait face à elle, beaucoup plus près qu'elle s'y était attendue. Il portait un fin pull noir à col en V et à liserés blancs très discrets, à la coupe étroite, ainsi qu'un de ses habituels jeans gris. Ses cheveux encore mouillés de sa douche étaient peignés en arrière, dégageant son front pâle et bombé.

Il était si sexy…

Des images de leur étreinte au bord de la piscine lui revinrent subitement et elle dut baisser les yeux, craignant qu'il ne devine ses pensées.

Bon sang, elle pouvait encore sentir la brûlure de ses lèvres sur les siennes, la caresse de sa langue et…

Oh merde, c'était tellement gênant !

— Qu'est-ce que… qu'est-ce que tu as dit ? se récria-t-elle, totalement déconcertée, avant de réintégrer la réalité et de protester. Non, je ne veux pas que ton mécanicien s'en occupe, ça ne servira à rien. Elle… Tu as raison, ma voiture est morte. Je savais que ça arriverait bientôt. J'appellerai une casse pour qu'ils viennent la chercher, ne t'embête pas avec ça.

— Dans ce cas, je m'en chargerai, décréta-t-il en s'asseyant à la table de la cuisine, une grimace douloureuse crispant subrepticement ses traits. Je n'ai rien de mieux à faire, tu sais. Garde la mienne le temps qu'il faut. Vraiment, il n'y a aucun problème, Emma.

Finalement, elle ignorait si elle ne préférait pas lorsqu'il se montrait méchant avec elle. Sa gentillesse et sa prévenance étaient si déstabilisantes.

Il avait pris la peine de vérifier l'état de sa voiture, avait contacté un garagiste, prévoyant de gérer tout ça pour elle. Mais enfin, pourquoi ? Elle ne lui avait pourtant rien demandé…

Mais peut-être s'ennuyait-il beaucoup trop, seul dans son immense maison ? Peut-être n'y avait-il pas à chercher plus loin ?

Louis ramassa les clés sur la table et les lui tendit.

Elle les observa un instant, dubitative, puis les récupéra. Leurs doigts se frôlèrent brièvement, de petites décharges électriques remontèrent alors le long du bras d'Emma. Mais Louis ne fit rien pour accentuer ce contact, s'obstinant à demeurer immobile, comme figé. Emma le rompit aussitôt, à la fois embarrassée et complètement déboussolée.

Elle n'avait pas le droit d'éprouver ça. Cette espèce d'attirance incontrôlable et insensée. Pour des tas et des tas de raisons.

Elle devait se concentrer sur sa colère, sur toute la rancœur qu'elle nourrissait à l'égard de cet homme odieux, qui n'était ni plus ni moins qu'une espèce de prédateur cruel, se plaisant à faire souffrir les autres. Elle s'obligea à se remémorer mot pour mot les insultes dont il l'avait abreuvée lors d'une journée qui s'annonçait pourtant ensoleillée. Lesquelles, finalement, ne faisaient que refléter ce qu'elle pensait d'elle-même. Ça aussi, elle devait le garder à l'esprit.

Ses excuses n'avaient aucune importance. Ni ses explications vaseuses.

Aucune. Importance.

Elle prit son manteau, l'enfila et se dirigea vers la porte en silence, les larmes menaçant de la cueillir de nouveau tandis qu'elle se répétait combien elle serait folle d'accepter de croire que, durant un bref moment de folie, Louis avait réellement pu la trouver à son goût. Ces instants d'égarement n'étaient qu'une vaste plaisanterie, même s'il s'en défendait.

— Demain, 9 heures, au centre équestre, lança tout à coup Louis, la faisant soudain sursauter.

Elle se retourna, plantée sur le seuil de la porte du séjour.

— Viens, s'il te plaît, demanda-t-il, l'air presque suppliant.

Une expression si étrange, qu'elle ne lui connaissait absolument pas.

— Je croyais que tu voulais arrêter, balbutia-t-elle, contrainte de s'essuyer la joue pour empêcher une larme de la dévaler.

— J'ai changé d'avis.

Il fronça les sourcils, parce qu'il avait dû remarquer qu'elle pleurait encore.

En temps ordinaire, il aurait dû se moquer d'elle. Pourtant, elle le vit saisir ses béquilles pour se relever.

— Emma...

— D'accord, je serai là, le coupa-t-elle.

Puis elle s'enfuit sans demander son reste, avant qu'il n'ait eu le temps de se mettre debout.

Chapitre 43

Emma

Emma reposa sa fourchette et son assiette sur la table basse, s'attirant aussitôt un regard étonné de la part d'Anne. Sa gorge était si nouée qu'elle était incapable d'avaler quoi que ce soit. Ses idées étaient tellement confuses et embrouillées qu'elle ne parvenait guère à se concentrer sur autre chose que Louis et l'incident de la piscine.

— Tu ne manges pas ? s'inquiéta Anne, installée à côté d'elle sur le canapé, face à l'écran de télé qui diffusait encore de vieux épisodes de *Friends*.

— Je… Comment était Louis, ce soir-là ? lâcha-t-elle abruptement, la question ne cessant de tourner dans son esprit.

Elle s'était toujours demandé ce qui s'était exactement passé entre lui et son amie, sans avoir jamais osé l'interroger à ce sujet – beaucoup trop sensible. Mais à présent, elle ne pouvait plus retenir ses interrogations – qu'elle savait pourtant indiscrètes –, elles lui brûlaient les lèvres depuis trop longtemps…

Anne abandonna à son tour son assiette sur la table, visiblement prise au dépourvu.

— Ce n'est pas une expérience dont j'aime me souvenir, souffla-t-elle, grimaçant d'embarras.

— Tu ne m'as jamais vraiment... tu sais, donné de détails, comme tu le fais d'habitude, tenta de se justifier Emma.

Et en même temps, essayer d'imaginer son amie dans les bras de Louis devenait tout à coup curieusement douloureux...

Anne plaça ses jambes en tailleur et saisit l'une de ses chevilles. Puis elle soupira :

— J'ai été tellement bête. J'aurais bien du mal à expliquer ma conduite. Tu sais, j'étais si euphorique à l'idée de me rendre à l'une de *leurs* soirées... Quand je suis arrivée, Louis est tout de suite venu vers moi, ça, c'est vrai. Mais je t'ai menti sur le reste, il n'avait pas du tout l'air de s'intéresser à moi. Non, ce qui l'intéressait, c'était de seulement savoir si tu allais nous rejoindre ou pas. Peut-être qu'il craignait que ça casse un peu l'ambiance, après... enfin, tu vois. J'ignore ce qui m'a pris, j'ai sauté sur l'occasion de lui faire comprendre qu'il me plaisait. En vérité, c'est moi qui lui ai fait des avances, et non l'inverse.

Anne se pencha en arrière jusqu'à renverser la nuque sur le dossier du canapé et se couvrit le visage des deux mains. Puis elle gémit de honte.

— Les détails sont encore pires... Si tu veux tout savoir, il a été très efficace, ce n'est pas le souci. Il possède sans doute trop d'expérience pour ne pas l'être. À côté de ça, il a été froid, extrêmement... *méthodique*. En fait, je ne me rappelle même pas qu'on se soit embrassé. Ne fais jamais ça, Emma. Ne laisse pas des sentiments que tu crois avoir pour quelqu'un te rendre prête à accepter d'être traitée comme une pièce de viande.

Emma ne put s'empêcher d'être choquée par cette description, par l'attitude de Louis qu'Anne dépeignait. C'était aussi écœurant que révoltant.

Cependant, cela prouvait également que Louis avait dit la vérité lors de leur conversation à la cafétéria, quand elle l'avait accusé d'avoir profité d'Anne. Ce n'était pas tout à fait le cas…

En revanche, découvrir qu'il avait demandé après elle durant cette soirée était étrange. Néanmoins, Anne avait certainement raison, il ne devait pas avoir très envie qu'elle se mêle à eux, après l'épisode de la balade en forêt.

Mais il a dit qu'il n'en pensait pas un mot…

Emma se frotta le front, tentant de faire taire les réflexions idiotes qui lui venaient.

— Ce qui m'a fait espérer que ça ne s'arrête pas là, c'est que c'est lui qui a proposé le premier qu'on échange nos numéros, expliqua Anne en laissant retomber ses bras le long de son corps pour observer Emma, une expression dépitée marquant ses traits. J'ai cru que ça signifiait qu'on sortait ensemble, ou quelque chose comme ça. La suite, tu la connais.

Anne se pencha pour boire une gorgée de son Coca Zéro. Son verre encore à la main, elle parut soudain perplexe.

— Pourquoi ça t'intéresse subitement ? Est-ce que… est-ce que tu te doutais que moi aussi, je t'avais un peu menti ?

— Non, pas tout à fait, s'empressa de se défendre Emma, avant de s'apercevoir que c'était en partie vrai. Enfin, je l'ignore. Ça m'intriguait, c'est tout. Mais jusqu'à maintenant, en parler me paraissait compliqué. C'est juste… Ça fait longtemps que tu n'es sortie avec personne. Je me demandais si tu avais vraiment tourné la page.

Ce qui était sincère, Emma s'inquiétait réellement pour son amie aux habitudes plutôt volages.

Anne haussa les épaules pour toute réponse, puis elle se tourna vers la télé, faisant mine d'être absorbée par la série qu'elle connaissait pourtant par cœur.

Emma aurait aimé pouvoir se confier à elle, lui raconter ce premier baiser tellement déconcertant, ces circonstances si bizarres, le comportement incompréhensible de Louis, ses aveux, aussi inattendus qu'incroyables. Elle aurait aimé obtenir l'avis de son amie, quand elle-même n'y entendait absolument rien.

Mais c'était impossible...

Non seulement elle n'avait toujours rien dit à Anne au sujet des « tâches supplémentaires » que Gloria lui avait attribuées – craignant de remuer le couteau dans la plaie en mentionnant ses contacts avec Louis –, mais en outre, elle savait que la découverte de l'intérêt que Louis lui avait plus ou moins manifesté achèverait de la blesser.

— Tu n'éprouves plus rien pour lui, n'est-ce pas ? voulut-elle malgré tout s'assurer.

— J'aimerais pouvoir te dire que non, souffla Anne. Mais j'ai eu tellement mal pour lui, le soir de l'accident. Je ne sais pas, Emma. De toute façon, on ne le reverra peut-être jamais, puisqu'il ne vient plus ni au club ni à la fac...

Emma verrouilla la porte de la salle de bains et se hâta de se dévêtir, pressée de se glisser sous une bonne douche chaude pour tenter de se détendre un peu. Mais elle s'interrompit alors qu'elle s'apprêtait à dégrafer l'attache de son soutien-gorge, son reflet dans le miroir captant subitement son attention.

Louis avait dit qu'il la trouvait belle, mais ça ne pouvait être que des mensonges, non ?

Bien sûr que c'en étaient... Tu es devenue folle ou quoi ?!

Comment pourrait-elle oser gober une chose pareille ? Comment pourrait-elle être assez stupide pour croire ce sale type ? Il ne faisait que se moquer d'elle, s'évertuait à longueur de temps à la tourner en ridicule. C'était pourtant évident, il n'y avait pas lieu de tergiverser.

Cependant, Emma n'arrivait pas à faire abstraction de l'infime doute qui flottait dans son esprit.

Ses excuses avaient paru si sincères. Son baiser, si spontané et naturel…

Louis n'avait pas embrassé Anne. Elle avait dit qu'il s'était montré froid et méthodique.

Emma ne reconnaissait là rien du comportement qu'il avait eu avec elle sur le bord du bassin. Rien du tout…

Mais peut-être son jugement avait-il été altéré par son inexpérience, par sa vulnérabilité également, tandis qu'elle venait pour la première fois de mettre les pieds dans une piscine, s'efforçant de lutter contre sa pire phobie. Peut-être les élans et la brusquerie de Louis étaient-ils davantage liés à ses difficultés à tenir debout sans béquilles plutôt qu'à une quelconque exaltation ?

Cela étant, ce qu'elle n'arrivait pas à comprendre, c'était la raison pour laquelle Louis avait fait ça.

Il avait mis une telle pagaille dans ses idées…

Parce qu'elle se mentait à elle-même, il n'était pas aussi horrible qu'elle se plaisait à se le répéter. Enfin, il n'était pas que cela.

Parfois, Louis était attentionné. Comme il avait su l'être dès l'instant où elle l'avait rejoint dans l'eau. Parfois, il semblait affreusement seul et malheureux. Souvent, en fait. Et il souffrait, elle le devinait, pas uniquement physiquement. Et pas uniquement depuis l'accident, si étrange que ça puisse paraître.

Emma était complètement perdue. Néanmoins, elle savait qu'en dépit de ce qu'elle lui avait dit elle ne le détestait pas. Elle aurait préféré continuer à le haïr, ça aurait été beaucoup plus simple ainsi. Mais ce n'était pas le cas. Plus depuis un bon moment, déjà.

Elle examina encore l'image que lui renvoyait le miroir, mal à l'aise face à son reflet, comme toujours. Elle effleura sa bouche du bout des doigts, songeuse.

Elle se souvenait si parfaitement de la caresse des lèvres de Louis. Elle avait gardé le goût de son baiser sur la langue, la texture de sa peau humide glissant sous ses doigts, l'odeur de son cou, le bruit de son souffle trop rapide...

Se remémorer ces détails lui faisait mal. Parce qu'elle n'était pas censée avoir ce genre de pensées. Elle n'était pas censée avoir envie qu'il recommence.

Emma laissa sa main redescendre et la posa sur son abdomen, à l'endroit exact où il avait plaqué la sienne.

Louis avait touché son corps...

Cette simple idée provoquait en elle une vive brûlure, un brasier enflammant ses sens. Ainsi qu'une étincelle plus vicieuse, celle de la panique, qui courait dans ses veines, enflant à mesure qu'elle y réfléchissait. Parce que son ventre, à elle, n'était pas plat, musclé et ferme, comme celui des filles qu'on voyait partout, à la télé et dans les magazines. Ou comme celui des filles avec qui Louis avait l'habitude de sortir, tout simplement.

Emma croisa les bras, ne supportant tout à coup plus son propre reflet, et soupira, s'évertuant à refréner ces saletés de larmes qui l'assaillaient encore.

Bon sang, comment avait-elle pu imaginer – même brièvement – qu'un homme tel que Louis ait pu, dans un instant de pure folie, la désirer, elle ?! Au-delà de ce qu'il était, du danger qu'il représentait pour toutes les femmes – invariablement sublimes – sur lesquelles il avait coutume de jeter son dévolu, cette théorie était tout bonnement inconcevable.

Emma voyait parfaitement quel était le genre de Louis. Immense, mince, des jambes de gazelle, souvent blonde ou châtain, gracieuse, confiante et audacieuse. Soit très exactement tout ce qu'elle n'était pas.

Anne pouvait répondre à la plupart de ces critères – bien que Luc ne lui ait mesquinement accordé qu'un petit quatre.

Mais elle…

Elle, elle n'aurait même pas décroché le premier point d'encouragement. Devoir se le répéter, encore et encore, l'obliger à passer ainsi en revue tous ces défauts devant le miroir – avec lesquels elle avait déjà tant de mal à vivre –, était vraiment cruel. Louis s'en rendait-il seulement compte ?

Elle devait à tout prix le chasser de ses pensées – lui et ses baisers époustouflants, qui feraient tourner la tête de n'importe quelle fille – elle le comprenait désormais, c'était une question de survie. Ses paroles cryptiques et ses obscures motivations n'avaient aucune importance. Elle ne devait plus y songer. Et plus que tout, elle ne devrait plus jamais laisser une telle chose se produire.

Chapitre 44

Louis

Journal d'humeur – extrait

Vendredi 19 février 2016

(…) Cette fois, j'ai complètement basculé et n'ai absolument rien trouvé à quoi me rattraper. J'ai craqué, signé ma chute et détruit dans un grand fracas le panneau, tout à coup devenu insupportable.

Tout cela pour qu'elle le remette elle-même en place, si peu de temps après.

Peu de temps, mais de tels ravages…

Emma m'a offert quelque chose que je ne saurais retranscrire correctement, car les mots ne suffisent pas à l'expliquer. Quelques instants de totale perdition, d'oubli et d'ébahissement. Ce n'était rien – un baiser, de pudiques et si brèves caresses – et pourtant, c'était tout.

Sur ses lèvres, j'ai abandonné celui que j'étais. Je l'ai laissé en échange de ce très curieux bouleversement, ces sensations à la saveur si particulière, décuplées par un tourbillon d'émotions, dans lequel je me suis perdu, noyé, vaincu. Je n'ai cessé de me faire emporter, ballotté entre sérénité et violence. Douceur et désir. Plus de contrôle, plus d'anticipation. Plus de vengeance. Plus de défi.

Rien que moi, dépouillé de tout ce qui me rend si néfaste. Et elle…

Quel brusque et déchirant réveil.

Ce bouleversement, Emma ne me l'a donné que pour mieux le reprendre, et avec quelle hargne…

Cela étant, je ne pourrais guère lui en vouloir. Au demeurant, je l'avais bien cherché, j'en suis parfaitement conscient.

C'était la première fois qu'une femme me frappait. Certes, avec tout ce que j'ai fait, c'est à peine croyable, mais c'est pourtant la vérité.

C'est très étrange, toutefois, j'aurais voulu qu'Emma me gifle encore, ou alors plus rudement – quoiqu'elle n'y soit pas allée de main morte, loin s'en faut –, si seulement cela avait pu la soulager un tant soit peu… si seulement cela avait pu l'aider à se défaire d'une partie de l'immense rancœur qu'elle nourrit à mon égard.

Ce n'était pas l'effet escompté, pas une seconde je n'ai véritablement songé à la suite lorsque j'ai embrassé Emma. Cependant, force est de constater que je l'ai poussée dans ses derniers retranchements. Jamais encore je ne l'avais vue se mettre dans un état pareil.

Emma hurlait, incapable de se cacher derrière son habituel sourire timide, incapable de conserver son éternelle réserve, ce calme tranquille qu'elle oppose toujours en toutes circonstances… ou presque.

Je sais que j'ai fait quelque chose de très mal, un geste que je n'aurais jamais dû me permettre, que je m'étais même interdit. Elle a raison, j'ai pris ce qui n'était pas censé me revenir. Devoir l'admettre m'est extrêmement pénible, et cela me reste en travers de la gorge, je l'avoue. Mais sans doute est-ce parce que, en réalité, je ne regrette rien.

Je ne regrette ni ses cris, ni ses coups, aucun des mots que j'ai alors prononcés en guise de défense – ces excuses, que j'aurais voulues plus convaincantes.

Je regrette seulement ses larmes...

J'ai causé tant de dégâts, à présent je m'en rends compte. À présent, j'en suis à m'angoisser, horrifié à l'idée que les dommages de ma stupidité ne puissent être réparables.

J'ai fait pleurer Emma et, loin d'en tirer une quelconque satisfaction, cela m'a choqué. En fait, cela m'a fait mal. Très mal. Et cette douleur ne me quitte plus. Elle me colle à la peau, m'empêche de respirer, vient s'ajouter aux autres, tant et si bien que cela en devient parfaitement insoutenable.

Parce qu'en vérité, je déteste être celui qui a osé faire pleurer Emma.

Le goût si nouveau pour moi de la culpabilité me monte à la tête et m'étrangle, me replonge dans cet enfer dont j'essayais désespérément de m'extraire. Les noires pensées m'encerclent...

Mais alors je me rappelle ses mains sur moi, la façon dont ses beaux yeux dorés m'ont regardé, moi et personne d'autre, sa surprise et sa douceur, ainsi que cette volupté que je suis persuadé d'avoir éveillée. Je me rappelle que je suis le premier, qu'il n'y en a aucun autre. Uniquement moi. Que cela me confère de fait une place particulière dans sa vie. Et alors l'obscurité s'évapore.

Depuis que j'ai embrassé Emma, ce n'est plus qu'un incessant ballet. Une seconde je retrouve les sinistres bras de la mélancolie la plus sombre, pour atterrir celle d'après dans les siens, en rêve. Je respire ses cheveux et brutalement, tout s'éclaire.

Pour se noircir encore, comme je me remémore les raisons pour lesquelles je n'aurais jamais dû faire ce que j'ai fait, dire ce que j'ai dit. Et je sombre dès l'instant où ses reproches, toutes ses invectives, viennent à résonner de nouveau en moi. Me voilà pris au piège de l'obsession, coincé dans une boucle sans fin, à la recherche d'une issue dans un labyrinthe insoluble.

J'aimerais crier à l'aide, mais il n'y a pas âme qui vive alentour. Je suis seul face à ces déferlantes, cette violente inconstance et tous ces paradoxes, ces putains de contradictions qui grandissent en moi et menacent de me rendre fou.

Mais je crois que j'ai envie de tenir bon. Ne serait-ce que parce qu'il faut qu'elle me pardonne, bien que j'ignore tout de la manière dont il conviendrait de procéder. Je voudrais tellement qu'elle me laisse essayer de réparer… et pourtant, je sais pertinemment que je dois la protéger de moi.

Je suis perdu, plus sûr de rien, pas même des premières lignes que j'ai couchées dans ce journal…

Chapitre 45

Louis

Samedi 20 février 2016

Louis replaça à la hâte la fiche dans le classeur. Puis, comme un bruit de pas lui parvenait, il se redressa brusquement et le referma dans un claquement sec.

— Louis ? s'étonna Gloria en ouvrant la porte. Mais qu'est-ce que tu fais ici ?

Il s'accouda sur l'objet et frotta du pouce son sourcil droit, tentant de donner le change. Il n'avait aucune raison valable de se trouver dans le bureau de Gloria, encore moins de si bon matin un samedi. Pour autant, il n'avait pas préparé la moindre excuse.

— Je te croyais plus ordonnée, la blâma-t-il avec une indifférence soigneusement étudiée, optant pour une légère réorientation du sujet. Tu parviens à t'y retrouver, dans toute cette paperasse ? Il n'y a quasiment aucune logique de classement, ce n'est ni fait ni à faire, vraiment. Sans compter que tu laisses ton bureau ouvert aux quatre vents. N'importe qui pourrait entrer…

— Il était verrouillé, le coupa Gloria en se plantant devant lui, les poings sur les hanches et les yeux plissés de suspicion. Et il se trouve que tu es justement l'une des rares personnes à posséder les clés.

Elle fit claquer sa langue, puis saisit le classeur sur lequel il était accoudé, le tirant à elle malgré son obstination à demeurer immobile. Puis elle trouva la fiche mal rangée...

— Emma Ferrieux, lut-elle en fronçant les sourcils. Tiens donc, comme c'est curieux. Tu cherches une information en particulier ?

— Son numéro de portable, soupira-t-il en se pinçant l'arête du nez. Autant te dire qu'il m'a fallu un certain temps, étant donné tes méthodes plus que douteuses en matière de rangement.

Mais il l'avait obtenu, même s'il regrettait de s'être ainsi fait prendre la main dans le sac. Il replaça son téléphone – dans lequel il avait enregistré les coordonnées d'Emma – au fond de la poche de son jean

— Comment ça, elle ne te l'a pas donné ? s'indigna immédiatement Gloria. Elle aurait dû, pourtant, dans la mesure où...

— Oui, eh bien, c'est encore son droit, non ? s'agaça Louis en récupérant ses béquilles pour se relever.

— Droit dont tu viens allègrement de la priver, je te signale.

Louis serra les dents, essayant de plier le moins possible sa jambe, puis se remit debout.

— Je fais preuve de ruse, c'est un peu différent, opposa-t-il, de parfaite mauvaise foi.

— Tu as l'air de te déplacer avec plus d'aisance, observa Gloria comme il passait devant elle.

— En effet, je pense pouvoir m'inscrire à un marathon très prochainement, grinça-t-il sans cesser d'avancer vers la sortie.

Elle poursuivit, ignorant sciemment ses sorties d'un goût passablement discutable :

— Tu sembles avoir repris un peu de poids, également...

— Grand Dieu, quel soulagement ! se moqua-t-il derechef sans se retourner. Handicapé, passe encore, mais gringalet, par pitié, tout, mais pas ça !

— J'en déduis qu'elle n'y est pas encore passée, lança tout à coup Gloria, l'arrêtant brutalement tandis qu'il s'apprêtait à franchir le seuil du bureau. Cela m'arrange, évidemment. Je n'aurai pas à chercher quelqu'un d'autre pour se charger des tâches que je lui ai confiées. Cela dit, je ne comprends pas, Louis. Elle n'est pas vraiment ton style de femme, certes, on est loin du haut niveau auquel tu es habitué, je le reconnais. Mais une petite souris comme Emma, fragile et malléable à souhait, c'est du tout cuit, parfait pour reprendre, étant donné les circonstances. Qu'est-ce qui t'arrive ? Est-ce qu'à cause de tes problèmes de genou tu crains de...

— Lâche-moi avec ça, tu veux ! s'étrangla-t-il, le sang lui frappant soudain violemment aux tempes. Je ne vois pas ce que l'état de ma jambe vient faire là-dedans. Rassure-toi, je ne crains rien de tel. Simplement, j'en ai assez de ces conneries. Je veux faire une pause, voilà tout.

N'y touche pas... Pas elle. Ne la mêle pas à ça, je t'en supplie...

Gloria croisa les bras et haussa les épaules avec une moue de déception.

— Je ne te reconnais plus. Il faut que tu te ressaisisses, que tu reviennes parmi nous, et vite. Tu es en vie et, que je sache, tu es toujours debout. Tu ne devrais pas laisser ce qui s'est passé avoir raison de ce que tu es. Réagis, Louis. Enfin quoi, où donc est passé l'homme fier et inflexible qui ne dédaignait jamais un bon défi quand celui-ci se présentait à lui ?

— Il est resté écrasé sous le poids du cheval qu'il a tué par stupidité, lâcha-t-il, s'efforçant de juguler la colère qui l'assaillait férocement, le prenait en étau et l'étouffait. Mort avec lui. Alors j'emmerde les défis, c'est clair ?

Après quoi, il franchit la porte et s'éloigna le plus rapidement possible de Gloria et des pensées nocives qu'elle ne manquait jamais de faire enfler en lui.

Louis se rendit directement aux stalles, impatient de retrouver Emma, sa douceur et la chaleur que sa simple présence éveillait en lui. Il soupira malgré lui lorsqu'il l'aperçut, dans le box d'Opéra, s'affairant déjà à le préparer pour leur séance.

— Tu es en avance, remarqua-t-il en approchant de la porte.

Emma fit mine de se tourner vers lui sans vraiment le regarder, puis revint aussitôt au cheval. D'un geste nerveux, elle ajusta le filet, bouclant la muserolle sous le menton de l'animal.

— Salut, marmonna-t-elle.

Louis vint s'adosser au mur, comme il en avait pris l'habitude, et garda le silence, déstabilisé par la fraîcheur de cet accueil. Emma continua de s'occuper d'Opéra tout en s'appliquant à l'ignorer.

Ce qui, très vite, devint… insupportable.

— Parfait, grommela-t-il au bout d'un moment, à la fois vexé et dépité. Donc, tu me fais la tête ?

Il la vit hésiter tandis qu'elle serrait la sangle de la selle, s'y reprenant à plusieurs fois. Elle fronça les sourcils, puis nia, comme à contrecœur :

— Mais non.

Louis revint devant la porte et se plaça face à elle.

— Mais si, contesta-t-il très simplement, à court de reparties. Je le vois bien, enfin !

En temps ordinaire, ce genre de comportement l'aurait laissé totalement indifférent. Tout au plus, cela l'aurait-il irrité. À l'instar d'Emma, il aurait réellement aimé pouvoir rester froid et placide mais, cette fois, il en était parfaitement incapable.

Trop de questions. Trop d'angoisse également. Et cette maudite confusion, ce chaos indescriptible qui régnait dans son esprit depuis la veille, cet état étrange, entre désespoir et fébrilité, qu'il ne parvenait pas à s'expliquer. Emma n'avait qu'un mot à dire, qu'un sourire à esquisser pour le tirer de là...

— Ne me fais pas la tête, s'il te plaît, souffla-t-il, désemparé d'en être quasiment réduit à la supplier.

Enfin, il obtint une vraie réaction. Emma se figea, puis posa ses beaux yeux noisette sur lui, un pli préoccupé barrant soudain son front.

— Tu m'en veux encore pour hier, mais je ne vois pas ce que je peux faire de mieux, déplora-t-il. Je me suis confondu en excuses et je t'ai laissée me passer à tabac. Faut-il – quoi ? – une dizaine, une centaine de paires de gifles pour que nous soyons quittes ? Parce que je suis prêt à encaisser, tu sais, tant que tu n'utilises rien de pointu, de tranchant, Taser et autre poing américain, j'entends.

Emma grimaça, puis se cacha le visage entre ses paumes, comme si la honte la submergeait.

— Mon Dieu, Louis, arrête, je t'en prie, bredouilla-t-elle d'un ton horrifié. Je suis vraiment, *vraiment* désolée. Je t'assure que je ne suis pas quelqu'un de violent. Pas du tout. Je n'avais jamais levé la main sur personne avant... avant hier.

— Eh bien, si je peux être utile, ravi d'avoir été le premier pour ça aussi, ironisa-t-il – même si, en soi, ce n'était pas complètement faux.

Parce que, pour le coup, savoir qu'il était le seul à posséder le pouvoir de la faire ainsi sortir de ses gonds lui procurait une très curieuse satisfaction.

Emma écarta les doigts de ses yeux et, avec une inquiétude manifeste, demanda timidement :

— Est-ce que... est-ce que je t'ai fait mal ?

— Il en faudrait un peu plus, la rassura-t-il, amusé – ou peut-être plutôt touché – de la voir s'en soucier. Tu es drôlement hargneuse quand tu t'y mets, mais tu manques furieusement de pratique et de force. En outre, tu avais tes raisons. D'*excellentes* raisons, je ne peux pas le nier.

Emma eut un demi-sourire, très bref, en réaction à ses remarques sur sa puissance de frappe. Lequel fut presque immédiatement balayé par une expression sérieuse, presque anxieuse, au grand dam de Louis.

— Tu t'es excusé pour certaines choses, mais pas... pas pour d'autres, releva-t-elle avant de s'éclaircir la gorge et de reprendre : Je sais que j'ai une part de responsabilité dans ce qui s'est passé hier, qu'il faut être deux pour... Enfin bref, il n'empêche que c'est toi qui as commencé. Ça non plus, tu ne peux pas le nier. Comment puis-je être sûre que ça ne se reproduira pas ?

Qu'elle se décide à aborder le sujet lui plaisait, qu'elle reconnaisse avoir participé de bon cœur aussi. En revanche, qu'elle exige qu'ils en restent là lui faisait l'effet d'un nouveau coup, quand bien même s'y était-il préparé. Quand bien même était-ce sans conteste l'attitude la plus raisonnable et sensée.

Exactement ce qu'il s'était juré la veille... avant de se dédire quelques minutes plus tard. Puis de changer d'avis, encore et encore. Jusqu'à ne plus du tout savoir où il en était.

— Tu ne peux pas, refusa-t-il tout net, incapable de lui faire une telle promesse. D'ailleurs, si c'est ce que tu voulais entendre, je regrette, Emma, mais je ne m'excuserai pas de t'avoir embrassée.

Elle l'observa quelques secondes en cillant, une lueur circonspecte éclairant ses prunelles. Puis elle se détourna brusquement, les joues rouges, visiblement très mal à l'aise.

Chapitre 46

Louis

— Tu es prêt ? s'enquit-elle en vérifiant la boucle de l'étrier, le prenant un peu de court.

Ses pensées avaient tant été accaparées, toutes uniquement tournées vers Emma, qu'il n'avait guère pris la peine de songer à cette nouvelle séance et à la douleur et à l'humiliation qui l'attendaient. Ce matin, il n'avait aucune envie de retenter l'expérience, les échecs cuisants et successifs des deux dernières fois lui ayant amplement suffi.

Sans compter qu'il se sentait si vulnérable, après avoir passé la nuit à tergiverser sans jamais voir le bout du tunnel. De sombres instants, entrecoupés de quelques rêves, dans lesquels à aucun moment il ne parvenait à se tenir loin d'*elle*, bien au contraire…

Mais la veille, il n'avait trouvé que cela pour faire en sorte de revoir rapidement Emma, pour s'assurer qu'il n'avait pas causé davantage de dégâts. Aussi devait-il assumer, à présent.

— Tu es sûr de vouloir réessayer aujourd'hui ? l'interrogea Emma, apparemment peu convaincue.

— Évidemment.

Il inspira un bon coup, reniflant sans doute un peu trop bruyamment, puis s'appuya contre le mur le temps de mettre sa bombe et d'en refermer correctement l'attache. Emma sortit Opéra de son box, plaça l'escabeau de la même manière que la dernière fois, puis elle attendit.

La manœuvre fut vaguement plus aisée, vaguement moins douloureuse également.

Mais une fois en selle, tout revint...

Violemment. Sans aucune concession.

Il entendit son propre souffle s'accélérer tandis que l'air lui semblait se raréfier. Le choc de la chute, mêlé à celui de l'accident de voiture, le traversa, le percutant de nouveau, en boucle, encore et encore, comme une espèce de foutu disque rayé.

Et ce vacarme qui résonnait à ses oreilles, lui donnant l'impression que ses tympans allaient céder sous la pression...

— Des pensées tranquilles, chuchota Emma. Concentre-toi, Louis. Aie des pensées agréables.

Il secoua la tête, prêt à mettre pied à terre, mais une main se posa doucement sur la sienne pour l'arrêter, sa chaleur interrompant subitement le flot de flashs qui défilaient dans son esprit.

Des pensées agréables ?

Voyons voir... Toi, hier. Trempée et trahie par l'humidité de tes vêtements. Ton corps tremblant contre le mien, tes lèvres remuant timidement sous les miennes, le velours de la peau de ton ventre se couvrant de chair de poule juste sous mes doigts...

Ce qui se révéla finalement diablement efficace. Le souvenir de cette brève étreinte eut le don d'atténuer son malaise. De le mettre en pause, pendant un temps, du moins.

Mais à peine parvint-il à se détendre et à respirer normalement que, déjà, Emma retirait sa main.

— On va jusqu'à la lisière du bois et on revient, d'accord ? proposa-t-elle alors.

— D'accord, murmura-t-il. Mais ne t'arrête pas de parler, s'il te plaît.

Elle lui jeta un regard en biais, pinçant les lèvres dans une moue perplexe. Mais elle s'exécuta tandis qu'ils traversaient les écuries. Lui, perché sur le dos de l'imperturbable vieux cheval, et elle, marchant à ses côtés.

Elle lui décrivit dans le moindre détail chacun des enfants dont elle s'occupait au club et lui fit le récit de chacune de leurs facéties durant les leçons. Pour repousser la panique et les images pénibles, Louis n'eut qu'à se focaliser sur sa voix, sur ses longs cheveux brillants sur lesquels jouait la lumière du soleil, sur cette silhouette qu'il pouvait deviner sous son ample manteau.

Quant à la douleur...

Étrangement, la douleur le laissait tranquille pour l'instant, lui tiraillant seulement quelque peu le genou, comme de coutume.

Ils avaient largement dépassé la lisière du bois quand il se rendit compte que, peu à peu, le balancement serein des pas du cheval lui redevenait presque agréable, ces sensations, familières, et ce lien avec l'animal... *essentiel* – même s'il devait accepter que plus jamais il ne développerait de complicité semblable à celle qu'il avait entretenue avec Thanos.

— Dis-moi, comment en es-tu venue à apprendre le langage des signes ? se renseigna-t-il en tapotant l'encolure d'Opéra, le remerciant muettement de se montrer aussi patient avec lui. Ce n'est pas une compétence très courante, surtout chez quelqu'un de ton âge.

Une question qu'il se posait depuis qu'il l'avait vue signer pour le petit garçon malentendant, mais qu'il n'avait osé lui adresser, craignant de... Craignant quoi, au juste ?

Peut-être de s'attacher davantage à elle, en s'aventurant ainsi sur un terrain plus personnel... mais il s'en fichait désormais. Il voulait savoir, voilà tout.

Emma lui jeta un regard partagé entre étonnement et enthousiasme, un léger sourire étirant ses jolies lèvres pleines.

— Je veux devenir psy, expliqua-t-elle. Enfin, psychologue pour enfants, plus précisément. Donc ce type de connaissances me paraît important. J'ai travaillé en colonie de vacances l'été qui a suivi le bac, et l'une des petites filles était malentendante. Son handicap freinait beaucoup son intégration au sein du groupe. Ne pas pouvoir communiquer correctement avec elle et être incapable de vraiment l'aider m'a énormément frustrée. Alors quand je suis rentrée chez moi, j'ai suivi une formation pour apprendre.

Bien sûr, c'était tout Emma, ça...

Que ce soit au collège, au lycée ou au centre équestre, Louis l'avait toujours connue seule et en marge des autres. De ce qu'il en savait, elle n'avait jamais vraiment tenté de se mêler aux élèves de leurs établissements. Même encore aujourd'hui, et bien qu'elle ait à présent cette amie – à la fidélité passablement douteuse –, elle ne faisait rien pour changer ça. Pourtant, voir un enfant vivre ce genre de situation semblait lui être insupportable.

Emma pensait aux autres avant tout, et si peu à elle. Il l'avait compris depuis longtemps, mais cela devenait de plus en plus frappant.

Elle était tout ce qu'il n'était pas. Son exact opposé.

Et cela l'attirait plus qu'il n'aurait été raisonnable de l'admettre...

— Qu'en est-il présentement de notre accord ? s'inquiéta-t-il tout à coup, les mots lui échappant. Je veux dire... hum, dois-je annuler ma séance de lundi prochain avec le kiné ou non ?

Il avait conscience de détourner leur marché pour le transformer en une espèce de chantage indigne, mais c'était plus fort que lui. Il avait si peur qu'Emma refuse de reprendre les leçons de natation avec lui après ce qui s'était passé la veille. Si peur de ne plus connaître cette proximité déroutante, mais tellement enivrante. Ces émotions étranges, à la fois effrayantes, mais aussi douces et agréables, que cela faisait éclore en lui.

Emma s'arrêta, et il dut stopper Opéra pour demeurer près d'elle.

— Ça ne devrait pas tenir à si peu de chose, Louis, soupira-t-elle, un pli contrarié creusant l'espace entre ses sourcils bruns au dessin délicat. Ce n'est pas raisonnable. C'est de ta santé qu'on parle, c'est important. Tu n'as donc rien écouté de ce que t'a dit le praticien la dernière fois ? Ton obstination à t'en moquer ne fait qu'aggraver le problème…

— Il n'empêche que c'est ainsi. Ce n'est ni sensé ni raisonnable, je le reconnais volontiers, et en effet, ma motivation tient sans doute à très peu de chose. Cela étant, apprendre à nager est également important, tu ne devrais pas l'oublier.

Puis c'est tout ce que j'ai… Tout ce que je peux avoir. Ne m'en prive pas, s'il te plaît.

Emma secoua la tête, puis croisa les bras.

Soudain, Louis paniqua. Elle abandonnait… elle allait lui échapper… Il avait tout gâché.

— Pas de contact, pas de maillot de bain, seulement la tenue qui te convient, rappela-t-il, tentant par tous les moyens de la mettre en confiance, avant d'ajouter, à contrecœur : Et pas de baiser. Aucune tentative, d'aucune sorte.

Du moins, pas tant que nous serons dans l'eau, où tu es si fragilisée. Ce ne serait pas juste, de toute façon.

Emma scruta les arbres à côté d'elle, puis haussa les épaules.

— Bon, d'accord. Je viendrai lundi soir, si ça te va.

— Donc je ne te verrai pas avant ?

La déception qui couvait dans sa voix lui fit horreur. Il détestait être aussi demandeur. Mais il n'avait que cela, et il s'y raccrochait… de toutes ses forces.

— Si, demain midi, mais uniquement pour préparer tes repas. Je travaille au club l'après-midi, et ensuite j'ai des cours à réviser.

Un martèlement retentit au loin et Louis reconnut à travers les arbres la robe alezane d'Icare, le jeune cheval que Gloria avait acquis deux ans auparavant et qu'Erik montait en concours. Ce dernier se redressa sur sa monture et la fit aussitôt repasser au trot, puis au pas, avant d'arriver à leur hauteur.

Chapitre 47

Louis

— Salut, leur lança Erik en s'arrêtant près d'eux, leur adressant un signe de tête à tous deux. Content de te voir de nouveau en selle, Louis. Tu reprends les cours de Catherine bientôt ?

— Aucune idée, on allait rentrer, décréta-t-il, faisant brusquement pivoter Opéra.

Emma le suivit sans rien dire, jetant un coup d'œil navré – et ô combien agaçant – à Erik.

Celui-ci leur emboîta immédiatement le pas et fit marcher Icare à côté d'eux, Emma séparant leurs chevaux.

— Je suis venu te voir à l'hôpital, mais on m'a refusé l'accès à ta chambre, expliqua Erik tout à trac. Je suis venu chez toi quand Gloria m'a dit que tu étais rentré, je suis passé plusieurs fois, mais tu ne m'as jamais ouvert. Je comprends que tu m'en veuilles parce que je t'ai menti quand je t'ai dit que Thanos allait bien alors que c'était faux. Mais qu'aurais-je dû faire ? Tu étais entre la vie et la mort, bon sang !

Louis lutta pour avaler une mince bouffée d'air alors qu'un étau semblait s'être tout à coup refermé sur sa poitrine. Les images de sa chute, le bruit du choc, des os qui se brisent – les siens, mais aussi ceux de Thanos – éclatèrent dans son esprit.

— Je devrais peut-être vous laisser un peu seuls, proposa timidement Emma, s'apprêtant à s'éloigner.

— Non ! s'exclama Louis avant de se ressaisir. Non, reste, s'il te plaît.

Louis se tourna vers Erik, qui l'observait d'un air étrange, comme s'il était en train de s'interroger quant à son état, son regard s'attardant sur sa jambe droite, laquelle refusait de se positionner ainsi qu'elle aurait dû.

Louis essaya de descendre davantage son talon dans l'étrier, mais il reçut aussitôt une vive décharge dans le genou, un éclair blanc de douleur explosant devant ses yeux.

— Je ne t'en veux pas, démentit-il, réprimant de toutes ses forces une grimace de souffrance.

Pas pour ça, ni non plus pour cette pseudo-trahison, laquelle lui apparaissait soudain – et très curieusement – presque sans importance.

Erik battit des paupières, visiblement décontenancé, puis reprit d'une voix rauque :

— Gloria t'a dit que c'est moi qui l'avais abattu ?

Louis tenta de relâcher ses poings, crispés sur ses rênes. Sans succès.

— Oui, elle me l'a dit, confirma-t-il, articulant de plus en plus péniblement.

Puis il serra les mâchoires, incapable d'ajouter le moindre mot. L'étau se refermait plus cruellement sur lui et le bourdonnement dans ses oreilles s'était intensifié.

Erik hocha la tête, ouvrit la bouche, comme pour parler, puis s'interrompit. Il attendit quelques secondes avant de conclure :

— Essaie de te rétablir vite, les compétitions, ce n'est plus pareil sans toi. Le club n'a jamais enregistré d'aussi piètres résultats depuis qu'on doit se passer de toi.

Après quoi, il fit pivoter Icare et repartit en sens inverse, les laissant de nouveau seuls.

— Vas-y doucement, s'il te plaît, réclama Emma tandis que Louis descendait d'Opéra, de retour aux écuries.

Il obéit docilement et parvint à revenir sur ses pieds sans se faire trop mal. Puis il récupéra les béquilles, qu'Emma s'empressa de lui rendre, pour aller ensuite s'appuyer au mur.

Pendant qu'elle dessellait le cheval, il se laissa glisser jusqu'au sol, exténué, vidé de son énergie comme du peu d'espoir qu'il avait cru encore posséder un peu plus tôt.

Emma, qui l'avait guetté du coin de l'œil, se dirigea alors vers la porte des stalles et la referma, tirant le loquet pour que personne n'entre.

— Je ne vais pas craquer, pas cette fois, déclara-t-il, autant pour elle que pour lui-même.

Il n'allait pas s'effondrer systématiquement, ce serait vraiment ridicule. Grotesque. Intolérable.

Je suis comme... comme rien. Juste faible et lâche, incapable d'affronter la réalité en face.

L'acier était trop loin à présent. Il ne se souvenait même plus de ce que ça faisait de tout bloquer pour ne plus rien ressentir.

Il aurait dû dire à Erik qu'accepter ses visites avait été au-dessus de ses forces, qu'il ne reprendrait jamais les compétitions, faute de pouvoir se rétablir complètement de ses lésions. Que non seulement il ne lui en voulait pas, mais qu'en outre il avait fait ce qui devait être fait et que, pour cela, il lui était reconnaissant. Toutes ces choses qui étaient restées bloquées dans sa gorge parce qu'il était trop faible, trop dégonflé pour avoir le courage de l'exprimer.

Emma vint s'asseoir en silence à côté de lui. Et il se détourna. Parce que sa proximité devenait subitement pire que tout...

Elle avait le pouvoir de décupler les émotions et, dans l'instant, il n'avait vraiment pas besoin de ça. Il ferma les yeux et soupira, mais c'était trop tard : déjà, une larme solitaire roulait sur sa joue.

— Louis, murmura-t-elle doucement, son prénom sonnant alors comme une caresse à ses oreilles.

À nouveau, elle posa sa main sur la sienne. Mais cette fois, il la saisit, l'empêchant de rompre ce précieux contact, et la serra. Fort. Trop fort...

— Qu'est-ce que j'ai fait, Emma ? marmonna-t-il, se sentant tout à coup complètement paumé. J'ai tué mon propre cheval... Il est mort au milieu d'inconnus, abattu par un inconnu. Alors que je n'étais même pas là, trop occupé à essayer de survivre à ma propre connerie. J'ai tout bousillé, absolument tout. Pour un stupide pari.

— Tu n'as pas tué Thanos, protesta-t-elle. Tu as pris de mauvaises décisions, pour de mauvaises raisons. Mais c'était un accident. Erik a raison, personne n'aurait pu prévoir ce qui s'est passé.

— Oh, je t'en prie...

Il renversa la nuque en arrière et appuya la tête contre le mur de pierre. Puis il jeta un coup d'œil en biais à Emma, qui se tenait si près de lui. De son propre chef.

— C'est fini, promit-elle avec une assurance inhabituelle. Tout va bien se passer maintenant, tu verras.

Il avait envie de la croire. Tellement, tellement envie...

— Avant l'arrivée d'Erik, nous nous promenions tranquillement, sans crise d'angoisse, fit-elle valoir. Tu es remonté à cheval, Louis, comme tu le voulais. Alors certes, tu ne vas probablement pas reprendre la compétition de haut niveau demain, mais le plus important, ce n'est pas ça, et tu le sais parfaitement. Tu vas poursuivre la rééducation, je viendrai apprendre à nager chez toi, et samedi prochain, toi et moi, on ira tous les deux se balader à cheval ensemble, d'accord ?

Pourquoi... comment faisait-elle pour rendre de simples mots aussi réconfortants, aussi chauds et prometteurs ?

Il n'en avait pas la moindre idée. Tout ce qu'il savait à l'heure actuelle, c'était qu'il crevait d'envie d'embrasser encore Emma...

À la place, il enlaça ses doigts, puis amena sa main – si petite ainsi serrée dans la sienne – jusqu'à ses lèvres pour y déposer un baiser.

Emma fronça les sourcils, l'air totalement dérouté, et resta sans voix, la bouche entrouverte.

Il l'avait troublée, il le voyait bien. Une réaction qui trouvait un certain écho en lui, qui le poussait vers elle, de plus en plus violemment.

— D'accord, acquiesça-t-il avant de prendre une brusque inspiration et se forcer à relâcher sa prise sur les doigts d'Emma... même si c'était douloureux, même s'il aurait voulu en profiter ne serait-ce qu'encore un peu.

Il déglutit péniblement, puis dut s'éclaircir la gorge avant de rappeler :

— Le petit Charles doit t'attendre. Tu devrais peut-être y aller.

— Ah oui, souffla-t-elle. C'est vrai...

Elle se releva d'un bond un peu maladroit et attendit qu'il se soit remis debout lui aussi pour rouvrir les portes des stalles. Elle ramassa la selle et le filet d'Opéra, puis, après avoir franchi le seuil, se retourna pour lancer :

— À demain, Louis.

— À demain, Emma.

Louis s'attarda encore au centre équestre, alla observer de loin la leçon du petit garçon avec Catherine et Emma. Puis il rappela la société de taxis lorsqu'il vit les lieux se remplir peu à peu, ne tenant pas à tomber sur d'autres anciennes connaissances.

Le véhicule venait de démarrer, quittant le parking du club, lorsqu'il aperçut à travers la vitre Erik venir à la rencontre d'Emma devant le portail menant aux écuries, lui faisant signe de le suivre à l'écart.

Chapitre 48

Emma

Emma rentrait aux écuries après la leçon de Charles, l'ayant laissé partir devant avec la monitrice, quand Erik – occupé à déposer des bottes de paille devant chaque box – abandonna sa tâche pour venir à sa rencontre.

— Est-ce que je peux te parler seul à seul, Emma ? commença-t-il prudemment, une fois près d'elle.

— Euh, oui, obtempéra-t-elle, un peu étonnée. Bien sûr.

Y avait-il quelque chose qu'elle n'avait pas fait correctement, un reproche que Gloria n'avait pas le temps de lui adresser directement ?

Elle suivit Erik jusqu'au coin du mur d'enceinte, dans un renfoncement où personne ne pouvait les voir – cet endroit où se retrouvaient généralement tous les amoureux du centre…

Erik s'éclaircit la gorge, leva la tête vers le château, dont on distinguait le haut des tours, au loin, derrière le mur, puis s'enquit :

— Tout se passe bien avec Louis ? Il ne s'est pas montré trop… tu sais, trop *désagréable* ?

Emma fronça les sourcils, embarrassée par la question. Après quelques secondes de réflexion, elle admit :

— Un peu, au début. Mais ça lui est passé.

Erik s'inquiétait à cause de l'épisode de la balade à cheval, c'était évident. Le goût de l'humiliation qu'elle avait alors subie par la faute de Louis et dont Erik avait été témoin emplit son palais, et elle se sentit soudain tellement mal qu'elle souhaita disparaître. Comme ça, d'un coup. Juste pour ne plus avoir à faire face à cet homme qui avait, à deux reprises, assisté aux moments les plus honteux de toute sa vie.

— Je peux demander à Gloria qu'elle m'autorise à me charger de lui, si tu le souhaites, proposa Erik. Je ne comprends d'ailleurs pas qu'elle ne se soit pas d'abord adressée à moi.

Emma non plus ne comprenait pas vraiment. Cependant, elle connaissait assez Louis maintenant pour savoir qu'il refuserait, et ce catégoriquement.

Parce que remonter à cheval était très compliqué pour lui et qu'il n'acceptait de montrer ses faiblesses que devant elle, personne d'autre – de cela, elle en était certaine. Et parce que, aussi, il fuyait ses anciens amis comme la peste, rejetant avec une déraisonnable et farouche obstination toute marque de soutien. Sauf…

Sauf avec elle.

S'en rendre compte si brusquement était étrange. Mais devoir admettre qu'elle non plus n'avait aucune envie d'abandonner ce qu'ensemble ils avaient entrepris l'était encore davantage.

— Je ne voudrais pas qu'il te fasse du mal, lâcha Erik, reportant son regard pâle sur elle.

Cet aveu la surprit à peu près autant qu'il la déstabilisa.

— Il ne m'en fait pas, le défendit-elle spontanément. Plus depuis… En vérité, ce n'est arrivé qu'une fois… Enfin bref, tout se passe bien, je t'assure. Lui et moi avons trouvé un terrain d'entente. Il n'y a pas de problème, vraiment.

— D'accord, tant mieux, concéda-t-il en hochant doucement la tête, comme s'il n'était cependant pas tout à fait convaincu.

— Je… On doit m'attendre, cafouilla-t-elle en désignant d'un geste vague les écuries.

— S'il te plaît, Emma, protesta Erik en lui saisissant le bras. Ce n'était pas pour ça que je voulais te voir…

Elle se figea, prise de court par ce contact impromptu.

— Oh… Euh, d'accord. Dis-moi, qu'y a-t-il ?

Erik eut un bref sourire et la relâcha. Puis il baissa la tête pour expliquer :

— En fait, ça fait un moment que j'y songe. Mais il est si difficile de te cerner que je reconnais n'avoir aucune idée de ta réaction. Alors voilà, est-ce que… est-ce que ça te dirait que, toi et moi, on aille quelque part ensemble ? En dehors des heures de boulot, je veux dire. Une sortie, rien que tous les deux…

Emma resta muette de stupéfaction et ne put que ciller, incapable de comprendre la réelle teneur de la proposition d'Erik.

— Tu es libre de refuser, cela va de soi, ajouta-t-il en souriant. Tu n'as pas d'explications à me donner.

— Je ne… Quoi ? balbutia-t-elle.

Erik eut un petit rire, puis se frotta le front, une moue gênée incurvant sa bouche.

— Je voudrais sortir avec toi, Emma, explicita-t-il. Apprendre à mieux te connaître, parce que, vois-tu, le peu que je sais de toi me plaît… *Tu* me plais. Beaucoup.

Elle refusa d'imaginer de quoi elle pouvait avoir l'air, à écarquiller les yeux et garder la bouche grande ouverte comme une carpe.

Le monde avait-il subitement changé d'axe ? Que se passait-il pour que, tout à coup, Louis l'embrasse au bord d'une piscine et, le lendemain, Erik lui demande de sortir avec lui ? S'était-elle soudain changée en papillon, sans même s'en rendre compte ?

Mais elle n'était pas une chenille et il n'existait aucun cocon d'où elle pourrait ressortir transformée, enfin différente...

— Ce soir ? hasarda Erik, tentant de mettre fin à ce long silence oppressant. Je passe te prendre vers 21 heures et je t'emmène boire un verre ?

— Euh... c'est... Ce n'est pas possible, bredouilla encore Emma avant de fermer les yeux et de maudire intérieurement sa maladresse et son manque d'assurance flagrant. Ce soir, on a prévu d'aller au cinéma avec Anne.

— Demain soir alors ? insista Erik en haussant une épaule.

Emma hésita.

Il y avait si longtemps qu'elle attendait que quelqu'un fasse enfin l'effort d'esquisser un pas vers elle. Qu'un homme lui accorde un regard, une attention...

Que lui arrivait-il ? Pourquoi ne parvenait-elle pas à se réjouir de l'intérêt que semblait lui porter Erik ?

Il était certes un peu plus âgé, mais il n'en était pas moins séduisant, irréprochable d'un point de vue purement physique, avec sa haute stature, sa mâchoire carrée et ses yeux délavés. Puis il était aimable, légèrement taciturne sur les bords, certes, mais toujours d'humeur égale. Sans compter qu'on pouvait compter sur lui en toutes circonstances. Après tout, il l'avait sauvée de la noyade, ça, jamais elle ne l'oublierait.

Erik était quelqu'un de bien, Emma n'avait aucun doute sur ce point.

Décliner aurait été stupide. Un peu de chance s'offrait finalement à elle, après toutes ces années passées à attendre et à se morfondre. Elle devait la saisir au vol, ne pas réfléchir...

— D'accord, accepta-t-elle presque à contrecœur.

Malgré tout, elle ne pouvait s'empêcher de songer à Louis.

Bon sang, pour quelle raison avait-elle l'impression de le trahir ?

Probablement parce qu'elle était une idiote romantique qui attachait beaucoup trop d'importance à un simple baiser. Il fallait qu'elle cesse d'y penser, dans son propre intérêt.

Louis avait toujours été un cavaleur. De la pire espèce, sans scrupule et surtout très cruel – ainsi que le bref épisode avec Anne l'avait amplement démontré. Son accident n'en avait pas fait quelqu'un de différent, il n'y avait aucune raison pour cela.

Quand bien même ne s'était-il peut-être pas moqué d'elle la veille, durant l'incident de la piscine, elle ne pouvait se permettre de le suivre davantage dans ce jeu. Elle avait beaucoup trop à perdre à se laisser aller avec lui, elle en était parfaitement consciente. Se retrouver à figurer sur la longue liste de ses victimes était quelque chose de totalement inconcevable, une humiliation qu'elle ne saurait surmonter.

En. Aucun. Cas.

Elle devait à tout prix se le sortir de la tête, et ce en dépit de l'affection curieuse, inopportune et vraiment très, *très* contrariante qu'elle commençait à ressentir pour lui. En dépit de ces espèces de sentiments bizarres qui n'avaient fait que gagner en intensité pour la submerger, s'imposer à elle quand, un peu plus tôt, Louis avait déposé un délicat baiser sur le dos de sa main, ses grands yeux bleus encore brillants des larmes qu'il peinait à réprimer.

Chapitre 49

Emma

Dimanche 21 février 2016

Emma gara la Toyota de Louis dans la cour du manoir, juste à l'endroit où elle avait laissé sa propre voiture – enfin, *feu* sa voiture, qui n'était plus ici à présent.

Louis avait donc fait le nécessaire, ainsi qu'il l'avait promis. Il s'était chargé lui-même de contacter une casse et avait veillé à ce que son vieux tas de ferraille soit remorqué.

Emma eut un petit pincement au cœur à l'idée de savoir sa Saxo dans un cimetière d'épaves. Avec elle, c'était une page de sa vie qui se tournait, mine de rien.

Elle s'attendait à devoir aller jusqu'à la serre pour avertir Louis de son arrivée et fut presque déçue de le trouver dans le séjour, assis sur le canapé… habillé.

Il était adossé contre l'accoudoir et avait une jambe étendue devant lui, tandis que l'autre était repliée et lui servait de support pour appuyer le carnet dans lequel il était en train d'écrire.

Il s'interrompit lorsqu'il l'aperçut et battit des paupières, un léger sourire étirant ses lèvres. Puis il se redressa. Il retira les petits écouteurs blancs de ses oreilles et rangea le cahier à la couverture de cuir ainsi que le stylo qu'il avait dans les mains au fond du tiroir de la table basse. Après quoi, il récupéra ses béquilles pour se relever.

— Je ne t'attendais pas si tôt, avoua-t-il sans paraître fâché pour autant.

— Tu t'es fait couper les cheveux, observa-t-elle soudain, mettant enfin le doigt sur ce changement qu'elle avait décelé à la seconde où elle l'avait vu, sans pouvoir le définir.

— Il était temps, non ?

Cette fois, ainsi rasé de près, les joues légèrement moins creuses et la nuque dégagée, Louis était pratiquement redevenu – du moins en apparence – celui qu'il était avant l'accident. Et c'était troublant. Parce qu'alors, Emma n'avait absolument aucune sympathie pour cet homme-là – au physique sans défaut et au look maîtrisé, toujours impeccable –, bien au contraire.

Puis elle prit conscience des béquilles, de sa démarche trop raide et des plis soucieux sur son front, lesquels ne cadraient en rien avec celui qu'elle avait connu autrefois.

— Qu'y a-t-il, Emma ? s'inquiéta-t-il en s'approchant d'elle. Ça ne va pas ?

— Si, bien sûr que si, balbutia-t-elle, se hâtant de déposer ses sacs de provisions sur la table de la cuisine.

En vérité, elle était perdue. Elle avait de plus en plus de mal à associer celui qu'elle découvrait un peu plus chaque jour, tantôt drôle, tantôt sensible, et parfois même attentionné, avec le Louis d'avant. D'autant plus depuis qu'il lui avait présenté ses excuses…

D'autant plus depuis qu'elle savait quel goût avaient ses lèvres, quelle forme avaient ses épaules et…

Stop !

Elle devait arrêter ça, elle se l'était promis.

— L'enveloppe sur le plan de travail est pour toi, lui indiqua-t-il du menton. C'est ce que le type de la casse m'a donné en échange de ta voiture.

— Ah oui ? s'étonna Emma. Le remorquage était gratuit ?

Louis tira une chaise avec l'une de ses béquilles, puis s'y installa.

Au temps qu'il mit à répondre, Emma devina qu'il mentait.

— Il a été préalablement déduit de la somme, cela va de soi.

L'enveloppe était assez épaisse, beaucoup plus qu'elle n'aurait dû. Parce qu'elle s'était renseignée sur le sujet et elle savait qu'elle n'était pas censée percevoir quoi que ce soit, à moins d'avoir emmené elle-même son véhicule à la casse. Et encore, tout au plus ne s'agirait-il que d'une soixantaine d'euros.

— Et il paie en liquide, ce type ? s'enquit-elle en posant la main sur l'enveloppe, avant de la retirer. Tu sais quoi, garde le tout. Ce sera une avance en compensation du prêt de ta voiture.

C'était tellement bizarre…

Pourquoi Louis essayait-il de lui donner de l'argent en douce ? Quelle idée avait-il donc derrière la tête ?

— Tu ne me dois rien, Emma, grinça-t-il, l'air un peu vexé.

— C'est ton point de vue, pas le mien. Les bons comptes font les bons amis. Et puisque c'est plus ou moins ce que nous sommes… Nous sommes amis maintenant, n'est-ce pas ?

La question lui avait échappé, mais ça faisait déjà un bon moment qu'elle s'interrogeait à ce propos.

Louis plissa les paupières et glissa les mains au fond des poches de son jean, une expression de plus en plus mécontente se peignant sur ses traits.

— Si ça te fait plaisir de le croire, maugréa-t-il en reniflant sèchement, scrutant le bois de la table.

Évidemment, elle oubliait que Louis considérait qu'il n'avait aucun ami…

Mais cela n'expliquait cependant pas pourquoi il semblait tout à coup aussi sombre, quand il avait pourtant paru de si bonne humeur à son arrivée. C'était à n'y rien comprendre…

Elle rangea les provisions rapportées du supermarché dans le réfrigérateur et les divers placards de la cuisine, puis s'assit à table avec lui, devant un tas de pommes de terre. Elle en avait prévu une grosse quantité, qu'elle allait faire en frites, en salade et en purée, pour les repas à venir.

— Il y a un deuxième économe dans le grand tiroir, tu veux bien me le rapporter, s'il te plaît ? réclama Louis, comme si rien n'était plus normal.

— Je t'ai déjà dit que je refusais que tu m'aides.

Il fit claquer sa langue d'agacement et soupira. Puis il attrapa ses béquilles, posées contre la table. Emma le regarda se relever péniblement et aller jusqu'à l'endroit qu'il avait désigné. Il prit appui sur le plan de travail, récupéra l'instrument et le coinça dans sa main, entre la poignée de plastique et ses doigts, avant de revenir s'asseoir à table. Après quoi, en silence, il commença à éplucher une première pomme de terre.

— Je rêve ! se récria-t-elle, incrédule. Ce que tu peux être entêté ! Gloria serait sans doute ravie d'apprendre qu'elle me paie pour des trucs que tu peux parfaitement faire toi-même.

— Elle tomberait des nues, sans aucun doute, commenta-t-il, arquant un sourcil ironique. Emma, elle est déjà au courant. *Tu* es au courant.

Il avait raison. Il ne s'en était d'ailleurs jamais caché. Il n'avait pas besoin de ses services. Ça n'avait jamais été le cas.

— Mais alors qu'est-ce que je fais là ? souffla-t-elle, prenant subitement pleinement conscience de son inutilité.

Louis l'observa un instant, comme s'il réfléchissait à la réponse qui convenait. Elle le vit hésiter. Puis se raviser. Pour ensuite hausser nonchalamment les épaules et grommeler :

— Va savoir. Quoi qu'il en soit, c'est trop tard, tu as accepté ce travail et tu n'es pas vraiment du genre à démissionner, n'est-ce pas ? En outre, Gloria n'apprécierait certainement pas, et je ne t'apprendrai rien en te disant qu'il serait préférable que tu évites de te la mettre à dos. Bon, tu vas vraiment me regarder tout faire tout seul en te tournant les pouces, ou tu te décides à me donner un coup de main ?

Emma se rendit compte que Louis venait de prendre une deuxième pomme de terre, ayant terminé d'éplucher la première. Elle réprima tant bien que mal un petit rire, parce que sa façon de la taquiner, cette manie de vouloir à tout prix l'aider sans en avoir l'air l'amusait... à peu près autant que cela la touchait.

Louis lui adressa un coup d'œil un peu surpris, puis il sourit.

Pas son sourire de requin, faux et froid. Non, un *vrai* sourire.

Comme ça, pour rien. Tout à coup.

Comme s'il était soudain devenu incapable de ne pas répondre au sien. Comme si le contrôle de son habituel masque flegmatique et désabusé lui avait totalement échappé.

Et c'était... merveilleux.

En un éclair, Louis venait de s'animer, son visage s'illuminant tandis que ses dents blanches et parfaitement alignées se dévoilaient. Il paraissait alors si différent. Plus innocent. Presque... insouciant.

— Tu peux dire ce que tu veux, je *sais* que nous sommes amis, affirma Emma en prélevant à son tour une pomme de terre du petit tas au centre de la table.

Son sourire ne disparut pas, mais il secoua la tête, rejetant à nouveau l'idée, sans se montrer sarcastique pour autant.

— Certainement pas, démentit-il. Je ne crois pas à l'amitié homme-femme, Emma.

— Pas plus que tu ne crois en l'amour, rappela-t-elle. J'imagine que tu as aussi de grandes théories à ce sujet.

Cette fois, l'expression de Louis redevint sérieuse – voire un peu triste, à moins que ce ne fût que son imagination.

— J'ai beaucoup de théories, répliqua-t-il. Beaucoup trop, probablement.

Puis il posa la main sur la table et lança :

— À ce propos, j'y pense, tu ne m'as toujours pas donné la liste de tes contre-arguments.

— Cette liste s'est autodétruite, annonça-t-elle en grimaçant. Plus j'y réfléchis, plus je réalise que tu dois avoir raison.

Les paroles de Louis avaient tourné en boucle dans son esprit. Au début, elle avait trouvé son raisonnement absurde et choquant. Mais voilà, à force d'y songer, elle commençait à comprendre ce qui l'avait poussé à se forger une telle opinion.

Après tout, elle-même n'avait nulle part autour d'elle d'exemple de couple heureux. Ses parents avaient divorcé lorsqu'elle était encore enfant, sa tante se plaignait sans cesse de son mari infidèle, et la mère de Nicolas avait finalement réussi à se séparer de son époux excessivement autoritaire – limite pervers narcissique – quelques mois plus tôt.

Peut-être qu'en fait tout le monde mentait. Peut-être qu'elle attendait quelque chose qui n'arriverait jamais, tout bonnement parce que cela n'existait que dans les films et les romans. Plus elle y pensait, plus cela lui paraissait plausible.

Et peut-être que, pour avancer, elle avait seulement besoin de l'accepter. Arrêter d'espérer, affronter la réalité telle qu'elle était, brute et imparfaite, sans poésie ni romantisme, et se débarrasser de ses illusions une bonne fois pour toutes.

Aucun prince charmant ne viendrait la sauver d'elle-même et lui ouvrir les yeux sur un monde différent. Ça, ce n'était bon que pour les contes de fées.

Louis abandonna l'économe pour se frotter le sourcil du pouce, puis il approuva dans un soupir qui n'avait rien de satisfait :

— À la bonne heure…

Il garda le silence quelques instants, pianota nerveusement sur la table du bout des doigts, avant de reprendre sa tâche.

Alors, il hasarda avec détachement, tout en demeurant concentré sur l'épluchage :

— Au fait, que te voulait Erik, hier, qui ne pouvait apparemment souffrir ma présence ?

Chapitre 50

Emma

Emma se raidit, prise au dépourvu.

— Je l'ai vu t'entraîner dans ce stupide recoin, à l'angle du mur d'enceinte, juste quand je partais, précisa-t-il placidement.

Face à son mutisme, Louis cilla. Puis il renonça tout à fait à cette trompeuse indifférence pour braquer sur elle ses deux grands yeux saphir, à l'affût de ses réactions, comme s'il essayait de déchiffrer la réponse sur son visage.

Emma se sentit virer à l'écarlate, violemment, à se voir ainsi passée au crible.

À aucun moment elle n'avait eu l'intention de rapporter à Louis ce qu'Erik lui avait dit. Mais elle ne savait pas mentir, et elle n'avait pas la moindre idée de ce qu'elle pourrait inventer pour se sortir de là.

Mince, mais pourquoi éprouvait-elle subitement un tel malaise ? Elle ne faisait pourtant rien de mal…

— Il voulait m'inviter à prendre un verre, marmonna-t-elle en repoussant le petit tas d'épluchures devant elle pour donner le change.

Louis jeta son économe sur la table dans un mouvement d'humeur des plus inattendus, la faisant sursauter de stupeur.

— J'en étais sûr ! s'exclama-t-il brutalement. Bordel, mais quel enfoiré !

Emma demeura figée quelques secondes, abasourdie.

Puis, face à l'attitude aussi incompréhensible que désobligeante de Louis, son sang ne fit qu'un tour. Elle passa en un éclair d'une culpabilité latente totalement injustifiée à une colère noire – probablement pas beaucoup plus sensée…

Mais enfin, de quel droit se permettait-il de réagir ainsi ? Pourquoi diable était-ce si révoltant qu'Erik ait envie de sortir avec elle ?

— Vas-y, Louis, je t'écoute, explique-moi quel est le problème, s'enflamma-t-elle d'un coup. Tu penses que lui aussi se fiche de moi, c'est ça ?!

Il secoua la tête en plissant les paupières, comme si elle était complètement à côté de la plaque.

— Non, pas du tout. C'est beaucoup plus simple que cela, crois-moi. Je pense seulement que ce dégueulasse essaie de profiter d'une jeune femme innocente. C'est subtil, je te l'accorde, mais il y a tout de même une différence.

— Ah oui ? En somme, rien à voir avec le genre de choses que *tu* fais à longueur de temps !

— Rien à voir, en effet, contesta-t-il du tac au tac. Je ne m'en prends pas à cette catégorie-là. Je ne me tape pas de filles vierges, moi. Je ne suis pas à ce point sordide, Emma !

Elle se retrouva clouée à sa chaise, médusée d'entendre Louis oser faire ainsi allusion à sa virginité…

L'espace d'une brève seconde, elle se demanda comment il avait pu le deviner. Puis elle se souvint qu'il savait avoir été le premier à l'embrasser. Louis avait fait les déductions qui s'imposaient, évidemment.

Il se massa la tempe avec une certaine lassitude, comme s'il se rendait malgré tout compte d'avoir dépassé les bornes. Il reprit hâtivement la pomme de terre qu'il était en train d'éplucher et souffla bruyamment par le nez.

Puis il s'interrompit derechef, visiblement incapable de se taire.

— J'ignore si tu es au courant, mais Erik a trente et un ans, s'insurgea-t-il encore. Soit douze de plus que toi. Tu es une gamine pour lui, et il y a de fortes chances pour que ce soit précisément ce qui l'intéresse. C'est malsain, je regrette.

Louis avait les yeux rivés sur la table, les sourcils froncés de mécontentement et les doigts crispés sur le petit outil. Il paraissait vraiment peiner à se contenir. Ce qui était à peu près aussi déconcertant qu'exaspérant.

Emma ne comprenait pas pourquoi il se sentait obligé de lui brosser un tableau aussi dégradant des intentions d'Erik. D'autant que, contrairement à lui, le palefrenier ne souffrait d'aucune réputation particulière, si ce n'était celle d'être très solitaire. Au-delà de ça, au club, personne ne savait rien de ses relations avec les femmes.

Louis se complaisait à voir le mal partout, c'était évident. Parce qu'elle, en vérité, se moquait bien de ces histoires d'âge. En outre, elle était à peu près convaincue qu'il en allait de même pour Erik.

Emma repoussa sa chaise, se releva, puis prit les pommes de terre pour les déposer sur le plan de travail.

— Et il n'y a que dans ce sens que c'est *malsain*, je présume ? releva-t-elle finalement. Non, parce que j'ai entendu pas mal de rumeurs à l'époque, au sujet de ta liaison avec Catherine, la monitrice employée par ta tante. Si je ne me trompe pas, elle va vers quoi ? Trente-cinq ans, non ? Et toi, tu n'as que la vingtaine, il me semble – quoiqu'un peu moins lors des faits, ça date de l'année dernière, c'est vrai. J'espère que tu te rends compte que tu n'es pas du tout crédible pour faire la morale aux autres. Mais alors vraiment, *vraiment* pas.

— Oui, eh bien, en ce qui concerne Catherine, je n'en avais pas plus envie que ça, figure-toi, se défendit-il d'un ton plus âpre. On m'a mis au défi et j'ai l'échec en horreur, cela ne va pas plus loin.

Emma se retourna, entre le choc et l'écœurement.

Elle fut surprise de voir avec quelle prudence Louis était en train de l'examiner, guettant avec une circonspection étonnante les effets de son aveu sur elle.

— La pauvre, murmura-t-elle, atterrée. Mon Dieu, mais tu es... tu es vraiment immonde parfois, Louis...

Il se détourna et s'essuya nerveusement les mains sur le torchon. Après quoi, il se passa les doigts dans les cheveux, ses jointures blanchies de crispation. Puis, une moue amère tordant ses lèvres, il grogna :

— Et si tu m'apprenais quelque chose que je ne sais pas déjà, pour changer ?

Ses mâchoires se contractèrent et le petit muscle sur sa joue se mit à jouer sous sa peau, tandis que ses traits se rembrunissaient encore. Comme si... comme si ses mots avaient eu le pouvoir de le blesser. Comme si, curieusement, son jugement avait soudain revêtu une quelconque importance.

Mais ce n'était qu'une impression, il ne pouvait en être autrement.

Louis avait toujours agi ainsi, ce n'était pas nouveau. Et jamais jusqu'à présent il n'avait manifesté le moindre intérêt quant à l'opinion des autres au sujet de ses comportements – si déplorables fussent-ils – envers les femmes.

Pourtant, même si c'était paradoxal, Emma regretta ses mots. Elle n'aurait pas dû l'insulter, cela lui avait échappé...

— Quoi qu'il en soit, reprit-il en reniflant sèchement, cela n'enlève rien au fait que tu ne devrais pas accepter ce rencard.

— J'ai *déjà* accepté, répliqua-t-elle, satisfaite de réussir à tenir bon face à lui. Et rien de ce que tu diras ne me fera changer d'avis.

Louis poussa un brusque soupir, puis déglutit bruyamment. Avant de monter encore d'un ton et de s'étrangler :

— Mais enfin, pourquoi ?!

Il releva la tête, l'air ulcéré. Dans ses prunelles, l'éclat de colère s'intensifia violemment, de manière presque effrayante, laissant Emma de plus en plus confuse.

— Parce qu'il faudrait vraiment être difficile pour décliner, essaya-t-elle d'expliquer. Et parce qu'Erik est quelqu'un d'intéressant, et surtout de très gentil, malgré tous les trucs horribles que tu balances sur lui.

Elle n'avait aucun compte à lui rendre, elle en avait parfaitement conscience. Pourquoi alors se perdait-elle ainsi en justifications ? Elle aurait dû refuser de discuter de ça avec lui, tout simplement. Pour quelle raison insistait-il autant, d'ailleurs ? Cela ne le concernait absolument pas.

Le front de Louis se plissa et ses yeux s'assombrirent, se parant de reflets étranges, entre rancœur et dépit.

— Il est *gentil* ? répéta-t-il dans un souffle éraillé, battant des paupières d'indignation. Alors c'est ça, c'est vraiment *ça*, ce que tu recherches ? Tu vas le laisser poser les mains sur toi uniquement pour cette raison ? Parce que tu sais comment ça va se passer, n'est-ce pas ? Si *gentil* qu'Erik puisse être, tu sais forcément ce qu'il attend de ce rencard, ou de celui qui suit, peu importe.

Emma croisa maladroitement les bras, outrée qu'il ose lui parler de cette façon.

Comme à une idiote, une fille aussi niaise que stupide. En outre, ses remarques étaient tellement déplacées. Louis n'avait aucun droit d'évoquer sa vie intime, et cependant, il le faisait allègrement...

— Ne prends pas ton cas pour une généralité, lui retourna-t-elle. Les hommes ne sont pas tous comme toi.

Il se rencogna lentement contre le dossier de sa chaise, la jaugeant avec cette espèce de hauteur qu'elle haïssait. Puis il leva un sourcil mi-blasé mi-sarcastique.

— Franchement, Emma, comment pourrais-tu en avoir la moindre idée ?

Une nouvelle remarque sur son inexpérience, donc. Louis n'avait visiblement aucun scrupule à s'en servir contre elle.

Elle ne pouvait pas le laisser avoir le dernier mot. Il fallait qu'elle lui cloue le bec, d'une manière ou d'une autre...

— Et après, qui te dit que ce n'est pas aussi ce que je veux ? répliqua-t-elle en reprenant la découpe des pommes de terre – avec sans doute plus de véhémence que nécessaire. Peut-être que j'en ai assez d'être la seule fille de dix-neuf ans encore vierge à des kilomètres à la ronde. Peut-être que j'ai juste envie de passer à autre chose et d'être débarrassée de cette espèce de... de corvée. Peut-être qu'en fait ça m'est bien égal que ce soit lui ou un autre, du moment que je puisse être enfin soulagée d'une partie de ces complexes qui me pourrissent l'existence et me sentir un tout petit peu plus normale.

Emma s'immobilisa et ferma les paupières.

Merde...

Pourquoi avait-il fallu qu'elle dérape ainsi et lui dévoile autant de choses si personnelles ?

Mais qu'est-ce qui lui arrivait, bon sang ?! Louis la poussait à bout, et elle était incapable de demeurer impassible face à ses remarques toujours plus horripilantes les unes que les autres.

Un long silence s'ensuivit, durant lequel Emma continua sa tâche en tremblant, ayant l'impression d'être étouffée par la honte.

Le dos tourné, elle s'affairait avec de plus en plus d'énergie sur le plan de travail lorsque Louis se décida à répondre d'une voix rauque :

— Ou peut-être que tu bluffes et que c'est si flagrant qu'il m'est impossible de te croire. Parce que les premières fois sont importantes pour toi, je suis plutôt bien placé pour le savoir.

— Tu ne sais rien du tout ! s'énerva-t-elle en faisant tomber son couteau sur la planche à découper. Je ne mens pas, j'en ai vraiment marre d'être la dernière des ignares, de rester toujours sur le bord de la route et de regarder les autres défiler, profiter de la vie et s'amuser, tandis que je me trouve invariablement coincée derrière cette putain de vitre, à appeler, m'égosiller, sans que jamais personne m'entende ni me voie !

Assez d'avoir l'impression de n'être jamais concernée dès lors qu'on parlait de sexe, la renvoyant aussitôt à tous ses défauts qui l'obsédaient tant et l'emprisonnaient. Parce que c'était la raison, non ? Si aucun homme jusqu'à maintenant ne s'était intéressé à elle, ça ne pouvait être qu'à cause de ça, de ce corps si odieusement imparfait, qu'elle détestait tant…

Elle entendit Louis tapoter nerveusement sur la table. Il soupira longuement, puis se releva.

Elle hésitait encore à se retourner qu'il était déjà à côté d'elle. Tout près d'elle.

Trop près…

Chapitre 51

Emma

Elle leva la tête vers lui, prise de court, le cœur battant à tout rompre à cause de la colère qui ne cessait d'enfler en elle.

Louis la dévisageait avec cette intensité perturbante, celle qui lui donnait la sensation d'être brusquement mise à nu. Une expression étrange, très grave, marquait ses traits, une lueur à la fois préoccupée et résolue brûlant au fond de ses prunelles.

— Si c'est ce que tu veux, si c'est *vraiment* ce que tu veux, alors c'est moi qui m'en chargerai, déclara-t-il d'un ton ferme, mais dans lequel sourdait une impressionnante tension. Pas le premier venu, *moi*. C'est quand tu veux et où tu veux, Emma, tu n'as qu'un mot à dire. Nul besoin d'aller t'inventer de sortir avec Erik pour ça, je suis là. Je ne suis peut-être pas quelqu'un que l'on peut qualifier de *gentil*, c'est certain, mais il n'empêche que je ferai ce qu'il faut, comme il faut, parce que je te connais, je te vois et je t'entends derrière la vitre, mieux que quiconque. On peut procéder par étapes, de manière progressive, sur une période de ton choix, ou tout d'un coup, c'est à toi de voir. On peut même commencer dès à présent, si tu le souhaites.

Emma faillit en laisser échapper sa spatule d'effarement.

Elle ravala péniblement sa salive, muette, voulut reculer, instaurer un peu d'espace entre eux, cette proximité qu'il lui imposait subitement devenant insupportable. Mais elle se cogna aussitôt contre le plan de travail.

Il faisait si chaud, tout à coup…

— Non, mais n'importe quoi ! se récria-t-elle, dépitée de sentir ses joues s'empourprer encore. Tu déraillès complètement !

Elle aurait aimé éclater de rire. Mais si ridicule qu'était l'offre de Louis, elle n'arrivait pas à trouver la situation drôle. Bien au contraire.

— Je suis on ne peut plus sérieux, articula-t-il, détachant chaque mot, comme s'il était capital qu'elle le croie.

Cette fois, le doute n'était plus permis. Il ne se moquait pas d'elle. Désormais, elle en était persuadée.

Pour autant, ça n'en paraissait pas moins dingue…

— Il faut que tu arrêtes avec ça, vraiment, murmura-t-elle en croisant à nouveau les bras, faute de pouvoir s'éloigner de lui. Tu devrais te résoudre à sortir de chez toi, à voir du monde. D'autres filles. Je crois que tu es en train de péter les plombs à force de rester tout seul.

Louis fit claquer sa langue et leva les yeux au ciel, visiblement exaspéré.

— Emma, comment faut-il que je te le fasse comprendre…

— Je croyais que tu ne t'en prenais pas à ma *catégorie*, le coupa-t-elle. Que tu ne donnais que dans…

— Toute règle a son exception, l'interrompit-il à son tour, l'empêchant ainsi d'évoquer son type habituel, tellement éloigné d'elle.

Sa collection de victimes au cœur brisé, toutes extrêmement belles… et toutes très malheureuses après avoir commis l'erreur de lui accorder un peu de confiance.

— Et je devrais en être flattée, je suppose ? l'interrogea-t-elle en relevant le menton – beaucoup, beaucoup plus agacée qu'elle n'aurait dû l'être. Alors c'est avec ce genre de discours que tu arrives à conclure ? J'ai du mal à le croire, franchement.

Les lèvres de Louis s'incurvèrent en une moue désabusée tandis qu'il l'étudiait avec gravité, refusant de la lâcher du regard.

— Tu bluffais, bien entendu, conclut-il dans un souffle.

— Je ne le sais même pas moi-même ! protesta Emma, perdue entre colère et désarroi. D'ailleurs, ça n'a aucune espèce d'importance, parce que tu vois, quoi qu'il en soit, la gentillesse n'est pas dispensable… C'est d'ailleurs une qualité *sine qua non*, la seule chose dont je suis sûre de ne pas pouvoir me passer.

Elle ignorait pourquoi elle prenait la peine de lui expliquer un truc pareil. Ce n'était pas comme si quoi que ce soit était réellement envisageable entre eux, de toute façon…

Louis eut un petit mouvement de recul en guise de réaction, comme choqué. Il se ressaisit presque immédiatement, arqua un sourcil désabusé et grommela :

— Je vois. Donc, si je te suis bien, n'importe qui ferait l'affaire. N'importe qui, mais certainement pas moi.

— Certainement pas ! confirma-t-elle. Moi aussi, je te connais, figure-toi.

Les paupières de Louis s'abaissèrent légèrement, et sa mâchoire se contracta durement.

Emma s'attendait à quelques reparties cinglantes, aussi se prépara-t-elle à encaisser. Mais rien ne vint.

Absolument rien.

Louis se contenta de la regarder sans chercher à répondre, un éclat brut de colère – laquelle, très curieusement, ne semblait cependant pas dirigée contre elle – luisant au fond de ses prunelles. Et ce moment se prolongea.

Déraisonnablement.

Si bien qu'Emma finit par baisser les yeux. Puis elle se remit au travail, ignorant ostensiblement Louis, qui s'obstinait à demeurer à côté d'elle.

Elle avait l'impression d'avoir remporté une espèce de lutte, d'avoir finalement rivé un clou à l'endroit exact où elle avait toujours voulu en planter un. Une impression qui aurait pourtant dû la satisfaire. N'avait-elle pas rêvé, avant l'accident, de pouvoir se venger un tant soit peu du mal que Louis leur avait fait, à Anne et elle ?

Non pas qu'elle imaginât avoir la capacité de l'offenser réellement. Mais elle venait néanmoins de le réduire au silence, de le piquer au vif, ne serait-ce qu'un petit peu. Cela aurait dû lui plaire, être au moins vaguement gratifiant.

Mais en vérité, c'était tout l'inverse. À nouveau, elle éprouvait la désagréable sensation de l'avoir trahi, si étrange et incongru que cela paraisse.

Elle entendit Louis se racler la gorge, puis regagner lentement sa place à la table de la cuisine.

— Tu as raison, je devrais sortir davantage, concéda-t-il froidement tandis qu'elle terminait de préparer son déjeuner. Il y a cette fille, à la fac, dans ma section – Marion, je crois – qui insiste pour que je vienne chez elle afin qu'elle puisse m'aider à rattraper les cours. Je pense accepter, tout bien considéré.

Emma jeta un coup d'œil derrière elle et aperçut Louis, son téléphone portable à la main, en train de taper un SMS.

Elle saisissait parfaitement où il voulait en venir. Et c'était horrible de l'admettre, mais il avait visé juste.

Elle savait qui était Marion. Elle la connaissait de réputation, comme la plupart des étudiants de leur fac. Elle pouvait même se la représenter physiquement…

Emma sentit son cœur se broyer dans sa poitrine à l'idée que Louis se retrouve seul avec elle.

— Bonne idée, feignit-elle d'approuver, s'efforçant – sans réellement y parvenir – de prendre une voix assurée. Pourquoi ne pas lui proposer ce soir ?

Le sourire de requin de Louis reparut, aussi effrayant qu'avant.

— Mais oui, c'est vrai. Pour quelle raison remettre à plus tard ce que l'on peut faire le jour même ?

Il tapa encore quelques mots, examina Emma, comme pour vérifier qu'elle n'en perdait pas une miette, puis appuya une dernière fois sur l'écran tactile de son téléphone. Aussitôt, le petit son relatif aux envois résonna.

Moins d'une minute plus tard, le bip de réception d'un nouveau message fit vrombir son téléphone, qu'il avait laissé sur la table.

— Quelle surprise, elle m'attend déjà, lança-t-il en parcourant le SMS d'un air blasé.

Emma déposa une assiette remplie de frites et de poulet rôti – acheté déjà cuit – devant Louis, puis rangea les autres plats, préparés à l'avance, au frais. Après quoi, essayant de s'enfuir au plus vite tandis que d'incompréhensibles larmes lui montaient aux yeux, elle balbutia :

— Bon, j'ai terminé, j'y vais. À demain.

— C'est ça.

Elle se hâta vers la porte, puis s'arrêta à mi-parcours, stoppée dans son élan par Louis.

— Ah, Emma ! l'appela-t-il. J'ai oublié de te dire, le type avec qui tu es si contente de sortir, il s'est tapé Gloria, il y a quelques années de cela. Elle aussi, elle l'a trouvé *gentil*...

Elle serra son grand manteau contre elle, frigorifiée. Ou peut-être horrifiée, elle ne savait plus trop. Puis, sans un mot, elle tourna les talons.

Chapitre 52

Louis

Journal d'humeur – extrait

Dimanche 21 février 2016

Puisque je dois avant tout parler de mon humeur ici, autant être franc d'emblée, elle est exécrable. Tombée au plus bas, je le crains. Me laissant échoué sur ce rocher aux arêtes tranchantes, sur lesquelles je ne cesse de me couper les mains sans pouvoir me raccrocher, seul au milieu des flots, dans une nuit d'un noir d'encre, où plus aucune lumière ne saurait m'atteindre.

Mais je le sens, je peux encore m'enliser. Et d'ailleurs, l'eau monte peu à peu, menaçante. Je ne vais pas tarder à me noyer tout à fait, et personne ne viendra à mon secours. Tout ce qu'on pourra dire à cela, c'est que je l'avais bien cherché. Nul ne prétendra l'inverse, pas même moi.

Je regrette tellement de choses, en vérité…

Je le regrette si fort que cela me retourne l'estomac et m'écœure, m'étouffe à petit feu.

Je voulais à tout prix l'éviter et pourtant, c'est arrivé, j'ai déjà commencé à l'empoisonner, à la contaminer de mon insondable cynisme et de ma noirceur. J'aurais aimé essayer de réparer, mais je m'aperçois qu'en fin de compte je ne fais qu'aggraver les choses. Sans doute d'ailleurs est-ce ma faute, sans doute est-ce à cause de moi qu'Emma se précipite ainsi dans les bras d'Erik…

Je l'ai provoquée, encore et encore, de toutes les manières possibles. J'ai tout tenté, je l'ai même défiée en dernier recours. Et j'ai détesté le résultat, à mille lieues de celui escompté.

Emma se contrefiche de me savoir avec une autre, quand moi, je suffoque à l'idée qu'elle puisse rejoindre Erik ce soir. Bon Dieu, j'ai l'impression que j'en mourrais s'il devait réellement se passer quelque chose entre eux…

Je l'avoue, je suis rongé par la peur, par la colère également. Et j'ai mal… si mal.

Cette obsession que je nourris pour elle va finir par avoir raison de moi, et je ne peux absolument rien faire pour empêcher cela. Juste me regarder souffrir et périr lentement d'asphyxie.

Je l'imagine, lui… Erik… En fait, celui qui est « n'importe qui, mais surtout pas moi ». Je l'imagine plonger sa main dans les cheveux d'Emma, la caresser comme je rêve de le faire. Alors je sens l'air se refuser à mes poumons, les laissant se consumer dans ma poitrine, et la terre devenir meuble pour m'engloutir une bonne fois pour toutes.

Je l'ignorais, ou bien je refusais de l'admettre, mais à présent, je suis forcé d'en prendre conscience. Au fond de moi, je l'espérais. Je t'espérais vraiment, Emma. Et quelques mots ont suffi à tout détruire, à écraser cette minuscule poignée de braises pour la réduire de nouveau à l'état de cendre.

« N'importe qui, sauf moi... »

Je n'ai pas la moindre chance et c'est ainsi, je suis obligé de m'y résoudre et l'accepter. J'en rirais presque, si seulement je le pouvais. La vie ne manque pas d'ironie, il faut bien le reconnaître.

D'autant qu'à mon grand dam, et si pathétique que ce soit, je n'en suis que plus encore fasciné par elle...

Parce que cela signifie que ce qui pousse habituellement les autres filles vers moi, la façade policée, l'image de coureur ou encore le goût du risque, n'intéresse pas Emma. À moins bien sûr que je n'aie perdu cela aussi dans cette maudite chute, ce qui n'est pas à exclure, loin s'en faut. Pour autant, je ne crois pas que la réponse d'Emma aurait été différente en d'autres circonstances. En fait, je suis même convaincu qu'elle n'en aurait été que plus violente, qu'elle n'aurait pris aucun gant pour me rejeter.

Emma, malléable à souhait ? Si seulement Gloria savait à quel point elle se fourvoie, à quel point les apparences peuvent parfois être trompeuses. Emma possède une force de caractère surprenante, tout à fait impressionnante – laquelle, par ailleurs, ne semble être véritablement mise à l'épreuve que par moi, un privilège que j'apprécie, contre toute logique.

Elle ne peut en aucun cas représenter un quelconque défi, elle est hors compétition, et ce pour tant de raisons...

Peut-être se montre-t-elle douce et aimable avec moi lorsque j'en ai besoin, peut-être m'offre-t-elle son aide sans compter, néanmoins, et dorénavant j'en suis sûr, cela s'arrête là. Emma me tient obstinément à l'écart, n'accepte rien qui vienne de moi – exception faite de la voiture, bien entendu, mais je sais que c'est uniquement parce qu'elle n'a guère d'autre choix.

Emma, je voudrais pourtant tellement faire partie de ton monde…

Et si j'abandonnais ce jeu insensé, si je te remettais les clés du mien, toutes, sans aucune restriction, me ménagerais-tu une petite place au creux de ton univers ?

Mais elle n'en sortirait que plus effrayée, plus horrifiée, à juste titre. Et cela m'anéantirait, m'achèverait à coup sûr, il serait si aisé de l'oublier. Quoi qu'il en soit, je ne peux me permettre de lui ouvrir ces portes, ce qui se cache derrière est bien trop laid. Elle qui me trouve déjà immonde quand elle en sait cependant si peu…

Bon sang, c'est tellement difficile… il y a tant de choses que j'aimerais lui dire, lui expliquer, mais que je dois taire.

Je n'ai eu qu'un bref moment dans une piscine, un souvenir que je conserve précieusement, qui me fait à peu près autant de mal que de bien, mais dont je dois désormais me contenter. Il faut que j'arrête. Que je cesse de songer à elle de cette façon. Je n'en avais déjà pas le droit avant, c'est encore moins le cas maintenant.

Mais… et si je n'y parviens pas ? Si je ne retrouve jamais ce qui constituait ce barrage à l'efficacité tellement redoutable, dressé entre le monde et moi ? Si Emma me l'avait pris pour ne jamais me le rendre ? Alors, qu'adviendra-t-il de moi ?

Chapitre 53

Louis

Lundi 22 février 2016

Louis avala une nouvelle gorgée de whisky, vidant son verre d'un trait, avant de se carrer dans le fond du canapé. Il se laissa ensuite négligemment glisser jusqu'à venir appuyer la nuque sur le haut matelassé du dossier dans un long grognement, la douleur dans son genou le tenaillant durement – tout aussi vivement que quelques mois plus tôt, lorsque ses os n'étaient pas encore ressoudés.

Il prit son téléphone portable, échoué à côté de lui, et relut pour la énième fois cette connerie de SMS à rallonge qu'il avait envoyé la veille au soir à Emma.

Pardon. Encore…

S'il est vrai qu'Erik est sorti avec Gloria il y a quatre ans de cela, c'est lui, et uniquement lui, qui en a souffert, non l'inverse. En effet, tu as raison, j'ai dit sur lui des choses abjectes et sans aucun fondement. Parce que, en vérité, et bien qu'il me peine de devoir le reconnaître, Erik est quelqu'un d'honnête, de généreux et bienveillant. J'espère qu'il pourra t'apporter ce que tu recherches et qu'il saura te rendre plus heureuse.

Bien à toi,

Louis.

Bon sang, mais qu'est-ce qui lui avait pris d'écrire ça ?!

Si jamais il avait réussi à la faire un tant soit peu hésiter à se rendre à ce rencard avec toutes les saloperies qu'il avait balancées, alors il s'était autosaboté avec ce texto…

Il ne faisait qu'enchaîner les erreurs avec Emma, incapable de se pondérer, passant d'un extrême à l'autre sans aucune transition, sautant à pieds joints de paradoxe en contradiction sans pouvoir trouver le moindre équilibre.

Dans ce message, il sous-entendait qu'il approuvait le choix d'Emma. Mais c'était tout sauf vrai. Peu importait qu'il s'agisse d'Erik ou du premier venu, si irréprochable puisse-t-il être, en aucun cas il ne voulait qu'elle soit à un autre !

Cela étant, il n'avait pas reçu la moindre réponse de sa part. C'était même à se demander si elle avait lu son SMS. Avec un peu de chance, elle serait passée à côté. Quoique le plus plausible restât malgré tout qu'elle ait préféré s'abstenir de tout commentaire, probablement encore trop remontée contre lui.

Avec raison, bien entendu…

Il avait dépassé les bornes en se mêlant ainsi de sa vie privée. Rien de tout cela ne le regardait, en réalité, il n'y avait que dans son esprit à lui que le sujet pouvait le concerner.

Son silence signifiait-il qu'elle ne viendrait pas ce soir ? Qu'elle ne viendrait *plus* ? Qu'elle était trop fâchée pour lui pardonner quoi que ce soit et que c'en était fini de leur étrange relation ? Qu'elle ne verrait plus qu'Erik, désormais, et qu'elle n'aurait plus de temps pour lui ?

Qu'elle… *l'abandonnait* ?

Louis se frotta nerveusement le visage, rejetant de toutes ses forces cette idée.

Si Erik la lui prenait, alors il n'aurait plus rien. Plus aucune motivation. Plus de raison de se lever ni d'endurer la rééducation. Retour à la case départ.

Retour parmi les ténèbres…

De toute façon, quand bien même Emma se déciderait-elle à montrer le bout de son nez ce soir, il était incapable d'assurer la leçon de natation prévue. Du fait de son état, mais également de toutes ces substances qu'il avait ingérées au cours de la journée et qui le rendaient à présent si vaseux.

Sa deuxième séance avec le kiné ce matin l'avait laissé plus mal que jamais. Son genou l'élançait sans relâche depuis, si férocement qu'aucun médicament ni alcool n'avaient réussi à apaiser un tant soit peu la douleur.

À tel point que, pour la première fois depuis qu'ils avaient commencé, Louis s'était vu contraint d'annuler son rendez-vous avec Viviane quand, pourtant – et c'était très nouveau pour lui – il éprouvait le besoin d'entendre ses conseils tant il se sentait à la dérive.

Il rouvrit les yeux lorsqu'un bruit de pas le tira du désagréable demi-sommeil dans lequel il errait, étourdi à force d'enchaîner les verres de whisky.

Alors elle est finalement revenue…

Une partie du poids qui lui comprimait la poitrine s'allégea soudain. Et il put respirer de nouveau.

— Louis ? l'appela Emma, cessant de défaire les boutons de son manteau pour se hâter dans sa direction. Ça ne va pas ?

En un éclair, elle se tenait devant lui, ses traits délicats crispés d'inquiétude. Ses yeux s'écarquillèrent d'affolement, passant alternativement de la bouteille à l'emballage vide des comprimés resté sur la table, pour ensuite finir sur lui.

— Est-ce que je dois contacter un médecin ? s'alarma-t-elle.

— Surtout pas, marmonna-t-il en tentant de se redresser. Je vais bien, rassure-toi… Je n'ai pas essayé d'attenter à mes jours, si c'est ce que tu crains. Pas aujourd'hui.

Une explosion blanche emplit brusquement son champ de vision sous l'effet de la vive morsure dans sa jambe – sur laquelle, dans la précipitation, il avait eu le malheur de s'appuyer. Et il ne put étouffer le gémissement qui roula alors dans sa gorge. Vibrant, sourd et… humiliant.

— Que se passe-t-il ? demanda-t-elle avec urgence. Tu as mal, c'est ça ?

— Mais non, siffla-t-il spontanément entre ses dents serrées.

Avant de se rendre compte que c'était complètement stupide, parce qu'Emma savait parfaitement ce qu'il en était…

— Si, admit-il faiblement. Ce doit être une nouvelle crise. Cela finira bien par passer. Verrais-tu un inconvénient à ce que l'on remette à plus tard la leçon de natation ?

Emma battit des paupières, visiblement décontenancée. Puis elle souffla :

— Non, aucun, évidemment.

Elle s'assit sur la table basse, se plaçant juste en face de lui, avala bruyamment sa salive et l'interrogea :

— As-tu pris tes médicaments ?

Louis se massa les tempes, puis repoussa en arrière ses cheveux – dont certaines mèches étaient curieusement humides –, s'efforçant de chasser les nappes de brumes opaques qui embrouillaient ses idées.

— J'ai pris tout ce que je pouvais prendre… et peut-être un peu plus. Les anciens cachets, ceux qui étaient vraiment puissants, auraient probablement eu un quelconque effet… Mais je n'en ai plus, alors j'ai dû me contenter de ce que j'avais sous la main.

Emma lui saisit avec précaution le poignet et il se figea, sidéré de la voir le toucher de cette façon, même si ce n'était que pour prendre son pouls. Elle posa ensuite son autre main à plat sur son front… et la douleur reflua quelque peu.

Puis il se rendit compte que sa peau, sous les doigts d'Emma, était couverte de sueur, et soupira d'embarras, fermant les yeux de lassitude.

— Tu es sûr que tu ne veux pas voir un médecin ? insista-t-elle de cette voix douce qu'il aimait tant. Tu n'as vraiment pas l'air bien…

— J'en suis absolument sûr. Je n'aurais pas dû boire. Je suis juste un peu éméché, c'est tout. Ce n'est ni la première, ni la dernière fois que cela arrive, ne t'en fais pas.

Elle retira sa main et lui relâcha le poignet, l'abandonnant au vide et au froid. Et aussitôt, il regretta ces petits contacts, sans doute anodins pour elle… mais tellement agréables pour lui.

— Tu semblais pourtant aller mieux, ces derniers temps, balbutia-t-elle.

— La séance avec le kiné ce matin a été plus rude que prévu. Il pense que certaines broches devraient être retirées, que ces douleurs ne sont pas vraiment normales… Mais il faudrait que je repasse sur le billard pour ça et… Et il est hors de question que je retourne à l'hôpital.

Emma se releva et ramassa ses béquilles pour les lui tendre.

— Tu devrais aller te coucher, avisa-t-elle. Il faut que tu te reposes.

— Je ne veux pas rester seul, opposa-t-il simplement…

… avant de se pincer l'arête du nez et de grimacer de dégoût, trop conscient – malgré son ébriété – de paraître désespéré.

Mais en vérité, il l'était, non ?

— Je ne te laisserai pas seul, pas dans cet état, assura résolument Emma.

Le surprenant, encore une fois.

Il l'observa, intrigué. Ou elle n'était plus du tout fâchée, ou elle avait décidé de mettre sa rancœur de côté le temps de la soirée. Quoi qu'il en soit, cette promesse était comme une bouffée d'oxygène, le libérant d'un nouveau poids.

Il essaya de se relever sans déclencher aussitôt l'une de ces vicieuses décharges dans son genou, mais ce fut peine perdue. Avant même qu'il s'en aperçoive, Emma avait posé la main sur son épaule pour le soutenir, tentant probablement d'anticiper une éventuelle chute.

Louis se concentra pour placer ses béquilles correctement et manœuvrer sans rien cogner – entre la table basse, le canapé et Emma. Mais c'était si difficile d'avoir les idées claires, quand elle le touchait ainsi…

Les doigts d'Emma dérivèrent jusqu'à son omoplate tandis qu'elle se tenait derrière lui, le suivant de près, et il frissonna malgré lui, stupéfait qu'un geste aussi banal puisse lui faire autant d'effet.

Puis elle rompit le contact. Et il eut de nouveau froid.

Tout à coup, en être privé devint une douleur supplémentaire, s'ajoutant aux autres, amplifiant son calvaire.

Alors, il se rendit compte qu'il n'arriverait jamais à songer à elle autrement, qu'il était vain d'imaginer que ce fût seulement possible.

Louis prit une longue bouffée d'air et se remit en mouvement. Il traversa le séjour, puis remonta le couloir, Emma sur ses talons. Il ne cessait de se demander ce qu'elle ferait, une fois qu'il aurait obéi à ses recommandations et se serait couché. Allait-elle vraiment rester avec lui, ainsi qu'elle l'avait promis ?

Chapitre 54

Louis

Il ouvrit la porte de la chambre d'ami dans laquelle il s'était installé – faute d'avoir le courage d'affronter les escaliers pour se rendre jusqu'à la sienne à l'étage –, puis se laissa choir sur le lit.

Emma referma derrière elle et vint récupérer ses béquilles pour les disposer sur le côté, près de la table de nuit. Il la contempla quelques secondes tandis qu'elle envoyait un SMS – sûrement à Anne, pour la prévenir qu'elle rentrerait plus tard – et fut soudain incapable de retenir la question qui lui brûlait les lèvres depuis qu'elle était arrivée.

— Alors ça y est, tu sors avec Erik maintenant ?

Rien que le formuler à haute voix lui vrillait l'estomac…

Emma rempocha son téléphone, replaça une mèche de ses cheveux derrière son oreille et se détourna pour examiner la pièce, de la bibliothèque au téléviseur cathodique, vieillot, jusqu'à la salle de bains, dont la porte était entrouverte.

— J'ai annulé le rendez-vous, murmura-t-elle timidement, sans oser le regarder. J'ai décidé de ne pas y aller, tout compte fait.

Ce qui restait encore de l'étau qui lui serrait la poitrine s'évapora brutalement. Le soulagement fut tel qu'il inspira bruyamment, parvenant enfin à reprendre son souffle, qu'il avait retenu malgré lui. Puis il ne put réprimer un soupir encore moins discret, des plus éloquents.

— Vraiment ? voulut-il s'assurer, encore incrédule. As-tu pris cette décision avant ou après avoir eu connaissance de mon message ? Tu l'as reçu, n'est-ce pas ?

Parce qu'il s'en voudrait peut-être s'il se révélait que son discours visant à démonter Erik auprès d'elle avait porté ses fruits.

— Après, avoua-t-elle.

Elle s'assit au bord du lit et haussa les épaules en guise d'explications.

Louis s'apprêtait à lui demander pourquoi elle avait fait ça, quand elle le devança et l'interrogea :

— As-tu passé une bonne soirée avec Marion ?

Emma n'en avait pas conscience, cependant, elle venait de rallumer les cendres. Elle soufflait sur les braises, lui redonnait cet espoir, infime, mais dont, en fin de compte, il avait tant besoin.

Elle se tordit les doigts en attendant sa réponse, trahissant subitement une certaine nervosité. Et Louis comprit qu'elle ne s'en contrefichait pas, que ses gestes parlaient pour elle, plus explicitement que n'importe quel mot.

Il exhuma son téléphone portable du fond de sa poche, le déverrouilla et fit apparaître la conversation qu'il avait eue la veille avec Marion pour la montrer à Emma.

En fait, j'arrête définitivement le droit. Donc, je te remercie de ta proposition, mais je n'aurai guère besoin de rattraper les cours manqués.

Louis.

Aucune importance, viens quand même. Ce soir, si tu veux. Tu dois te souvenir de mon adresse, tu es déjà venu à l'occasion de plusieurs soirées…

Marion (qui t'attend).

Merci encore, mais non. Ni aujourd'hui, ni plus tard. J'ai d'autres projets.

Louis.

Leur échange s'arrêtait là, Marion n'avait pas répondu à son dernier message.

— Je n'ai jamais eu l'intention de la voir, précisa-t-il en abandonnant ensuite son téléphone sur le chevet. Je bluffais.

Emma plongea dans les siens ses yeux aux tendres reflets caramel et fronça les sourcils, comme si elle ne saisissait toujours pas où il voulait en venir.

— D'autres projets ? releva-t-elle après quelques secondes, un léger voile de tristesse assombrissant ses prunelles. Comme rester seul chez toi, à ne rien faire ?

— Comme t'attendre, rectifia-t-il naturellement, ne se rendant compte qu'après coup qu'il s'était exprimé à voix haute.

Emma battit des paupières, manifestement déstabilisée.

Louis avisa les motifs géométriques sur la couette et déglutit péniblement, trop déconcerté par ses propres aveux et la réaction d'Emma.

Pourtant, il fallait qu'elle comprenne…

— Je n'ai aucun autre projet que celui-ci, confessa-t-il encore.

Parce qu'il en avait trop dit, de toute façon. Et qu'il était temps de se montrer honnête avec elle, quand bien même n'avait-il pas le moindre plan, ni la moindre idée d'où tout cela pourrait le mener.

Puis, conscient qu'il allait tout faire basculer, mais désormais incapable de se taire, rongé par ces mots qu'il retenait depuis si longtemps, il poursuivit d'une voix éraillée, qu'il reconnut à peine :

— En vérité, les autres filles ne m'intéressent plus. Tu as tout éclipsé dès l'instant où tu es entrée dans ma vie. Je sais que tu penses que je suis le dernier homme sur Terre qu'il te faudrait, et ça me tue de devoir te donner raison. Tu mérites quelqu'un de bien et je ne suis incontestablement pas cette personne. Mais je ne peux m'empêcher de t'espérer malgré tout… de te désirer. Je te veux, Emma. Je te veux si fort que j'en perds la raison…

Elle se releva d'un bond et lui tourna le dos, ne lui laissant guère le loisir de sonder son visage.

— Oh la la, mais tu es complètement ivre, ma parole ! s'exclama-t-elle. Il est temps que tu te couches, Louis, vraiment.

Elle s'empressa d'allumer la lampe de chevet, puis alla éteindre le plafonnier, faisant tout pour éviter son regard. Elle semblait catastrophée, voire carrément paniquée, et s'efforçait de donner le change, c'était évident. Mais il ne s'y trompait guère. Il l'avait perturbée, profondément, même si elle feignait de ne pas prendre sa déclaration au sérieux.

Quoi qu'il en soit, elle fuyait. Elle *le* fuyait.

Et ce coup d'épée dans l'eau était aussi désespérant que la manière dont Emma réagissait.

Louis appuya son front dans ses mains, désemparé, fatigué qu'elle refuse systématiquement de l'entendre dès lors qu'il osait s'aventurer sur ce terrain.

Emma avait éconduit Erik. Elle revenait – bien qu'elle eût toutes les raisons du monde de lui en vouloir pour son comportement déplorable. Et elle avait accepté de rester avec lui ce soir, alors qu'il se sentait si mal. Par ailleurs, elle avait été réceptive à son baiser, ça, il n'était pas près de l'oublier. Bon sang, tout cela signifiait forcément quelque chose, qu'elle le nie ou non...

— Je ne suis pas si saoul que ça, et tu le sais parfaitement, se défendit-il après coup.

Emma fit comme si elle n'avait rien entendu. Elle revint près de lui, mais seulement pour tirer la couette et ouvrir le lit, l'invitant tacitement à s'y allonger.

Louis soupira, dépité, puis déboutonna sa chemise.

— Tu ne devrais pas mélanger alcool et médicaments, c'est dangereux, le blâma-t-elle, changeant volontairement de sujet, cherchant encore à se défiler.

— J'arrêterai si tu me le demandes.

C'était la vérité. Pour elle, pour ne pas qu'elle s'inquiète, ou ne serait-ce que pour lui faire plaisir, il était prêt à toutes sortes de sacrifices...

Elle l'observa, battit de nouveau des paupières de perplexité, puis répondit :

— Dans ce cas, je te le demande.

— D'accord.

Il déboutonna son jean et grogna lorsqu'il dut plier le genou pour faire glisser le vêtement sur ses jambes.

— Tu as besoin d'aide ? proposa aussitôt Emma, les joues rouges, scrutant obstinément un point dans le vide à côté de lui.

— Pour retirer mon pantalon ? s'offusqua-t-il, sidéré par son innocence. Tu es sérieuse ? Après ce que je viens de te dire ?

Mais c'était trop tard, il avait déjà la scène en tête. Celle-ci, et tant d'autres...

Emma se mordit la lèvre, s'écarta d'un pas et croisa les bras, muette, semblant au comble de l'embarras.

Louis essaya de se concentrer sur autre chose mais, dès qu'il chassait l'image d'Emma de ses pensées, celle, rouge et noire, de la brûlure dans sa jambe en profitait pour s'y substituer immédiatement, revenant en force, prenant toute la place. Il s'étendit en grimaçant, ses mouvements et leur coordination altérés par l'alcool et la douleur, mais encore trop conscient d'apparaître en piteux état. Puis il se décala sur le côté, espérant que peut-être – *peut-être…* –, elle le rejoindrait.

Mais elle demeura immobile, comme si elle-même ignorait quoi faire.

— Reste, réclama-t-il, craignant qu'elle ne l'abandonne, en dépit de sa promesse. Reste près de moi, Emma, s'il te plaît.

Il la vit hésiter un instant. Puis, enfin, elle se débarrassa de son manteau. De ses chaussures aussi. Elle vint s'asseoir à côté de lui, à la tête du lit, et remonta les genoux pour les entourer de ses bras.

Louis ne put se retenir de pivoter vers elle, à la fois ravi, mais également très troublé par cette proximité qu'elle consentait à lui accorder.

— Il faut que je sache, marmonna-t-il, totalement perdu. Pourquoi as-tu annulé ton rendez-vous avec Erik ? C'est à cause de tout ce que je t'ai dit, c'est ça ?

— Non, démentit-elle d'une petite voix. C'est à cause de ce que tu m'as écrit.

— Comment ça ? Je ne comprends pas.

Emma pinça les lèvres, puis baissa sur lui son doux regard brun.

— En lisant tes excuses, j'ai compris… enfin, je… j'ai eu la certitude que j'allais faire quelque chose de mal, pour de mauvaises raisons. Que je risquais de briser un lien auquel je tiens et qui ne relève pas uniquement de l'amitié.

Louis ferma les yeux et savoura les mots d'Emma.

Il faisait partie de son monde. Elle lui avait déjà fait une place, même si c'était difficile pour elle.

Et c'était sans aucun doute les plus jolies paroles qu'il avait entendues jusque-là.

— Mais peut-être que ce que je raconte est complètement ridicule, lâcha-t-elle dans un soupir contrit.

Louis se redressa sur un coude et protesta farouchement :

— Non, pas du tout.

Il tendit la main vers la sienne et s'en saisit pour la ramener à lui. Puis il enlaça ses doigts fins et délicats. Emma n'opposa aucune résistance, se contentant de le contempler, entre prudence, désarroi et... et autre chose, d'indéfinissable, encore trop ténu pour être décrit.

Ce contact... Il lui était si salvateur. Il en avait tellement besoin...

Louis embrassa la paume d'Emma et le piège à loups qui broyait son genou s'ouvrit lentement, ses dents de métal relâchant ses chairs pour s'évanouir tout à fait. Il repoussa légèrement sa manche et déposa un autre baiser, au creux de son poignet, là où de petites veines bleutées affleuraient sous sa peau. Sa peau de satin, blanche et laiteuse. Sublime. Et il fut certain que jamais plus il ne pourrait se passer de cela...

— Ce lien, chuchota-t-il. J'y tiens, moi aussi.

Plus que toute autre chose.

J'ai peut-être tout perdu, mais j'ai gagné cela. Un bien inestimable...

— Cependant, je regrette de devoir te contredire, mais ça n'a *absolument rien à voir* avec de l'amitié, tint-il à clarifier, son souffle s'écrasant contre son avant-bras.

Chapitre 55

Emma

Emma frémit de nouveau lorsque l'haleine de Louis caressa sa peau, juste à l'endroit où il avait posé ses lèvres brûlantes et légèrement humides, la marquant de son sceau.

Peut-être avait-il raison, peut-être qu'entre eux l'amitié n'avait pas sa place ? Dans ce cas, de quelle nature était ce lien qu'ils venaient d'évoquer ? Parce qu'il dépassait la simple attirance, non ?

L'attirance…

Elle n'arrivait toujours pas à le croire, Louis avait dit qu'il… qu'il la *désirait* ?

Elle ?! Mais comment était-ce seulement possible ?

Elle n'avait pas rêvé. Il l'avait affirmé. Puis il avait paru tellement blessé qu'elle refuse de l'écouter et mette tout ça sur le compte de l'alcool…

Pourtant, il semblait sincère. Chacun de ses mots, prononcé avec une intensité et une gravité qui ne sauraient être simulées. Entendre sa déclaration avait été à la fois comme recevoir une énorme et très violente gifle, mais aussi comme découvrir le plus merveilleux des secrets, quelque chose d'extrêmement précieux et rare, dont elle était l'unique gardienne.

Mais qu'elle n'avait peut-être pas le droit d'apprécier…

Devait-elle pour autant oublier que Louis était un compétiteur hors pair, champion toute catégorie ? Il s'était joué de tant d'autres avant elle, tant de jeunes femmes tellement plus expérimentées qu'elle. Comment osait-elle se laisser aller à imaginer qu'il puisse être réellement honnête quand elle savait quelle réputation était la sienne ?

Louis tenta de l'attirer plus près de lui, pressant avec insistance son poignet, et réclama d'une voix rauque :

— Viens…

Si elle n'avait pas été stupide, elle aurait répondu par la négative et se serait vite éloignée de lui et du danger qu'il représentait. Si elle n'avait pas été totalement folle, elle n'aurait rien dit de ce qui l'avait poussée à annuler son rendez-vous avec un homme sans histoire, *a priori* droit et gentil, de peur de mettre en péril cette incompréhensible relation qu'elle entretenait avec Louis.

Ses grands yeux aux tonalités d'azur s'accrochèrent à elle, se chargeant d'attente et d'espoir. De craintes également.

Comme elle hésitait, ne sachant comment se comporter, déchirée entre la raison et les émotions vives qui l'étreignaient, elle vit une ombre passer au fond de ses prunelles, charriant d'insondables tourments, des souffrances dont elle ignorait tout, qui n'avaient rien à voir avec la douleur dans son genou, mais qu'elle devinait. Une vulnérabilité à fleur de peau, saisissante, et tellement surprenante venant de lui…

— Je ne vais pas te sauter dessus, Emma, plaida-t-il d'un ton bas, mais dans lequel perçait une certaine tristesse. Tu n'as rien à craindre, je te le promets.

Le trouver si mal en point à son arrivée au manoir l'avait profondément troublée. Elle tenait à lui, trop pour faire marche arrière, elle le savait à présent. Elle s'inquiétait tant pour lui qu'elle ne pouvait plus nier les sentiments qui s'imposaient à elle, si indésirables et préjudiciables fussent-ils.

— D'accord, s'entendit-elle accepter sans même avoir pris le temps de réfléchir aux possibles conséquences de tout cela.

Il relâcha son poignet pour repousser la couette, l'invitant à prendre place à ses côtés. Et elle se glissa dessous, comme si rien n'avait été plus normal.

Elle se retrouva allongée tout habillée sous l'édredon, étendue sur le flanc. Face à Louis, qui l'observait toujours aussi attentivement.

Lentement, il tendit la main vers elle et lui caressa la joue, l'effleurant du dos des doigts, comme si elle avait été quelque objet très fragile et précieux. Une sensation bouleversante, inédite… vraiment étonnante.

— Je peux ? demanda-t-il en tirant doucement sur l'élastique qui retenait ses cheveux sur sa nuque.

Alors seulement elle comprit le geste qu'il avait eu quelques jours plus tôt dans la piscine.

Louis avait voulu libérer sa chevelure, non la tourmenter. À bien y réfléchir, il n'avait pas été si brusque que ça. Mais Emma avait été tellement surprise par son attitude qu'elle n'avait pas imaginé un instant qu'il puisse s'agir d'autre chose que d'une nouvelle brimade.

Elle hocha la tête pour lui donner son aval, et le coin des lèvres de Louis s'étira légèrement en réponse.

Il repoussa l'élastique, jusqu'à répandre ses longues mèches brunes sur l'oreiller. Puis il y plongea la main et les regarda glisser entre ses doigts.

— J'adore tes cheveux, murmura-t-il.

Louis avait l'air si fasciné qu'Emma s'en trouva pantoise, à la fois incrédule et complètement chamboulée.

Elle ravala sa salive, s'efforçant de chasser la boule qui s'était formée dans sa gorge. Puis, ignorant d'où lui venait cette audace – mais après tout, puisqu'ils en étaient à ce genre de confidences –, elle lui retourna :

— Et moi, j'adore tes yeux. Ils reflètent tant de choses…

Louis battit des paupières, visiblement surpris. Nettement plus déstabilisé que ce à quoi Emma s'attendait.

— Ah oui, vraiment ? voulut-il s'assurer, le front plissé de circonspection.

— Tout le monde doit te le dire, grimaça-t-elle.

C'était d'une telle platitude. À se demander d'ailleurs qui ne le lui avait pas rabâché, en fin de compte.

Il fronça les sourcils de contrariété, puis répliqua :

— Pour commencer, non. Et ensuite, jusqu'à présent, tu n'as jamais laissé entendre que quoi que ce soit chez moi te plaisait. Alors j'aimerais autant profiter de ce moment, si cela ne te dérange pas trop.

Ce fut au tour d'Emma d'être déstabilisée, parce qu'il lui paraissait impossible que Louis ait pu ignorer à quel point il était séduisant. Pour elle, comme pour toutes les autres…

Trop. Beaucoup, *beaucoup trop* séduisant pour une fille de sa catégorie. Et, alors même qu'être ainsi étendue avec lui dans un lit lui avait semblé presque naturel au départ, cela lui apparut tout à coup comme absurde. Voire carrément grotesque.

Elle était d'un ridicule, emmitouflée dans son gilet de laine, rassurée de voir ses formes disparaître sous une épaisse couette, quand Louis était à moitié nu à côté d'elle, tellement à l'aise avec son corps.

Sans oublier que, s'il n'était pas complètement ivre – ainsi qu'il s'en était défendu –, il avait néanmoins admis être passablement éméché…

— Je ne sais pas ce qu'on est en train de faire, mais c'est forcément une mauvaise idée, décréta-t-elle en s'empressant de se relever.

Soudain, Louis se redressa et la rattrapa, l'emprisonnant brusquement de ses bras pour la serrer contre lui, avant même qu'elle ait eu le loisir de repousser tout à fait la couette.

— Non, s'il te plaît, Emma, souffla-t-il entre ses dents serrées. S'il te plaît...

Elle le sentit se crisper durement contre elle et se souvint subitement qu'il souffrait, que c'était pour cette raison, à l'origine, qu'ils étaient venus dans cette chambre. Le mouvement avait dû le rappeler à l'ordre. Et c'était sa faute...

Alors elle renonça à bouger. Renonça à s'éloigner de lui, tout simplement.

D'une voix regorgeant de tension, il lâcha :

— J'ignore ce que je peux faire, j'ignore ce que je peux dire pour que tu me pardonnes tout le mal que je t'ai causé ce jour-là.

Il raffermit son étreinte et la ramena au milieu du lit, avec lui, de sorte qu'elle se retrouva la tête plaquée contre son torse nu, la bouche tout près du creux de ses pectoraux, et l'oreille contre son cœur. Lequel battait étonnamment fort, trop vite pour que ce ne soit pas légèrement préoccupant.

Guidée par l'instinct, Emma posa la main au centre de son thorax, sur sa peau chaude et lisse, espérant peut-être l'apaiser quelque peu.

Louis poussa un long soupir, comme rassuré de voir qu'elle acceptait finalement de demeurer près de lui.

— Ce n'est pas le problème, répondit-elle, un nœud se formant derechef dans sa gorge au souvenir de l'incident. Je préférerais qu'on ne reparle jamais de cette histoire.

— Et si ce n'était pas arrivé, chuchota-t-il, son haleine lui chatouillant le sommet du crâne. Si tu n'avais connu de moi que ce qu'il y a eu *après* l'accident. Rien de mes frasques, ni de mon abominable réputation, ni de la façon répugnante dont j'ai traité Anne… Les choses auraient-elles été différentes ?

Il s'écarta légèrement, juste assez pour verrouiller au sien son regard d'une poignante gravité.

— Sans doute, avoua-t-elle spontanément, avant de se reprendre : Mais je ne peux pas en faire abstraction. Tu comprends, c'est… Ce n'est pas… possible…

Il observait fixement sa bouche, à présent. Tandis que sous la paume d'Emma, son rythme cardiaque s'emballait encore, la plongeant dans une immense confusion.

— Emma… balbutia-t-il, l'air tout à coup aux abois.

Il repoussa ses cheveux vers l'arrière, d'un geste d'une tendresse insoupçonnée, totalement désarmante. Puis il s'approcha lentement d'elle, ses paupières s'alourdissant à mesure que l'espace entre eux se réduisait.

Jusqu'à ce que son souffle se mêle peu à peu au sien. Jusqu'à inspirer l'air qu'elle rejetait. Et jusqu'à venir effleurer ses lèvres des siennes, dans une douce caresse, toute en retenue et en pudeur.

Il s'éloigna de nouveau, guettant ses réactions avec une étrange appréhension, une question muette flottant au fond de ses yeux.

Et le cœur d'Emma se serra brutalement dans sa poitrine. Quelque chose, au creux de son être, se réveilla, pour fondre peu à peu, vaincu, terrassé par trop d'émotions, de sensations… d'anticipation.

Le souvenir de leur premier baiser était gravé pour toujours dans sa mémoire. La façon dont elle avait vibré ce jour-là, dont elle vibrait encore, sous l'effet de ce simple rapprochement, la frappa soudain. Elle était forcée d'admettre qu'elle aimait cela. Que tout en elle lui hurlait de le laisser continuer. Parce qu'en vérité, elle en voulait d'autres. Elle en voulait *plus*, quand bien même sa raison lui clamait que c'était pure folie.

Chapitre 56

Emma

D'un geste tremblant, manquant furieusement d'assurance, elle fit glisser sa main de son torse – aux muscles d'une impressionnante fermeté – à son cou, pour ensuite l'arrêter sur sa nuque – aux cheveux désormais courts. Qu'elle la pressa légèrement, tentant de l'attirer timidement vers elle, sans avoir le courage de le faire de manière plus explicite et franche.

Mais Louis n'eut guère besoin de plus. Ses sourcils s'incurvèrent de saisissement, l'espace d'un bref instant. D'un seul élan, il se pencha sur elle et, dans un puissant soupir de soulagement, reprit sa bouche. Sans réserve, cette fois… ni plus aucune pondération.

Ses lèvres happèrent les siennes avec une urgence inattendue, qui bouleversa Emma, bien plus encore que la délicatesse dont il avait fait preuve quelques secondes plus tôt.

Louis se redressa sur un coude, modifiant l'angle de leur baiser, et plaça la main sous sa mâchoire, la maintenant entre son pouce et son index de manière à l'orienter vers lui. Alors sa langue rejoignit la sienne pour la solliciter, encore et encore, de plus en plus âprement.

Sans qu'elle y réfléchisse, Emma le suivit, se cramponnant à sa nuque comme une naufragée à sa bouée.

Elle bascula progressivement sous son impulsion et se retrouva bientôt complètement allongée sur le dos, Louis au-dessus d'elle, son torse écrasant sa poitrine de son poids.

Les doigts de Louis se promenèrent le long de son cou, déclenchant toute une série de délicieux picotements, puis se perdirent dans ses cheveux. Pour aller ensuite se poser sur son ventre, où ils se frayèrent un chemin entre les pans de son gilet, qu'il repoussa peu à peu, avec précaution, sans cesser de dévorer farouchement sa bouche.

Emma frémit – d'angoisse, de plaisir, tout à la fois – quand elle sentit sa large paume passer sous la laine pour venir se plaquer le long de ses côtes, un simple tee-shirt de coton pour unique rempart entre eux. Personne ne l'avait touchée de cette façon jusqu'à présent...

Louis s'interrompit abruptement et ouvrit grande la bouche pour avaler de l'air, manifestement conscient de la tension qui envahissait Emma – laquelle semblait contagieuse. Il refusa de rompre leur baiser pour autant. Haletant fiévreusement, il s'appliqua à garder leurs lèvres soudées tandis que ses doigts s'écartaient, puis retraçaient avec minutie chacune des courbes de son corps entre sa taille, sa hanche et le sommet de sa cuisse, comme pour en cartographier mentalement les moindres détails.

Emma se mit à trembler comme une feuille, errant entre effarement et langueur, sidérée par le brasier qui prenait vie au fond d'elle, des muscles au creux de son abdomen – dont elle ignorait l'existence –, se crispant en écho aux attentions de Louis.

Une nouvelle vague, plus violente que la première, la traversa quand Louis remonta la main sur son ventre en une caresse plus appuyée, jusqu'à effleurer son sein du pouce.

Il referma la bouche pour déglutir péniblement. Puis, ne lui laissant guère le temps de se ressaisir, il l'embrassa de nouveau. Avec une ardeur redoublée, époustouflante. Comme si sa vie en dépendait. Comme pour lui dérober son air… comme si elle était une réserve d'oxygène et lui un plongeur en détresse, perdu au fond de l'océan.

Mais n'éprouvait-elle pas le même besoin ? Ne répondait-elle pas avec le même feu ? Elle se sentait si vivante entre ses bras, si différente également.

Presque… libre.

Louis avait l'art de la provoquer en toutes circonstances. Il était le seul à savoir comment s'y prendre pour toujours la pousser dans ses retranchements, pour lui faire découvrir quelle autre personne elle pouvait être.

La paume de Louis dériva encore et vint englober son sein à travers son tee-shirt. Prudemment d'abord. Avant d'en parcourir les contours de ses doigts fébriles, lui envoyant soudain un millier de petites décharges électriques quand il en frôla la pointe érigée.

Emma hoqueta de surprise et, dans un réflexe incontrôlé, se cambra contre lui, lui griffant âprement le dos – de l'omoplate à la base de la nuque – par inadvertance. Elle en aurait été catastrophée si Louis n'avait pas gémi en réponse, nichant brusquement sa tête au creux de son cou pour érafler sa peau de ses dents, se pressant tout à coup plus vigoureusement contre elle.

C'est alors qu'elle prit conscience du renflement dur appuyé le long de sa hanche. L'érection de Louis, dressée entre eux. La preuve on ne peut plus concrète et perturbante de son désir pour elle.

Ce contact choqua Emma, la heurta, mais pas de la façon qu'elle aurait cru. Non, cela ne fit qu'attiser les flammes du brasier qui parcourait ses veines, souleva en elle une autre vague, encore plus virulente, l'ébranlant complètement. Parce qu'entre ses cuisses naissait cette moiteur étrange, mais qu'elle pouvait aisément identifier, quand bien même était-ce la première fois qu'elle ressentait ça.

Les lèvres avides de Louis descendirent, traçant un chemin incandescent de sa mâchoire à sa gorge, qu'instinctivement elle lui offrit. Il tira sur le col de son tee-shirt pour aller plus bas et s'interrompit dans un soupir haché, trahissant sa frustration.

Puis ses mouvements devinrent plus brusques.

Louis écarta avec impatience les pans de son gilet et se débattit avec le vêtement jusqu'à l'en débarrasser tout à fait. Sans lui laisser le temps d'intégrer cette idée, il intercala une jambe entre les siennes tout en repoussant ses genoux pour se ménager davantage d'espace. Puis il bascula au-dessus d'elle, leurs bassins alignés. Il se redressa juste assez pour saisir ses poignets d'une main et les plaquer contre la tête de lit, tandis que, de l'autre, il attrapait l'ourlet de son tee-shirt.

L'alarme s'alluma subitement dans l'esprit d'Emma et Louis dut le percevoir, car il se figea aussitôt.

La bouche ouverte, hors d'haleine, il l'observa avec stupéfaction, comme si lui-même ne comprenait pas comment ils en étaient arrivés là.

Emma était tellement confuse qu'elle ne trouva rien à dire. Ni protestations ni cris de colère. Rien.

Elle se contenta de demeurer immobile, sans chercher à le repousser, lui rendant son regard, avec, sans doute, une expression identique sur le visage.

Louis déglutit, ferma les yeux et expira un grand coup par le nez, comme pour essayer de recouvrer son calme. Il relâcha doucement ses poignets, garda un instant les paumes ouvertes, tel un criminel pris sur le fait se résignant à abandonner son arme, et la laissa ramener les bras le long de son corps. Puis il vint appuyer son front contre le sien.

— Je me comporterai bien, je te le promets, articula-t-il laborieusement. Je ne veux pas te faire de mal. Je ne t'en ferai pas. Plus jamais.

Emma ignorait quoi penser de ce singulier serment, d'autant que, dans sa tête, régnait un chaos sans nom. D'autant qu'elle était affreusement vulnérable sans son gilet pour se dissimuler, que Louis était toujours sur elle et qu'elle pouvait encore sentir son membre raide, érigé juste contre son bas-ventre…

Et il tremblait, les tempes voilées de sueur, les traits crispés, dans un état vraiment étrange.

— D'accord, chuchota-t-elle, ne sachant quoi dire d'autre.

Louis roula sur le flanc et referma derechef les bras sur elle, la ramenant tout contre lui.

— Tu restes avec moi, tu n'as pas changé d'avis, n'est-ce pas ? demanda-t-il d'une voix aux inflexions bizarres.

C'était tellement curieux, comme si cette intimité nouvelle entre eux le fragilisait, lui aussi, à peu près autant qu'elle. Lui, qui était si dur et inflexible, qui se plaisait tant à se montrer d'une effroyable insensibilité, révélait un pan de sa personnalité totalement insoupçonné.

Cependant, Emma n'avait pas imaginé qu'en acceptant sa requête, quelques minutes plus tôt, elle avait consenti à dormir avec lui, dans le même lit, enlacée à lui pour la nuit…

— Je reste, balbutia-t-elle malgré tout.

Parce que, si dingue et déraisonnable que ce fût, elle était tout bonnement incapable de refuser. S'éloigner de Louis était tout à coup devenu impossible. Elle était si bien près de lui, le dos appuyé contre son torse ferme et chaud. C'était effrayant, doux et agréable à la fois…

Chapitre 57

Louis

Mardi 23 février 2016

Quand Louis rouvrit les yeux, s'efforçant péniblement d'émerger du lourd sommeil dans lequel il était plongé, la lumière du jour avait déjà envahi la chambre, et le délicieux songe qui l'avait transporté une partie de la nuit avait disparu.

Évaporé… Comme la douce quiétude qui l'avait si agréablement alangui.

Il tendit la main au-dessus de l'oreiller vide accolé au sien et posa doucement la paume à l'endroit où un léger creux apparaissait à sa surface – preuve qu'il n'avait pas rêvé, qu'Emma était restée près de lui, ne serait-ce que quelques heures.

Puis il aperçut un morceau de papier, abandonné sur la table de nuit.

Il se redressa et s'en saisit immédiatement, déraisonnablement anxieux à l'idée de ce qu'il allait trouver.

Je suis partie en cours. Tu dormais si profondément que je n'ai pas osé te réveiller. J'espère que tu te sens mieux ce matin.

P.-S. : Au fait, comment as-tu eu mon numéro ?

La note ne précisait pas à quelle heure Emma était partie, ni si elle avait passé une bonne nuit à ses côtés… ni dans quel état d'esprit elle était à son réveil.

Une bourrasque de questions s'éleva en lui, demeurant toutes sans réponse, le laissant aussi fébrile qu'inquiet.

Parce qu'il était désormais impossible qu'ils en restent là, tous les deux. Pas après cette étreinte bouleversante, si sage et pourtant si sensuelle. Pas après qu'elle eut allumé cela en lui, cette effervescence inexplicable, ardente et dévorante, qui le consumait à présent.

Louis avait renoncé à tant de choses… Se passer de celle-ci, de toutes ces captivantes sensations, ces émotions brutales, percutantes qu'Emma éveillait en lui, était devenu tout bonnement impossible.

Tant pis pour cette saleté de panneau. Tant pis pour ses résolutions. Tant pis pour tout ce qui l'avait séparé d'elle jusqu'à maintenant…

Comment était-il censé résister à la seule lumière qui éclairait un quotidien fait de ténèbres et d'ennui ? Comment ne pas vouloir cette intimité avec elle quand leurs rapprochements l'enivraient davantage que le plus fort des alcools, lui faisant oublier la douleur ? Allant même jusqu'à lui donner l'impression que, pour elle, il était capable de devenir quelqu'un de meilleur ?

Il n'avait rien exagéré, il la désirait. Farouchement. Plus qu'il n'avait encore jamais désiré personne. Cela s'imposait à lui de manière plus frappante encore après ce deuxième baiser.

Emma était si différente. En tout point.

Son corps était différent de ceux des femmes avec qui il avait l'habitude d'avoir des rapports. Plus vallonné, plus complexe, plus mystérieux également. Sentir sous ses mains ses formes voluptueuses et épanouies avait sur lui un effet incomparable. Tellement excitant…

Jamais il n'aurait cru qu'il serait aussi pénible et éprouvant de devoir refréner ses pulsions – tout ça à cause d'une promesse, et aussi parce qu'il tenait à ne rien brusquer, étant donné le peu d'expérience d'Emma.

La manière dont elle réagissait à son contact était différente. Instinctive, spontanée, d'une affolante réceptivité. Chacun de ses soupirs, hoquets et autres frémissements dégageait une sensualité époustouflante, l'électrisant plus que n'importe quoi. Il existait entre eux une indéniable alchimie, inexplicable, mais qui ne pouvait être niée, ni confondue avec cette prétendue amitié derrière laquelle elle essayait de se réfugier.

Louis repoussa la couette, récupéra les béquilles qu'Emma avait précautionneusement disposées près du chevet et se leva. Son genou l'élança, comme de coutume, mais rien à voir avec la vive brûlure de la veille.

Finalement, la crise était passée.

Parfait, il avait justement besoin de sortir. Pour aller la retrouver, sans tarder. Et s'assurer que la jeune femme qui avait tant frissonné sous ses baisers la veille avait désormais une idée plus précise du type de lien qui les unissait.

Louis descendit du taxi en songeant qu'il serait peut-être temps qu'il pense à acquérir une nouvelle voiture, équipée d'une boîte automatique, afin de pouvoir se déplacer plus librement – sans craindre pour autant de devenir un danger public à cause de son genou. Il traversa le couloir principal de l'immense bâtiment regroupant plusieurs sections universitaires, puis s'arrêta à mi-chemin pour s'adosser au mur et consulter son téléphone portable.

Il n'était pas tout à fait 10 h 30. Emma devait probablement encore être en cours. Il la dérangerait s'il l'appelait maintenant. Mieux valait qu'il attende l'heure du déjeuner et l'intercepte au self, comme il l'avait déjà fait par le passé.

Un homme chauve, d'une cinquantaine d'années, arriva vers lui en courant, trébucha maladroitement, manquant laisser échapper sa sacoche de cuir, puis s'engouffra précipitamment dans la salle en face de laquelle Louis se tenait.

Celui qui avait tout l'air d'être professeur – bien qu'un brin excentrique – fit mine de refermer les portes à double battant derrière lui, puis s'interrompit dans son élan.

— Jeune homme, les béquilles n'excusent pas tout, lui lança-t-il. Edgar Allan Poe et moi-même ne méritons guère un tel mépris. Vous déciderez-vous à nous rejoindre, oui ou non ?

Louis releva la tête, surpris. Il allait répondre à l'homme qu'il faisait erreur mais, après tout, il n'avait rien de mieux à faire. En outre, il avait lu et apprécié la plupart des œuvres de cet auteur.

— Aucun mépris, de l'inattention tout au plus, rétorqua-t-il en rempochant son téléphone.

Il pénétra dans la salle, trouva une place près de l'entrée et s'y installa. Le tout avec autant de naturel que possible – malgré le brouhaha croissant que son intrusion avait provoqué.

Lorsque retentit la sonnerie de midi, Louis, qui n'avait aucune affaire à remballer, fut le premier à quitter l'amphi, trop pressé de se rendre au restaurant universitaire pour s'attarder.

Plusieurs personnes derrière lui l'appelèrent, mais il les ignora. Il monta dans l'ascenseur avant que quiconque ait pu le rejoindre, soulagé, puis il prit la passerelle et fonça au self. Il s'apprêtait à dégainer son téléphone quand il aperçut Emma dans la file d'attente… accompagnée de son amie, Anne.

Anne, à qui Emma refusait de parler de leur relation – si ambiguë fût-elle.

Louis hésita. Il ne voulait pas mettre Emma dans l'embarras, la situation étant on ne peut plus délicate. Voire perturbante, pour elle, qui savait parfaitement ce qui s'était passé entre Anne et lui quelques mois plus tôt.

Cependant, il ne pouvait rester loin d'elle plus longtemps. Pas alors qu'elle était là, à seulement quelques mètres…

Il serait prudent, voilà tout.

Les choses étaient ce qu'elles étaient, il n'avait pas le pouvoir d'effacer ses erreurs du passé. Toutefois, il lui appartenait de faire en sorte qu'Emma puisse peut-être un jour parler de lui sans honte à son amie, malgré leur passif. Il était décidé à tout faire pour cela.

Louis poussa la porte de verre de l'épaule et remonta la file jusqu'à arriver à hauteur des deux jeunes femmes.

Anne écarquilla les yeux en l'apercevant, tandis qu'Emma mit quelques secondes à se retourner.

— Louis ? bredouilla-t-elle d'une petite voix, la stupéfaction marquant ses traits.

Son regard chaud s'accrocha au sien l'espace d'un bref instant. Puis elle baissa la tête et rougit, extrêmement mal à l'aise.

Réaction à laquelle il s'était attendu, mais qui l'écorcha néanmoins. Parce qu'elle ne semblait franchement pas ravie de le revoir…

— Aurais-tu l'amabilité de bien vouloir m'aider avec le plateau, s'il te plaît ? lui demanda-t-il, s'efforçant de demeurer impassible.

Elle avait dit qu'elle était d'accord pour ça, il ne l'avait pas oublié.

— Euh… oui, bafouilla-t-elle en contemplant ses pieds. Si tu veux.

— Est-ce que… est-ce que tu reprends les cours ? s'enquit prudemment Anne, confuse, elle aussi.

— Plus ou moins, répondit-il. En fait, je songe à changer de cursus. Je vais peut-être aller en lettres, finalement. J'ignore ce que ça donnera, mais je viens de faire un rapide essai et j'ai trouvé cela plutôt intéressant.

Emma fronça les sourcils et lui jeta un rapide coup d'œil intrigué.

Puis ce fut leur tour d'accéder aux couverts.

Comme la première fois, Emma se chargea de leurs deux plateaux sans rechigner, s'empressa de remplir celui de Louis, tout en négligeant cependant curieusement le sien. Il insista, au moment de passer en caisse, pour régler leurs trois repas – quoique le terme de « repas » fût discutable dans le cas d'Emma. Et, même si la jeune femme paraissait de plus en plus contrariée, elle se conforma à la décision d'Anne et accepta, évitant ainsi d'attirer l'attention et de ralentir le service.

— Tu déjeunes avec nous ? proposa naturellement cette dernière, après l'avoir remercié.

Au moins, l'amie d'Emma n'était pas rancunière – à défaut d'être d'une grande loyauté.

— Si cela ne vous dérange pas, acquiesça-t-il.

Il voulut interroger Emma du regard, mais elle s'obstinait à l'éviter, gardant le nez résolument baissé.

Chapitre 58

Louis

Emma déposa le plateau qu'elle avait préparé pour Louis sur une table, puis laissa Anne prendre place face à lui. Après quoi, elle se résigna à s'installer à côté de son amie, sans un mot.

— Tu es quasiment rétabli maintenant, remarqua poliment Anne, essayant de faire la conversation tout en plantant un peu trop vigoureusement sa fourchette dans ses pâtes.

Il était évident qu'elle aussi était consciente du malaise qui régnait entre eux.

— Pour ainsi dire, souffla Louis, ne tenant guère à s'éterniser sur le sujet.

Il ne le serait jamais vraiment, de toute façon, il l'avait bien compris. Les autres intégreraient l'idée à un moment ou à un autre, lorsqu'ils s'apercevraient qu'après des mois et des mois de convalescence il ne parvenait toujours pas à se déplacer sans l'aide de béquilles. Peu importait, il ne voulait pas songer à cela.

En outre, l'attitude d'Emma était de plus en plus préoccupante.

De rose foncé, ses joues étaient passées à blanches. Elle ne disait rien, ne touchait même pas à la malheureuse tranche de pain et au yaourt qui se battaient en duel sur son plateau. Et elle se tenait courbée, presque recroquevillée sur sa chaise, les mains coincées entre ses genoux, comme si elle avait eu tout à coup très mal au ventre.

Louis prit alors conscience des regards qui convergeaient presque unanimement dans leur direction et comprit que ce n'était pas tant sa présence que l'attention exagérée dont ils faisaient l'objet qui perturbait Emma.

Cherchant désespérément à lui faire lever les yeux, il se pencha légèrement vers elle et lança :

— Une personne pleine de bon sens m'a déjà fait remarquer qu'il n'était guère très sain de sauter un repas.

Alors plusieurs…

La veille, par sa faute, Emma avait dû se passer de dîner. Et voilà qu'à présent sa simple présence lui coupait l'appétit au point de l'empêcher de déjeuner. Cela aurait-il pu se dérouler plus mal encore ?

Emma ne réagit pas, l'ignorant de plus belle, le plongeant dans une confusion et une angoisse étouffantes. Il s'inclina davantage et vit Anne se raidir, prenant une expression de plus en plus inquiète – craignant sans doute qu'il ne finisse par se montrer désagréable et ne s'en prenne à son amie une fois de plus.

— Louis, s'il te plaît, le pria-t-elle, confirmant ses suppositions. Emma ne t'a rien fait, laisse-la tranquille.

Il se rencogna contre le dossier de sa chaise, désappointé. Puis il ne put s'empêcher de se défendre, froissé par ce qu'Anne était en train d'imaginer :

— J'ai présenté plusieurs fois mes excuses à Emma et elle les a refusées.

Anne se tourna vers son amie et battit des paupières, abasourdie.

Elle s'apprêtait à parler quand ils furent interrompus. Marion et Jennifer – toutes deux de son ancien cercle – se postèrent devant leur table. Les lèvres pincées de perplexité, Marion fit remarquer d'un ton de reproche :

— Je croyais que tu voulais arrêter le droit.

— À juste titre, attesta-t-il, brusquement pris d'une nouvelle bouffée d'anxiété. Il me semble d'ailleurs fort peu probable que tu m'aies aperçu au cours ce matin, dans la mesure où je n'y étais pas.

— Alors qu'est-ce que tu fabriques ici ? s'étonna-t-elle. Et pourquoi ne viens-tu pas plutôt déjeuner avec nous ? On est toujours tes amis, à ce que je sache.

— Permets-moi d'émettre quelques réserves à ce sujet, grinça-t-il. Quoi qu'il en soit, et bien que ta proposition soit très aimable, je n'y tiens pas plus que ça, merci.

— J'hallucine, s'étrangla Marion en baissant la voix. Tu m'as plantée, tout ça pour remettre le couvert avec la rouquine ? Tu n'es quand même pas sérieux ?!

— Il veut peut-être se faire Miss Plateau Vide, plaisanta Jennifer en indiquant Emma du menton, avant d'exploser de rire, comme si sa sortie était particulièrement cocasse.

Qu'est-ce que c'était que ce nouveau surnom à la con ?!

Louis serra les poings sous la table, la rage s'emparant subitement de lui, mais plaqua sur son visage le sourire le plus venimeux qu'il avait en stock.

— Finement observé, railla-t-il. Non vraiment, c'est très impressionnant, quel sens de la repartie, que d'esprit ! Je comprends mieux désormais comment on peut en arriver à tripler son année de licence. À moins que ce ne soit qu'une légende, il est vrai que cela paraît tellement aberrant… Enfin, un peu moins maintenant.

Il conclut d'un bref rire de gorge moqueur, ravi de voir Jennifer blêmir et battre frénétiquement des paupières, hébétée.

D'ordinaire, les autres évitaient systématiquement de parler de ce secret – qui n'en était pas vraiment un du reste, puisque seule la principale intéressée y croyait encore.

— Mince alors, reprit-il à l'intention de Marion. Je crois bien que ta copine va se mettre à pleurer. Il est peut-être temps de nous laisser, tout cela devient extrêmement gênant, ne trouves-tu pas ?

Muette d'humiliation, à deux doigts de craquer, Jennifer tourna aussitôt les talons. Marion plaça les poings sur ses hanches et fusilla Louis du regard.

Il haussa un sourcil dédaigneux en réponse, prêt à poursuivre. Elle battit finalement en retraite et, sans rien ajouter, se dépêcha de rejoindre sa comparse.

Alors il se tourna vers Emma et sentit quelque chose se déchirer douloureusement en lui lorsqu'il la vit s'affaisser davantage. Il la connaissait assez à présent pour deviner qu'elle luttait pour retenir ses larmes.

— Emma..., marmonna-t-il, totalement désemparé.

Soudain, elle se leva. D'un geste tremblant, elle ramassa son plateau et, les yeux toujours rivés au sol, quitta la table.

— Attends ! s'exclama-t-il comme la panique faisait battre le sang à ses tempes.

Il saisissait ses béquilles quand Anne l'arrêta dans son élan.

— Tu ne devrais pas faire ça, lui conseilla-t-elle. Emma déteste attirer l'attention, et tu es sans doute le pire des aimants. Tu la mettras encore plus mal à l'aise si tu lui cours après devant toute la salle.

Elle avait raison, cela ne ferait qu'empirer les choses, et il ne pouvait décemment pas se le permettre.

Ce fut pénible, mais il se retint et reposa ses béquilles.

Incapable de masquer plus longtemps son mécontentement, il parcourut la vaste pièce du regard et fit tomber tous ceux qui s'accrochaient à lui.

— En fait, c'était elle que tu voulais voir ce soir-là, à la fête chez Luc, présuma Anne, l'observant avec un mélange de curiosité et de tristesse. C'est pour ça que tu es venu me trouver dès que je suis arrivée, n'est-ce pas ?

— C'est pour cette raison que j'ai demandé que l'on t'invite, clarifia-t-il, conscient d'être blessant quand, pour une fois, il ne l'avait pas vraiment cherché.

Il ne pouvait plus faire semblant. Autant jouer cartes sur table avec l'amie d'Emma, puisqu'il s'était de toute façon trahi.

Anne pencha la tête sur le côté, comme pour l'examiner d'un œil nouveau. Puis son menton se mit à trembler, tandis qu'elle aussi tentait de contenir ses larmes.

Décidément…

Mais n'était-ce pas son don, après tout ? Quoi qu'il fasse, même lorsque ce n'était pas dans ses intentions, il provoquait un désastre. Tout en lui était toxique, sa seule proximité un poison, tellement néfaste pour Emma. Ce déjeuner en était la preuve flagrante.

Il se massa les tempes, épuisé et perdu, puis lâcha :

— Je n'aurais jamais dû faire ça. Je regrette la manière dont j'ai agi, ainsi que la façon dont je t'ai traitée ensuite…

Anne poussa un long soupir, puis s'adossa à sa chaise en croisant les bras. Elle scruta le vide l'espace d'un bref instant, et reporta son attention sur lui.

— Emma n'arrive presque jamais à manger devant les autres, déclara-t-elle avec gravité. Seulement devant moi, parce que nous sommes amies, et seulement quand nous ne sommes que toutes les deux. Elle ne vient au self que parce que je le lui demande et peine la plupart du temps à remplir un plateau, que je termine pour elle quoi qu'il arrive. Maintenant, on sait que certaines personnes l'ont remarqué, ce qui ne risque pas d'améliorer la situation.

Louis cilla, profondément troublé.

Tout à coup, il réalisa pourquoi la plaisanterie stupide de Jennifer – *a priori* passablement insignifiante – avait tant bouleversé Emma. Puis il comprit que ce devait être pour cette même raison qu'elle avait toujours refusé de partager avec lui quelque chose d'aussi banal qu'un repas.

Les problèmes d'Emma étaient beaucoup plus importants qu'il ne l'avait soupçonné...

— Je l'ai ramassée à la petite cuillère le jour où tu t'es moqué d'elle devant tout le monde, continua Anne. C'était la pire chose qu'on pouvait lui faire, je pense. J'ai vraiment été très, *très* bête ce soir-là, chez Luc, de préférer mettre tout ça de côté pour te draguer comme je l'ai fait. Je le regrette aussi, crois-moi, d'autant plus après ce que tu viens de me révéler. Mais elle, elle n'est pas comme ça, loin de là, je t'assure. Alors je ne sais pas ce que tu lui veux, s'il faut t'accorder le bénéfice du doute ou non, n'empêche que tu ferais probablement mieux de laisser tomber. Il est évident qu'Emma n'est pas une fille pour toi. Elle est trop vulnérable. Tu n'es peut-être pas responsable de ce qui s'est passé aujourd'hui, mais je pense que tu lui as fait bien assez de mal comme ça.

Louis ferma les yeux et serra les dents, ne trouvant absolument rien à répondre.

Tout cela, il le savait déjà. Cependant, se l'entendre dire était autre chose. Beaucoup plus difficile à encaisser.

Il songea, l'espace d'un instant, à tout abandonner, à revenir à ses premières résolutions. Parce que c'était encore ce qu'il y avait de plus raisonnable, qu'en vérité il n'était définitivement pas la personne qu'il fallait à Emma.

Mais la simple idée de ne plus la voir, de ne plus la toucher... de ne plus l'embrasser, lui était insupportable.

Anne attendit quelques secondes, puis, comme il gardait le silence, se leva. Il l'imita, cependant, au lieu de la suivre vers le comptoir où l'on rangeait les plateaux sales, il laissa le sien sur la table et fila vers la porte.

Chapitre 59

Louis

Louis prit l'ascenseur pour redescendre, puis déambula dans les couloirs, à la recherche d'Emma. Plusieurs personnes le saluèrent, d'autres tentèrent de l'aborder. Il répondit autant que possible, laconiquement, s'efforçant d'être au moins à peu près poli, mais sans se laisser distraire.

S'il ne trouvait pas Emma maintenant, après il serait trop tard. Elle retournerait en cours pour l'après-midi, puis se rendrait certainement ensuite au centre équestre. Et il lui faudrait attendre le soir – si tant est qu'elle décide de venir, ce dont il ne pouvait jamais être sûr. Il n'y avait rien à faire, ce n'était tout bonnement pas envisageable, pas après ce déjeuner complètement raté…

Exténué, il sortit son téléphone et essaya de la joindre. Sans succès, bien entendu.

Elle continuait de l'ignorer et cela le mettait au supplice, le plongeant dans un état étrange, entre exaspération, inquiétude et panique totale.

Refusant de se laisser décourager, il poursuivit son chemin et se rendit tout au fond du bâtiment, dans la partie qui n'avait pas été restaurée. Il remonta le corridor qui menait aux toilettes – celles qui étaient hors d'âge et que personne n'utilisait jamais – et soupira de soulagement en l'apercevant.

Emma était assise sur une table – laquelle était empilée au-dessus de plusieurs autres, négligemment stockées dans cet endroit improbable. Emmitouflée dans son manteau, elle l'observait sans bouger – les béquilles, qui manquaient furieusement de discrétion, l'ayant probablement alertée. Elle avait encore son portable à la main, prouvant qu'elle n'avait pu manquer son appel…

— Alors c'est ici, ta planque ? demanda-t-il en franchissant les quelques mètres qui les séparaient.

Emma rangea promptement son téléphone. Elle haussa les épaules et rétorqua :

— Mimi Geignarde et moi, on s'entend plutôt pas mal. Beaucoup de points communs, sans doute.

Louis pencha la tête sur le côté, pas sûr de saisir.

— Ah, *Harry Potter*, bien sûr, souffla-t-il lorsqu'il fit le lien. Heureusement, nos locaux sont nettement moins dangereux que Poudlard. Je n'y ai jamais croisé de chien à trois têtes, par exemple.

Emma pinça les lèvres dans une tentative de sourire qui manquait passablement de conviction.

Louis approcha encore, jusqu'à ce que ses jambes viennent frôler les genoux d'Emma. Et à nouveau, elle baissa la tête, visiblement intimidée. Apparemment, elle ne cherchait pas à s'éloigner, aussi préféra-t-il y voir un signe plutôt positif.

Il posa une béquille contre la table, puis l'autre, et s'appuya des deux mains sur le plateau pour compenser, plaçant ses paumes de part et d'autre des cuisses d'Emma. Une force aussi étrange qu'inexplicable le poussait toujours plus près d'elle.

— Je suis contente que tu aies décidé de reprendre les cours, déclara-t-elle en se tordant nerveusement les doigts. C'est une excellente chose. Finalement, ça ne m'étonne pas tant que ça que tu choisisses d'aller en lettres.

Vraiment ? Parce que lui, ça l'avait carrément surpris…

— En revanche, l'idée que je m'incruste à ta table à l'heure du déjeuner ne t'enchante guère, d'après ce que j'ai pu constater, opposa-t-il calmement.

Ce n'était pas un reproche, mais il fallait qu'ils en parlent. La réaction d'Emma l'avait beaucoup trop ébranlé pour qu'il la laisse éviter le sujet.

Elle soupira, puis grimaça d'embarras.

— Je suis désolée… Je ne m'attendais tellement pas à te voir ici… Je ne savais pas quelle attitude adopter, avec Anne qui… enfin, tu dois bien t'en douter. Elle est toujours amoureuse de toi. Elle ne sait même pas qu'on se connaît. Alors si elle apprenait qu'on vient de passer la nuit ensemble, qu'on s'est…

La voix d'Emma mourut dans sa gorge, et elle se cacha le visage dans ses mains, mortifiée.

Et le cœur de Louis se serra dans sa poitrine. Parce qu'il était le seul responsable de la position si délicate dans laquelle se trouvait Emma. Mais aussi parce que, cette fois, le fait qu'elle ne parvienne toujours pas à verbaliser les choses, qu'elle ait trop honte pour ne serait-ce que reconnaître qu'ils s'étaient embrassés – voire fiévreusement enlacés… – lui faisait mal.

— Je suis la pire des amies, déplora-t-elle en laissant retomber ses bras de dépit. C'est lamentable ce que je fais. Il faut qu'on arrête, ce n'est bon pour aucun de nous…

— Non, l'interrompit-il abruptement, saisissant son menton pour l'obliger à le regarder, prenant le risque de reporter tout son poids sur son autre main. Non, je ne suis pas d'accord. Pas du tout.

Au contraire, Emma, c'était si bon, cette étreinte... et cette nuit avec toi.

Elle fronça les sourcils, visiblement prise de court par son emportement. Puis elle battit des paupières, agitant ses longs cils bruns.

— Sans compter tous ces gens qui nous fixaient, balbutia-t-elle douloureusement. C'était l'horreur. Les remarques de Jennifer et de Marion, leur hilarité... Et... *toi*. Tu es si effrayant quand tu redeviens méchant.

Louis eut un léger mouvement de recul, atterré. Pour le coup, il ne s'était certainement pas attendu à ce qu'elle lui reproche de s'être montré un peu dur, après les moqueries idiotes dont elle avait fait l'objet.

— Je n'ai pas changé, j'ai toujours été comme ça, acerbe et incisif, se défendit-il. Je n'allais tout de même pas les laisser continuer ! Ne me dis pas que c'est ce que tu aurais voulu ?!

— Tu as été cruel, corrigea-t-elle, son beau regard brun se chargeant de reflets indignés. Jennifer est partie en pleurant...

Il n'arrivait pas à y croire ! Emma était-elle réellement en train d'insinuer qu'elle lui en voulait d'avoir renvoyé dans ses buts la vipère qui avait été si désobligeante avec elle ?!

— La belle affaire ! s'exclama-t-il en levant les yeux au ciel. Réaction passablement excessive, si tu veux mon avis, mais tout à fait satisfaisante. Je voulais qu'elle la boucle, et c'est précisément le résultat que j'ai obtenu.

Elle voulut se détourner, mais il l'en empêcha, maintenant sa mâchoire entre son pouce et son index.

— Je ne m'en excuserai pas, Emma. Parce que c'est terminé. À partir de maintenant, je ne laisserai plus personne t'importuner. De quelque façon que ce soit. Jamais. Quiconque voudra s'en prendre à toi me trouvera systématiquement sur son chemin, c'est comme ça.

Et je ne répliquerai pas avec pondération, pas même pour ménager ta sensibilité. Je serai doublement mordant et impitoyable, puisqu'il le faut.

Puisqu'elle était incapable de l'être...

Puisqu'elle se repliait sur elle, rentrait dans sa coquille chaque fois qu'elle se trouvait confrontée aux autres. Et qu'il ne supportait pas de la voir ainsi, quand elle était paradoxalement si vive, farouche et intraitable avec lui.

Chapitre 60

Louis

Emma poussa un soupir extrêmement troublant, qu'il ne sut comment interpréter. Et il se rendit subitement compte qu'il était en train de lui caresser la joue, sa main s'animant malgré lui. La peau de nacre d'Emma était si veloutée sous ses doigts qu'il ne put s'empêcher de les laisser glisser dans son cou. Puis sur sa nuque, où il ôta l'élastique retenant ses cheveux.

Elle secoua légèrement la tête, étalant ses longues mèches aux tendres reflets chocolat sur ses épaules, et il eut du mal à déglutir.

— Tu ne m'as pas dit si tu te sentais mieux, murmura-t-elle, étudiant son visage avec inquiétude.

Emma, qui se souciait toujours tellement des autres. Mais ne se souciait-elle pas plus particulièrement de lui ?

Cela lui plaisait tant de le croire…

— Beaucoup mieux, chuchota-t-il, plongeant les doigts dans sa chevelure. Et toi, est-ce que tu te sens mieux ?

Elle cilla, parce qu'il faisait référence au trouble flagrant qui l'avait saisie lors de leur désastreux déjeuner. Puis elle acquiesça muettement, d'un infime hochement de tête.

— J'avais juste envie de te revoir, expliqua-t-il en guise d'excuse, navré d'avoir provoqué un tel malaise. J'avais envie de t'embrasser encore…

Et cela ne pouvait pas attendre, Emma.

Leurs visages étaient si proches à présent.

Il brûlait de prendre ses lèvres, là, tout de suite. Parce qu'il savait combien elles étaient douces, comme elles épousaient merveilleusement les siennes. Comme elles frémissaient si délicieusement sous les caresses de sa langue...

Jamais il n'avait autant aimé embrasser quelqu'un. D'ordinaire, il se prêtait d'ailleurs aussi peu que possible à cet exercice. Uniquement lorsque c'était inévitable. Ou pour la galerie, lorsqu'il avait un public, un plan, ainsi qu'un défi à relever.

Présentement, il n'y avait rien de tout cela.

Juste le désir.

Tellement saisissant. Ravageur. Percutant.

Et ce tourbillon curieux dans sa poitrine, cette violente tempête d'émotions brutes.

Il s'apprêtait à cueillir sa bouche lorsqu'elle marmonna :

— Pas ici...

Louis s'interrompit à regret, péniblement, et s'éloigna de quelques centimètres, uniquement pour pouvoir la voir, sans relâcher sa nuque pour autant.

Emma semblait aussi mal que lui. Son souffle s'était accordé au sien, tout aussi déraisonnablement rapide, ses paupières s'étaient alourdies, et il lisait la même frustration sur ses traits.

Il avala une grande bouffée d'air et sentit un sourire étirer ses lèvres, spontanément, sans qu'il puisse rien faire pour le refréner.

« Pas ici », cela signifiait également « d'accord, mais ailleurs »...

Peut-être un peu plus tard. Peut-être seulement chez lui, lorsqu'ils seraient certains d'être tranquilles. Tant qu'il pouvait espérer de nouvelles étreintes, d'autres moments comme celui de la veille, cela lui convenait.

Il appuya le front contre celui d'Emma. Puis, promenant le pouce le long de l'arc délicat de sa mâchoire, il plaisanta :

— Il n'y a vraiment qu'avec moi que tu sais te montrer cruelle…

Se rendait-elle compte qu'elle le mettait au supplice ?

Non, elle n'en avait pas idée, bien entendu. Même lui était stupéfait d'éprouver un désir aussi brutal.

Emma déposa un baiser léger et hésitant sur sa joue, comme en guise de consolation – à moins que ce ne soit pour étayer son propos sur la cruauté. Et il ne put retenir un grognement, de triomphe et d'insatisfaction tout à la fois.

Impossible de ne pas répondre à cela. Impossible de reprendre ses distances…

Louis se pencha davantage, conscient de s'appuyer également sur elle pour mieux se tenir, et embrassa le haut de la pommette d'Emma, tout près de l'endroit où ses longs cils venaient ombrer son visage. Puis il traça un chemin de baisers jusqu'à son cou, incapable de ne pas se repaître de l'odeur chaude et suave de sa peau, mêlée aux effluves de jasmin qui se dégageaient de ses cheveux.

Emma s'alanguit contre lui. Puis elle le surprit en passant les bras autour de sa nuque. D'un mouvement d'abord plutôt prudent et timide, mais qui devint ensuite plus sûr, jusqu'à même lui offrir un nouveau point de soutien.

— Nous sommes seuls, fit-il valoir dans un chuchotement, les sens en feu. Il n'y a personne dans ce vieux couloir perdu au fin fond du bâtiment.

Et je crois que je vais étouffer si je ne cueille pas sur tes lèvres tous ces baisers dont j'ai si faim…

Il remonta pour l'embrasser au coin de la bouche, dans une ultime invitation. Et Emma bascula la tête en arrière, l'incitant clairement à poursuivre.

Louis ne se fit pas prier. Il repoussa les genoux d'Emma pour caler le haut de ses jambes contre la table, leurs bassins se retrouvant plaqués l'un à l'autre. Puis il lâcha le bord du plateau pour mieux l'enlacer, une main plongée dans sa chevelure, retenant l'arrière de son crâne, l'autre arrimée à sa hanche, s'appuyant sur elle. Alors il prit ses lèvres, avec empressement, beaucoup plus brusquement qu'il ne l'aurait voulu, le manque d'équilibre le rendant moins habile.

Mais Emma ne parut pas en prendre ombrage. Au contraire, elle mettait un point d'honneur à tenir bon et à ne pas ployer sous son poids, sous la force de son étreinte, à s'accrocher à lui, elle aussi, gérant leur stabilité pour deux. À répondre à son baiser avec autant de ferveur que de douceur, cette sensualité folle qui émanait du plus infime de ses gestes projetant Louis dans un autre univers, où le moindre détail se teintait soudain d'un érotisme affolant, le grisant comme rien d'autre ne saurait le faire.

Dans le lointain, à travers le bourdonnement discontinu du sang qui pulsait avec une vigueur sans cesse accrue dans ses tempes, Louis perçut comme des bruits de pas. Toutefois, il refusa d'en tenir compte, trop absorbé par les formes généreuses d'Emma qui s'écrasaient voluptueusement contre son torse, trop enivré par la soie de sa langue glissant sur la sienne, ses ongles qui se promenaient dans ses cheveux...

Mais en un éclair, tout bascula.

Emma se figea et rompit leur baiser, s'arrachant brutalement à ses lèvres pour le laisser pantelant et encore affamé.

Louis finit par rouvrir les yeux, à contrecœur, pour découvrir de nouveau la honte et l'épouvante qui marquaient les traits si gracieux d'Emma, son visage tourné vers le couloir.

Chapitre 61

Emma

Après la chaleur effarante qui l'avait envahie au contact de Louis, Emma sentit le froid s'insinuer progressivement en elle tandis qu'Anne, à quelques mètres de là, les dévisageait, bouche bée de consternation, l'air atrocement choqué.

Alors Emma prit conscience de leur position, tellement compromettante. Ses jambes ouvertes, encadrant celles de Louis, lui permettant de venir se presser où personne encore ne s'était jamais aventuré, leurs corps si fermement enlacés, se cramponnant l'un à l'autre comme deux naufragés. Même elle ne comprenait pas comment ils en étaient arrivés là, quand elle pensait n'avoir consenti qu'à un simple et chaste baiser.

Mais rien n'était jamais chaste avec Louis, elle l'apprenait à ses dépens.

Dans son esprit régnait un tel chaos qu'elle se trouva incapable de bouger, ni d'articuler un mot.

Après un instant qui parut durer une éternité, Louis finit par suivre son regard et découvrit à son tour Anne. Il baissa la tête et poussa un long soupir. Puis il déclara :

— Que ce soit clair, je suis l'unique responsable. C'est moi qui…

Emma plaça une main entre eux et appuya sur son torse, lui intimant de se taire.

Il savait quelle importance revêtait l'amitié d'Anne pour elle. Il savait qu'elle avait menti et caché à son amie leur étrange relation. Et il essayait de la tirer de ce faux pas, la défendant comme il pouvait.

D'une certaine façon, c'était plutôt touchant. Mais tout à fait vain.

Anne n'était pas idiote. Leur posture les trahissait mieux que n'importe quoi d'autre. Cela la trahissait, *elle*, sans aucune équivoque possible.

Emma repoussa Louis avec précaution, de sorte qu'il ne perde pas l'équilibre pour autant. Elle prit l'une des béquilles – qu'il avait déposées sur le côté – et la plaça dans le prolongement de son bras, puis elle guida sa main afin qu'elle quitte lentement sa hanche pour venir saisir la poignée de plastique, qu'elle relâcha. Et elle réitéra la manœuvre avec la seconde béquille.

Retrouvant un appui plus stable, Louis se redressa, sans la quitter du regard, un pli douloureux marquant son front.

Comme s'il était désolé. *Sincèrement* désolé. Et qu'il guettait un signe de sa part pour s'excuser.

Sauf que cette fois, il n'avait strictement rien fait de mal. Pas lui.

Parce qu'en vérité, c'était elle seule qui était responsable de la situation. C'était elle qui avait choisi de garder secret ce qui la liait à lui – même si la relation en question n'avait pour le moment aucune définition précise.

— Il… il faut que je t'explique, cafouilla Emma en refermant les jambes, comme Louis s'écartait d'un pas. Ce n'est pas… pas tout à fait ce que tu imagines…

Anne plissa les paupières, puis secoua la tête.

— Je n'imagine rien, nia-t-elle d'un ton sec. On doit aller en cours. Je venais simplement te chercher parce que, tu n'as sans doute pas fait attention, mais on va finir par être en retard si on ne se dépêche pas d'aller jusqu'au bâtiment B.

Dès que Louis se fut suffisamment éloigné, Emma descendit de la table sur laquelle elle se trouvait perchée.

Elle n'avait pas songé à leur prochain cours, trop préoccupée par ce qui s'était passé au self. Puis, ensuite, par ce qui se passait entre elle et Louis, et ses mots curieux, cette promesse qui l'avait tant bouleversée…

Anne battit des paupières – comme pour chasser de sa rétine la vision dérangeante de son amie embrassant l'homme dont elle était amoureuse. Puis elle fit demi-tour, sans un mot.

— Je dois y aller, chuchota Emma sans réussir à soutenir le regard de Louis.

Il ouvrit la bouche, s'apprêtant à protester, mais Emma l'abandonna pour rattraper Anne – sans savoir quoi dire – ni à l'un ni à l'autre.

Elle se retrouva alors à marcher aux côtés de son amie, se hâtant d'arpenter les couloirs dans un silence de plomb, Anne n'étant manifestement pas prête à écouter ses justifications.

Comme attendu, elles arrivèrent en retard au premier cours de l'après-midi et furent obligées de s'asseoir devant.

Quand sonna l'heure de la pause, Anne s'esquiva promptement, sans un regard, montrant clairement qu'elle n'avait aucune envie de parler. Et Emma ne chercha pas à la suivre, incapable de lui imposer des explications dont son amie ne voulait manifestement pas.

Seule dans le couloir, elle sortit son téléphone – histoire de se donner une contenance et faire semblant de consulter des messages qu'elle n'avait pas –, lorsqu'elle trouva un SMS de Louis, envoyé seulement quelques minutes après qu'elle l'eut quitté.

Il semble que je possède le don de te mettre dans l'embarras… Navré…

Emma s'empressa de lui écrire :

Ce n'est pas ta faute.

À peine une trentaine de secondes plus tard, Louis demandait :

Te verrai-je ce soir ?

Non, j'ai des cours à bosser. Demain, je vais sans doute terminer tard au club. Et jeudi, je fais le tour des personnes avec lesquelles je suis en contact sur Leboncoin pour voir les voitures qu'ils ont à vendre. Donc, pas avant vendredi.

La réponse de Louis ne se fit pas attendre, et fut presque aussitôt suivie d'un autre texto. Qui s'enchaîna avec un troisième, puis un quatrième, le tout coup sur coup :

Tu es au courant qu'il est passablement dangereux de se rendre chez des inconnus rencontrés sur Internet, n'est-ce pas ?

Inutile de chercher une nouvelle voiture, tu en as déjà une.

Je n'aurai définitivement plus l'usage de la mienne dans la mesure où je vais devoir me rabattre sur une boîte automatique. Oublie tes RDV louches et viens jeudi.

S'il te plaît.

L'ajout en catastrophe du « s'il te plaît » la fit sourire. Mais elle n'en fut pas moins abasourdie par ce que Louis laissait entendre dans ses messages.

Hors de question que je garde ta voiture. J'en veux une que j'aurai choisie et payée !

Doucement, tu lui reproches quoi, à ma Toyota, on peut savoir ? Pense à ton empreinte carbone. Je suis sûr que mon hybride est plus écolo que tout ce que tu auras pu trouver dans les petites annonces. Si tu y tiens, tu peux me la racheter, je n'y vois aucun inconvénient. Au prix de l'Argus, si cela te convient (toutefois, je reste ouvert à la négociation). Par ailleurs, je suis un vendeur très magnanime et j'offre des facilités de paiement (et par là, je n'entends rien de salace, respire…).

Comment Louis avait-il pu deviner qu'elle retiendrait son souffle en lisant ses mots ?

À nouveau, elle sourit toute seule, amusée malgré elle, oubliant l'espace d'un instant que sa meilleure amie lui faisait la tête depuis plusieurs heures.

Puis son téléphone s'illumina derechef, comme Louis lui écrivait encore :

Allez, accepte. On discutera de tout ça plus en détail jeudi soir, d'accord ? Après une séance de natation (au passage, sache que d'ici à jeudi tu m'en devras pas moins de deux).

S'il te plaît.

Emma soupira, hésita, puis regarda son pouce taper :

OK.

Elle appuya sur le bouton d'envoi avant de se laisser le temps de réfléchir aux conséquences d'une telle décision et de changer d'avis. Puis elle cilla quand elle reçut la réponse de Louis.

;)

Un clin d'œil. Lequel marquait clairement un tournant dans leurs rapports. C'était tellement bizarre de songer que Louis Deschaney – ancienne vedette de la fac et du club hippique, jeune homme hautain et méprisant, foncièrement désagréable et arrogant – en était à lui envoyer des smileys…

Emma rangea son portable et retourna dans la salle de cours.

Chapitre 62

Emma

Il était un peu plus de 17 heures quand Anne et Emma remontèrent le parking de la fac jusqu'à la voiture, toujours dans le plus grand silence. L'angoisse lui rongeait de plus en plus férocement l'estomac à la perspective de perdre la seule amitié qu'elle avait jamais réussi à tisser.

La veille, elle avait prétexté – par le biais d'un texto plutôt expéditif – passer la soirée chez sa mère et ne pas savoir quand elle rentrerait. Finalement, elle était revenue au petit matin pour se doucher et se changer, tandis qu'Anne était encore dans sa chambre, sans doute endormie.

Elle ne pouvait qu'espérer que cette dernière ne se soit pas aperçue qu'elle avait carrément découché. Elle espérait également qu'elle n'avait pas fait le lien avec Louis. Devoir expliquer à son amie qu'elle avait passé tout ce temps chez lui et non chez sa mère allait être vraiment compliqué dans un tel contexte.

Emma s'arrêtait à un feu rouge quand Anne lança tout à trac :

— Louis a une grosse bite et on ne peut pas dire qu'il soit particulièrement délicat, si tu vois ce que je veux dire.

Emma sentit soudain le sang déserter son visage et ses yeux s'écarquiller d'effarement.

— Pardon ? se récria-t-elle en se tournant vers son amie. Qu'est-ce qui te prend de me raconter un truc pareil ?!

— Tu voulais des détails à propos de mon expérience avec lui, argua Anne avec un haussement d'épaules. Maintenant que je sais pour quelle raison, je te les donne tous.

Il lui était certes arrivé par le passé de jouer les curieuses – une seule et unique fois –, mais ce n'était certainement pas le genre d'informations qu'elle souhaitait connaître.

Et surtout pas de la bouche de sa meilleure amie.

C'était tellement, *tellement* gênant...

Emma enclencha la première, puis démarra lorsque le feu repassa au vert.

— Je ne pense pas que tu puisses choisir pire partenaire pour perdre ta virginité, développa Anne, faisant preuve d'un aplomb impressionnant face à Emma – qui était quant à elle complètement mortifiée. Franchement, je te croyais plus intelligente que ça. Plus intelligente que *moi*. Tu commettrais une erreur monumentale, encore plus grossière que la mienne, en couchant avec lui. Il ne te mérite pas, et il mérite encore moins que tu lui accordes ta première fois.

— Ce n'est pas du tout à l'ordre du jour, se défendit-elle, indignée. Je n'ai pas l'intention de coucher avec Louis, enfin !

En fait, elle n'y avait tout bonnement pas songé. Elle ne savait déjà pas trop ce qui se passait entre eux, ni pourquoi Louis se plaisait à flirter ainsi avec elle. Envisager davantage lui semblait tellement incongru...

Anne l'observa d'un air circonspect l'espace de quelques secondes, puis l'interrogea :

— Attends, tu es sérieuse ? Vous vous roulez des pelles de dingues, mais tu ne veux pas coucher avec lui ? Il est au courant, au moins ? Parce qu'à mon avis il va tomber de haut quand il l'apprendra.

— Mais non, tu te fais des films, nia obstinément Emma. Je ne crois pas que Louis pense réellement à ça… Pas avec moi, ça n'aurait pas de sens…

Louis ne couchait qu'avec des filles au physique irréprochable. Ce qu'elle n'était définitivement pas. Point barre. Il n'y avait pas lieu de se poser de questions. C'était toujours la conclusion qui s'imposait à elle lorsqu'il lui arrivait de se perdre dans ce genre de divagations.

Avec elle, il devait juste vouloir passer le temps, chercher un semblant de réconfort, voire s'amuser un peu, tout au plus. Certes, il lui avait proposé de lui rendre service le jour où elle avait craqué et osé évoquer les complexes que lui causait sa virginité, mais ça ne signifiait rien. Pas plus qu'une certaine déclaration, prononcée sous le coup de l'alcool…

Anne pouffa brusquement de rire. Puis elle secoua la tête, grimaçant d'incrédulité.

— Ton manque de confiance en toi est touchant, mais il te rend aussi tellement naïve. Bien sûr qu'il y pense, Emma ! Vu de l'extérieur, c'est plus qu'évident, je t'assure. Je l'ai vu t'embrasser, je sais de quoi je parle.

Emma jeta un bref coup d'œil à son amie, puis revint rapidement à la route devant elle, rougissant brutalement tandis que l'idée s'insinuait en elle.

Il n'était pas ivre au point de ne plus savoir ce qu'il disait, tu le sais. Et tu as senti son érection. C'est Anne qui a raison, si difficile que ce soit à admettre. Si ridicule que ça puisse paraître…

Tout devint subitement plus concret. Plus lourd de conséquences aussi…

Déplorer d'être encore vierge à plus de dix-neuf ans – quitte même à prétendre vouloir se débarrasser de cette corvée avec n'importe qui – était une chose, imaginer sérieusement passer à l'acte avec quelqu'un… avec *Louis* en était une tout autre.

Une chose à laquelle elle préférait ne pas penser, en fin de compte.

Parce qu'en y réfléchissant véritablement, elle se rendait compte que c'était impossible, qu'elle serait incapable de partager une telle intimité avec lui.

La panique la cueillit si violemment qu'elle manqua d'air lorsqu'elle songea à ce qui aurait pu arriver si Louis lui avait véritablement ôté son tee-shirt, la veille, tandis qu'ils se trouvaient tous deux enlacés dans son lit.

Il t'aurait découverte telle que tu es, avec tous tes défauts. Tes seins monstrueusement énormes, tes hanches exagérément rondes, et ton ventre mou et dégoûtant. Et il aurait flippé. Ou alors il aurait feint de s'en accommoder, ce qui aurait été pire encore…

Cet âpre retour à la réalité lui fit l'effet d'une douche glacée.

Les moments passés dans les bras de Louis lui avaient paru tellement magiques… Comment avait-elle pu oublier tout ça, comment avait-elle réussi à oblitérer la suite logique de ces étreintes, les attentes évidentes de Louis ?

Anne n'avait pas de souci à se faire, jamais cela n'irait jusque-là.

Absolument. Aucun. Risque.

Emma lutta pour avaler une bouffée d'oxygène. Elle se sentait tellement mal, tout à coup. L'anxiété lui tordait l'abdomen, faisait trembler ses mains sur le volant.

Essayant de se rassurer, elle se résolut à promettre, autant à l'intention d'Anne qu'à elle-même :

— Il n'y aura pas d'autres dérapages. Je vais mettre fin à tout ça avant que l'occasion puisse se présenter.

— Quoi ?! s'exclama Anne. Alors, tu vas le larguer ?

— Non. On ne sort pas ensemble. Pas du tout. Nous sommes amis... enfin, plus ou moins. Peut-être pas. En vérité, je ne sais pas ce que nous sommes.

Emma inspira un grand coup, puis balança tout :

— Je ne t'en ai pas parlé parce que je craignais que ça ne ravive de mauvais souvenirs, tu as été tellement déprimée après ce qui s'est passé. Mais voilà, il y a quelques semaines, j'ai été plus ou moins contrainte de me charger de Louis au club... Puis Gloria m'a carrément envoyée chez lui pour préparer ses repas, parce qu'il ne se nourrissait pas suffisamment et...

— Donc c'est pour ça qu'il est venu te voir *toi*, et personne d'autre, au réfectoire, le jour où je suis arrivée en retard ? s'enquit Anne, faisant soudain le rapprochement, avant d'ajouter : Le jour où tu l'as carrément envoyé promener...

— Oui. Au début, ce n'était pas exactement une partie de plaisir d'avoir affaire à lui...

— Mais ça a changé ? la coupa encore Anne.

Laquelle, curieusement, ne paraissait pas aussi fâchée que ce à quoi Emma s'attendait, après une telle révélation.

— Tu ne le détestes plus à présent, devina son amie, la regardant avec insistance.

— Si... Non, s'embrouilla Emma, qui ne savait plus du tout où elle en était. Non, c'est vrai, plus maintenant.

Cela allait bien au-delà, désormais. Elle avait des sentiments pour lui. Des sentiments *profonds*. Qui lui serraient le cœur chaque fois qu'il posait les yeux sur elle, qui lui donnaient l'impression que sa cage thoracique allait imploser chaque fois qu'il s'approchait d'elle...

S'il lui était impossible de le reconnaître devant son amie, elle était néanmoins obligée de se l'avouer à elle-même.

— Tu as le droit de l'apprécier, déclara Anne avec une moue étrange, entre résignation et tristesse. Ce qui s'est passé entre lui et moi ne te concerne pas. J'ai joué avec le feu et je me suis brûlée. Mais ça remonte à plusieurs mois, et tout est différent aujourd'hui. Louis semble différent. De celui qu'il était avant l'accident, mais aussi avec toi. J'ai juste un peu peur pour mon amie, tu comprends ?

— Tu n'as pas à t'en faire, je vais me ressaisir. Il ne se passera plus rien.

Pourquoi cette affirmation l'apaisait-elle à peu près autant qu'elle la dévastait ?

— Tu as raison, ajouta encore Emma, comme pour s'en persuader. Louis est la dernière personne susceptible de me convenir. Et je n'arrive pas à le suivre. Souvent, je ne parviens pas à faire le lien entre celui que j'ai en face de moi et le salaud qui prenait tant de plaisir à piétiner le cœur de toutes les filles qui en pinçaient pour lui. Il peut être parfois si gentil... après s'être montré tellement cruel. Il y a un truc qui cloche chez lui...

— Il y a un truc qui cloche entre vous, corrigea Anne. Sa façon de se comporter avec toi est vraiment trop bizarre.

Emma hocha la tête. Parce qu'elle le croyait, elle aussi.

Puis elle s'évertua à se persuader que cela importait peu. Que ce qu'il y avait entre eux, si étrange et indescriptible que ce fût, était voué à mourir.

Louis reprenait les cours. Fatalement, il allait retourner auprès de ses anciens amis. Fatalement, il reviendrait à ses anciennes habitudes. Et il se désintéresserait d'elle, parce que c'était dans la logique des choses.

Au lieu de calmer ses peurs, cela ne faisait que lui serrer davantage la gorge, lui donnant la sensation qu'un rouleau compresseur remontait lentement sur son corps, passant de son ventre à son sternum, après avoir soigneusement broyé ses entrailles…

Chapitre 63

Emma

Mercredi 24 février 2016

Ce matin, Louis avait envoyé un SMS à Emma pour lui demander si elle était toujours d'accord pour l'aider à porter son plateau à la pause déjeuner. Bien entendu, elle avait répondu positivement, puisqu'elle s'y était engagée. Prévenir Anne qu'elles allaient de nouveau être amenées à le voir avait été compliqué. Mais curieusement, cette dernière n'avait pas paru s'en formaliser.

Le chapitre semblait clos, sa colère contre elle, envolée.

La veille, après être descendue de voiture, leur conversation avait rapidement dévié, et tout était revenu à la normale.

Anne et Emma patientaient dans la file d'attente du réfectoire quand Louis arriva, entrant par la porte secondaire pour les rejoindre.

Le voir ainsi, tellement époustouflant de charme et de classe avec sa veste de velours bordeaux, son pull bleu marine et sa chemise blanche, dont le col ressortait discrètement, ses cheveux très légèrement en désordre, et ce demi-sourire, si ravageur, fit mal à Emma. Parce qu'elle avait envie de lui sourire, elle aussi, de l'embrasser, même timidement, pour l'accueillir. De respirer son parfum…

Mais elle s'efforça de n'en rien montrer.

Il y avait Anne. Il y avait tous les autres, avec leurs regards perçants et malveillants. Et cette décision qu'elle avait prise. Désormais, elle garderait ses distances, coûte que coûte.

Louis les salua toutes les deux, puis se mit à observer Emma. Il s'attarda sur ses cheveux, qu'elle avait détachés, avant de revenir à son visage et de froncer les sourcils, comme s'il hésitait quant à la manière de se comporter avec elle.

Elle régla le problème en lui tournant le dos afin de rester vigilante et ne pas se faire voler leur place dans la file d'attente.

— Alors ça y est, tu t'es inscrit en lettres, finalement ? entendit-elle Anne demander.

— En effet, confirma Louis. Me voilà de retour en première année de licence. Et encore, je ne m'attends guère à valider ce semestre, étant donné que je viens de sauter dans un train déjà en marche.

— C'est toujours mieux que de rester coincé à faire quelque chose que l'on n'aime pas, ne put s'empêcher de commenter Emma en jetant un coup d'œil derrière son épaule.

Louis cilla, l'air un peu surpris qu'elle intervienne, puis reconnut :

— C'est aussi ce que je pense.

Emma se rendit soudain compte qu'il paraissait un peu fatigué. Cette reprise était sans doute brutale, après avoir passé des mois à se terrer chez lui, au fond de son canapé.

— On devrait peut-être aller directement jusqu'aux couverts, proposa-t-elle. Tu en as le droit, non ? Je suis sûre que les autres comprendront.

À cet instant, un groupe de filles devant elle – qui avaient dû entendre leur échange – s'écarta.

— Vas-y, Louis, passe devant, il n'y aucun souci, déclara l'une d'elles en lui adressant un clin d'œil – qu'il ignora complètement, à la stupéfaction d'Emma.

Les étudiants autour d'eux les imitèrent, les laissant se rendre jusqu'aux plateaux sans chercher à discuter.

— Tu peux poser tout ça là, je te remercie, indiqua-t-il à Emma, désignant du menton une petite table sur le côté – l'une des rares prévues uniquement pour deux personnes.

— Tu ne veux pas déjeuner avec nous ? s'étonna Anne.

— Il vaut mieux éviter, je crois, allégua-t-il, un sourire sans joie étirant légèrement ses lèvres.

— N'importe quoi, on ne va quand même pas te laisser tout seul ! protesta vivement Anne, prenant tout le monde de court.

Il renifla, dubitatif, puis interrogea Emma du regard. Elle lui répondit d'un petit hochement de tête, n'imaginant guère contester la décision d'Anne.

Alors le sourire de Louis se fit plus naturel et affirmé. Plus doux aussi…

— Très bien, accepta-t-il, les suivant jusqu'à la première table libre. Comme vous voudrez.

Ils s'installèrent dans un coin plus tranquille que la veille, à l'opposé de l'endroit où s'asseyait habituellement l'ancien groupe de Louis.

Comme de coutume, Emma découpa les tranches de pain qu'elle avait prises en petits morceaux et remua sa fourchette dans son assiette de concombres pour donner le change, sans pourtant réussir à porter quoi que ce soit jusqu'à sa bouche.

L'attention qu'on leur portait était toujours la même. Excessive et oppressante. Paralysante…

Sans compter les chuchotements, qui enflaient, tout autour d'eux.

Emma n'avait pas besoin qu'on l'observe pour imaginer les commentaires des autres, désobligeants et méchants, forcément. C'était déjà pénible en temps ordinaire, mais la présence de Louis exacerbait tout.

À présent qu'elle sentait la curiosité de tous se concentrer sur eux comme autant d'aiguilles qui se plantaient dans son dos, les sons se mirent à lui parvenir de manière très étrange, comme à travers un énorme cache-oreille…

— Est-ce que tu es malade, Emma ? l'interrogea Louis, apparaissant brusquement dans son champ de vision.

Elle leva le nez de son plateau et se rendit compte qu'il s'était penché vers elle, l'examinant de ses grands yeux bleus à l'éclat assombri, préoccupé.

— Non, balbutia-t-elle en se redressant – tant pour imposer une certaine distance entre eux que pour reprendre contenance. Non, pas du tout. Pourquoi ?

— Parce que tu n'avales rien, que tu restes muette et que tu es pâle comme un linge, soit autant d'excellentes raisons pour moi de croire que si, opposa-t-il calmement. Tiens, mange au moins quelques frites, ce sera toujours ça de pris.

Il poussa son assiette à demi entamée vers elle, mais elle s'empressa de refuser.

— Bon petit soldat, fit-il mine de la féliciter, sans masquer son ironie, ramenant finalement son plateau à lui. Et ainsi se perpétue la domination des hommes sur les femmes. Nous, on se goinfre tant qu'on le souhaite et on vous regarde faire semblant de vous contenter de vos trois feuilles de salade dégueulasse. Vous affamer, juste parce que des conneries de magazines vous font croire que c'est ainsi qu'on vous préfère. Ce serait vraiment dramatique, voire presque immoral, de ne pas user au moins toute votre énergie à essayer de ressembler à une pub pour Photoshop, uniquement dans le but de nous être un tant soit peu agréables.

— Encore une de tes innombrables théories, grinça Emma, que ce petit discours n'amusait pas du tout – à défaut de comprendre où Louis voulait vraiment en venir.

Comme si son cas, irrécupérable, pouvait réellement s'inscrire dans cette problématique. Comme si son unique souci était de plaire, quand en réalité elle luttait pour s'effacer au maximum, esquivait, faisait tout pour ne pas avoir à subir le rejet...

— Puis ça n'a absolument rien à voir ! se défendit-elle plus vivement, laissant tomber sa fourchette dans son assiette, subitement en colère sans savoir pourquoi.

Anne eut un mouvement de recul stupéfait, mais Louis, en revanche, ne parut pas le moins du monde étonné. Au contraire, il plissait les yeux, guettant ses réactions, manifestement satisfait de la voir s'enflammer aussi abruptement.

— Ton analyse est tellement réductrice et arrogante ! s'offusqua encore Emma. Ça reviendrait à oublier les recommandations relatives à la santé.

— Vraiment ? railla-t-il, un sourcil arqué en guise de provocation. Je me demande quel spécialiste a pu prétendre qu'il était plus sain de sauter le déjeuner. Mais peut-être as-tu connaissance de références qui jusque-là m'ont échappé ?

— C'est négliger toutes les autres formes de pressions sociales ! continua Emma sur sa lancée, préférant ignorer les sarcasmes de Louis. Tout ne tourne pas toujours autour de vous, et tout ne se rapporte pas toujours à la séduction, ne t'en déplaise !

— Bien dit, approuva-t-il en pinçant les lèvres, avant d'ajouter : Mais encore faudrait-il étayer ton propos.

Emma le fusilla du regard, exaspérée de le voir se divertir à ses dépens. Elle n'allait pas lui dresser la liste, ce serait comme autant d'aveux de sa part. Néanmoins, elle devait lui clore le bec une bonne fois pour toutes.

Elle tendit le bras d'un geste sûr, défiant, et lui vola une frite. Qu'elle s'empressa de fourrer dans sa bouche et de mâcher ostensiblement, consciente que Louis était en train de la contempler... Consciente d'être en train de se donner en spectacle devant tout le réfectoire.

En d'autres circonstances, elle se serait sentie outrageusement humiliée. Mais là, elle était loin de ces considérations, trop sur les nerfs pour s'en préoccuper.

— Une seule, ça ne compte pas, décréta-t-il sans cesser de l'étudier avec cette intensité perturbante.

Elle savait qu'elle réagissait exactement comme il l'avait escompté. Pourtant, ça ne l'arrêta pas.

Elle s'empara avec autorité de l'assiette de Louis et piocha cette fois une poignée de frites. Puis elle les engloutit une à une, toujours sous sa surveillance.

Elle qui détestait manger devant les autres découvrait qu'une fois hors d'elle, elle était parfaitement capable d'ingérer publiquement cette nourriture grasse et proscrite. Toutefois, c'était exceptionnel, bien entendu. Elle n'était pas dans son état normal.

Louis l'avait encore poussée à bout, mais elle ne se ferait pas avoir tous les jours. Pas de cette façon, du moins.

— Vous êtes trop flippants, tous les deux, intervint tout à coup Anne, dont Emma avait presque oublié la présence. Et ça vous arrive souvent de vous engueuler comme ça ?

— Presque tout le temps, lâcha-t-il d'une voix un peu plus rauque.

Les yeux obstinément braqués sur Emma, le visage de Louis s'illumina brusquement d'un sourire. Comme s'il lui avait échappé, après l'avoir trop longtemps retenu. Un sourire franc, à la fois tendre et émouvant, découvrant une rangée de belles dents blanches, parfaitement alignées, tandis que ses sourcils s'incurvaient, entre amusement et étonnement, comme si lui-même était déconcerté par sa propre réaction. Une expression saisissante, bouleversante, parce qu'elle n'était destinée qu'à elle, n'était causée que par elle…

Emma fut alors incapable de ne pas répondre et sentit le coin de ses lèvres se retrousser, tandis qu'elle époussetait le sel sur ses doigts.

Louis avait réussi l'exploit de lui faire oublier les autres, l'espace d'un bref moment. Non seulement il le savait, mais il s'en réjouissait, c'était évident. Ce constat raviva l'affection étrange qu'elle lui portait, la fit grandir et monter en elle, jusqu'à lui couper le souffle. Jusqu'à ce qu'elle ressente cette incroyable bouffée, ces sentiments, qu'elle ne pouvait définitivement plus réprimer…

Quelques minutes après qu'ils se furent quittés à la sortie du réfectoire, Emma reçut un SMS de Louis :

> Soulagé de voir que tout semble aller bien entre ton amie et toi.
> Et sinon : « Pas ici ». J'ai bien noté…

Emma répondit aussitôt, se dépêchant de taper les mots, comme un pansement qu'on arrache le plus vite possible.

> En fait, ce ne sera plus nulle part.

Son pouce au-dessus du bouton d'envoi, elle s'arrêta.

Il fallait qu'elle le lui fasse savoir, qu'elle soit claire avec lui. Pourtant, elle n'arrivait pas à s'y résoudre.

Finalement, elle effaça le message et s'abstint de répondre, faute de trouver quoi dire.

Chapitre 64

Louis

Journal d'humeur

Mercredi 24 février 2016

Aujourd'hui, Emma a laissé ses cheveux libres…

Et je sais que c'est pour moi.

Un présent qui m'est exclusivement destiné, dont elle ne peut même pas soupçonner la valeur. Parce qu'elle ignore à quel point ce petit geste me touche, l'effet que ce simple détail peut avoir sur moi.

Alors, je ne peux plus m'empêcher de la regarder, encore et encore, quitte à me trahir devant tout le monde, voire à en devenir probablement légèrement inquiétant. Je me repais de son image, à défaut de pouvoir me nourrir de son contact, du velouté de sa peau, de la soie de ses lèvres et de la caresse de ses soupirs.

Demain ne viendra jamais assez vite, je le crains…

La patience n'a jamais été mon fort, mais je m'accommode de cette distance qu'elle m'impose lorsque nous ne sommes pas seuls, il le faut bien.

Puis il y a ces instants, toujours si rares et étonnants, lorsque nous nous trouvons parmi les autres et qu'elle réussit enfin à les oublier, à s'en affranchir, pour mieux me revenir. Ce privilège qui est le mien quand, grâce à moi, elle s'anime soudain, abandonne tout ce qui la retenait derrière la vitre la séparant du reste du monde, même brièvement, juste pour me remettre à ma place.

Ou pour répondre à mes sourires...

Bien que j'apprécie sans doute déraisonnablement sa colère, je préfère néanmoins ses sourires. Lorsqu'elle rayonne, m'éblouit de charme et de douceur. C'est comme si un petit morceau de bonheur blanc et duveteux tourbillonnait lentement pour venir atterrir au creux de mes mains.

Finalement, je n'ai peut-être pas sur elle un effet aussi néfaste qu'on pourrait le croire.

Ce midi, au réfectoire, je l'ai vue se libérer. C'était brusque et cependant subtil, mais c'était bien là. J'en étais à la fois le responsable et l'unique dépositaire.

En vérité, elle aussi exerce – quoique certainement malgré elle – le même genre d'influence sur moi. Plus je passe de temps avec elle, plus je me sens différent. Plus les barrages s'éloignent, plus les émotions que je me surprends à éprouver deviennent agréables et vivifiantes. Et moins il m'importe de ne plus jamais pouvoir être celui que j'étais autrefois...

Jung dit que « la rencontre de deux personnalités est comme le contact entre deux substances chimiques, s'il se produit une réaction, les deux en sont transformés ». J'en suis désormais convaincu. Rien n'est plus vrai en ce qui concerne Emma et moi, je l'expérimente chaque jour davantage.

Une expérience dont les résultats semblent positifs, en dépit de toute logique… Du moins, j'aime à le croire.

Alors, j'ai conscience de marcher constamment sur des œufs, que rien n'est gagné dans cette histoire à part qui est la nôtre. Peut-être ne devrais-je pas la solliciter comme je le fais, peut-être vaudrait-il mieux que je lui laisse plus de temps et d'espace. Pourtant, c'est ainsi, je ne le peux. J'ai beau essayer, je ne parviens pas à me raisonner.

Je ne laisserai pas Emma sur le bord de la route, il n'en est pas question. C'est moi qui l'emmènerai, la conduirai vers un nouvel horizon, personne d'autre.

Pas Erik. Pas Nicolas.

Moi.

Parce que je l'espère. Je la veux. Plus que jamais je n'ai voulu quelque chose de ma vie…

Chapitre 65

Louis

Jeudi 25 février 2016

Emma avait beau rester toujours très laconique dans les quelques SMS qu'elle consentait à lui adresser en guise de réponses, Louis ne pouvait s'abstenir de lui écrire.

En même temps, il fallait bien qu'il la prévienne qu'il ne déjeunerait pas avec Anne et elle aujourd'hui, puisqu'il avait cette idiotie de rendez-vous, lequel tombait pile au moment de la pause.

Il se trouvait déjà dans la salle d'attente lorsque l'écran de son téléphone s'illumina, l'avertissant d'un nouveau message :

> Bon courage, dans ce cas. Pense bien à préciser au kiné dans quel état t'a laissé votre dernière séance, c'est important.

Louis soupira, ravi qu'Emma se décide à lui répondre, contrairement à la veille. Ravi également de constater qu'elle s'inquiétait toujours autant pour lui.

> Cela m'a valu une nuit avec toi, en aucun cas je ne pourrais le regretter.

Mais il avait écrit plus vite qu'il ne le souhaitait, à l'évidence... Aussi s'obligea-t-il à effacer le message avant d'être tenté de l'envoyer pour de bon.

À la place, il tapa :

> Le kiné est venu hier soir. Il a réadapté le programme de sorte qu'il me soit un peu moins pénible. Non, aujourd'hui, c'est la psy que je dois voir…

Cette fois, il appuya sur le bouton d'envoi sans se laisser le temps d'y réfléchir.

C'était la première fois qu'il évoquait le fait qu'il consultait une psychiatre. En dehors de Gloria – qui, par la force des choses, était au courant –, jamais il ne s'en était encore ouvert à quiconque. Il ignorait comment Emma allait réagir à cette nouvelle information.

Néanmoins, il y avait tout de même assez peu de chances que ce soit une grosse surprise pour elle, dans la mesure où elle était l'une des deux seules personnes à savoir jusqu'à quelles extrémités son abattement l'avait conduit. Par ailleurs, elle suivait un cursus en psychologie, elle comprenait forcément la nécessité d'une telle thérapie dans son cas.

Quelques secondes plus tard, il recevait un nouveau SMS :

> La pauvre, je n'ose même pas imaginer la patience qu'il doit falloir pour essayer de te tirer les vers du nez…
>
> Trêve de plaisanteries, prends bien soin de toi, Louis.

Il s'apprêtait à rétorquer qu'elle se trompait, qu'il était un patient exemplaire – à quelques détails près –, quand la porte du cabinet s'ouvrit sur Viviane.

Il observait la rue à travers la fenêtre quand la psychiatre reposa son carnet sur son bureau. Elle lui adressa un demi-sourire, visiblement partagée entre enthousiasme et… et autre chose, qu'il n'avait aucune envie de deviner.

— Vous êtes amoureux, conclut-elle.

Ces mots, trop puérils et mièvres l'écorchèrent, l'exaspérèrent tout à coup.

— Moi ? railla-t-il en croisant les bras. Vous plaisantez, j'espère ? Ce n'est pas vraiment mon…

Il s'interrompit, incapable de continuer à s'en défendre.

Si seulement il pouvait en rire…

Si seulement il pouvait réellement se moquer des déductions *a priori* tellement ridicules de Viviane.

Mais voilà, en vérité, cela n'avait rien d'absurde. Loin s'en fallait…

— Oui, reconnut-il finalement dans un soupir. Vous avez raison, je le suis. Et de façon très violente, j'en ai peur.

Il se frotta le front, extrêmement mal à l'aise – comme trop souvent dans ce cabinet.

Viviane haussa les sourcils, laissant paraître un soupçon de surprise face à son aveu. Puis elle déclara :

— Eh bien, que de progrès pour quelqu'un qui ne s'autorisait pas la moindre émotion il n'y a pas si longtemps encore.

— Je ne me suis rien autorisé, cela s'est produit sans que je puisse m'y opposer.

— Il en va toujours ainsi, Louis, philosopha-t-elle avant de s'accouder à son bureau. Vous allez devoir jouer cartes sur table et tout lui révéler, même ce que vous préférez taire ici, si vous souhaitez vraiment démarrer une relation saine avec cette jeune femme. Ce sera nécessaire si vous voulez faire en sorte qu'elle puisse également se confier à vous. Vous en sentez-vous capable ?

Louis ne put réprimer une grimace de dégoût.

Tout raconter à Emma ? Pour la regarder fuir en courant ?

Jamais de la vie.

Viviane hocha la tête devant l'éloquence de son silence.

— D'après les scènes que vous décrivez dans la seconde partie de votre journal, celle que vous consacrez au récit, il semble qu'Emma a beaucoup de soucis personnels.

— Certes, admit-il un peu sèchement. Mais je ne vois pas ce que cela vient faire dans cette conversation. Ce n'est guère un problème pour moi.

— Je pense que c'en est un, au contraire, contesta prudemment Viviane. Vous avez déjà les vôtres à gérer, quand ceux d'Emma sont de nature très particulière. Êtes-vous sûr d'être suffisamment armé pour y faire face ?

Il ne se posait pas la question. Tout ce qui lui importait, c'était de réussir à gagner sa confiance. Et il était résolu à faire ce qu'il faudrait pour la mériter, coûte que coûte.

Viviane poursuivit :

— Il se peut que tout ne se passe pas aussi bien que vous l'espérez. Comment réagirez-vous, dans ce cas ?

Si elle cherchait à l'irriter, elle avait gagné.

Louis serra les dents, ainsi que l'accoudoir du fauteuil. Mais il ne put s'empêcher de grincer :

— Vous dites cela parce qu'elle est vierge, n'est-ce pas ?

— Pas uniquement. Vous écrivez qu'elle ne peut pas porter de maillot de bain, qu'elle n'accepte de se baigner dans une piscine que si elle est habillée de la tête aux pieds. Vous savez ce que cela signifie. Sans oublier votre rapport très compliqué au sexe, Louis. Il y a de cela quelques semaines, vous craigniez encore d'approcher Emma au risque ne pas pouvoir vous abstenir de la blesser, de l'humilier, au même titre que les autres. Peut-être devriez-vous vous laisser un peu plus de temps avant de…

— Non ! la coupa-t-il abruptement, soudain totalement hors de lui. Ça suffit, j'en ai assez entendu !

Il prit ses béquilles et se releva le plus vite possible, pressé de s'éloigner de Viviane et de ses paroles acérées, tranchantes, aussi atrocement offensantes qu'angoissantes. Il crispa les mâchoires quand l'éclair de douleur vrilla son champ de vision. Il s'était mis debout trop vite, prenant appui sur cette connerie de genou détruit.

— Louis, attendez, tenta-t-elle de l'arrêter, visiblement prise au dépourvu.

— Vous essayez de me dire qu'elle n'est pas pour moi ! s'exclama-t-il, incapable de conserver son calme. Que je suis trop détraqué, trop sévèrement atteint pour avoir la moindre chance de me montrer à la hauteur…

— Je n'ai rien dit de tel, protesta Viviane en se levant également.

— Mais vous vous trompez, continua-t-il sur sa lancée. Moi, je sais que je ne lui ferai pas de mal. Je le sais !

— Pourtant, vous lui en avez déjà fait, opposa Viviane d'une voix douce, contrastant avec la dureté de la réalité qu'elle ne faisait que rappeler.

Louis ferma les yeux, subitement terrassé. Puis il se laissa retomber dans le fauteuil.

Il n'avait pas envie de revenir là-dessus, pas envie de s'en expliquer…

— C'est l'une des choses les plus désagréables, les plus terribles que j'aie jamais ressentie, marmonna-t-il, perdu, sa colère l'abandonnant aussi promptement qu'elle lui était venue. Ce jour-là. Celui de l'accident, lors la soirée qui a précédé ma chute. Et plus tard, quand mes excuses ont provoqué ses larmes...

— Vous n'avez pas éprouvé la satisfaction que vous retiriez habituellement, résuma Viviane.

— Non...

— Parce qu'Emma est trop éloignée de votre schéma. Parce que vous avez davantage envie de la protéger que de lui nuire.

Il fronça les sourcils, stupéfait de constater à quel point sa psychiatre était perspicace, puis hocha lentement la tête.

— Oui, c'est vrai. J'ai essayé de toutes mes forces de me battre contre ça. J'ai tout fait pour m'attirer sa haine, m'assurer qu'il ne puisse jamais rien y avoir entre nous. Mais depuis l'accident, je vois les choses différemment. Je regrette de l'avoir ainsi blessée. Amèrement. Je ne veux plus lutter. Si elle m'en laisse la possibilité, alors j'aimerais avoir une vraie relation avec elle. S'il vous plaît, ne me dites pas que je ne le peux pas.

— Louis, je n'ai jamais prononcé ces mots, le rassura Viviane. Bien sûr que vous le pouvez, ce n'est pas la question. Vous n'êtes pas *détraqué* et vous n'êtes pas non plus condamné à répéter cette boucle infernale dans laquelle vous vous pensiez coincé. Il vous suffit de le décider pour en sortir, c'est aussi simple que cela. Néanmoins, il y a beaucoup de choses que vous devez régler avant de pouvoir entamer sereinement quoi que ce soit avec cette jeune femme, vous en êtes conscient, n'est-ce pas ? Par ailleurs, vous devez également admettre qu'il est très risqué de vous appuyer autant sur elle. Vous avez repris les cours et la rééducation, cela prouve que vous êtes en bonne voie. Toutefois, je m'inquiète lorsque vous évoquez vos motivations. Si votre marché avec Emma tombait à l'eau et qu'elle choisissait finalement de ne plus déjeuner avec vous à la fac, poursuivriez-vous tout de même ?

Non, cela n'aurait plus aucun intérêt...

Il voyait parfaitement où Viviane voulait en venir. Tout cela, il l'avait déjà compris. Dès le début...

— Avec mes rêves, c'est toute ma vie qui a été brisée, expliqua-t-il. Ce virage qui m'a été imposé, je ne concevais pas de le prendre. Je m'y refusais, de toute mon âme, c'est d'ailleurs ce qui m'a conduit ici. À présent, je peux accepter de suivre un autre chemin, de m'engager dans cette bifurcation qui me répugnait tant il y a encore quelques semaines. Je le peux, si c'est avec elle que j'avance. Tant qu'elle me tient la main, je progresse. Je ne veux pas songer à ce qui arriverait si elle la lâchait.

Viviane poussa un long et profond soupir. C'était précisément ce qu'elle craignait d'entendre, il le savait.

— D'accord, Louis, acquiesça-t-elle. Je comprends...

Chapitre 66

Louis

Louis s'obligea à faire une longueur de piscine supplémentaire, la douleur dans son genou s'intensifiant sérieusement tandis qu'il nageait sans interruption depuis plus d'un quart d'heure. Il se rattrapa au rebord du bassin, posa les coudes sur le carrelage, essoufflé, pour découvrir Emma dans l'encadrement de la porte, son sac à dos en bandoulière.

— Bonjour… Emma, haleta-t-il, incapable de retenir un sourire, comme tout à coup, un lâcher de ballons miniatures semblait avoir lieu à l'intérieur de sa poitrine.

Elle était si belle, ses longs cheveux ondulés cascadant sur ses épaules pour terminer leur course entre ses reins.

Ses lèvres rondes s'étirèrent en réponse et elle baissa les yeux, ses pommettes se couvrant de petites taches roses.

— Salut, marmonna-t-elle en replaçant une fine mèche brune derrière son oreille.

Louis la regarda retirer ses chaussures pour les laisser avec son sac à l'entrée, puis venir vers lui, pieds nus.

— J'espère que ton rendez-vous avec ta psy s'est bien passé.

Il renifla sèchement et posa le menton sur ses mains.

— Pas vraiment. Quand j'essaie finalement de voir le verre à moitié plein, elle s'efforce de me faire prendre conscience qu'il est surtout à moitié vide.

Emma fronça les sourcils et s'arrêta à un mètre de lui.

— Je ne pense pas que ce soit son but, tu sais. Peut-être que c'est toi qui as tendance à envisager les choses ainsi. Ou tout noir, ou tout blanc. Peut-être que ta psy veut juste te montrer qu'il existe aussi diverses nuances de gris.

Emma et sa lucidité à toute épreuve… Elle ne s'en rendait pas compte, mais elle avait sans doute raison.

— Eh bien, j'ai horreur du gris, trancha-t-il, préférant ne pas s'étendre sur le sujet. Tu viens me rejoindre ou tu préfères attendre que je sois tout fripé ?

Il avisa ses doigts, dont l'extrémité était déjà un peu ridée par ces vingt minutes passées dans l'eau. Emma secoua la tête d'un air amusé.

Or, très vite, elle reprit une expression sérieuse pour annoncer avec une hésitation préoccupante :

— Il faut qu'on ait une discussion… à propos de… de… euh, de la voiture.

L'espace d'un bref instant, Louis avait craint qu'il n'y ait un problème. Il soupira de soulagement, puis passa la main dans ses cheveux humides, les plaquant en arrière.

— Certes, mais nous verrons cela après notre séance de natation. Nous nous étions mis d'accord, il me semble.

Il était trop impatient pour donner le change. Après s'être sagement tenu à distance la veille, il ne pouvait plus attendre. Il avait besoin de l'avoir près de lui, de la toucher, de la tenir dans ses bras…

La piscine lui fournissait une excuse parfaite pour ça. Il ne restait plus qu'à faire en sorte qu'Emma soit un peu moins effrayée, cette fois.

Elle pinça les lèvres, parut réfléchir quelques secondes, puis décida :

— Je file à la salle de bains et j'arrive.

Il refit quelques longueurs pour passer le temps, mais également pour essayer de se calmer un peu. Son imagination s'emballait, et des souvenirs d'Emma dans ses vêtements trempés, collant à son corps telle une deuxième peau, s'imposaient de nouveau à lui.

Il s'arrêta lorsqu'elle reparut dans une tenue identique à celle de leur première séance.

— Dis-moi, tu ne crois pas que le sous-pull à col roulé est de trop ? hasarda-t-il. Cela ne te tiendra pas plus chaud une fois dans l'eau, tu es au courant ?

— Très drôle.

Emma noua ses cheveux en un chignon haut, se moquant visiblement pas mal de ses tentatives – quoique peu subtiles – visant à lui faire lâcher un peu de lest.

Viviane avait raison, Emma n'était pas seulement quelqu'un d'extrêmement pudique. Il avait compris dès le début que ce comportement étrange révélait en fait d'importants problèmes. Pour autant, cela ne signifiait pas qu'ils étaient insurmontables.

Après tout, quelle importance ? Qu'elle se baigne tout habillée si elle en avait envie, du moment qu'elle restait près de lui, cela lui convenait.

Il s'approcha comme Emma empoignait les rambardes de l'échelle pour descendre, tout à coup prise d'inquiétants tremblements.

— J'ose espérer qu'à présent la proscription de tout contact est suspendue, avisa-t-il prudemment, s'apprêtant à la prendre dans ses bras pour l'aider dans la manœuvre.

— Non, les règles restent les règles, protesta-t-elle aussitôt d'un ton ferme, détonnant vivement avec ses gestes hésitants. La tenue de mon choix et *aucun* contact.

Louis eut un mouvement de recul, pris de court par la résolution d'Emma. Il n'avait pas envisagé cette possibilité. Un grand froid s'abattit brusquement sur son cœur, mais il refusa d'y prêter plus d'attention que nécessaire.

Emma était terrifiée par l'eau. Il n'était pas si étonnant qu'elle tienne à conserver ses distances le temps de leur leçon, afin de garder l'esprit clair et alerte.

Il en voulait trop, trop vite. Il comprenait désormais ce que Viviane avait essayé de lui dire lors de leur dernier rendez-vous…

— Même si je te promets de me tenir tranquille et de ne pas chercher à flirter ? ne put-il s'empêcher d'insister malgré tout.

— Même, souffla Emma en pénétrant dans l'eau.

— Je maintiens que cela pose problème. L'apprentissage sera forcément plus long et difficile dans ces conditions.

Elle serra les bras contre sa poitrine, et, grelottant, scrutant fixement la surface de l'eau, elle lâcha d'une voix rauque :

— Alors on laisse tomber ?

À nouveau, Louis fit un pas en arrière sous l'effet de la stupéfaction.

— Si tu laisses tomber, je laisse tomber aussi, menaça-t-il spontanément.

Ce n'étaient pas des paroles en l'air. Il annulerait tous ses rendez-vous avec le kiné à la seconde où Emma déclarerait forfait. C'était complètement stupide et insensé, il en était parfaitement conscient. Néanmoins, c'était ainsi.

Elle leva enfin les yeux vers lui, et il y découvrit une tristesse nouvelle, qui lui fit peur.

Elle secoua la tête et conclut :

— On ne change rien.

— D'accord, consentit-il.

Ils firent ensemble quelques pas dans l'eau, et l'atmosphère s'allégea peu à peu entre eux. Vint ensuite le moment de passer aux choses sérieuses et il demanda à Emma de réitérer l'exercice de la planche.

Elle était très tendue et ses tentatives se soldèrent toutes – à l'instar de la première fois – par des échecs.

— Regarde bien, lui enjoignit-il en se laissant aller sur le dos pour lui montrer.

Il flottait juste à côté d'elle lorsqu'il tourna légèrement la tête sur le côté et surprit un coup d'œil curieux d'Emma, qui balayait subrepticement le bas de son abdomen et son caleçon.

Avant de se détourner et de rougir brutalement.

Il revint sur ses pieds, plus troublé que de raison par cette simple attention – laquelle aurait pu passer pour très banale, si seulement Emma ne s'était pas aussi vivement empourprée.

Bon sang, il aurait donné n'importe quoi pour connaître ses pensées en cet instant…

Si elle se posait des questions, alors il voulait y répondre. Il mettrait un point d'honneur à lui donner toutes les informations qu'elle désirait. Et qu'elle le mate autant qu'elle le souhaitait : il ne demandait que ça.

Aucun regard ne valait le sien. Aucun ne suscitait en lui ce tourbillon d'émotions et d'excitation mêlées. Aucun ne lui procurait cette incomparable impression de caresse retenue, inavouée…

Louis se laissa glisser jusqu'à se retrouver entièrement immergé, éprouvant soudain l'urgent besoin de se rafraîchir les idées. Il attendit quelques secondes en apnée, se concentrant sur les battements de son cœur.

Il profita de ce bref moment pour contempler le mouvement des vêtements d'Emma. Son tee-shirt, qui se soulevait sous l'impulsion de l'eau, pour révéler ce fameux sous-pull noir, beaucoup plus ajusté que tout ce qu'elle avait l'habitude de porter. Il admira sa taille si fine, contrastant avec la forme épanouie de ses hanches, aux courbes terriblement sensuelles, que ses mains épousaient si bien.

Il se redressa ensuite d'un coup de talon, devant une Emma totalement déconcertée.

— Qu'est-ce que tu fais ?

Moi aussi, je te regarde...

— Rien de spécial. Bon, cette planche, c'est pour aujourd'hui ou pour demain ? Loin de moi l'idée de vouloir être désobligeant, mais tout de même, on ne peut pas dire que tu fasses énormément d'efforts. À ce rythme, on y sera encore en 2020.

Il replaça ses cheveux en arrière pour se redonner contenance. Puis il se figea lorsque Emma plissa les yeux, l'air indignée, et frappa la surface de l'eau pour lui envoyer une giclée en pleine figure.

— Espèce d'enfoiré ! s'exclama-t-elle, visiblement vexée. Je fais de mon mieux, je te signale. Je n'y peux rien si je suis nulle !

Louis ne put réprimer un brusque éclat de rire, étonné par la vigueur de la réaction d'Emma.

— Je plaisantais, tint-il à clarifier.

— Ah...

— Tu te transformes en vraie furie au contact de l'eau, c'est dingue, la taquina-t-il encore.

Elle battit des paupières, grimaça un timide sourire, puis pouffa à son tour.

— N'importe quoi, nia-t-elle, hilare. Je ne suis pas un fichu Gremlins ! Ce n'est pas l'eau, c'est toi qui as le don de m'énerver.

— Je sais, confirma-t-il, ravi d'apprendre qu'elle l'avait remarqué, elle aussi. Et j'adore ça, Emma.

Elle cessa de rire subitement, haussa les sourcils et ouvrit la bouche, mais aucun son n'en sortit.

Il l'avait perturbée, c'était évident. Peut-être en avait-il un peu trop dit…

Chapitre 67

Louis

— Hum, au risque de paraître extrêmement lourd, j'aimerais vraiment que tu me laisses tenter un truc. Juste une fois. Je sais que tu es très têtue et…

— Je ne suis pas têtue, l'interrompit-elle, une moue butée incurvant ses lèvres pleines.

— Mais si ! opposa-t-il entre dérision et consternation, avant de soupirer profondément. Bref, Emma, il est important que tu fasses au moins quelques progrès aujourd'hui, tu ne crois pas ?

Elle hocha la tête en silence et resserra ses bras autour d'elle, frissonnant car ils étaient probablement restés trop longtemps immobiles.

— Tu réessaies et je te soutiens, uniquement le temps que tu trouves l'équilibre, proposa-t-il en se rapprochant d'elle.

Emma lui adressa un regard un peu méfiant. Puis elle acquiesça d'un petit signe du menton, manquant furieusement de conviction et d'assurance.

Elle prit une grande inspiration et se laissa peu à peu glisser vers l'arrière, les bras ouverts. Louis plaça une main sur ses reins, et l'autre à la base de sa nuque, tout en s'efforçant de se concentrer sur l'exercice – et non sur leur proximité et la plantureuse poitrine d'Emma, qu'il avait pris tant de plaisir à caresser cette nuit-là, et à laquelle son tee-shirt trempé collait de façon éhontée...

— Ferme les yeux et détends-toi, lui chuchota-t-il.

Les traits d'Emma se crispèrent d'angoisse un bref instant, puis elle obéit.

Progressivement, son expression redevint sereine. Il sentit sous ses doigts son corps se ramollir pour établir un compromis avec l'eau, trouvant enfin la stabilité. Alors, très lentement, il ôta ses mains.

— Parfait, murmura-t-il doucement. Tu vois, tu n'es pas nulle du tout, ma puce.

Le dernier mot lui avait échappé. Un surnom bien ringard et puéril, qu'il n'avait jamais prononcé – ni même utilisé en pensée – de toute sa vie. Il ignorait complètement d'où cela pouvait lui venir...

Emma bascula immédiatement en avant pour se remettre debout. Elle l'observa en silence, manifestement déstabilisée, elle aussi, une lueur à la fois tendre et déchirée dansant au fond de ses prunelles sombres.

— Louis...

— Qu'est-ce qui ne va pas ? l'interrogea-t-il, l'inquiétude s'insinuant insidieusement en lui.

Elle demeurait distante, sur la réserve, depuis qu'elle était arrivée. Sa phobie de l'eau n'en était pas la seule cause. Il y avait forcément autre chose...

— Il faut vraiment qu'on arrête, cette fois, marmonna-t-elle en haussant les épaules de découragement. Je ne peux plus continuer comme ça, je regrette.

La panique explosa dans ses veines, faisant pulser son sang dans ses tempes. Tout à coup, c'étaient les fragiles fondations de son univers qui vacillaient.

Non... s'il te plaît, Emma, ne me lâche pas la main... pas maintenant...

— C'est Anne qui te l'a demandé, c'est ça ? s'étrangla-t-il, incapable de garder son sang-froid.

Emma secoua presque imperceptiblement la tête. Mais avant qu'elle ne puisse répondre, il enchaîna :

— Alors soit, peut-être que ton amie prétend être amoureuse de moi, mais tu sais que c'est impossible. Tu le sais ! Parce que cette fille ne me connaît pas, Emma, c'est aussi simple que ça ! Elle ignore tout de moi, ne voit que ce que les autres voient. Le crétin prêt à tout pour épater la galerie, pour remporter une connerie de défi. Les dépravations, le cynisme et l'acier. Mais toi, tu sais que ce ne sont rien que des barrages de plus. Toi, tu me *connais*...

Louis ferma les yeux et souffla par le nez pour tenter de se ressaisir.

Il était à peine cohérent dans ses arguments. Emma allait définitivement prendre peur, c'était certain.

Il entendit le clapotis de l'eau, rouvrit les paupières et vit Emma face à lui, qui le dévisageait, l'air totalement perdue.

— Elle te connaît bien plus intimement que moi, rappela-t-elle dans une grimace entre amertume et écœurement. Elle connaît certains détails de toi...

Louis se frotta le visage d'une main nerveuse, la honte – sentiment qu'il n'avait plus éprouvé depuis très longtemps – le submergeant soudain.

— Par pitié, elle ne t'a quand même pas raconté ça ?! s'indigna-t-il. Les *détails*, sérieusement ?

Le silence d'Emma parla pour elle, et il eut l'impression que tout, absolument tout, lui échappait brusquement.

Comment lui expliquer à elle, si innocente et bienveillante, qui ne voyait jamais le mal nulle part, qu'il n'avait fait que baiser sa copine, mécaniquement, salement, comme il baisait toutes celles qui se présentaient à lui... avant de se servir de cet intérêt absurde qu'elles lui témoignaient pour le retourner contre elles ?

Comment lui dire qu'avec elle, et avec elle uniquement, il désirait autre chose… ? Quelque chose qui, pour une fois, n'aurait rien de sale ni méprisable, mais qui, au contraire, serait parfaitement sain, naturel et… *beau* ?

— Tu n'envisages pas réellement d'avoir ce genre de rapports avec moi ? se renseigna-t-elle d'un ton faible.

— Non, Emma. Pas ce genre-là.

Il pinça les lèvres, ignorant s'il était avisé de développer ou s'il était préférable de ne rien ajouter à ce sujet.

Elle baissa les yeux, s'écarta d'un pas, puis, avec maladresse, l'interrogea encore :

— Mais tu envisages le… le *sexe*… avec *moi* ?

— Il me semblait pourtant avoir été très explicite, autant dans mes paroles que dans mes gestes, rétorqua-t-il en fronçant les sourcils, sans comprendre où elle voulait en venir. Mais c'est… *différent*. Je n'agirai jamais de cette manière avec toi, il faut que tu le saches. Je te l'ai promis, je me comporterai bien. Toujours… avec toi.

Emma braqua son regard brun sur lui, paraissant tout à coup aussi choquée qu'inquiète.

— Je serai patient si c'est de temps que tu as besoin, compléta-t-il. Cela ne me pose aucun problème.

— « On procédera par étapes » ? lui renvoya-t-elle avec une flagrante rancœur, répétant ses propres mots.

— Je ne veux pas *procéder* ! se défendit-il plus âprement, ayant subitement l'impression d'être accusé d'un crime qu'il n'avait pas commis. Je ne l'ai jamais voulu. Je n'ai présenté ça ainsi que parce que ton discours laissait entendre que c'était ce que *tu* souhaitais.

— Eh bien, je me trompais ! s'enflamma-t-elle abruptement, ouvrant les mains devant elle, ridant la surface de l'eau entre eux. J'ai vraiment raconté n'importe quoi ce jour-là, figure-toi ! J'ai réfléchi depuis, et je crois qu'en fin de compte je ne pourrai ja…

Sa voix mourut dans sa gorge et ses traits se décomposèrent tandis qu'elle semblait prendre conscience de la teneur des informations qu'elle avait failli lui révéler. Soit autant d'éléments qu'elle estimait devoir lui dissimuler, apparemment.

Elle replaça des mèches de cheveux imaginaires derrière ses oreilles, ses doigts tremblant de façon préoccupante.

— Pour quelle raison te comporterais-tu différemment avec moi ? s'enquit-elle finalement, plissant les paupières de scepticisme. Qu'est-ce qui pourrait bien te permettre d'être aussi sûr de toi, Louis ?

— Mais parce que je t'ai... Je te respecte... beaucoup trop pour ça. Voilà pourquoi.

Il inspira un grand coup, soulagé de s'être repris avant de commettre un nouvel impair. Non seulement Emma n'aurait pas cru à une telle déclaration, mais en outre, ce n'était guère le moment idéal. En aucun cas l'aveu de ses sentiments ne devait s'inscrire dans une liste d'arguments, débités à la va-vite lors d'une dispute. Pas ainsi...

Emma recula et secoua la tête, manifestement plus confuse encore.

— Ce qui signifie que tu n'avais pas de respect pour Anne, conclut-elle, ses lèvres s'incurvant progressivement sous l'effet trop évident – trop incriminant et atrocement blessant – du dégoût. En vérité, tu n'en as jamais eu pour aucune d'entre elles. Tu es vraiment...

Immonde... Elle me trouve immonde. Comment ai-je pu l'oublier ?

Comment pourrais-je lui donner tort...

Louis serra les dents, encaissant très péniblement cette nouvelle salve, quand bien même Emma avait-elle fait l'effort de s'arrêter juste avant de l'insulter.

Il n'avait rien pour se défendre contre ses reproches, pas l'ombre d'une carte à opposer à cela.

Alors il comprit que tout était perdu d'avance, qu'il n'avait jamais véritablement eu sa chance, de toute façon.

Comment Viviane avait-elle pu deviner l'issue de leur relation avant lui ? Il n'en avait aucune idée.

Ce n'était pourtant guère dans sa nature de se laisser aveugler par de trop fortes bouffées d'optimisme, au contraire. Mais il fallait croire que ses émotions l'avaient piégé, induit en erreur, démuni qu'il était face à quelque chose d'aussi inédit et intense.

Il fit jouer sa mâchoire pour essayer de se recomposer une expression neutre, mais c'était peine perdue. Il n'avait plus le contrôle, ne parvenait plus à paraître désinvolte et froid comme avant.

C'était fini tout ça...

À cause d'*elle*. De ce petit bout de femme à la fois forte et fragile, si douce, mais tellement dure et impitoyable avec lui. Par sa faute, il se sentait faible, vulnérable et acculé face à ses erreurs.

Il se détourna, les poings crispés de colère – contre lui, contre elle, contre cette maudite psy, ainsi que la Terre entière ! –, et se dirigea vers le bord de la piscine. Il s'y appuya des deux mains pour s'extirper d'un bond du bassin, avant de récupérer ses béquilles et de se redresser, rappelé à l'ordre comme de coutume par cette saleté de genou en miettes.

Quand il pivota, il aperçut Emma, les yeux écarquillés d'effarement, restée seule dans l'eau. Il ne put se retenir et laissa s'écouler toute sa rancœur, d'un seul coup, s'emportant malgré lui :

— Bien entendu, c'est facile pour toi de me juger, c'est vraiment très facile de me renvoyer sans cesse mon passé à la figure ! Seulement, peux-tu me dire à quoi ça sert si je n'ai pas la moindre chance d'obtenir la plus petite marque d'indulgence de ta part ? Si je n'ai pas la moindre chance que tu parviennes à me pardonner quoi que ce soit, jamais ?!

Il renifla sèchement, conscient de s'enfoncer, mais poursuivit néanmoins :

— Tu veux savoir ce que, pour ma part, je trouve dégueulasse ? Tu ne te poses pas un instant la question, ou peut-être estimes-tu qu'après tout, je ne mérite pas que quiconque s'en soucie ? Il n'empêche qu'avoir insinué que tu éprouvais quelque chose pour moi, après avoir passé la nuit dans mes bras, puis m'avoir laissé t'embrasser le lendemain, dans l'ancien bâtiment de la fac, quand rien de tout cela ne t'était inconnu, quand tu savais pertinemment tout ce dont tu te plais à m'accabler aujourd'hui, pour à présent m'annoncer vouloir faire marche arrière sans l'ombre d'une explication, ce n'est pas exactement ce que je qualifierais de très correct non plus ! Alors évidemment, si ce que tu cherches, c'est à me punir, si tu penses qu'avoir tout perdu n'est pas un châtiment suffisant et que tu entends venger ton amie, ainsi que toutes les autres filles à qui je m'en suis pris, je ne peux qu'applaudir, parce que c'est vraiment très réussi.

Louis rejoignit ensuite le couloir, sans prendre la peine d'éponger l'eau sur sa peau, lâchant dans son dos :

— Merci de t'être donné la peine de venir jusqu'ici, mais tu peux rentrer chez toi, je n'ai vraiment pas faim ce soir.

Voilà, c'était exactement pour contrer cela qu'il avait construit tant de barrages, afin de ne plus jamais ressentir cette douleur…

Sauf que celle-ci n'avait rien à voir avec celle qu'il avait jadis connue. Elle était de nature différente. Plus vive, plus mordante également, bien moins supportable. Parce que cette fois, c'était quelque chose de précieux, de rare et de merveilleux qui lui filait entre les doigts. Cette fois, ce n'était pas de la haine que ce rejet lui inspirait, uniquement de la tristesse.

Ainsi peut-être qu'une bonne dose de remords, d'amertume envers lui-même...

Chapitre 68

Emma

Emma plaça dans des Tupperware tous les repas qu'elle venait de préparer pour Louis, avant de les ranger dans le réfrigérateur.

Cela faisait plus d'une heure qu'elle s'activait en cuisine, les cheveux encore humides de leur séance dans la piscine. Elle avait pris son temps, à la fois pour se changer – et emballer ses vêtements trempés dans un sac hermétique –, puis pour cuisiner, dans l'espoir de voir Louis revenir vers elle. En vain.

Elle devait se faire une raison, il n'avait aucune envie de la rejoindre ce soir et il ne changerait pas d'avis.

Emma s'appuya contre le plan de travail et soupira, se sentant vraiment mal.

C'était très étrange – mais non moins réel –, elle l'avait blessé, c'était évident à présent. Et non, Louis se trompait, ça n'avait été ni intentionnel, ni gratifiant pour elle. Il n'y avait jamais eu aucun plan de vengeance derrière tout ça, et envisager qu'il puisse le penser était tout bonnement atroce...

Elle hésita à aller jusqu'à la chambre où ils avaient passé cette fameuse nuit ensemble pour frapper à la porte, afin de lui parler. Mais en avait-elle seulement le courage ?

Louis voudrait des explications, et elle ne pouvait les lui fournir.

Emma opta alors pour la solution la plus lâche. Elle enfila son manteau, sortit de la maison et monta dans cette voiture qui ne lui appartenait pas tout à fait et qui ne faisait que lui rappeler combien leur situation était bizarre. Elle franchit le portail électrique, puis, une fois ses grandes portes refermées, stationnée sur le trottoir, elle sortit son téléphone portable de son sac.

Elle tapa rapidement plusieurs SMS, qu'elle envoya automatiquement les uns après les autres, sans se laisser le temps d'y réfléchir :

Si tu as faim, tu trouveras tout ce qu'il faut dans le frigo. J'ai également laissé quatre chèques avec au dos les dates auxquelles il serait préférable que tu les déposes, pour le paiement de la voiture (je me suis donc basée sur l'ARGUS, comme tu l'avais proposé).

Je suis désolée, je ne voulais pas qu'on se dispute…

En vérité, ce n'est pas Anne le problème. Et en vérité, ça fait déjà un bon moment que je t'ai pardonné.

Je ne veux pas te juger… je ne le ferai plus.

Puis elle ajouta quelque chose, parce qu'elle avait besoin d'être sûre qu'il serait là, à ce rendez-vous, tellement important pour lui – mais finalement, ne l'était-il pas aussi pour elle ? Besoin de s'assurer qu'entre eux tout n'était pas terminé pour autant, qu'il leur restait au moins ça :

Est-ce que tu viendras au club samedi matin, pour notre promenade ensemble ?

Emma laissa passer une minute, durant laquelle elle fixa l'écran inerte de son téléphone, un pincement de plus en plus douloureux au cœur.

Louis avait raison, pas un instant elle ne s'était posé de question. À aucun moment elle n'avait envisagé ce qu'il pourrait ressentir, la façon dont il accueillerait sa décision. Si cela l'affecterait, d'une manière ou d'une autre.

À sa décharge, l'idée qu'il puisse vouloir autre chose que s'amuser avec elle – quand bien même promettait-il qu'elle était l'exception, qu'il ne lui ferait pas de mal, et en admettant qu'elle accepte de lui accorder le bénéfice du doute – était hautement improbable.

Elle tombait des nues, non seulement sa résolution consistant à prendre de la distance vis-à-vis de leur relation ne lui était pas égal, mais en plus, il en concevait une très curieuse déception. Laquelle, du reste, l'avait poussé à se mettre en colère contre elle…

N'avait-elle pas, d'ailleurs, mérité chacun de ses reproches ?

Elle n'avait pas été claire avec lui. Et finalement, en dépit de tout ce que Louis avait fait par le passé, sa contrariété n'en était pas moins légitime.

Quelques semaines plus tôt, elle aurait songé qu'il ne s'agissait que d'un juste retour des choses – et encore, Louis aurait gardé une sacrée longueur d'avance. Mais désormais, Emma se trouvait tout à fait incapable de penser cela.

Parce que Louis n'était plus la même personne à ses yeux. En effet, elle le connaissait. Elle savait qu'il n'était ni invulnérable, ni aussi insensible qu'il aimait à le faire croire. Elle savait combien il souffrait. Physiquement, d'une part, à cause des séquelles de l'accident, mais aussi moralement. Elle était la seule à qui il s'en était un tant soit peu ouvert…

Emma appuya le front sur le haut du volant, totalement désemparée.

Louis avait-il véritablement pu éprouver le même genre de peine et de déchirement qu'elle à la perspective de cesser leur flirt absurde ?

Elle avait un mal fou à intégrer le simple fait que ce soit possible.

Pourtant, il en avait eu l'air, elle ne l'avait pas rêvé. Elle avait lu tant de tristesse dans ses grands yeux bleus, tant de détresse également.

Il l'avait appelée « ma puce »…

C'était tellement inattendu, tellement pas *Louis Deschaney*…

Elle s'était aussitôt sentie fondre, avait failli se lover dans ses bras, avec le secret espoir qu'il le répète encore.

Ce besoin de lui avait été si fort qu'il l'avait terrifiée.

Puis terrassée…

Parce qu'elle avait compris que cette histoire entre eux allait trop loin. Parce qu'elle avait réalisé qu'il fallait couper court, immédiatement, et ne pas laisser la situation s'envenimer, se compliquer davantage.

Elle avait fait ce qu'il fallait, elle en était convaincue. Elle n'avait peut-être pas été totalement transparente avec lui, n'avait pu lui fournir les vraies raisons de cette « marche arrière » – ainsi qu'il la qualifiait –, mais elle avait agi comme elle le devait. Néanmoins, cette certitude n'enlevait rien à la douleur insidieuse qui lui brûlait la poitrine, ni au goût amer et extrêmement désagréable qui emplissait son palais…

Un manque étrange semblait s'emparer d'elle, la dévorer de l'intérieur pour lui rappeler encore et encore tout ce à quoi elle renonçait. Ces moments de tendresse et de volupté incroyables, ces sensations inédites, tellement délicieuses, que Louis parvenait à éveiller en elle, ces promesses de mystères révélés, d'intimité partagée... Et ces sentiments, qui ne faisaient qu'éclore les uns après les autres, qu'elle devait à tout prix étouffer, broyer, même si c'était également une partie d'elle qu'elle détruisait.

Sans réponse de Louis, Emma posa son téléphone sur le siège passager de la voiture et s'engagea sur la route.

Ce n'est qu'en arrivant devant l'appartement qu'elle partageait avec Anne qu'elle sentit la vibration d'un nouveau SMS faire timidement vrombir le fond de son sac. Elle redescendit les trois marches du perron en quatrième vitesse et s'éloigna de la porte pour consulter discrètement son téléphone.

> Je serai au club samedi matin, mais je ne peux rien te garantir pour la balade. J'ignore encore si je serai un jour capable de remonter à cheval.

Elle était en train d'écrire quelques mots d'encouragement lorsqu'elle reçut :

> Emma, je ne comprends pas. Si tu m'as véritablement pardonné et si Anne n'est pas le problème, dans ce cas, quel est-il ? Ai-je au moins le droit de savoir ? Est-ce moi qui ai mal interprété certaines choses ? Éclaire ma lanterne, s'il te plaît...

Emma arpenta le trottoir, puis revint sur ses pas, ne sachant quoi dire.

Elle s'était montrée plutôt malhonnête avec lui en s'efforçant d'éviter le sujet, quitte à remettre sur le tapis toutes leurs anciennes querelles et récriminations pour mieux noyer le poisson. Mais, même si elle avait eu envie d'être tout à fait sincère envers Louis, lui expliquer exactement ce qui motivait sa décision demeurait inconcevable.

Mettre des mots sur ses peurs, les exprimer vraiment était déjà au-dessus de ses forces. Alors les confier à Louis…

Cependant, il lui pesait d'être aussi peu franche avec lui. Emma ressentit soudain l'urgent besoin de lui donner au moins une vérité – bien que ce soit difficile, bien que ce soit absolument contre-productif…

`Tu n'as pas mal interprété, j'éprouve réellement quelque chose pour toi, Louis.`

Elle appuya aussi sec sur le bouton d'envoi.

Puis elle le regretta.

Quoi qu'elle fasse, elle avait l'horrible sensation de s'engager dans la mauvaise direction, que le lui signifier aussi concrètement maintenant, après avoir décrété qu'ils devaient s'éloigner, n'était ni bien, ni juste…

Elle attendit près de cinq minutes, seule dans le froid et la nuit. Elle allait rentrer, un peu honteuse d'avoir lâché une telle révélation pour ensuite se confronter au silence de Louis, quand l'écran de son téléphone s'illumina à la réception d'un nouveau message.

`Moi aussi, j'éprouve quelque chose pour toi, Emma. Quelque chose de fort, que je n'avais encore jamais connu. Je te l'ai dit, c'est différent. Je suis parfaitement conscient que tout joue contre moi, pourtant, j'aimerais que tu me croies malgré tout. Je te le demande.`

Emma eut tout à coup l'impression que son cœur s'arrêtait de battre. Pour s'emballer furieusement la seconde d'après.

Elle n'arrivait pas à réaliser ce que Louis venait d'avouer. Ce ne pouvait pas être vrai. Ça n'avait aucun sens...

Et cependant, le mettre en doute dans ces circonstances lui paraissait quasiment impossible. Le Louis qu'elle connaissait n'aurait eu aucun intérêt à proférer de tels mensonges.

Au fond, ne savait-elle pas déjà qu'il n'existait aucun piège ? Il l'avait dit, elle faisait exception à ses règles...

Mais oui, c'est ça, un peu comme dans un conte de fées ? Reviens sur Terre, Emma, c'est ridicule. Il te suffit de croiser un miroir pour t'en rendre compte !

Naturellement, son pouce se dirigea vers les touches et posa la question qui tournait en boucle dans son esprit depuis un moment déjà :

Pourquoi moi ?

Puis elle se ravisa et effaça le message.

Entrer dans les détails ne ferait qu'aggraver la situation.

Elle s'adossa au mur de son immeuble, encore sous l'effet de la sidération, complètement déboussolée.

À la place, elle s'obligea à écrire, tant qu'elle le pouvait encore :

D'accord, je veux bien te croire. Cela étant, je suis vraiment navrée, mais ça ne change strictement rien au problème...

Chapitre 69

Emma

Samedi 27 février 2016

Emma arriva aux alentours de 8 h 30 au centre équestre. Elle déposa sa boîte de mini muffins à destination des enfants dans le placard du club-house, puis prit son temps pour rejoindre les stalles.

Louis n'avait pas donné signe de vie depuis leur échange de messages de jeudi soir. Elle l'avait attendu, le lendemain, au self, mais en pure perte. Anne lui avait même demandé s'ils s'étaient encore disputés et Emma avait plus ou moins dû lui résumer dans les grandes lignes ce qui s'était passé.

Elle n'avait pas osé envoyer à Louis de nouveau texto. Il n'avait pas répondu au dernier qu'elle lui avait adressé, ce qui signifiait clairement qu'il n'avait plus envie de lui parler.

Cela dit, elle pouvait le comprendre. Néanmoins, elle espérait qu'il serait malgré tout à leur rendez-vous, que rien de grave ne lui était arrivé entre-temps…

Emma fit un détour par la sellerie pour vérifier que tout était en ordre. Elle rangea quelques ustensiles, puis se munit de tout le nécessaire pour préparer Opéra.

Après quoi, elle traversa le couloir menant à l'autre partie des écuries.

Elle franchissait la porte lorsqu'elle tomba soudain nez à nez avec Erik – qui s'apprêtait quant à lui à entrer dans le bâtiment.

Il s'arrêta face à elle et elle l'imita, ne sachant trop quoi faire d'autre.

Elle s'était employée à l'éviter depuis l'histoire du rendez-vous annulé au dernier moment. Ils s'étaient salués de loin, mais n'avaient guère eu l'occasion d'en discuter.

— Bonjour, Emma, commença-t-il, un demi-sourire un peu gêné étirant discrètement les coins de sa bouche.

— Bonjour…

Elle baissa la tête, très mal à l'aise.

— J'espère que tout va bien pour toi, poursuivit-il. Donne-moi tout ça, je vais t'aider.

Il lui enjoignit d'un geste de lui remettre la selle et le filet d'Opéra, et elle obtempéra d'emblée, sans réfléchir.

— Merci beaucoup, bredouilla-t-elle. Tu peux déposer les affaires dans la stalle, s'il te plaît, je reviens tout de suite.

Elle en profita pour retourner à la sellerie, récupéra le harnachement d'Eos, puis ressortit du bâtiment. Elle croisa derechef Erik, qui avait dû laisser le chargement qu'elle lui avait confié à l'endroit indiqué – puisqu'il avait à présent les mains vides.

— Je te souhaite bonne chance, Louis a l'air de très mauvais poil aujourd'hui, l'avertit-il en plissant le front d'inquiétude. Surtout, si jamais il y a le moindre problème, n'hésite pas à me prévenir. Pour ma part, je n'ai pas changé d'avis. Peu importe que nous reportions ou non notre rendez-vous, je ne veux pas qu'il s'en prenne à toi.

— Tout se passera bien, ne t'en fais pas, assura Emma avant de se dépêcher de s'éloigner.

Elle était tellement embarrassée, n'avait aucune idée de ce qu'il convenait de dire ou non dans pareille situation.

Et en même temps, elle était vraiment soulagée. Louis était peut-être mal luné ce matin, néanmoins, il était venu, ainsi qu'il le lui avait promis. C'était tout ce qui comptait.

Emma replaça la selle contre sa hanche, afin d'avoir une meilleure prise, puis releva la tête. C'est alors qu'elle aperçut Louis, debout, en appui sur ses béquilles, tout près de l'entrée. Elle fut étonnée de le trouver en tenue d'équitation. C'était la première fois depuis l'accident qu'il prenait la peine de se vêtir comme il convenait, arborant un pantalon noir, collant à ses longues jambes minces et musclées comme une deuxième peau, et ses bottes de cavalier à revers de cuir café au lait.

Elle remonta jusqu'à son visage, aux joues exceptionnellement ombrées d'une légère barbe et aux cheveux mal coiffés, dépourvus de gel, lui retombant négligemment sur le front. C'était plutôt déroutant de devoir en faire le constat, cependant cela n'enlevait absolument rien à son charme... bien au contraire.

Elle sentit les battements de son cœur s'accélérer, puis elle eut un petit mouvement de recul lorsqu'elle s'aperçut à quel point ses traits étaient fermés. Ses yeux la fixaient froidement, reflétant cet éclat dur qui l'avait tellement impressionnée – voire carrément effrayée – quelques semaines plus tôt.

— Donc Erik pense que votre rencard peut encore être *reporté*, voilà qui est très instructif, grinça-t-il en guise de salut, arquant un sourcil indigné.

Emma prit une grande inspiration et choisit d'ignorer sa remarque, refusant de le suivre sur ce terrain.

— Que lui as-tu dit pour qu'il soit aussi inquiet ?

— Rien à propos de toi, si cela peut te rassurer. Mais c'est un tort. J'en ai assez de ce petit jeu. Je vais rectifier le tir immédiatement et lui faire passer une bonne fois pour toutes l'envie de te tourner autour, crois-moi.

Louis la dépassa en un éclair et elle eut toutes les peines du monde, chargée comme elle l'était, à le rattraper pour se poster devant lui, l'empêchant de continuer.

— Je t'interdis de faire ça ! s'exclama-t-elle. Ta tante et Catherine sont dans les parages, elles aussi. Il est hors de question que tu attires de quelque façon que ce soit l'attention sur moi, c'est clair ? Je ne te le pardonnerais pas.

Un mot plus haut que l'autre, un infime dérapage, et ce serait le début des rumeurs. La concentration des regards, les chuchotements, de plus en plus présents, et le début des ragots et des moqueries. Soit bien plus qu'elle ne pourrait en supporter.

Pas ici. Pas dans ce lieu si spécial pour elle, qui était devenu, au fil des années, son unique refuge.

Louis cilla, et les éclats d'acier pailletant ses iris semblèrent instantanément fondre pour laisser place à des reflets différents, évoquant une douleur profonde, singulière – à moins que son imagination ne lui joue des tours...

— Est-ce là que se situe ce fichu problème ? la questionna-t-il, une moue amère incurvant ses lèvres. Tu crains que les autres ne finissent par découvrir ce qu'il y a entre nous ?

La dernière phrase de Louis sonna étrangement aux oreilles d'Emma. Entendre ces mots si particuliers s'échapper de sa bouche lui fit un effet très curieux, à la fois grisant et déchirant. Parce que, tout à coup, cela devenait beaucoup plus concret. Parce que, tout à coup, quoi que cela puisse être, c'était désormais avéré, confirmé, il existait bel et bien *quelque chose* entre eux...

— Mais non, protesta-t-elle faiblement. Enfin, peut-être un peu, je n'en sais rien. Mais il ne s'agit pas de ça. C'est...

Elle s'interrompit, incapable de poursuivre, puis changea de sujet, abruptement :

— Pourquoi n'étais-tu pas en cours hier ?

Louis l'observa un instant, se laissant sans doute le temps de décider s'il devait ou non insister pour obtenir une réponse. Puis il finit par soupirer :

— J'étais un peu fatigué, c'est tout. Cette semaine de reprise a été passablement compliquée.

Forcément, retrouver un tel rythme, après tous ces mois passés enfermé chez lui devait être épuisant. Mais dans ce cas, pourquoi était-il venu au club ? N'aurait-il pas été plus raisonnable qu'il se repose ?

— Est-ce que tu as revu ton kiné ? se renseigna-t-elle.

Il fronça les sourcils et fit demi-tour pour regagner les stalles, gardant le silence.

— Louis ! l'interpella Emma en lui emboîtant le pas, fâchée qu'il ose aussi ostensiblement l'ignorer.

— Lâche-moi avec ça, d'accord ?! s'enflamma-t-il subitement. J'en ai ma claque que tu te prennes pour ma mère. Malgré ce que tu te plais à croire, nous ne sommes pas amis. Nous ne sommes pas non plus ensemble – et très clairement, ce n'est pas de mon fait. Alors je ne vois vraiment pas en quoi cela te concerne !

Emma fut prise de court, ne s'étant guère attendue à une aussi vive réaction. Elle scruta le sol tandis qu'un froid glacial s'insinuait en elle, puis elle alla déposer les affaires d'Eos près de son box.

— Tu m'en veux tant que ça ? murmura-t-elle au bout d'un moment, une immense tristesse la saisissant de concert.

Louis attendit quelques secondes, et, dans un souffle, démentit :

— Non. Pas du tout. Je te demande pardon, je n'aurais jamais dû dire ça.

Elle releva la tête et le vit s'adosser à la cloison, l'air soudain très las.

— Je n'aurais pas non plus dû te blâmer comme je l'ai fait jeudi soir. Je le regrette. Tu n'as absolument rien à te reprocher. C'est moi qui…

Les mots moururent dans sa gorge. Il lui adressa un regard désolé, empli de remords. Un regard qu'elle ne lui avait jamais connu.

— C'est ma faute, reprit-il. Il est désormais évident que, même quand je le souhaite, je me révèle infoutu de faire les choses correctement.

Il conclut d'un haussement d'épaules aussi dépité que désemparé, et Emma se détourna.

Elle aurait aimé lui dire que c'était faux, qu'il ne s'agissait pas non plus de ça. Que non, ce n'était pas sa faute. Mais sa gorge était trop serrée pour lui permettre d'articuler la moindre phrase.

Chapitre 70

Emma

Emma sella d'abord Opéra, puis se hâta ensuite de s'occuper d'Eos. Après quoi, elle aida Louis à se mettre en selle – comme ils en avaient pris l'habitude – et sortit avec lui dans la cour pour monter à son tour sur le dos de la petite jument.

Louis paraissait nerveux. Il serrait les mâchoires et respirait un peu bruyamment, mais cela n'avait déjà plus rien à voir avec ses premières crises d'angoisse.

— Ça va aller ? lui demanda-t-elle doucement, une fois perchée sur Eos. Tu te rappelles, des pensées agréables. *Uniquement* des pensées agréables. D'accord ?

Il tourna la tête vers elle, battit des paupières – comme pour lui obéir et chasser de son esprit tout ce qui n'en était pas. Puis il approuva d'un petit signe du menton.

— C'est bon, je les ai.

— On va se rendre à la lisière du bois et, une fois là-bas, nous aviserons, l'informa-t-elle.

Malgré la situation, il était important qu'elle lui parle, qu'elle ne le laisse pas seul avec ses peurs.

— Nous avons de la chance, reprit-elle, le temps est idéal ce matin. Si tout va bien, nous pourrons peut-être pousser jusqu'au lac.

Le fond de l'air demeurait certes frais, mais le ciel était d'un bleu profond, comme pour mieux s'accorder avec les yeux de Louis, et le soleil brillait à l'horizon.

Il jeta un coup d'œil au loin, tenant apparemment à s'en assurer par lui-même, et sembla seulement prendre conscience de ce qui les entourait.

— Au fait, si jamais ça t'intéresse – et qu'aucune bombe ne fend les airs pour me foncer droit dessus dans les écuries, cela va sans dire –, j'ai fait des muffins au chocolat ce matin. Deux au moins te sont réservés.

— Évidemment que ça m'intéresse, confirma-t-il avant de se concentrer sur l'allée devant eux, considérant les arbres qui l'encadraient avec une expression étrange, singulier mélange de morosité et de frustration. En revanche, je tiens à rétablir la vérité, je ne te visais pas. Et tant que j'y suis, autant que ce soit parfaitement clair, je n'ai jamais voulu te tirer les cheveux non plus…

Là-dessus, sans prévenir, il fit accélérer Opéra pour la dépasser au petit galop et pénétra dans la forêt avant qu'elle ait eu le temps de le lui proposer.

— Louis, attends ! s'écria-t-elle comme la panique s'emparait d'elle.

Ils devaient rester au pas…

C'était l'une des premières consignes de Gloria.

Louis n'était même pas censé remonter à cheval. Aux dernières nouvelles, les médecins avaient estimé qu'il était trop tôt pour qu'il puisse reprendre.

Mais il ne s'arrêta pas. Droit sur sa monture, dans une posture très fière, proche de la perfection, il poursuivit son chemin, se moquant de ses injonctions.

Avait-il oublié qu'ils avaient prévu de faire cette balade ensemble ? N'avait-il plus envie qu'elle soit là, à ses côtés ?

Emma talonna Eos, la lançant à son tour au galop, s'efforçant de le rattraper. Elle l'avait presque rejoint quand il s'inclina légèrement en avant, incitant Opéra à gagner en vitesse, s'appliquant à la semer. Alors elle réalisa qu'il ne cherchait pas la solitude.

Louis était en train de faire la course avec elle...

— Ça suffit maintenant ! s'énerva-t-elle. Gloria va me tuer quand elle verra ses chevaux revenir en sueur ! Tu n'es pas encore rétabli, tu vas finir par te faire du mal...

Elle l'imaginait chuter de nouveau, juste devant elle. Son genou pouvait-il s'abîmer davantage ? Pourquoi ne comprenait-il pas qu'il risquait d'aggraver son cas ?

Ils débouchèrent sur une clairière, et Louis fit ralentir sa monture. Elle l'imita, soulagée.

Mais au lieu de revenir près d'elle, il opéra un brusque demi-tour. Là, il exécuta une boucle serrée autour d'elle, maintenant Opéra au petit galop, à une allure excessivement lente et rassemblée. Une manœuvre très difficile, qu'elle n'était pas sûre de savoir reproduire – encore moins avec un vieux cheval réservé habituellement aux élèves débutants et aux exercices les plus basiques.

Louis avait les mâchoires contractées et les poings serrés sur ses rênes, tandis qu'une lueur hantée et cependant déterminée brûlait au fond de ses prunelles.

— Je ne serai jamais tout à fait rétabli, la corrigea-t-il sans cesser de tourner autour d'elle. Jamais.

Emma repassa au pas, espérant voir Louis faire de même.

En vain.

— Ce n'est pas une raison pour faire n'importe quoi, je te signale ! Tu es encore en convalescence, tu dois te ménager. S'il te plaît... C'est bien assez pour aujourd'hui, tu ne crois pas ?

Soudain, Louis céda. Opéra stoppa net face à elle, passant du galop à l'arrêt quasiment d'un seul coup.

Emma avait oublié à quel point Louis était doué sur un cheval. À quel point, grâce à d'infimes mouvements, indiscernables, il savait se faire obéir de l'animal – qu'il s'agisse de Thanos ou d'un autre.

Elle s'approcha de lui et s'aperçut qu'il était anormalement essoufflé. Puis elle se rendit compte du tremblement – pourtant presque imperceptible – qui agitait ses mains, trahissant l'angoisse contre laquelle il s'évertuait à lutter. Peut-être la douleur aussi…

Louis scruta un point vague, et lâcha d'une voix rauque, tandis qu'une ombre venait voiler ses yeux pâles :

— D'un problème insoluble à un autre… Il semble que ma vie ne soit plus composée que de cela. Où que j'aille, peu importe la direction dans laquelle je m'engage, je n'ai pas avancé de trois pas que je me heurte à de hauts murs de béton, surmontés de barbelés…

Louis était si bizarre subitement. Il était flagrant qu'il n'allait pas bien. Sans doute était-il préférable qu'ils rentrent. Sans attendre.

— Les problèmes sans solution n'existent pas, contesta-t-elle, de plus en plus préoccupée.

Son regard céruléen se braqua de nouveau sur elle, et ses sourcils s'incurvèrent de désarroi et d'ironie mêlés.

— Tu te fiches de moi, c'est ça ? Ou tu balances ce genre de poncifs uniquement quand cela t'arrange ?

Emma réalisa brusquement qu'il parlait également d'elle. Qu'elle était un mur, elle aussi…

— Pas de problème sans solution ? répéta-t-il, contemplant de nouveau fixement ce point dans le lointain. Vraiment ?

Elle pivota pour voir ce qu'il contemplait avec autant d'obstination et distingua plusieurs obstacles appartenant au parcours de cross. Alors elle comprit.

Mais trop tard.

Louis prit une grande inspiration et, avant qu'elle ait pu intervenir, s'élança à vive allure à travers la clairière.

— Non ! paniqua-t-elle. Ne fais pas ça, c'est complètement idiot !

S'il lui était déconseillé de remonter à cheval, qu'en était-il de ce genre d'exercice, nettement plus ardu et physique ? Pourquoi se forçait-il à accomplir une telle chose, quand le simple fait de se trouver sur un cheval générait chez lui autant d'anxiété ? Sans compter qu'il devrait nécessairement prendre appui sur sa jambe droite...

Emma pressa vigoureusement les talons contre les flancs d'Eos, lui ordonnant de suivre Opéra.

— Louis, non ! cria-t-elle.

En vain.

Il ne l'écoutait plus...

Elle n'arriverait pas à le rattraper. Il allait trop vite et elle avait mis beaucoup trop de temps à réagir. Elle ne pouvait strictement rien faire pour l'empêcher de foncer droit sur la première barrière. Un obstacle de moins d'un mètre, on ne peut plus basique pour le cavalier émérite qu'avait été Louis. Mais certainement pas pour l'homme affaibli, handicapé par une grave blessure au genou qu'il était actuellement – ni pour Opéra, du reste, lequel n'avait jamais été réellement entraîné à ce type d'épreuve.

Chapitre 71

Emma

Le cheval frappa le sol de ses sabots dans un claquement sec et se propulsa puissamment dans les airs. À la surprise d'Emma, Louis accompagna son mouvement avec grâce et adresse – exactement comme le soir de l'accident. L'espace d'un bref instant, le cavalier et sa monture volèrent, suspendus au-dessus des barres de bois.

Puis le temps reprit ses droits et l'animal bascula vers le bas. Elle entendit très nettement Louis pousser une exclamation rauque de douleur à la réception, et le vit se raidir. La bouche ouverte, cherchant son souffle, il inclina la nuque vers l'avant, peinant à recouvrer une posture normale, négligeant tout le reste autour.

Il permit à Opéra de faire encore quelques foulées de galop, avant de le stopper net derechef.

Emma contourna l'obstacle et parvint enfin à sa hauteur.

— Louis ! l'appela-t-elle pour la énième fois, errant entre soulagement et inquiétude, le sang lui battant aux tempes.

Elle s'arrêta à côté de lui, mais le perdit de vue lorsqu'il passa la jambe par-dessus la croupe de son cheval pour ensuite se laisser glisser au sol.

Emma se dépêcha de descendre à son tour et le trouva assis dans l'herbe, à quelques mètres d'Opéra, une jambe remontée tandis que l'autre était étendue devant lui.

Il retira sa bombe d'un geste nerveux, puis se recroquevilla pour enfouir les doigts dans ses cheveux, les jointures blanchies de crispation.

— Mais pourquoi tu as fait ça ? gémit-elle, alarmée par son état.

Louis tremblait de tout son corps et haletait, tentant désespérément d'avaler une bouffée d'air.

Elle se précipita vers lui et se laissa tomber à genoux, si près que sa cuisse touchait la sienne.

— Il... le fallait... c'est tout, articula-t-il, les paupières obstinément closes.

Sans doute avait-il tenté d'exorciser son traumatisme, soigner le mal par le mal. À l'évidence, ce n'était pas la bonne méthode...

Emma leva le bras vers lui et posa la paume contre sa joue piquante de barbe, tentant comme elle pouvait de l'apaiser.

Louis se figea brusquement en réaction. Il retint sa respiration quelques secondes, puis la relâcha dans un long soupir, penchant légèrement la tête vers sa main comme pour mieux en éprouver le contact.

— Que se passe-t-il ? lui demanda-t-elle tout bas. Qu'y a-t-il dans ton esprit en cet instant ?

Il renifla sèchement, et, toujours immobile, attendit qu'un silence bizarre, presque intime, s'installe entre eux. Puis, alors qu'elle pensait qu'il refusait de s'en ouvrir à elle, il se décida à répondre, la voix atrocement éraillée :

— Le choc de la chute. Le bruit des os qui se brisent. Les miens, mais aussi ceux de Thanos... La douleur. Le choc du camion. L'accident de voiture. Et encore la douleur. Celle du deuil. Celle de la solitude. Tout se mêle… Je ne veux pas y penser. Je ne l'ai jamais voulu. Mais j'y suis contraint à présent, incapable de rejeter ces images…

Il posa la main sur le dos de celle d'Emma et la pressa davantage contre sa mâchoire.

— Et maintenant il y a toi. Plus que toi. Et moins de douleur…

Emma ôta sa bombe à son tour et l'abandonna dans l'herbe.

Sans réfléchir, poussée par un incroyable élan, quelque chose de beaucoup plus fort qu'elle, elle se pencha vers lui, tandis qu'il s'obstinait à garder les paupières fermées. Très doucement, elle déposa un léger baiser sur ses lèvres.

Louis entrouvrit la bouche sous le coup de l'étonnement, puis souffla :

— Plus aucune douleur…

Le cœur d'Emma cogna plus fort dans sa poitrine.

Parce qu'elle voulait tout effacer. Ne plus laisser que son empreinte, lui faire oublier le reste, ne serait-ce que pour un court moment. Et peut-être que, finalement, elle en avait effectivement le pouvoir…

Louis rouvrit les yeux et les planta immédiatement dans les siens, la sondant avec une gravité saisissante.

— Emma, reprit-il. Entre nous, c'est réel, tu le sais. Tu le sais forcément. Je ne fais pas semblant. J'en ai fini avec tout ça. Alors, je t'en prie, ne sois pas trop cruelle, ne joue pas avec moi. Je ne suis pas en mesure de le supporter, tu comprends ?

Elle comprenait…

Elle ne pouvait lutter contre cette attraction terrible qui la happait vers lui, c'était ainsi. Cela la dépassait totalement.

— Je ne veux pas être l'un de tes murs, déplora-t-elle. Tout ce que je veux, c'est pouvoir t'aider à les faire tomber.

Jeudi soir, en lui opposant une porte fermée, sans possibilité d'obtenir la moindre explication, elle lui avait fait du mal, elle s'en rendait compte à présent. Pourtant, c'était la dernière chose qu'elle souhaitait.

En vérité, elle s'en était fait à elle aussi...

C'était si abominable, tellement pénible et déchirant de devoir se tenir à distance, de le repousser sans cesse quand elle n'avait qu'une seule envie, se blottir dans ses bras et recueillir avec soin chaque baiser, chaque caresse de cet homme pour lequel elle éprouvait tant de sentiments étranges.

Sa décision, ajoutée à son incapacité à s'en justifier, n'était juste ni pour lui ni pour elle, en fin de compte.

Puis, elle le pensait, aucun problème n'était insoluble. Rien n'était insurmontable, quand bien même lui paraissait-il extrêmement difficile d'appliquer ce principe à son propre cas.

Elle se sentait tellement différente si près de lui, comme si, soudain, tout devenait possible...

Louis passa une main dans son dos, au creux de ses reins, et la ramena prudemment à lui. Emma ne lui opposa aucune résistance. Au contraire, elle avait beaucoup trop soif de se retrouver dans ses bras pour avoir à y redire quoi que ce soit.

Les chevaux étaient en train de brouter à quelques mètres de là. Elle aurait dû s'en inquiéter, après tout, ils étaient en liberté. À tout instant, Opéra et Eos pouvaient s'enfuir.

Cependant, la seule chose à laquelle elle parvenait à songer, c'était Louis.

Ses grands yeux bleus si fascinants. Ses mains, la douceur de ses gestes. Son odeur envoûtante, savant mélange de linge frais, de bois de cèdre et de fragrance d'homme, indescriptible...

— Et moi, je ne veux pas te laisser derrière une foutue vitre, lui répliqua-t-il en venant appuyer son front contre le sien. Je veux être celui qui la brisera. Mais encore faudrait-il que tu cesses de colmater systématiquement chacune des fissures que je parviens à y imprimer. Ne t'éloigne plus, s'il te plaît. Reste, Emma, ne me lâche pas…

Louis semblait si désespéré que la gorge d'Emma se serra brutalement.

Ses mots étaient tellement beaux, tellement touchants. Jamais elle n'avait osé rêver qu'un jour quelqu'un lui fasse une déclaration aussi bouleversante.

— Je suis là, je vais rester, je te le promets, assura-t-elle spontanément.

C'était si naturel, si simple, tout à coup. Elle ne se souvenait même plus pourquoi elle l'avait repoussé, quelques jours plus tôt.

Malgré tout ce qu'elle ignorait de lui, malgré tout ce qu'elle savait de ses frasques et de sa noirceur, elle l'aimait…

Comment fuir cela, quand elle était inexorablement ramenée à lui ?

Louis glissa les mains sous son manteau et remonta jusque sur ses hanches pour l'enlacer plus étroitement. Puis il frôla ses lèvres des siennes, avec précaution, comme s'il tenait à s'assurer qu'elle était tout à fait consciente, tout à fait d'accord avec ça.

— Ne me fais plus jamais ce genre de frayeur, susurra-t-elle.

Il s'écarta pour mieux voir son visage et fronça les sourcils, l'air profondément troublé.

— Plus jamais, promis, résolut-il dans un soupir tremblant avant de revenir pour prendre sa bouche avec une urgence déconcertante.

Comme s'il s'était ravisé, comme s'il avait craint que finalement, elle ne lui échappe.

Chapitre 72

Emma

Emma inspira brusquement, un peu prise de court, mais lui rendit d'emblée son baiser. Les lèvres de Louis se soudèrent aux siennes. Sa langue la chercha, l'appela, puis entama une danse très particulière. Chaque effleurement, chaque caresse plus prononcée résonnait singulièrement en elle, trouvant immédiatement un écho au creux de son être.

Emma retraça de ses paumes la forme des épaules de Louis, le haut de ses bras, devinant le dessin de ses muscles sous l'épaisseur de sa veste de velours. Elle se surprit à éprouver de la frustration, parce qu'elle aurait voulu pouvoir le toucher vraiment, ainsi qu'elle en avait déjà pris l'habitude, sans la barrière de ses vêtements.

À l'instant où cette pensée la traversa, Louis remonta subtilement son pull sur ses reins, tira sur son tee-shirt, puis faufila les mains sous le tissu, directement à la rencontre de sa peau. Ses doigts s'écartèrent ensuite pour se déployer délicatement autour de sa taille, tandis que son baiser se faisait moins vorace, plus tendre, comme s'il avait à cœur de ne rien précipiter.

Emma ne savait plus du tout où elle en était.

Dix minutes plus tôt, elle n'aurait pas cru être capable d'autoriser Louis à toucher ainsi son corps. Elle se souvenait de la première fois où il avait essayé, leur tout premier baiser, dans la serre, se souvenait de l'affreux malaise qu'elle avait alors ressenti.

Cependant, maintenant, l'effet était différent. Ses mains la brûlaient, la faisaient frissonner, la grisaient complètement. En vérité, elle n'avait aucune envie de l'interrompre...

Elle avait chaud et froid tout à la fois, se sentait terriblement fiévreuse, et fut prise d'un irrépressible tremblement lorsque Louis laissa ses doigts se promener dans son dos, glissant sur sa peau avec fluidité. Jusqu'à ce qu'ils terminent leur course entre ses omoplates.

Il rompit leur baiser pour avaler une grande bouffée d'air, puis chuchota :

— Tu dis stop et j'arrête, d'accord ? Il te suffit de dire stop...

Sur le coup, Emma ne comprit pas pourquoi il avait subitement besoin de le lui signifier. Cela ne paraissait-il pas évident ? En outre, ils se trouvaient dans une clairière, leurs chevaux en liberté près d'eux, le temps était clément, mais les températures restaient hivernales, et n'importe qui pouvait arriver à tout moment. Ils n'allaient tout de même pas...

Elle entrouvrit la bouche, pantoise, quand elle se rendit compte qu'il s'apprêtait à dégrafer son soutien-gorge. Ce qu'il fit en un éclair, avec une dextérité et une assurance qui n'auraient pas dû la surprendre.

Elle sentit sa poitrine s'alourdir, les paumes de Louis redescendre pour épouser l'arc de ses côtes, puis elle l'entendit déglutir péniblement.

— Tu m'as manqué, murmura-t-il en cillant. Tes baisers m'ont manqué...

Elle prit son visage en coupe et, guidée par l'instinct, happa ses lèvres en réponse.

— Moi aussi, ça m'a manqué, avoua-t-elle. Toi... tout...

Louis hocha doucement la tête, comme s'il tentait d'assimiler ses mots et les approuvait en même temps. Puis il l'embrassa de nouveau, lentement, tendrement, et ses mains dévalèrent la pente de ses flancs pour enserrer sa taille, ses pouces caressant lascivement la peau de son ventre.

Une alarme lointaine se déclencha au fin fond des pensées embrumées d'Emma. Mais elle était déjà trop enivrée de Louis, de ses attentions, de sa proximité si troublante pour y prêter la moindre attention.

Timidement, elle passa les doigts dans son cou, les laissa redescendre sur son torse et s'immobilisa d'un coup, Louis s'arrachant brutalement à elle.

Il retira avec empressement sa veste, puis déboutonna lui-même sa chemise. Après quoi, il attrapa les poignets d'Emma et la guida jusqu'à ce que ses paumes rencontrent les reliefs de son abdomen.

Lui aussi voulait qu'elle le touche. Et il préférait le lui faire comprendre de la manière la plus concrète qui soit plutôt que la voir continuer à hésiter.

Sous ses doigts probablement trop froids, Emma sentit la peau de Louis se couvrir de chair de poule, et elle se demanda s'il ne regrettait pas son geste, vu la température extérieure.

Elle se figea, ne sachant que faire. Mais Louis se moquait apparemment de ce genre de considération. Il se pencha sur elle pour venir poser les lèvres juste sous le lobe de son oreille, déclenchant un millier de petites décharges électriques se propageant en elle. Puis il détacha ses cheveux afin de mieux saisir sa nuque et la maintenir près de lui.

Elle abandonna alors toute retenue pour balader les mains partout sur son torse, apprécia chacun des dénivelés de ses abdominaux, se délecta de la chaleur de son corps, qui semblait si bien se communiquer au sien.

Louis haleta contre le cou d'Emma tandis que les muscles de son ventre se crispaient de plus en plus durement à son contact. Puis la gravité parut se modifier et elle bascula, inexorablement.

Avant même qu'elle se rende compte que c'était lui qui avait initié ce changement, la repoussant habilement en arrière, elle était étendue sur le dos, se retrouvant clouée au sol sous son poids. Louis glissa une jambe entre les siennes et ouvrit son manteau en grand, avec un empressement un peu déroutant. Puis il reprit ses poignets pour les placer au-dessus de sa tête, avant de plonger les doigts sous son pull et caresser fébrilement son abdomen, remontant progressivement vers sa poitrine.

Il te suffit de dire stop.

À présent, elle comprenait. Il n'arrêterait que quand elle le lui demanderait. Pas avant. Voilà ce que cela signifiait...

— Ne m'enlève pas mes vêtements, réclama-t-elle d'une voix chevrotante, qu'elle reconnut à peine.

Louis riva son regard au sien, et une lueur d'étonnement un peu hagarde traversa ses prunelles.

— Non, promit-il. Pas ici.

Emma songea que l'homme qu'elle aimait était en train de toucher ce corps qu'elle détestait. Elle se demanda s'il pouvait exister une compatibilité entre ces différentes données, si un compromis était possible, quelque part entre les deux. Parce qu'elle n'avait aucune envie de dire stop.

Pourtant, la panique n'était pas loin, elle la sentait affleurer...

Elle disparut néanmoins lorsque Louis s'inclina pour cueillir ses lèvres dans un baiser passionné, fougueux, à couper le souffle. Il poussa un grognement rocailleux, vibrant, au moment où sa main vint enfin se poser sur son sein pour l'englober tout entier, et Emma frémit de saisissement. Son pouce roula sur son mamelon et elle se tordit, de nouvelles décharges se répandant dans tout son corps. Pour terminer leur course et se concentrer au creux de son bas-ventre, où une moiteur caractéristique – dont elle n'avait décidément pas l'habitude – semblait peu à peu s'installer.

D'instinct, elle tenta de resserrer les jambes, cherchant à atténuer ces sensations étranges. Mais la cuisse de Louis se pressa alors plus rudement contre son intimité, et elle hoqueta de surprise, se cambrant involontairement contre lui.

— Emma, souffla-t-il, comme aux abois…

… avant de changer de position pour ramener l'autre genou entre ses jambes, plaquant son bassin contre le sien.

Le pantalon d'équitation de Louis laissait peu de place à l'imagination. À travers le fin coton, elle percevait la dureté de son membre, dressé entre eux.

Il avala une goulée d'air contre sa bouche et, dans un soupir fiévreux, vint peser davantage sur elle. Pour se redresser légèrement et recommencer, se frottant de toute sa longueur contre son entrejambe, attisant violemment le curieux brasier qui consumait son être.

Louis vint enfouir la tête dans son cou, hors d'haleine, tout comme elle, et lécha sa peau. Puis il la mordit tandis que sa main se refermait sur son sein pour le pétrir, et que son bassin appuyait plus brutalement sur elle. Un tel emportement aurait probablement dû l'effrayer quelque peu, mais cela ne fit qu'aviver les flammes. Emma haleta à son tour et crut perdre pied. Si bien qu'elle se retrouva à lui tirer les cheveux, dépassée par la tempête qui était en train de se déchaîner en elle.

Soudain, Louis s'interrompit, la laissant complètement pantelante. Elle sentit alors ses doigts se glisser entre eux pour s'agiter furieusement, essayant de défaire les agrafes de son pantalon.

Tout à coup, les choses devinrent nettement plus concrètes.

La situation était en train de lui échapper complètement. Elle n'était pas prête pour ça, encore moins en pleine nature, un matin d'hiver...

— Louis, hoqueta-t-elle, sans cesser de s'agripper à lui.

Il s'arrêta net, la main déjà sous l'élastique de sa culotte, puis la retira prudemment. Il tremblait lorsqu'il se redressa. Malgré la fraîcheur de l'air, ses tempes étaient brillantes de sueur et des mèches humides collaient à son front.

— Je n'avais pas l'intention de te déshabiller, juste...

Il ferma les yeux, laissant sa phrase en suspens, et expira un grand coup par le nez, comme pour tenter de se ressaisir. Il bascula sur le côté, puis s'appliqua à refermer lui-même le pantalon d'Emma. Après quoi, il tira sur son pull pour le redescendre sur ses hanches et referma les pans de son manteau sur elle.

Emma se demanda ce qu'il avait pu voir d'elle, s'il avait ou non aperçu cette partie de son corps...

Elle rejeta ses craintes quand il s'étendit à côté d'elle, épaule contre épaule, et poussa un nouveau soupir, dans lequel perçaient à la fois une certaine frustration, ainsi que ce qui ressemblait beaucoup à de la surprise.

Étrangement, Louis paraissait aussi exténué que fébrile.

Elle hésitait à se relever quand il se tourna vers elle, le front plissé d'inquiétude.

— Tout va bien, n'est-ce pas ? s'enquit-il d'une voix douce.

Il prit son poignet et enlaça leurs doigts. Puis il l'attira à lui, l'installant de manière à ce qu'elle vienne poser la tête sur son torse – comme cette fameuse nuit durant laquelle ils avaient dormi ensemble.

— Tout va bien, attesta-t-elle.

C'était le cas, non ?

Ce n'était pas ce qu'elle avait décidé. Elle avait voulu couper court à leur relation naissante et elle se retrouvait maintenant engagée dans quelque chose qui lui était tout à fait inconnu, vers une destination floue, effrayante... et cependant tellement vivifiante.

— Tant mieux, approuva-t-il.

Il ponctua sa phrase d'un petit baiser au sommet de son crâne et elle se blottit dans ses bras. Puis elle entreprit de reboutonner sa chemise.

— Tu cherches vraiment à tomber malade, c'est dingue, fit-elle mine de le sermonner.

Un magnifique sourire, taquin et exceptionnellement insouciant, illumina son visage lorsqu'il démentit :

— Crois-moi, ça n'a rien à voir avec ce que je cherchais. Et en même temps, je veux bien attraper tous les rhumes du monde, si ça me donne le droit de continuer à t'embrasser.

— Si tentant que ce soit, cher Louis, je ne pense pas que j'accepterai qu'un type avec la goutte au nez mêle sa salive à la mienne.

Il haussa les sourcils, puis ses lèvres se retroussèrent encore davantage sur ses belles dents blanches.

— Tu es tellement impitoyable avec moi, plaisanta-t-il en l'étreignant plus étroitement contre son torse. Dans ce cas, je redoublerai d'attention. Hors de question qu'une quelconque crève m'empêche de t'approcher.

Un silence paisible s'installa tandis que les chevaux broutaient autour d'eux.

Elle était en passe de s'endormir quand Louis lui murmura à l'oreille :

— Jamais je n'ai désiré quelqu'un comme je te désire, Emma.

Elle se redressa sur un coude et leurs regards se verrouillèrent l'un à l'autre.

— Je veux juste que tu le saches, rien de plus, compléta-t-il, une expression on ne peut plus sérieuse se peignant sur ses traits.

Emma demeura muette, complètement déconcertée. Louis paraissait si sincère...

Elle ouvrit la bouche pour poser cette horrible question qui tournait en boucle dans son esprit, mais se ravisa.

Pourquoi moi ? Pourquoi ?!

C'était tellement bizarre d'imaginer ne serait-ce qu'une seule seconde que ça puisse être vrai. Il y en avait eu tant avant elle, toutes plus belles les unes que les autres. Toutes tellement mieux qu'elle...

Il n'y avait aucune comparaison possible, d'ailleurs. Elle n'était rien à côté de ces filles-là, il fallait être lucide.

Mais bon sang, pourquoi ?!

— On devrait rentrer, articula-t-elle en jetant un coup d'œil à sa montre.

Pour constater que cela faisait déjà près d'une heure qu'ils étaient partis...

— Oh, merde ! s'exclama-t-elle en se relevant d'un bond. Je vais finir par être en retard au cours de Charles.

Chapitre 73

Louis

Louis posa ses béquilles sur le côté, les calant contre le mur. Dès qu'il pouvait s'en passer – et c'était tellement rare –, il sautait sur l'occasion. Il croisa les bras, tout son poids réparti entre sa jambe gauche et son dos, en appui contre la cloison de parpaings. Puis il contempla Emma, laquelle s'agitait, se dépêchait de desseller leurs deux chevaux, l'un après l'autre, pour ensuite les bouchonner avec de la paille.

— Je suis désolé de ne pas pouvoir t'aider, déplora-t-il.

Il l'avait pensé dès le premier jour, dès l'instant où Emma avait commencé à préparer Opéra à sa place.

Elle s'interrompit, se tourna vers lui et lui sourit.

Elle était si belle, si radieuse, son visage pâle aux traits fins et délicats, d'une rare perfection, s'éclairant d'un seul coup.

— C'est mon travail, Louis. Je suis payée pour faire ça, ne l'oublie pas. Et même si ce n'était pas le cas, ça ne me poserait aucun problème.

Il haussa les épaules, gêné malgré tout de devoir autant solliciter son aide.

Après ses exploits dans la clairière, sur le parcours de cross, son genou l'élançait encore méchamment. Mais il s'en moquait.

Emma avait changé d'avis. L'échec s'était finalement transformé en victoire, le rejet en une hésitante – mais si douce – invitation. L'espoir avait resurgi comme la braise ranime les cendres, et c'était tout ce qui comptait.

Avec elle, c'était les montagnes russes assurées. Mais en vérité, c'était aussi tellement grisant…

Il était arrivé au club morose, l'esprit plein de brouillard, et voilà qu'un baiser, une promesse, venait tout bouleverser. Soudain, les contours prenaient une étrange netteté, les couleurs, une teinte plus vive, plus chaleureuse.

Emma rendait son monde plus beau, c'était aussi simple que ça.

Si le début de la promenade avait été passablement compliqué, s'il n'avait pu que laisser exploser sa frustration, exaspéré par ses propres blocages, le retour de la clairière avait été en revanche calme et serein, agréable en fait. Aucune mauvaise image ne s'était infiltrée dans ses pensées.

*Elles étaient trop remplies d'*elle *pour cela…*

Emma referma le box d'Eos, puis se baissa pour ramasser la selle, posée sur le sol.

Ce moment avec elle avait été si bref, il y avait tant de choses qu'il souhaitait lui dire encore…

Louis se racla la gorge, les mots lui manquant subitement.

Emma jeta un coup d'œil dans sa direction et reposa finalement le harnachement d'Eos pour se précipiter vers lui. Comme si, après avoir hésité – sans doute à cause de son retard –, elle n'avait pas pu s'en empêcher.

Il sentit son cœur rater un battement lorsqu'il la vit venir à lui. Et à nouveau quand sa bouche effleura sa mâchoire, encore trop peu sûre d'elle pour l'embrasser vraiment.

Il régla le problème d'emblée, profitant de ce rapprochement qu'elle avait initié pour refermer les bras autour de sa taille, la serrer puissamment contre lui et cueillir hâtivement ses lèvres.

Des lèvres pleines et merveilleuses, d'une sensualité affolante... et cependant si timides. Elles mettaient toujours un peu de temps à lui répondre. Mais lorsqu'elles le faisaient – ce qui ne manquait jamais d'arriver –, quel triomphe, quel délice c'était. Le retour inespéré d'une longue et pénible errance, voilà ce que les baisers d'Emma lui évoquaient.

À présent qu'elle était près de lui, il n'avait plus aucune envie de la laisser partir, qu'elle ait ou non du travail.

Elle s'arracha à lui dans un soupir navré, mais il resserra son étreinte, refusant de la lâcher.

— Tu ne voudrais pas venir passer le week-end chez moi ? proposa-t-il, haletant un peu, encore trop excité par ces instants passés dans la clairière.

Il appuya son front contre le sien et ferma les yeux, dépassé par la tornade d'émotions brutes qui se déchaînait en lui.

Il était probablement beaucoup trop tôt pour qu'elle accepte. Mais c'était plus fort que lui, il fallait qu'il essaie de la garder auprès de lui.

— Je ne peux pas, refusa-t-elle, l'air cependant chagriné. Je rentre chez ma mère dès que j'ai terminé ici. Elle m'a demandé de rester avec elle aujourd'hui et demain. Elle part lundi avec une amie pour un voyage de près d'un mois, et elle a beaucoup insisté pour que nous passions un peu de temps ensemble avant son départ.

Louis poussa un grognement rocailleux, regorgeant de frustration, qui le surprit lui-même.

— Nous nous verrons lundi, au déjeuner, tempéra-t-elle. Puis je viendrai chez toi après les cours, si tu veux. Je ne travaille pas ce soir-là.

Il inspira profondément, tentant de capturer encore une fois ce parfum de jasmin qu'il aimait tant. Puis il s'écarta de quelques centimètres.

— Et comment suis-je censé survivre jusque-là ? lui demanda-t-il, repoussant une mèche brune derrière son oreille.

Brusquement, Emma se raidit et il sentit un souffle chaud et dense s'écraser dans son cou. Louis pivota pour se retrouver littéralement nez à nez avec Opéra, qui avait passé la tête au-dessus de sa porte, sans doute en quête de quelque gourmandise.

— Sérieusement, vieux, tu viens me mettre des bâtons dans les roues maintenant ? plaisanta-t-il. Je croyais qu'on était potes, tous les deux...

Emma éclata de rire et il l'imita, détachant une main de son dos pour caresser le pelage soyeux d'Opéra.

— Quelle carne, continua-t-il. Je te parie qu'il est jaloux et qu'il essaie de me le faire payer.

— À mon avis, il attend surtout que tu le récompenses pour ses bons et loyaux services. On ne peut pas dire que tu l'as ménagé, aujourd'hui.

— C'est vrai...

Louis fourragea au fond de la poche de sa veste et en sortit trois carrés de sucre, qu'il donna aussitôt au cheval.

— Il faut vraiment que j'y aille, bredouilla Emma, comme il la tenait toujours serrée contre lui.

Louis soupira, entre déception et résignation. Il embrassa encore ses lèvres, puis laissa retomber sa main.

— Lundi sans faute ? marmonna-t-il.

— Promis, assura-t-elle en s'écartant.

Tandis qu'Emma récupérait le harnachement d'Eos, le regard de Louis dériva et tomba sur une silhouette, immobile à l'entrée des stalles.

— Laisse tout ça, je demanderai à Erik de ranger, ordonna Gloria à l'intention d'Emma. Tu es en retard pour le cours de l'enfant handicapé. Tu ferais mieux de te dépêcher au lieu de traînasser dans les bras de mon neveu.

— Eh, doucement ! s'offusqua Louis, reprenant immédiatement ses béquilles. C'est ma faute si Emma a tardé à rentrer, d'accord ? C'est moi qui l'ai obligée à prolonger notre sortie.

— Cela ne m'étonne guère, rétorqua Gloria, les mains sur les hanches, une moue blasée – qu'elle imaginait sans doute distinguée – incurvant sa bouche.

Emma ne demanda pas son reste. Elle reposa aussitôt le matériel sur le sol, puis balbutia :

— Je suis l'unique responsable de mon retard. Désolée, ça ne se reproduira pas.

Après quoi, elle fila vers la sortie.

Gloria se décala pour la laisser passer et posa sur elle un regard dédaigneux, qui donna à Louis l'envie de hurler. Mais il se contint, il en avait déjà beaucoup trop dévoilé.

— Mon Dieu, ce que c'était sirupeux ! se moqua Gloria dès qu'Emma fut suffisamment éloignée. Ainsi, la petite souris t'intéresse, tout compte fait ?

— Je me remets en selle, au propre comme au figuré, répliqua Louis entre ses mâchoires serrées. N'est-ce pas là ce que tu m'avais conseillé ?

— Soit, mais tout de même ! s'exclama Gloria en replaçant ses cheveux vers l'arrière dans un geste d'agacement. Es-tu obligé de verser dans la guimauve de cette manière ? Décidément, j'ai peine à te reconnaître.

Pourquoi te donner autant de mal, quand ce devrait être si aisé de…

— Justement, c'est loin d'être aisé, figure-toi ! démentit-il, exaspéré de l'entendre parler d'elle en ces termes. Emma n'est ni facile ni malléable, que ce soit clair !

Aussitôt, il le regretta.

Gloria battit des paupières et inclina la tête pour l'observer sous un angle différent.

— Attends, tu ne vas pas me dire que tu tiens réellement à elle ?

Ne pas répondre. Ne surtout, surtout *pas répondre à ça…*

Louis se dirigea vers la porte, tentant d'abréger la conversation par tous les moyens.

Gloria eut un rire de gorge très désagréable, puis lança, l'arrêtant net :

— Ah, mais non, j'y suis ! Elle est vierge, évidemment. J'aurais dû m'en douter, remarque. Quoi qu'il en soit, c'est tout de suite plus compliqué, en effet. Et plus cruel aussi… J'ai bien fait de la jeter entre tes filets, ce défi ne manque pas de piquant. Enfin, d'après ce que j'ai entendu, ce sera réglé lundi soir. Dois-je chercher quelqu'un d'autre pour tes repas ?

— Non, c'est inutile, refusa Louis en franchissant le seuil des stalles, laissant Gloria derrière lui, préférant fuir plutôt que se trahir davantage.

Chapitre 74

Louis

Lundi 29 février

Louis prit l'ascenseur, puis traversa la passerelle pour se rendre au restaurant universitaire. Il n'avait pas vu Emma depuis l'avant-veille – ce qui lui avait paru déraisonnablement long –, aussi était-il pressé de la rejoindre.

Ils avaient échangé quelques messages durant le week-end, Louis tenant à s'excuser de l'avoir mise en retard, mais également pour le comportement de Gloria. Apparemment, Emma ne lui en voulait pas le moins du monde. Il avait été soulagé de l'apprendre, néanmoins, il tenait à s'en assurer de visu.

Il repéra Emma près de la porte en verre, seule. Il n'en était guère étonné, puisqu'elle l'avait averti qu'Anne serait absente, une angine l'ayant obligée à rester chez elle.

En revanche, il fut très surpris de la trouver si... différente.

Elle fixait le sol, le rouge aux joues, l'air affreusement mal à l'aise. Pourtant, avec ses cheveux détachés, ondulant élégamment jusqu'au milieu de son dos, le fard à paupières cendré assombrissant son regard et le mascara qui allongeait vertigineusement ses cils, elle était sublime.

Époustouflante, même, songea-t-il lorsqu'il aperçut sa bouche à l'ourlet si sensuel, mise en valeur par un rouge à lèvres rose corail, illuminant son teint de porcelaine.

Il avait tellement envie de l'embrasser, là, devant tout le monde…

Mais il n'aurait fait qu'aggraver son malaise, il le savait.

Elle avait été claire à ce sujet. À la fac, c'était tout bonnement hors de question. C'était déjà un tel effort pour elle d'accepter de déjeuner avec lui – enfin, si tant est qu'on puisse appeler cela un « déjeuner » la concernant – d'autant plus quand Anne était absente.

— J'ai plus ou moins perdu un pari, commença-t-elle, comme si une explication s'imposait. Ce qui est un comble, puisque je n'ai jamais rien parié de ma vie. Anne a dit que c'était un genre de gage, que je n'avais qu'à pas faire de promesses que je suis incapable de tenir. Bref, quoi qu'il en soit, je t'interdis de te moquer de moi.

Elle lui adressa un regard noir, assez impressionnant, et un pli un peu boudeur incurva ses lèvres.

— Cela ne me viendrait pas à l'idée, lui assura-t-il.

Et c'était la vérité.

Pour Louis, le comble était qu'Emma semble se sentir si mal, totalement inconsciente de sa beauté, que ce léger maquillage rendait plus évidente que jamais, magnifiant des traits incroyablement fins et délicats, au charme indiscutable.

Il s'éclaircit la gorge tandis qu'ils remontaient ensemble la file d'attente, puis se renseigna :

— Anne n'était-elle pas clouée au lit, aux dernières nouvelles ?

— Elle l'était ! s'exclama Emma en fronçant ses sourcils bruns, au dessin aussi subtil qu'affirmé. Mais elle s'est couchée tellement tôt hier qu'elle s'est réveillée à l'aube. Elle était déjà devant la télé quand je me suis levée et elle s'ennuyait ferme. Elle a beaucoup insisté, et je n'ai pas pu refuser très longtemps. Elle faisait tellement peine à voir sous ses montagnes de mouchoirs et de boîtes vides de pastilles pour la gorge. La pauvre, en plus, elle est restée à l'appart tout le week-end avec cette saleté d'angine pour seule compagnie…

Louis observa Emma pendant qu'elle garnissait leurs deux plateaux. Il avait beaucoup de mal à comprendre pourquoi elle n'avait pu s'opposer plus catégoriquement aux fantaisies de son amie, dans la mesure où cela paraissait tant lui déplaire.

— Il est peut-être temps que tu apprennes à dire non, tu ne crois pas ? avisa-t-il gravement, avant de se rétracter : Enfin, à quelqu'un d'autre que moi, j'entends, puisque, apparemment, je suis le seul à qui tu accordes ce privilège. Néanmoins, je dois dire qu'à titre exceptionnel je serais plutôt enclin à me ranger à l'avis d'Anne. Ça te va particulièrement bien, tu sais.

Elle lui évoquait ce fameux soir de fête, quelques mois plus tôt. Cet instant précis où il avait compris qu'il avait commis une grave erreur en s'en prenant à elle, quelques heures seulement avant que sa vie ne bascule.

— C'est ça, oui, grinça-t-elle en se rembrunissant, visiblement persuadée qu'il n'était pas sincère.

Ce qui le laissa aussi déconcerté que démuni.

Louis n'était pas du genre à avoir le compliment facile. Il n'empêche que d'ordinaire, lorsqu'il avait un mot agréable pour une fille, celle-ci prenait systématiquement un air ravi et le remerciait – et plus si affinités. En aucun cas elle ne le mettait en doute, ainsi que venait de le faire Emma.

Pourtant, il avait en réserve bien davantage pour elle, tellement de choses à lui avouer… Comment s'y prendre si elle le rembarrait de la sorte chaque fois ?

Ils s'installèrent à la même table que lors de leur dernier déjeuner ensemble, loin de Marion, Jennifer et toute la clique.

— Tu as mentionné une promesse non tenue, poursuivit-il. Quelle est-elle, si ce n'est pas indiscret ? Pourquoi Anne estime-t-elle que tu as une dette envers elle ?

Emma retira promptement son manteau, avant de se dépêcher de s'asseoir. Et il faillit s'en décrocher la mâchoire de stupéfaction…

Anne ne s'était pas contentée de maquiller Emma, elle avait également pris soin de sélectionner sa tenue.

Elle portait une tunique prune plutôt ajustée, aux manches trois quarts, dont le revers descendait jusqu'aux coudes, dévoilant des bras d'un blanc laiteux, gracieux, ainsi qu'un décolleté en V, qui aurait pu passer pour sage sur n'importe quelle autre femme, mais certainement pas sur Emma… Une large ceinture de cuir noir soulignait sa taille fine, accentuant la rondeur de ses seins, révélant une silhouette incomparable, extrêmement harmonieuse, toute en courbes et en vallées.

— En fait, je m'étais un peu avancée en promettant de mettre un terme à nos… nos *dérapages*, répondit-elle en haussant les épaules. Et puisqu'il s'avère que j'en suis finalement incapable, j'ai dû lui en parler. Ça l'a fait rire sur le coup, parce qu'elle se doutait que ça arriverait. Il n'empêche que ça m'a valu cette fumeuse idée de gage, ce matin. De toute façon, n'importe quel prétexte est bon pour Anne. Elle adore m'obliger à… Dis, tu peux arrêter de me regarder comme ça, Louis ?

Il cligna les yeux et se força à remonter jusqu'à son visage. Il ne s'était même pas rendu compte qu'il était en train de la lorgner. C'était impoli, certes, indécent peut-être. Devait-il s'en excuser ?

Certainement pas.

— Si je te regarde ainsi, c'est parce que j'y prends plaisir, rétorqua-t-il sans plus quitter ses yeux, guettant sa réaction. Tu es belle, Emma. Anne a raison de t'inciter à te séparer de ces gilets dix fois trop grands que tu t'obstines à porter tout le temps. Je me suis trompé, elle n'est pas une si mauvaise amie que ça.

Emma pinça les lèvres, croisa nerveusement les bras et se détourna pour observer la table, se recroquevillant peu à peu, manifestement plus mal à l'aise encore. Soit l'effet inverse de celui recherché.

— S'il te plaît, arrête, marmonna-t-elle encore.

Pourquoi ce genre de choses semblait-il la blesser ? C'était si paradoxal. Et douloureusement frustrant aussi...

Là, tout de suite, il crevait d'envie de se retrouver seul avec elle. D'attester d'un baiser ses mots. Il avait tellement hâte d'être au soir, quand il pourrait librement la toucher. Hâte que la barrière invisible – mais non moins réelle – que représentaient les autres soit levée. Peut-être un jour arriverait-il vraiment à briser cette satanée vitre derrière laquelle elle se barricadait ? Il aimait à croire qu'en dépit de ces petits détours il était néanmoins sur la bonne voie.

Louis obtempéra et décida de ne pas insister. Il commençait à cerner les contours du problème évoqué par Emma. Celui qui l'avait contrainte à le repousser quelques jours plus tôt – probablement d'ailleurs identique aux difficultés qu'avait essayé de pointer Viviane lors de leur dernière séance.

Préférant couper court, il se pencha pour ramasser sa sacoche et en sortit la chemise contenant les papiers qu'il devait remettre à Emma.

— La carte grise de la voiture, le formulaire de vente et le dernier contrôle technique, énonça-t-il en lui tendant les documents. J'ai également fait toutes les démarches auprès de la préfecture. C'était plutôt imprudent de ta part de me laisser tous ces chèques sans rien réclamer en échange.

Emma mit quelques secondes à se ressaisir. Elle attrapa la pochette, et une expression vaguement menaçante s'inscrivit peu à peu sur ses traits.

— Tu as intérêt à tous les déposer.

— Bien entendu, aux dates indiquées.

En vérité, il n'en avait pas l'intention. Enfin, pas tous, du moins. Le premier, pour lui faire plaisir et éviter d'éveiller ses soupçons. Ensuite, il aviserait.

— Je surveille mon compte de près, je le saurai si tu ne le fais pas, déclara-t-elle comme si elle avait lu dans ses pensées.

Louis lissa son sourcil du bout du pouce, un peu déstabilisé.

— Pour quelle raison est-ce que j'oublierais ? C'est idiot, commenta-t-il avant de commencer à manger.

Chapitre 75

Louis

Comme attendu, Emma découpa de petits morceaux de pain et tria son assiette de salade sans rien avaler. Puis elle s'accouda à la table et posa son menton au creux de sa main, songeuse.

Ce n'était pas parce qu'il avait eu gain de cause une fois, avec une poignée de frites – ainsi qu'une bonne dose de provocation –, que tout allait changer du jour au lendemain…

— Mange au moins ça, s'il te plaît, requit-il en plaçant dans son plateau l'un des deux cookies géants qu'il lui avait fait prendre pour lui – en prévision de ce cas de figure.

Ce biscuit ne serait probablement pas aussi bon que ceux qu'elle faisait elle-même, mais au moins, il était sûr qu'elle aimait ça.

— Non, merci, déclina-t-elle en le lui rendant aussitôt.

— Emma…

— Louis, répliqua-t-elle un peu sèchement. Je n'ai pas faim, c'est tout. N'insiste pas.

Il savait que ce n'était pas uniquement une question d'appétit, que des tas d'autres choses – lesquelles lui échappaient complètement, par ailleurs – entraient également en ligne de compte. Mais comment pourraient-ils avancer d'une quelconque manière s'il n'arrivait pas à la mettre suffisamment en confiance pour partager un simple repas avec elle ?

— Je vais insister tout de même, s'obstina-t-il. Je ne tiens pas à te laisser retourner en cours cet après-midi l'estomac vide.

Le menton d'Emma glissa de sa paume et elle haussa les sourcils de consternation.

— Et tu me reproches de me prendre pour ta mère ? s'indigna-t-elle.

— Mais non, c'était particulièrement inapproprié, je n'ai dit ça que pour t'énerver, démentit-il aussi sec, un flot de paroles presque incontrôlable se bousculant soudain en lui. En outre, je ne suis pas crédible, je manque cruellement de points de comparaison dans ce domaine. J'ai perdu la mienne quand j'avais huit ans, et je ne me souviens pas de grand-chose. En vérité, j'ignore comment est censée se comporter une mère, alors…

Il s'interrompit abruptement et se racla la gorge.

Mais pourquoi lui racontait-il une chose pareille ? Déjà, il apercevait dans son regard cette lueur intriguée, et cependant si douce et apaisante, qui l'incitait insidieusement à poursuivre.

Très vite, il se reprit :

— Enfin bref, ce n'est pas le sujet. S'il te plaît, fais juste un petit effort. En échange, je demanderai à mon kiné une séance supplémentaire demain. Tu vois, c'est donnant-donnant.

C'était un peu bête, ce chantage entre eux. Encore qu'il préférait le voir comme une espèce d'arrangement, de motivation mutuelle, dont chacun d'eux avait besoin.

Emma plissa les yeux, et il se demanda si elle n'allait pas prendre la mouche et l'envoyer promener.

Au lieu de quoi, elle fit monter les enchères :

— Retourne voir un médecin à propos de cette histoire de broches à retirer, et ensuite je mangerai tout ce que tu peux mettre sur mon plateau.

Louis lâcha un soupir brusque, pris au dépourvu. Il reposa ses couverts dans son assiette vide et se carra dans sa chaise.

Il n'y avait pas à dire, Emma visait toujours incroyablement juste.

Touché, coulé…

Elle venait de mettre en jeu l'une de ses pires sources d'angoisse. Mais n'était-ce pas de bonne guerre, après tout ? Une phobie contre une autre, à la régulière…

Cependant, il n'avait pas les moyens de la suivre sur ce terrain. Retourner à l'hôpital, envisager de permettre à des médecins de charcuter ce genou qui le faisait déjà tant souffrir était tout bonnement inconcevable.

Elle avait gagné, point barre, il n'insisterait plus.

Louis croisa les doigts sur la table, prêt à renoncer. Puis il se ravisa brutalement, refusant de s'avouer vaincu. Après tout, pour elle, n'était-il pas capable de tout affronter ? Elle demandait seulement qu'il consulte à nouveau, rien de plus…

C'était possible, non ? Pénible et effrayant, certes, mais peut-être le pouvait-il tout de même ?

Il opta finalement pour une négociation en règle :

— Alors là, ma puce, ça vaudrait au moins un dîner dans le restaurant de mon choix, avec le menu de mon choix et aucune protestation d'aucune sorte.

Elle prit un instant pour réfléchir et, si étrange que cela paraisse de prime abord, il réalisa à quel point ce genre de choses pouvait être difficile pour elle. Peut-être l'était-ce d'ailleurs tout autant qu'un rendez-vous chez le médecin pour lui, au bout du compte…

— D'accord, mais dans ce cas, c'est moi qui réglerai l'addition, transigea-t-elle. Ça me paraît normal, étant donné...

— Certainement pas ! l'interrompit-il dans un petit rire incrédule, sidéré qu'elle essaie encore d'avoir le dernier mot. Et puis quoi encore ?! *Je* réglerai l'addition. C'est à prendre ou à laisser, je te préviens.

Emma inspira profondément, le sonda de ses beaux yeux bruns, puis acquiesça :

— Très bien, j'accepte.

À peine avait-il terminé son repas qu'Emma repoussait sa chaise pour se lever, s'attardant le moins possible dans cette salle qui concentrait une bonne partie des étudiants de la faculté. Il l'imita, plaçant d'abord ses béquilles de part et d'autre de son corps pour se remettre debout, lorsqu'il vit Luc arriver vers eux.

Ce dernier n'avait rien à faire de ce côté de la cafétéria, aussi était-il évident qu'il le cherchait. Ce qui n'était pas franchement bon signe, étant donné leurs derniers échanges...

Emma tournait le dos à Luc et n'avait aucune conscience des ennuis qui se profilaient.

Louis aurait voulu l'ignorer et filer, tout simplement. Une attitude assurément lâche, mais au moins aurait-il évité une confrontation en présence d'Emma. Or, il sentit un frisson glacé le saisir, lui remontant le long de l'échine, tandis que celui qui lui avait jadis fait office d'ami reluquait ostensiblement Emma.

Luc la contourna, puis pivota pour la passer au crible une seconde fois.

— J'avoue que je n'avais jamais fait gaffe, mais en voilà une que je serais bien incapable de noter, lança-t-il à l'adresse de Louis, une moue aussi dubitative qu'ironique tordant sa bouche. Tu lui donnes combien, toi ?

Emma baissa immédiatement la tête, mortifiée. Puis elle se hâta de remettre son manteau, s'efforçant d'ignorer le jeune homme et ses réflexions on ne peut plus déplacées. Un petit jeu auquel Louis avait participé, en d'autres temps...

— Barre-toi, grogna-t-il entre ses dents serrées, sans parvenir à trouver de repartie cinglante.

Rien.

Elles l'avaient toutes déserté. Les mots l'avaient quitté. Et il était beaucoup, beaucoup trop sur les nerfs tout à coup pour partir en quête d'une riposte à la hauteur. La rage et la colère l'avaient submergé en un éclair, sans préambule. Le regard que Luc posait sur Emma, cette façon ouvertement lubrique, absolument dégueulasse qu'il avait de loucher sur elle le mettait totalement hors de lui.

— Je comprends, maintenant, continua Luc. Avec un cul et une paire de seins pareils, moi aussi, je me ferais volontiers un trip sainte nitouche. Ma belle, pense à moi quand mon pote t'aura jetée.

Luc se pencha sur Emma et tendit la main vers elle dans l'intention évidente de lui saisir le menton... mais il n'en eut guère le loisir.

Poussé par un incontrôlable élan, Louis lâcha ses béquilles pour fondre sur Luc et projeta de toutes ses forces son poing contre sa mâchoire. Une vive douleur éclata dans ses jointures au moment où elles le cognèrent, ce qui ne fit que décupler sa fureur.

Chapitre 76

Louis

Sous le choc du coup, la tête de Luc partit en arrière et il perdit l'équilibre. Il tenta de se rattraper à une chaise, mais ne fit que la renverser et finit par s'écrouler sur le sol dans un grand fracas.

— Tu es devenu complètement taré ! s'étrangla-t-il en tâtant sa lèvre écorchée.

Il allait la toucher… Il allait la toucher, putain !

Louis ne put se contenir et, malgré l'atroce décharge se diffusant dans sa jambe, il se laissa tomber à genoux sur Luc et agrippa sa chemise pour le frapper de nouveau.

Des cris lui parvinrent, parmi lesquels il reconnut celui d'Emma. Mais il était dans un état second, tout ce qui lui importait était de faire ravaler ses remarques répugnantes à cette ordure, que plus jamais il n'ose s'en prendre à elle.

Luc se reprit une fois l'effet de sidération passé et lui envoya à son tour une droite en plein visage, sa chevalière percutant âprement l'arcade sourcilière de Louis. Puis il en profita pour le repousser violemment, l'envoyant valdinguer contre les pieds d'une table.

Cet adversaire était plus grand et plus fort que lui, Louis le savait pertinemment. Luc finirait par avoir le dessus, mais ces considérations n'entraient plus en ligne de compte...

Louis encaissa sans broncher et n'attendit guère que les mouches en périphérie de son champ de vison disparaissent pour se jeter derechef sur lui et répondre.

Mais soudain, son poing se retrouva bloqué dans les airs, à quelques centimètres seulement de la tempe de Luc. Des bras lui encerclèrent les épaules, d'autres tirèrent Luc en arrière, le soustrayant à ses coups. Puis Louis fut relevé sans ménagement.

— Doucement ! s'écria Emma, autant de colère que d'alarme teintant sa voix. Sa jambe ! Faites attention à sa jambe, par pitié !

Elle se précipita sur lui pour le soutenir, et les mains qui le tenaient relâchèrent immédiatement leur prise.

Hors d'haleine, le cœur battant à cent à l'heure, il laissa le parfum désormais familier d'Emma s'infiltrer en lui et l'apaiser.

Des larmes de frayeur dessinaient des traînées brillantes sur ses joues. Elle l'observait sans rien dire, un éclat de profonde inquiétude luisant au fond de ses prunelles sombres.

Louis referma les bras sur elle. Privé de ses béquilles, il avait besoin de s'appuyer à elle. Mais il avait plus encore besoin de la rassurer, de la serrer contre lui. Il lui avait fait peur, c'était évident, et il le regrettait.

Tous les regards se concentraient sur eux – rien d'étonnant à cela, il l'avait bien cherché, après tout. Cependant, Emma ne paraissait plus y prêter la moindre attention.

Elle caressa son front, essuyant l'humidité poisseuse qui maculait sa peau à cet endroit. Un geste intime, révélant clairement leur situation.

Dorénavant, tout le monde allait savoir qu'ils étaient ensemble. Et, si idiot que ce fût dans de telles circonstances, Louis en éprouva une émotion étrange, une impression de triomphe et d'émerveillement à la fois.

— Sale connard d'estropié ! aboya Luc, quelques mètres plus loin, refusant de laisser tomber.

Il avait la lèvre inférieure éclatée, et un filet de sang lui dégoulinait le long du menton. La foule les encadrait, à présent, prête à les séparer de nouveau si besoin.

Une voix inconnue s'éleva en réponse :

— C'est toi, le connard ! Sans déconner, ça ne se fait pas de frapper un type avec des béquilles !

Celles-ci lui furent aussitôt rapportées par deux jeunes filles. Emma s'écarta de lui pour qu'il puisse s'en emparer et il renifla sèchement, tandis que les rumeurs continuaient d'enfler autour d'eux.

— Il m'a attaqué, bordel ! se défendit Luc. Vous l'avez vu, il s'est jeté sur moi ! Son accident l'a rendu complètement dingue !

— Vous allez vous calmer tous les deux ou je dois appeler la sécurité ? gronda l'un des membres du personnel de la cafétéria.

— C'est inutile, on s'en va, rétorqua Emma.

Elle passa la main dans le dos de Louis et le pressa, l'incitant à s'éloigner avec elle. Ce qu'il fit sans rechigner, laissant Luc continuer à s'énerver tout seul.

— Est-ce que ça va ? demanda-t-elle dès qu'ils eurent franchi les portes du self. Tu te sens capable d'aller jusqu'à l'infirmerie ?

— Pardon ? Euh, non, pas d'infirmerie, ce n'est pas nécessaire. Vraiment.

Emma attendit qu'ils soient arrivés au bout de la passerelle pour se poster devant lui et contester, les bras croisés :

— Tu as l'arcade sourcilière ouverte, Louis. Tu ne vas quand même pas retourner en cours comme ça.

Il haussa les épaules. La plaie l'élançait un peu, mais le problème était surtout son genou, dans l'instant. La douleur ne cessait de le harponner depuis qu'il avait commis l'erreur de s'appuyer aussi brutalement dessus.

— Je crois que je vais plutôt rentrer chez moi, souffla-t-il en la dépassant, les mâchoires serrées. De plus, il est fort probable que l'on retrouve Luc à l'infirmerie. Mieux vaut éviter cela, je suis sûr que tu en conviendras.

— Bon, je te raccompagne alors, décréta Emma. Tu as du désinfectant et des pansements dans ton armoire à pharmacie, au moins ?

— Est-ce que j'ai l'air de quelqu'un qui aurait une armoire à pharmacie ?

— D'accord, soupira-t-elle. On fera une halte chez moi dans ce cas.

Cette fois, Louis ne protesta pas. Il avait envie de rentrer au plus vite au manoir, de se jeter sur les antalgiques restés sur le plan de travail, dans la cuisine, mais l'idée de découvrir l'endroit où vivait Emma était beaucoup trop tentante. L'occasion ne se représenterait peut-être pas de sitôt...

Ils firent le trajet en silence. Emma semblait plongée dans ses pensées, et lui s'efforçait de ne pas songer à la brûlure qui se diffusait traîtreusement dans toute sa jambe.

— Anne doit dormir, prévint Emma en ouvrant la porte d'entrée. Ma chambre est juste à gauche. Installe-toi, je vais chercher ce qu'il faut.

La pièce à vivre qu'il traversa n'était pas très grande, mais la cuisine à l'américaine et la déco très colorée lui conféraient une ambiance chaleureuse. Louis se rendit jusqu'à la pièce indiquée par Emma.

Il avait imaginé que sa chambre serait à son image, sage et réservée, et fut surpris de trouver un lit défait, des feuilles de cours éparpillées au sol, des piles de livres de psycho ici et là mélangés à des romans de fantasy, et des tas de photos et de post-it recouvrant presque tout un pan de mur.

Il s'en approcha et lut quelques-unes des citations qu'Emma avait notées à la main, d'une écriture ronde et affirmée, très féminine. L'une était extraite d'*Orgueil et Préjugés* de Jane Austen, une autre de *Harry Potter* de J.K. Rowling. Il était en train d'en parcourir une de Stendhal quand ses yeux tombèrent sur un cliché où Emma était en train de tirer la langue, un jeune homme brun, grimaçant lui aussi, juste à côté d'elle.

Elle semblait heureuse…

— C'est qui, ce type ? s'enquit-il quand il l'entendit revenir, refermant la porte derrière elle.

— Lui ? Oh, c'est Nicolas.

Bien entendu…

Emma se hâta de rabattre la couette sur son lit, avant de lui faire signe de s'y asseoir.

— Vous avez l'air de bien vous entendre, constata-t-il, un goût amer emplissant son palais.

Il y avait d'autres petites photos. Une jeune fille brune qui ressemblait vaguement à Emma, mais qui n'était pas elle, une enfant qui ouvrait des paquets près d'un sapin, son père la secondant. La même enfant juchée sur un poney, le sourire aux lèvres. Louis aurait pu contempler ces clichés pendant encore un bon moment, mais Emma se racla la gorge, le rappelant subtilement à l'ordre.

Il s'assit sur le lit et ne put s'empêcher d'insister :

— Et donc, tu le vois souvent ? J'imagine qu'il t'apprécie beaucoup, non ?

Emma fronça les sourcils, puis expliqua :

— J'espère qu'il m'apprécie au moins un peu, on est souvent obligés de se côtoyer tous les deux, puisqu'il est le fils de la meilleure amie de ma mère. En tout cas, je suis l'une des rares personnes à savoir qu'il est gay.

Louis fit claquer sa langue de consternation et battit des paupières, comprenant sa méprise. Il réprima un petit rire en songeant au ridicule de la situation. À aucun moment il n'avait envisagé cette éventualité...

— Ça risque de piquer un peu, prévint Emma d'une voix douce.

Elle se pencha sur lui, un coton humide à la main, et repoussa ses cheveux vers l'arrière, dégageant son front pour nettoyer sa blessure.

— Pourquoi tu as fait ça ? l'interrogea-t-elle alors, la mine préoccupée. Ce n'était pas la peine de réagir ainsi. Je m'en fiche qu'on se moque de moi, tu sais. Ce ne sera ni la première, ni la dernière fois.

— Luc ne se moquait pas vraiment de toi, Emma. Pas tout à fait. Il a insinué qu'il prendrait volontiers le relais, il y a une différence.

Et il était sérieux, Louis le connaissait assez pour en être sûr. Il était déjà arrivé par le passé que Luc récupère les filles qu'il venait de jeter. Ils avaient même élaboré une stratégie pour ça...

— Tu n'aurais pas dû, murmura-t-elle. Pas pour si peu.

— D'ordinaire, mon truc, c'est les mots, plaida-t-il, de plus en plus confus. Je n'avais jamais frappé quelqu'un avant, je t'assure. Mais il... il allait te toucher et... ce qu'il a dit, ça m'a...

Louis s'interrompit et poussa un brusque soupir, tentant de chasser la colère qui l'envahissait à la simple évocation de la scène.

— Pourtant, ça ne t'aurait pas choqué il n'y a encore pas si longtemps, allégua-t-elle.

Elle appliqua un petit pansement sur sa blessure, puis posa le flacon de désinfectant et le paquet de coton sur sa table de nuit. Après quoi, elle vint s'asseoir sur le lit, à côté de lui, et le dévisagea, les mains croisées sur ses genoux, visiblement perplexe.

— Peut-être, mais maintenant, ça me choque, expliqua-t-il finalement. Et même si je me suis très souvent mal comporté, je ne versais pas dans le salace et le graveleux pour autant, que ce soit clair. Ça, c'était *sa* façon de procéder, pas la mienne.

Emma hocha la tête, les yeux baissés. Puis elle balbutia :

— Tu ne m'as jamais dit pourquoi tu faisais ça. Pourquoi tu... tu sais, pourquoi tu te comportais de cette manière.

Il peina à ravaler sa salive et se sentit soudain très mal.

Cette question, il l'avait longtemps attendue. Pour autant, il n'avait préparé aucune réponse. Il ignorait comment expliquer une telle chose.

— C'est... compliqué.

Voudrait-elle encore de moi si elle savait ?

Non, bien sûr que non, c'est évident...

Louis tourna la tête pour contempler le vide, complètement perdu.

Tout à coup, une voix de femme, enrouée et lointaine, se fit entendre :

— Emma ? Tu es déjà revenue ?

— Oh, merde, jura Emma. Anne, je l'avais presque oubliée !

Elle bondit hors du lit et s'élança vers la porte.

— Reste ici, je vais lui expliquer ce qui se passe. Mieux vaut que tu ne la croises pas, dans l'état où elle est...

Là-dessus, Emma s'éclipsa, le laissant seul dans sa chambre.

Plusieurs minutes s'écoulèrent, durant lesquelles Louis essaya de retourner le problème dans tous les sens, sans parvenir à trouver de solution.

Il allait se relever pour examiner encore les photos lorsqu'il aperçut le bord fleuri d'un carnet, dépassant de sous son oreiller.

Emma avait décidément une conception bien particulière du rangement.

Il ne comprit ce dont il s'agissait qu'au moment où il saisit l'objet.

Les pensées les plus intimes d'Emma, juste là, au bout de ses doigts…

Chapitre 77

Emma

Après avoir tout raconté à Anne et obligé cette dernière à retourner dans sa chambre pour éviter à Louis d'être en contact avec son angine –, Emma revint sur ses pas et alla retrouver le jeune homme.

Toujours assis sur son lit, il pivota brusquement à son entrée et croisa nerveusement les bras, prenant un air bizarre. Puis il renifla sèchement, comme pour se redonner contenance.

— Qu'est-ce que tu faisais ? l'interrogea Emma en refermant la porte, demeurant sur le seuil.

— Rien de spécial, s'empressa-t-il d'assurer. Je me demandais si tu allais reparaître un jour. Tu as été plutôt longue. Y aurait-il un souci avec Anne ? Me savoir ici ne doit guère l'enchanter, non ?

— Il n'y a aucun souci voyons, Anne…

Emma s'interrompit. Pourquoi Louis se montrait-il soudain à peine aimable ? Pourquoi posait-il autant de questions ? C'était étrange… À moins qu'il ne tentât de détourner son attention. N'était-ce pas justement là ses méthodes habituelles ?

C'est alors qu'elle aperçut son oreiller, placé perpendiculairement à la tête de lit, son duvet de plume regonflé, comme si quelqu'un venait de le défroisser et l'avait précautionneusement replacé. Elle doutait que Louis ait voulu ranger sa chambre...

Emma sentit ses lèvres s'entrouvrir sous l'effet de la stupeur, n'osant croire à ce qu'elle imaginait tout à coup.

— Louis, tu...

— Bon, d'accord, la coupa-t-il en se frottant la mâchoire. J'ai peut-être, par inadvertance, légèrement entrouvert ton journal.

Il lui jeta un coup d'œil en biais et grimaça d'embarras, se préparant visiblement à un savon en bonne et due forme.

— C'est pas vrai ! s'indigna-t-elle en s'élançant vers son oreiller pour récupérer son carnet.

Comme s'il restait encore quelques bribes de sa pudeur à sauver...

— Mais enfin, personne ne t'a jamais appris que ça ne se faisait pas ?!

Le visage en feu, Emma serra contre elle le petit objet à la couverture pastel, pleine de roses, atrocement kitsch, sans plus savoir où poser les yeux. Elle était partagée entre une colère noire et une cuisante humiliation.

Bon sang, quels passages avait-il lus au juste ? Sur quels trucs honteux Louis était-il tombé ?

— Je... Je l'ai trouvé par hasard, plaida-t-il d'un ton mal assuré.

— On n'ouvre pas un journal par hasard !

Louis pinça les lèvres, une expression peinée se peignant sur ses traits.

— Certes. Mais je n'ai pas pu résister. Il y a tant de choses que j'ai besoin de savoir, moi aussi...

— Comme quoi ? repartit-elle. Je n'ai jamais refusé de répondre à tes questions, il me semble !

Cette fois, Louis se ressaisit. Il pencha la tête sur le côté et haussa un sourcil dubitatif.

— Ah, vraiment ? l'interrogea-t-il avec une ironie aussi exaspérante que désarmante. Qu'en est-il donc de ce fameux *problème*, celui qui t'a poussée à rompre avec moi, avant que tu ne changes finalement d'avis et décides de le jeter aux orties, sans jamais m'avoir donné la moindre explication à ce sujet ?

Emma eut un léger mouvement de recul, abasourdie d'entendre que Louis avait considéré cette petite pause entre eux comme une véritable rupture. Abasourdie de découvrir que le problème qu'elle avait mentionné restait d'actualité, tandis qu'elle avait espéré qu'il passerait discrètement à la trappe.

— Tu dis éprouver des sentiments pour moi, mais tu t'emploies à demeurer aussi vague que possible, continua-t-il. Comment suis-je censé composer avec autant de flou, quand tu peux à tout moment revenir sur ta décision, ainsi que tu l'as déjà fait ?

Louis baissa le menton et ferma les yeux. Il se pinça la base du nez entre le pouce et l'index, puis marmonna :

— Je te demande pardon. Mon geste était affreusement déplacé, j'en ai conscience. Je voudrais seulement que tu essaies de me comprendre un peu.

Absolument toutes les réponses se trouvaient parmi ces pages. Toutefois, Emma n'était pas prête à les lui donner. Il y avait encore tant de zones d'ombre entre eux. Louis brûlait les étapes en tentant de lui arracher tous ses secrets, s'en rendait-il compte ?

— Quel passage ? s'enquit-elle avec autant de fermeté qu'elle en avait à sa disposition.

Comme de coutume, il s'employait à la faire flancher. Déjà, les doutes de Louis la touchaient, la bouleversaient, pulvérisant mieux que n'importe quoi d'autre sa colère.

Mentalement, elle passa en revue tout ce qui était susceptible d'être gênant. Mais ce carnet n'était rempli que de cela…

Louis releva le menton pour l'observer et cilla quand il avoua dans un souffle :

— Notre second baiser, la fois où tu as passé la nuit chez moi.

Emma eut toutes les peines du monde à déglutir.

Elle se souvenait d'avoir confié au papier toutes les sensations qu'elle avait ressenties durant cette étreinte. Son ravissement, sa découverte du désir, son incapacité à résister dès lors que Louis s'approchait d'elle...

Elle se cacha le visage d'une main, l'autre fermement agrippée au carnet.

— Oh, mon Dieu !

Elle avait même recopié les paroles d'une chanson, laquelle lui semblait exprimer ce qu'elle avait éprouvé ce soir-là...

— Je ne connaissais pas ce titre, « E.T. » de Katy Perry, reprit-il avec un léger sourire, entre taquinerie et arrogance. Mais j'avoue trouver plaisant de me voir comparé à ce personnage dont elle vante les talents hors du commun.

Emma secoua la tête, horrifiée, en se remémorant les mots de la chanteuse.

Wanna be your victim, ready for abduction[1].

Louis avait-il pris ça au premier degré ? Comment allait-elle pouvoir le regarder en face, désormais ?

La colère revint. Brutalement.

Parce qu'il paraissait à présent s'en amuser. Comme si elle allait passer l'éponge aussi facilement et en rire avec lui...

En d'autres temps, elle aurait fixé le sol en quête d'un trou où se faufiler et aurait souri pour masquer son malaise. Mais elle se sentait tout à coup si différente de cette jeune fille maladivement introvertie et trop indul-

---

1. « Je veux être ta victime, prête pour un enlèvement. » (*N.d.A.*)

gente. Sa rancœur ne demandait qu'à exploser, et elle était prête à la relâcher.

— Quel dommage tout de même que tu sois tombé sur *ce* passage, alors que la majeure partie de ces pages sont barbouillées d'insultes t'étant destinées.

Louis eut un rire rauque, puis haussa les épaules, comme si ça lui était égal.

— Je m'en doute, sois tranquille. Il se pourrait que j'aie eu de la chance, en effet.

— Il y a d'autres chansons, nettement moins complaisantes. « Seven Devils » de Florence and the Machine, par exemple, dans un passage plus récent, où je te compare à ce type hanté par ses démons.

— Un excellent titre, mais je préfère m'en tenir au précédent, si cela ne t'ennuie pas.

Il se pencha sur le côté pour récupérer ses béquilles, s'empressant manifestement de conclure cette conversation.

Mais Emma n'en avait pas fini.

— Attends, puisque tu es si curieux, je vais te trouver un autre extrait.

Un beaucoup moins flatteur, histoire de contrebalancer…

Elle ouvrit son journal à la page du lundi 21 septembre 2015 et se mit à lire à voix haute :

— « Louis Deschaney se prend pour la perfection incarnée, mais en vérité, ce n'est qu'un sale connard odieux, bouffi d'orgueil et répugnant de mauvaiseté. Sa seule vue me donne la nausée. S'il est convaincu qu'aucune fille ne peut l'éconduire, c'est uniquement parce qu'il n'a pas compris que celles à qui il s'adresse ne s'intéressent pas à lui. Tout ce qu'elles veulent, c'est grappiller quelques miettes de sa tout aussi stupide qu'illégitime popularité. Rien d'autre. Il en joue, en profite allègrement, mais il se perd par la même occasion, se retrouve très bêtement pris à son propre piège. Bien sûr, il y a également celles qui se sont fait berner par un mirage, comme Anne. Ce qui n'aurait jamais pu se produire si... »

Emma s'arrêta, réalisant subitement la dureté de ses propos. Quand elle releva le nez, elle vit Louis, debout, au milieu de sa chambre, les traits fermés, le regard rivé à elle, une moue amère tordant ses lèvres.

Il souffla un grand coup par le nez, puis demanda :

— Tu as fini, c'est bon ? Si je ne suis pas davantage remonté dans le passé, c'était précisément pour m'éviter de tomber sur ce genre de contenu. Mais je te remercie pour cette lecture, très instructive au demeurant. Je n'ai jamais douté de ta clairvoyance. Cela étant, ne commets pas l'erreur de douter de la mienne. Je n'étais pas dupe, sache-le. Bref, tu avais raison, il aurait été vraiment regrettable que je passe à côté du meilleur.

Après quoi, il sortit de la pièce et se dirigea vers la porte d'entrée.

— Il n'est pas nécessaire de me raccompagner, je vais me débrouiller pour rentrer seul, précisa-t-il sans se retourner.

En voulant lui rendre la monnaie de sa pièce, elle l'avait blessé...

— Louis...

— Tu as déjà manqué une heure de cours par ma faute, la coupa-t-il. Je ne veux pas te causer plus d'embarras.

— Pardon, je ne sais pas pourquoi j'ai fait ça, balbutia-t-elle en le rejoignant devant la porte d'entrée.

Il la dévisagea en silence quelques secondes, puis soupira :

— Je l'ai bien cherché, ne t'excuse pas. Match nul, balle au centre ?

Emma acquiesça d'un hochement de tête, encore confuse.

Louis la surprit en s'inclinant vers elle pour déposer un petit baiser sur ses lèvres.

— À ce soir, lança-t-il avant de s'éclipser, la laissant seule dans l'entrée de son appartement.

Pour autant, l'éclat triste dans ses yeux ne s'était guère dissipé, et elle en était l'unique responsable.

S'il avait dépassé les bornes en osant feuilleter ainsi son journal intime, avait-il mérité ces insultes ? Emma n'en était plus très sûre. Mais il l'avait mise tellement en colère à se moquer d'elle de cette façon...

Encore que, maintenant qu'elle y songeait, elle ne parvenait plus à déterminer s'il avait évoqué cette chanson pour la railler, ou simplement parce qu'il avait envie d'en discuter avec elle...

Chapitre 78

Emma

Une fois sa journée de cours terminée, Emma fit d'abord une halte chez elle. Il était près de 18 h 30 et, comme tous les soirs – problème qu'elle avait légèrement négligé en affirmant à Louis qu'elle le rejoindrait directement après la fac –, une faim terrible lui tenaillait l'estomac.

Elle avait peiné à se concentrer durant l'après-midi, ne sachant décidément pas quoi penser de la manière dont ils s'étaient quittés avec Louis. Il n'avait pas paru fâché contre elle, seulement contrarié. Et passablement amer, également.

De son côté, elle restait ulcérée par son indiscrétion. Mais elle ne pouvait s'empêcher, quelque part, de comprendre ce qui avait motivé son geste. Peut-être aurait-elle fait de même si elle avait été dans sa position…

Emma mordait à pleines dents dans le sandwich qu'elle venait de se préparer quand son téléphone – qu'elle avait posé sur le plan de travail de la cuisine – s'illumina.

Un message de Louis.

S'impatientait-il déjà ?

Elle déverrouilla l'écran et parcourut le texto :

Autant te prévenir, je crains que tu ne subisses une avalanche de messages-fleuves…

Aujourd'hui, par deux fois j'ai perdu tout bon sens. Si je ne regrette nullement la première, il en va tout autrement de la seconde…

Je tiens à m'amender pour cela. Du peu que j'ai vu de ton carnet, j'ai malgré tout remarqué qu'une question revenait très souvent. Je ne comprends pas vraiment que tu puisses te la poser, néanmoins, je vais tout de même tâcher d'y répondre.

Tout comme toi, je tiens un journal (ce n'est probablement pas le truc le plus viril qui soit, j'en conviens, mais ma psy m'a forcé, merci donc de ne pas te moquer…). Je n'y parle pour ainsi dire que de toi depuis le début. Je crois que c'est la seule façon que j'ai trouvée pour communiquer de manière sincère avec ma thérapeute.

À mon tour de t'en dévoiler quelques morceaux :

Un MMS s'afficha sur l'écran, les images de plusieurs bribes de textes manuscrits, soigneusement cadrés. Sur ces photos, certains endroits étaient floutés, ne laissant apparaître que les phrases choisies.

Ce sourire-là était trop parfait, trop enchanteur, pour ne pas laisser son empreinte dans ma mémoire, pour ne pas diffuser une timide note de suave sérénité dans le chaos noir d'encre de mon esprit.

Tout à fait malgré moi, j'en suis à guetter le moindre bruit, le moindre signe de sa venue. Je crois bien que je l'attends…

Mais n'était-ce pas déjà le cas hier ? Sinon, pour quelle autre raison m'aurait-il pris la fantaisie de ne pas verrouiller ma porte d'entrée ?

Je perds pied parfois brusquement, ridiculement, pour tout et rien, bascule d'un coup parce que, soudain, Emma a la très mauvaise idée de détacher ses beaux cheveux bruns aux tendres reflets dorés...

Emma veut que j'aille mieux.
Et moi, tout ce que je veux, c'est embrasser Emma...

Elle est si belle... elle est si belle et elle ne le sait même pas.

Sur ses lèvres, j'ai abandonné celui que j'étais. Je l'ai laissé en échange de ce très curieux bouleversement, ces sensations à la saveur si particulière, décuplées par un tourbillon d'émotions, dans lequel je me suis perdu, noyé, vaincu.

Aujourd'hui, Emma a laissé ses cheveux libres...
Et je sais que c'est pour moi.
Un présent qui m'est exclusivement destiné, dont elle ne peut même pas soupçonner la valeur. Parce qu'elle ignore à quel point ce petit geste me touche, l'effet que ce simple détail peut avoir sur moi.

Plus je passe de temps avec elle, plus je me sens différent. Plus les barrages s'éloignent, plus les émotions que je me surprends à éprouver deviennent agréables et vivifiantes. Et moins il m'importe de ne plus jamais pouvoir être celui que j'étais autrefois...

Puis un nouveau SMS vint conclure le tout :

`Pourquoi toi ? Cela se justifie de 1 001 façons et en même temps, ça ne s'explique pas. Il fut` une époque où je voulais à tout prix que tu me détestes… et pourtant, chaque nuit, invariablement, j'ai rêvé que tu m'aimes. Tu n'as besoin d'aucun argument, car tu remportes haut la main ce débat qui n'a jamais eu lieu. Désormais, je sais que c'est réel. Parce qu'avec tous mes défauts de « connard odieux bouffi d'orgueil », je t'aime, Emma. Il est temps que je te le dise une bonne fois pour toutes.

Emma posa le reste de son sandwich sur le comptoir de la cuisine, hagarde. Elle relut une deuxième fois chacun des messages de Louis. Puis une troisième. Et une quatrième.

C'était tellement inattendu, tellement surprenant. Derrière une façade atrocement cynique, Louis pouvait parfois se montrer si romantique…

Jamais elle n'aurait soupçonné occuper une telle place dans ses pensées. Comprendre l'importance qu'il lui accordait la bouleversait, ébranlait toutes ses convictions.

Louis… m'aime ? Moi ?

C'était difficile à intégrer. Et à la fois, si naturel… Parce qu'elle l'aimait, elle aussi, de tout son cœur.

Lequel battait la chamade dans sa poitrine, cognant puissamment contre ses côtes. Et le besoin de voir Louis, d'être dans ses bras, devint plus pressant que jamais.

— Anne, s'écria-t-elle près de la porte de la chambre de la jeune femme. Je pars. Ne m'attends pas, je… je risque de rentrer tard…

Ou peut-être pas du tout.

— Bonne soirée, répondit son amie d'une voix à la fois nasillarde et enrouée. Amuse-toi bien, et surtout, pense à tout me raconter !

Une fois devant la porte d'entrée, Emma hésita. Elle avait prévu de se changer avant d'aller chez Louis, afin d'être un peu plus à l'aise. Mais il avait dit apprécier cette tenue… et de toute façon, elle était beaucoup trop pressée pour prendre le temps de passer autre chose.

Elle se hâta de rejoindre sa voiture, puis roula jusqu'au manoir.

Les aveux de Louis méritaient une réponse en personne. Jamais elle ne saurait exprimer ce qu'elle ressentait aussi bien que lui par écrit.

Chapitre 79

Emma

Emma gara son véhicule dans la cour et gravit les quelques marches du perron. Elle frappa d'abord à la porte – ainsi qu'elle en avait pris l'habitude –, puis entra.

Elle tomba nez à nez avec Louis, qui se tenait debout face à elle, s'apprêtant manifestement à lui ouvrir.

Il battit des paupières, comme surpris de la voir débarquer chez lui.

— J'ai cru que tu ne viendrais pas, lâcha-t-il finalement. Il est presque 19 heures…

Emma jeta un coup d'œil à sa montre, étonnée.

— Je… j'ai dû repasser à l'appart, désolée.

— Ce n'est pas grave.

Il la détailla encore un moment tandis qu'elle refermait la porte. Il fronça les sourcils, crispa les mâchoires, l'air embarrassé, puis demanda :

— Tu as eu mes messages ? J'ai peut-être saturé la mémoire de ton téléphone parce que…

— Je t'aime, le coupa subitement Emma.

Après quoi, elle se détourna, ses joues s'empourprant violemment.

C'était la première fois qu'elle prononçait ces mots. Elle aurait voulu faire preuve d'au moins un peu de l'éloquence dont Louis s'était montré capable, mais c'était impossible. Sa gorge était beaucoup trop serrée pour ça, et son esprit plongé dans une trop grande confusion.

Louis cilla, visiblement pris au dépourvu. Puis il s'avança vers elle, le front plissé, comme si l'entendre lui était presque pénible. Avec une urgence un peu brutale, il s'inclina sur elle et prit ses lèvres dans un grognement sourd, entre approbation et soulagement.

Aussitôt, Emma referma les bras autour de son cou et enfouit les doigts dans ses cheveux, plus courts sur la nuque. Une vague la cueillit alors et la fièvre la saisit instantanément, plus vive, plus brute, son corps réagissant instinctivement au contact de Louis, embrouillant encore ses réflexions.

— Dis-moi que tu me pardonnes tout, *absolument tout*, de mon attaque déloyale avant l'accident jusqu'à mon indiscrétion cet après-midi, murmura-t-il contre sa bouche.

Emma s'écarta pour voir son visage, laissant sa main errer sur sa joue.

— Tout est pardonné, confirma-t-elle.

— Je t'aime, réitéra-t-il dans un grand soupir.

Avant de l'embrasser à nouveau. Avec plus d'ardeur. Ainsi qu'une frustration de plus en plus flagrante…

Devoir s'appuyer sur ses béquilles pour rester debout réduisait considérablement ses mouvements, et cela semblait particulièrement le contrarier.

— Allons dans ta chambre, proposa Emma d'une voix faible.

Louis se détacha d'elle et sonda prudemment son regard.

L'anxiété et le ravissement livraient en elle une âpre bataille. Elle fit le choix d'ignorer tout ce qui la retenait, l'empêchait d'être libre et de vivre sa vie comme elle l'entendait.

Elle aimait Louis et Louis l'aimait. Pourquoi se poser davantage de questions ? Pourquoi attendre ?

— Je veux que tu sois le premier, déclara-t-elle, l'impression de sauter dans le vide sans filet s'imposant soudain à elle. Toi, aucun autre. Ce soir.

Si elle ne se jetait pas à l'eau maintenant, alors que son cœur était gonflé d'émotions, que son corps vibrait, réclamant de plus en plus férocement celui de Louis, alors elle n'y arriverait jamais.

Il entrouvrit la bouche, comme prêt à protester, puis la referma, préférant finalement s'abstenir. Il dévisagea Emma avec une troublante intensité, en quête de réponse à une question muette. Le doute se refléta un instant au fond de ses prunelles, puis il disparut pour céder la place à une détermination de plus en plus farouche.

Il approuva d'un signe de tête et, tout en gardant le silence, s'éloigna en direction du couloir. Ils le remontèrent ensemble, Emma suivant Louis de près.

À chaque pas, elle se sentait plus nerveuse. À chaque pas, elle se sentait plus résolue...

Tout se mélangeait en elle. Autant de données contradictoires qu'elle préférait tenir autant que possible loin d'elle.

Louis ouvrit la porte. Il attendit qu'elle entre, puis il referma derrière elle.

Emma ôta son manteau – qu'elle posa sur le même fauteuil que la dernière fois –, se débarrassa de ses chaussures, et se dirigea ensuite vers le lit. Elle alluma la petite lampe de chevet et Louis éteignit le plafonnier, comprenant aussitôt le message. Cependant, il demeura sur le seuil, la guettant curieusement.

Son visage était si sérieux que c'en était presque inquiétant...

— Tu es sûre que c'est ce que tu veux ? finit-il par demander.

— Oui, balbutia-t-elle.

Elle s'assit sur le matelas et attendit qu'il se décide à la rejoindre.

Maintenant, s'il te plaît, après je n'en aurai peut-être plus le courage…

Louis pinça les lèvres, puis secoua la tête avec scepticisme.

— Ce n'était pas ce que j'attendais en t'envoyant tous ces messages.

— Je sais.

— Nous n'avons même pas pris le temps de discuter de ce qui te posait tant problème il y a encore quelques jours, déplora-t-il. Je manque furieusement de repères en matière de vraie relation, mais il n'empêche que cela me paraît légèrement prématuré, tu ne crois pas ?

Emma se tordit les doigts, le stress et la déception montant en elle. Louis avait probablement raison. À présent, c'était elle qui voulait brûler les étapes. Quoi de plus logique qu'il trouve ça louche…

— Tu… tu n'en as pas envie ? bredouilla-t-elle en se concentrant subitement sur les motifs du tapis à ses pieds.

Louis s'éclaircit la gorge, puis s'avança vers elle.

— Bien sûr que si, tu le sais parfaitement, Emma. Je crève d'envie de te faire l'amour depuis des lustres, et la patience n'a jamais été mon fort, mais ce n'est pas le souci. Je tiens avant tout à ce que cette première fois soit bien pour toi.

L'entendre réaffirmer qu'il la désirait – et ce avec autant d'aplomb – était peut-être encore plus bizarre que de l'entendre dire qu'il l'aimait. Parce que ça, elle avait beau s'y efforcer, elle n'arrivait guère à l'assimiler…

Une partie de l'étonnante assurance qui l'avait habitée s'envola brusquement. Elle tenta de la rattraper, mais c'était trop tard.

Cependant, elle ne voulait pas faire machine arrière. Pas alors qu'elle était si près de se débarrasser enfin de cette virginité qui l'encombrait et la complexait tant.

— Ce sera forcément bien, promit-elle.

Emma inspira un grand coup et tâcha de se convaincre qu'elle pouvait être audacieuse. Dans un instant d'égarement qui lui parut totalement surréaliste, elle dégrafa l'un des boutons qui refermait le décolleté de la tunique qu'Anne lui avait prêtée.

— Parce que j'ai confiance en toi, expliqua-t-elle. Fais-moi l'amour, Louis.

Jamais encore elle ne s'était comportée de façon aussi osée. Jamais elle n'aurait pensé dire un truc pareil non plus…

Elle devait être cramoisie, à présent.

Néanmoins, elle eut la satisfaction de voir le regard de Louis dégringoler d'un coup, attiré malgré lui par le petit carré de peau qu'elle venait de dénuder. Il déglutit péniblement, prit une expression étrange, comme aux abois, puis ferma les yeux, visiblement vaincu.

Il ne les rouvrit que pour s'empresser de caler ses béquilles contre l'armoire qui jouxtait le lit et venir s'asseoir à côté d'elle. Sa respiration était déjà agitée, la main qu'il tendit vers son cou, un peu tremblante.

— À tout moment, il te suffit de dire stop, d'accord ? chuchota-t-il.

Elle acquiesça d'un signe de tête et il se pencha pour l'embrasser doucement, plaquant la paume contre sa gorge. Très vite, ses doigts dévalèrent la pente de son décolleté, s'engouffrant ensuite sous le tissu de sa tunique. Mais le vêtement était assez ajusté et ne permettait guère ce genre de chose.

Louis poussa un soupir d'insatisfaction contre ses lèvres, puis les happa entre les siennes avec davantage de voracité. Finalement, il se décida à défaire lui-même les autres boutons. Il descendit jusqu'au niveau de la large ceinture noire, dévoilant ainsi son soutien-gorge.

Emma sentit les battements de son cœur s'accélérer brutalement, le rythme devenant presque insoutenable quand Louis s'écarta pour l'observer. Après quoi, il fit lentement glisser le haut de ses manches sur ses épaules, puis le long de ses bras. Elle se retrouva avec un vêtement à demi retiré, maintenu sur ses hanches grâce à la bande de cuir qui ceignait sa taille, sa lingerie comme ultime protection.

Louis avala une bouffée d'air, bruyamment, et promena avec douceur la main sur sa clavicule, avant de retomber, comme aimantée, sur la naissance de ses seins.

— Tu es magnifique, souffla-t-il. Il faut que tu le saches… il faut vraiment que tu le saches.

Ces mots éveillèrent quelque chose en elle, des sensations, des émotions encore inédites. Et une agréable chaleur se diffusa dans sa poitrine tandis que Louis la contemplait, ses beaux yeux bleus détaillant avec une troublante intensité chaque parcelle de peau révélée. Chaleur qui fut presque immédiatement contrée par la glace remontant dans ses veines à l'idée que ça ne pouvait être vrai, qu'en aucun cas elle ne devait se laisser berner par de telles illusions.

Il essaie d'être gentil, voilà tout… Parce qu'il t'aime… Est-ce que ce n'est pas pire encore ?

Emma baissa la tête, et ce mouvement ramena automatiquement ses longs cheveux en avant, la recouvrant vaguement. C'était toujours ça de pris… Elle se sentait tellement vulnérable, tellement mal, soudain.

Sans doute auraient-ils effectivement dû discuter de son problème. Elle avait imaginé pouvoir profiter de cet élan, de cette vague de bonheur – d'euphorie presque – procurée par les tendres aveux de Louis.

Mais non.

Elle avait eu tort de se croire aussi forte. Elle ne l'était pas. Pas du tout, bien au contraire. En vérité, elle était lâche. Et effrayée. Paralysée par l'angoisse. Et définitivement incapable de s'abandonner à l'homme qu'elle avait pourtant choisi.

Les choses demeuraient telles qu'elles étaient. Rien n'avait changé, finalement.

Elle vit Louis s'incliner, puis sentit son haleine chaude s'écraser sur son décolleté, comme dans son dos, ses doigts agiles s'affairaient à dégrafer son soutien-gorge. Un vif frémissement la secoua – autant de plaisir que de peur – au moment où sa poitrine s'alourdit, Louis se hâtant de repousser les bretelles de coton.

Un vrombissement sourd éclata dans son crâne, la panique refermant ses longues griffes acérées sur elle.

Elle se jeta brusquement en arrière, s'arrachant à lui, et éteignit la lampe de chevet, les plongeant alors dans le noir.

Elle n'avait pas d'autre solution…

— Emma, non, protesta Louis d'une voix éraillée, presque déchirée, après quelques secondes de stupéfaction. Pas comme ça… Je veux pouvoir te voir… C'est important, tu comprends ?

— Je… S'il te plaît, bredouilla-t-elle, totalement perdue.

L'obscurité était si rassurante. N'était-ce pas, au bout du compte, le parfait compromis ?

Évidemment, elle regrettait qu'il n'ait pas pris la peine de fermer les volets. Le clair de lune diffusait une légère lueur gris-bleu dans la pièce, et puisqu'elle distinguait la silhouette de Louis, elle supposait qu'il devait en être de même pour lui.

Chapitre 80

Emma

— C'est trop tôt, décréta-t-il en se frottant le front. Nous avons tout le temps, tu sais. J'ai dit que je n'étais pas quelqu'un de patient, mais ce n'est qu'une façon de parler. Pour ça, je saurai l'être, je te le promets. Ce ne sont pas des paroles en l'air.

Il se trompait, ni le temps ni la patience ne viendraient à bout de ses complexes. Elle vivait avec depuis de trop nombreuses années pour ça.

Si elle acceptait d'en rester là, Louis reviendrait fatalement à la charge avec cette histoire de problème. Il en avait d'ailleurs déjà certainement tiré ses propres conclusions. Ils finiraient à nouveau par se disputer, et leur relation se fanerait... avant même d'avoir éclos.

— En plus, tu sais à quel point c'est compliqué de mettre un préservatif dans le noir sans le déchirer ?

Non, elle ne risquait pas de savoir...

— Je prends la pilule depuis l'âge de quinze ans, pour réguler mes cycles. Et tu reviens de l'hôpital. Tu le saurais, si tu avais quelque chose, non ?

Il y eut quelques secondes de silence, oppressantes, durant lesquelles Louis eut l'air d'étudier soigneusement la question. Puis il confirma :

— C'est vrai, j'ai des bilans très récents qui prouvent que je suis *clean*. Je n'ai eu aucun rapport depuis l'accident. Et de toute façon, je me suis toujours protégé.

Il s'interrompit et passa une main nerveuse dans ses cheveux.

— Mais, Emma, ce n'est pas vraiment le sujet.

— Quel est le sujet alors ? s'enquit-elle en revenant vers lui, puis elle chuchota : J'en ai très envie pourtant…

C'était la vérité. Son malaise n'avait pas balayé pour autant le désir qui couvait au creux de son corps. Avec la pénombre, le feu était bien vite revenu dans ses veines.

Louis inclina la nuque et vint appuyer son front contre le sien, prenant sa joue en coupe. Puis il poussa une espèce de grognement étrange, regorgeant de frustration et de tourments.

Ses lèvres effleurèrent les siennes dans un nouveau baiser hésitant. Puis encore. Et encore, jusqu'à ce que sa langue finisse par retrouver celle d'Emma. Entre eux, le soutien-gorge d'Emma glissa de plus belle, dénudant tout à fait sa poitrine sans qu'elle cherche à le remettre en place.

Louis se détacha d'elle et cala son visage contre son cou, haletant mais immobile, comme s'il tentait de se calmer.

Et elle sut qu'elle obtiendrait gain de cause.

C'était vraiment curieux, mais elle semblait détenir un certain pouvoir sur lui, dans cette chambre. Les intentions de Louis étaient louables, ses résolutions, pleines de bon sens, néanmoins, il paraissait incapable de résister à son invitation.

Elle prit son poignet et dirigea sa paume vers sa poitrine, effarée de sa propre témérité. Elle n'eut même pas besoin de l'amener jusqu'à elle, Louis referma immédiatement les doigts sur son sein, ne se faisant guère prier. Avant de saisir l'autre de sa main libre.

Il prit une grande inspiration, puis murmura :

— Emma...

Une supplication. Ou un reproche, impossible à dire...

Ses caresses devinrent plus fiévreuses, déclenchant des centaines de petites décharges en elle, et ses dents vinrent érafler sa peau, entre son épaule et son cou. Il se baissa ensuite et reprit le chemin de baisers qu'il avait commencé à tracer avant qu'elle éteigne la lumière.

Emma se cambra sous ses attentions, et hoqueta de stupeur et de délice mêlés lorsqu'il referma la bouche sur son mamelon pour le sucer vigoureusement, ses grandes mains déployées à la base de ses côtes la maintenant fermement près de lui. Il infligea le même traitement à son jumeau, tandis qu'elle laissait courir ses ongles dans ses cheveux.

Peu à peu, elle bascula sous son impulsion et se retrouva étendue sur le dos, au centre du lit. Louis aspira une bouffée d'oxygène et défit avec un empressement presque maladroit la ceinture qui retenait la tunique à sa taille. En quelques mouvements, il la débarrassa des deux.

Puis, emporté par une espèce d'élan fébrile, sans cesse plus impressionnant, il s'attaqua à son pantalon sans attendre. À peine eut-elle saisi qu'il était en train de la déshabiller que, déjà, il faisait rouler sa culotte sur ses hanches, le long de ses cuisses et de ses mollets. Pour envoyer le tout au loin.

Même dans la pénombre, le fait d'être entièrement nue, allongée devant Louis, qui portait encore tous ses vêtements, était atrocement perturbant. L'alarme s'éleva derechef du fin fond de son esprit, et elle lutta pour demeurer ainsi devant lui, pendant qu'il tentait de distinguer les contours de sa silhouette.

Il dut deviner sa gêne, car aussitôt, il déboutonna le col de sa chemise avant de la faire passer par-dessus sa tête, ne prenant guère le temps de défaire les autres boutons.

Alors elle se redressa et, à son tour, parcourut son torse de petits baisers, s'enivrant de son odeur chaude, se délectant de la crispation de ses muscles sous ses lèvres. Les bras de Louis se refermèrent sur elle et il la pressa contre lui, sa poitrine s'écrasant contre son torse.

Il la fit ployer une seconde fois, pour s'étendre à demi sur elle, une jambe passée entre les siennes. Elle sentit la main de Louis glisser le long de sa taille, sur sa hanche, son postérieur. Il caressa sa cuisse, migra vers l'intérieur et se perdit finalement dans sa toison. Puis il descendit encore. Jusqu'à venir plaquer la paume contre son intimité.

Emma retint son souffle, une chaleur presque insupportable l'envahit tout entière, pour se faire plus intense dans son bas-ventre, où se concentrait une humidité caractéristique, un peu embarrassante.

Louis embrassa son cou, respirant de plus en plus fort. Ses doigts devinrent pressants, puis se mirent à dessiner de petits cercles contre elle, écartant progressivement les replis de sa féminité afin de mieux la visiter.

Elle était encore en train d'essayer de se familiariser avec ce contact étrange lorsque, lui arrachant un brusque frissonnement, il introduisit un index en elle. Il le retira pour ensuite le réinsérer plus profondément, et poussa un grondement sourd, de satisfaction virile, qui trouva un écho brûlant en elle, attisant le brasier qui la consumait. Puis il exécuta de minuscules figures au creux de son corps, sans cesser d'explorer sa gorge de la bouche.

Elle se tordit contre lui et laissa échapper un gémissement, perdant pied, comme une nouvelle vague l'emmenait loin du rivage.

— Emma, lâcha-t-il dans un murmure haché, aux accents aussi urgents que douloureux. J'ai tellement envie de toi...

À travers la nappe de brouillard incandescent qui avait recouvert son esprit, elle comprit. Louis le lui répétait parce qu'il voulait s'assurer qu'elle en avait toujours envie, elle aussi. Mais sans doute également parce que prolonger davantage ce moment devenait compliqué...

Elle tendit les bras pour déboutonner son jean, mais il se hâta de la seconder, apparemment plus pressé encore qu'elle ne l'avait imaginé. Il descendit sa braguette lui-même, se redressa pour ôter son pantalon ainsi que son caleçon, et revint près d'elle.

Elle posa alors la paume juste sous son nombril, où une fine ligne de poils sombres prenait naissance et traversait son ventre jusqu'à son sexe.

— Touche-moi, Emma, réclama Louis dans un murmure éperdu.

Il s'empara de son poignet pour placer sa main directement sur son érection.

Emma se figea d'étonnement. Sa peau était si soyeuse à cet endroit, et en même temps, sous ses doigts, son membre était tellement dur. Et épais... et long. Elle manquait de points de comparaison, c'était certain. Pour autant, elle n'avait pas oublié certaines mises en garde...

Elle fut heureuse d'être dans le noir, parce qu'elle n'avait probablement jamais autant rougi de sa vie.

Emma chassa de son esprit toute pensée parasite et referma le poing autour de lui, ainsi qu'il l'y incitait. Puis elle le laissa la guider vers le bas, pour ensuite remonter, faisant coulisser sa chair. Elle répéta le geste une deuxième fois, puis une troisième, lui arrachant un soupir étranglé.

Elle sursauta lorsqu'il l'arrêta, craignant d'avoir commis une erreur.

Mais elle se retrouva brusquement clouée au matelas, les poignets maintenus au-dessus de sa tête, le corps de Louis écrasant le sien, son souffle agité lui brûlant le visage. Il logea ses genoux entre les siens et repoussa fermement ses jambes pour les lui écarter davantage. Alors, il l'embrassa fougueusement tandis que, d'une main, il plaçait l'extrémité de sa verge à l'orée de son sexe.

Elle hoqueta, surprise par sa brusquerie, et fut subitement prise d'appréhension. Elle s'était tellement focalisée sur ses complexes qu'elle n'avait quasiment pas songé aux douleurs liées à la perte de sa virginité.

Louis s'immobilisa soudain, se rendant probablement compte qu'il allait un peu trop vite en besogne, et relâcha ses poignets.

Il déglutit bruyamment, tremblant comme une feuille, et marmonna :

— Je t'aime, Emma.

Elle s'accrocha à ses larges épaules et répondit :

— Je t'aime...

Elle entendit Louis retenir sa respiration, sentit ses bras se refermer autour d'elle, encadrant son buste de part et d'autre, l'emprisonnant, puis son corps peser davantage sur elle. Très lentement, il la pénétra, centimètre par centimètre, et s'imposa de plus en plus profondément en elle. Ce qui n'était au début qu'un léger inconfort s'accentua peu à peu, jusqu'à devenir un vif élancement.

À cet instant, Louis se retira. Pour revenir à la charge dans un grognement étouffé et reprendre son invasion. La brûlure se fit plus aiguë, et elle serra les dents à chaque nouvelle poussée.

Elle ne put réprimer un petit cri perçant au moment où leurs bassins se rejoignirent, une horrible sensation de déchirure la saisissant violemment.

À nouveau, Louis se figea.

— Pardon, anhéla-t-il aussitôt, ses doigts se crispant sur elle de panique. Emma…

— Ne t'arrête pas, le supplia-t-elle, en proie à une grande confusion.

La douleur était indéniable. Pourtant, son corps s'acclimatait peu à peu à sa présence. Plus perturbant encore, il la lui réclamait. Des ondes étranges lui parcouraient le ventre, supplantant progressivement tout le reste.

Louis déposa une pluie de baisers sur sa gorge et recommença à bouger en elle, toujours avec la même précaution, la même retenue. Sous les doigts d'Emma, les muscles de son dos n'étaient plus que tension.

Les vagues revinrent lentement, l'impression d'être déraisonnablement envahie céda la place à un curieux besoin. Et bientôt, elle laissa l'instinct prendre le dessus, accompagnant les mouvements de Louis, ondulant sous lui.

— Je t'aime, répéta-t-il encore, d'une voix enrouée, aux inflexions étranges.

Il prit sa main pour entrelacer leurs doigts, les serra vigoureusement et accéléra la cadence. De contenus, ses gestes devinrent plus libres, puis carrément fébriles.

— Louis, susurra Emma en se cambrant, une pulsation inconnue résonnant dans tout son être.

Elle resserra les jambes autour de ses reins, et il se fit plus farouche encore. Un singulier gémissement traversa le barrage des lèvres d'Emma à l'instant où la tempête atteignit son apogée et la cueillit avec brutalité, pour l'emporter loin, tandis que Louis agrippait ses hanches, s'enfonçant une dernière fois en elle.

Il poussa une exclamation rauque, pressa fermement son bassin contre le sien, puis fut parcouru de puissants frémissements.

Après quoi, il retomba lourdement sur elle, épuisé et hors d'haleine.

Ainsi collée à lui, elle pouvait percevoir les battements frénétiques du cœur de Louis. Elle se rendit compte qu'elle avait planté les ongles dans son épaule et relâcha lentement sa prise, laissant sa main glisser sur sa peau humide de sueur.

Il soupira, puis se détacha d'elle pour rouler sur le côté, s'allongeant sur le flanc pour lui faire face. Dans la pénombre, il semblait pensif, et elle se demanda si cette expérience avait été à la hauteur de ses exigences.

Probablement pas...

Du dos des doigts, il caressa sa joue.

— Je t'ai fait mal ? s'inquiéta-t-il, une expression peinée se peignant sur ses traits.

— Tout va bien, assura-t-elle.

Louis eut une moue dubitative, difficile à décrypter à la seule lueur de la lune.

— Dis, tu voudras encore de moi, Emma ?

— Bien sûr, promit-elle, étonnée par sa question.

Elle se rapprocha, et il l'enveloppa de ses bras, la serrant ensuite contre lui. Puis il tira la couverture pour les en recouvrir tous les deux.

— Ma puce, susurra-t-il.

Avant d'embrasser le sommet de son crâne.

La torpeur s'empara peu à peu d'elle. Elle était si bien près de lui, la chaleur de son corps se diffusant délicieusement dans le sien.

Emma ne rouvrit les yeux que bien plus tard, tirée du sommeil par une vibration persistante, au niveau de sa cheville. À côté d'elle, Louis dormait à poings fermés, sa respiration profonde et régulière en attestait.

Elle repoussa doucement le bras qu'il avait passé sur elle, s'éloigna et tendit la main au-dessus de la couette, cherchant à tâtons l'objet à l'origine du dérangement.

Elle s'empara de son téléphone, se tourna sur le côté et l'amena devant ses yeux, s'interrogeant sur la façon dont il avait pu atterrir ici. Elle battit des paupières pour acclimater sa vision à la lumière de l'écran.

Elle venait de recevoir un SMS.

Chapitre 81

Emma

Emma comprit tout à coup que ce n'était pas son portable qu'elle avait entre les mains, mais celui de Louis.

Il affichait 2 h 30 du matin.

Qui pouvait lui envoyer un texto si tard, un lundi soir ?

Elle savait que c'était mal, vraiment *très* mal... En outre, Louis était juste derrière elle. Mais la curiosité fut la plus forte.

Elle fit glisser son pouce sur la surface lisse du téléphone, qui se déverrouilla automatiquement. Une personne enregistrée sous le nom de Merteuil – probablement un sobriquet, ou un pseudonyme quelconque – dans les contacts de Louis lui avait écrit.

Emma appuya sur l'icône permettant d'accéder à la messagerie, et le texto s'afficha dans son intégralité :

Alors, ça y est, as-tu enfin réussi à dépuceler ton cageot ? J'espère, vu ce que cela t'a coûté. En tout cas, tu étais très crédible en amoureux transi, je salue la performance. La fin justifie les moyens et tu as raison, ce défi était plus ambitieux qu'il n'y paraissait. J'ai hâte de te voir l'écrabouiller à présent, l'ancien Louis m'a beaucoup manqué...

Emma sentit le monde vaciller, puis se fracasser sous elle. Et elle eut la sensation de chuter, violemment, dégringolant dans le vide. La consternation faillit avoir raison d'elle et elle manqua laisser échapper le téléphone. Sa main se mit à trembler.

Elle serra l'objet, fort, jusqu'à se faire mal aux doigts.

Dans son imagination, il se brisa.

Et elle se brisa, elle aussi, en un millier de petits morceaux. Ses yeux s'embuèrent tandis qu'elle relisait le SMS pour la quatrième ou la cinquième fois, incrédule.

Un chaos noir explosa dans son esprit, paralysant ses réflexions.

Ce n'est pas possible... Ce n'est pas possible...

Elle plaqua son poing contre sa bouche, réprimant à grand-peine un horrible sanglot, lequel lui déchira la gorge.

Dans son dos, elle sentit Louis remuer, puis ses bras la chercher mollement. Glacée d'effroi à l'idée qu'il ose encore la toucher, elle se glissa hors du lit et articula, luttant de toutes ses forces pour paraître aussi détachée que possible :

— Je vais juste aux toilettes...

Le sang lui battait aux tempes, et une abominable migraine lui vrillait le crâne, les mots de l'amie de Louis – avec un tel pseudonyme, ce ne pouvait être qu'une fille – flottant devant elle, tellement accablants...

Tellement humiliants et cruels.

Elle s'empressa d'effacer l'ignoble message, préférant encore qu'il ne le trouve jamais. Puis elle posa précautionneusement l'objet sur la table de nuit.

Ce n'est pas possible...

Nue, à quatre pattes par terre, Emma partit en quête de ses vêtements. Elle tremblait de tous ses membres, sous le choc, et était incapable d'aligner deux pensées. Tout ce qu'elle savait, c'était qu'il fallait qu'elle parte au plus vite, qu'elle s'éloigne coûte que coûte de Louis, de son machiavélisme et de son impressionnante noirceur. Que jamais il ne puisse mettre la suite de son plan à exécution.

Elle se rhabilla sans le moindre bruit, ravala les larmes qui coulaient le long de ses joues, récupéra son manteau et ses chaussures, puis sortit de la chambre à pas de loup.

Une fois dans la voiture, elle roula jusqu'à l'appartement qu'elle partageait avec Anne, encore transie d'épouvante à l'idée que tout ça, cette histoire avec Louis, n'ait été rien de plus qu'un vaste piège.

C'était impensable…

Et en même temps, tellement évident.

À part elle, qui en serait surpris ? N'était-ce pas précisément ce que Louis faisait toujours, avec tout le monde ? Qu'est-ce qui lui disait que Catherine, la monitrice, ainsi que toutes les autres, ne s'étaient pas fait avoir de la même façon, avec le même genre de mensonges romantiques – mais au bout du compte, parfaitement idiots ?

Aujourd'hui, c'était son tour.

Elle se gara au pied de l'immeuble et laissa libre cours à ses sanglots, ne pouvant les retenir plus longtemps.

Non, ce n'est pas possible !

Et pourtant, ladite Merteuil savait tout. Elle savait qu'Emma était vierge, savait qu'elle n'était pas jolie puisqu'elle s'en prenait au passage à son physique, savait que cette soirée était spéciale pour eux, et surtout, elle connaissait l'issue de cette histoire. Parce que Louis lui en avait parlé, c'était aussi simple que ça. Et s'il l'avait fait, c'était parce qu'il s'agissait d'un piège. Un piège visant à l'*écrabouiller*…

À juste titre, parce que, effectivement, Emma avait l'impression d'être en train de passer sous une broyeuse, déchiquetée, brisée à vie. Comment pourrait-elle se remettre d'une telle supercherie ? Qui pouvait être assez ignoble pour s'amuser d'une pareille douleur ?

Louis Deschaney.

Il a toujours été ainsi... Il prend plaisir à faire ce genre de choses.

Rien qu'une illusion. Une farce, dont tu es le dindon. Normal, puisque tu es ridicule. Comment as-tu pu croire qu'un homme aussi séduisant était amoureux de toi ?!

Cette première fois qui avait été si compliquée, si difficile pour elle, et qu'elle avait trouvée – sur le moment, du moins – tellement belle, n'était en fait qu'un jeu pour lui, rien de plus.

Évidemment qu'il était convaincant, n'était-ce pas justement ce qui le caractérisait ?

Elle s'était persuadée qu'il avait changé, mais elle s'était trompée. Il l'avait trompée, et avec quelle méticulosité, quel zèle déployé pour un simple « cageot » !

Elle aspira péniblement une goulée d'air à travers ses larmes, se sentant étouffer. Sa gorge était comme bloquée, le décor autour d'elle tournoyait. Elle allait mourir de honte, de chagrin et de dégoût, l'inconfort et l'humidité entre ses cuisses tâchant de lui rappeler toute l'ignominie de la situation.

Elle se frappa le front contre le volant pour sa stupidité, enfonçant ses ongles dans le cuir qui le recouvrait. Elle avait été conne au point de demander elle-même à se passer de préservatif...

Elle méritait le prix de la fille la plus débile et naïve du monde !

Louis serait satisfait, il n'avait pas besoin de passer en mode moqueries et autres cruautés de toute sorte, elle était démolie. Rien ne serait plus jamais pareil, après ça. Après de tels ravages.

Emma se demanda s'il était encore en train de dormir paisiblement, pendant qu'elle pleurait toutes les larmes de son corps, enfermée dans cette saleté de voiture qu'il lui avait vendue pour une raison obscure.

Puis la colère prit le dessus. Soudaine. Brutale. Annihilant presque le désespoir.

La rage était tellement plus supportable…

Elle chercha son téléphone dans son sac à main. Puis eut la surprise de trouver une dizaine de SMS, tous envoyés par Louis :

Où es-tu ? Je ne te trouve plus nulle part…

Je suis inquiet, Emma… Pourquoi es-tu partie ?

Je ne comprends pas. Ai-je fait quelque chose de mal ?

Emma, bon sang, réponds !

Mais enfin, que se passe-t-il, pourquoi ne décroches-tu pas ?

EMMA, RÉPONDS !

Et encore quelques autres, du même tonneau, contenant beaucoup trop de majuscules. Qu'elle effaça aussitôt.

Il y avait également des messages vocaux, qu'elle supprima sans les avoir écoutés. Et pas moins de vingt-trois appels en absence.

Soudain, son écran se modifia pour afficher un nouvel appel de Louis. Elle hésita, puis finalement, après avoir inspiré un grand coup, décrocha.

— Emma ? commença Louis, des accents de panique perçant dans sa voix. Où es-tu ? Mais qu'est-ce qui se passe ?!

Quel acteur redoutable...

Tout ça parce qu'il n'en avait pas fini avec elle. Quelle ordure !

— Je suis rentrée chez moi, c'est tout, rétorqua-t-elle avec autant de froideur qu'elle en était capable.

— Pourquoi ? Je... Écoute, quel que soit le souci, il faut que tu reviennes, d'accord ? Reviens, Emma. Si j'ai fait quelque chose, tu dois m'en parler. Nous devons en discuter, tu comprends ?

— Non, assena-t-elle sèchement. C'est fini, Louis, un point c'est tout. Je ne veux plus te parler. Je ne veux plus jamais te voir non plus.

— Q-quoi ? Qu'est-ce que... qu'est-ce que tu dis ?

— Tu as bien entendu. Tu te souviens de la fois où tu m'as traînée publiquement dans la boue en me traitant de thon et de baleine, gratuitement, juste pour rire avec tes prétendus amis et t'amuser à mes dépens ? Tu te souviens du jour où tu as outrageusement humilié Anne devant toute la fac, uniquement pour ton bon plaisir ? Eh bien, voilà, ce soir, je te rends la monnaie de ta pièce, vois-tu. Maintenant tu sauras ce que ça fait.

Emma coupa son téléphone, ouvrit la portière en tremblant, ivre de colère, de tristesse et d'amertume, et jeta l'objet sur l'asphalte. L'écran se fissura, ainsi que l'un des rebords. Elle l'acheva une bonne fois pour toutes d'un coup de talon, refusant que Louis puisse, d'une quelconque façon, la recontacter.

Il avait cru pouvoir se jouer d'elle, mais ça n'arriverait pas. Pas s'il pensait que c'était elle – une fille laide, insipide et inexistante – qui s'était jouée de lui.

Retrouvez prochainement Emma et Louis
dans *Nos vagues à l'âme…*

Composition
NORD COMPO

Achevé d'imprimer en Espagne
Par CPI BOOKS IBERICA
le 7 mai 2017.

Dépôt légal : mai 2017.
EAN 9782290147948
OTP L21EDDN000903N001

ÉDITIONS J'AI LU
87, quai Panhard-et-Levassor, 75013 Paris

Diffusion France et étranger : Flammarion